Joy Fielding

# Solange du atmest



GOLDMANN
Lesen erleben

Joy Fielding

# Solange du atmest

ROMAN

Aus dem Amerikanischen
von Kristian Lutze

GOLDMANN

Die Originalausgabe erschien 2018 unter dem Titel
»The Bad Daughter«
bei Ballantine Books, an imprint of Random House,
a division of Penguin Random House, New York.



Dieses Buch ist auch als E-Book erhältlich.

FSC
www.fsc.org
MIX
Papier aus verantwortungsvollen Quellen
FSC® C014496

Verlagsgruppe Random House FSC® N001967

1. Auflage
Taschenbuchausgabe November 2018

Umschlaggestaltung: UNO Werbeagentur, München
Umschlagmotiv: plainpicture/Spitta+Hellwig; FinePic®, München
Redaktion: Ulla Mothes
Satz: Uhl+Massopust, Aalen
Druck und Bindung: GGP Media GmbH, Pößneck
Printed in Germany
ISBN: 978-3-442-48833-9
www.goldmann-verlag.de

*Für meine Familie*

# KAPITEL 1

Das Kribbeln begann in ihrer Magengrube, ein unbestimmtes Nagen, das in ihre Brust wanderte und sich dann nach oben und außen ausdehnte, bis es ihren Hals erreicht hatte. Unsichtbare Finger legten sich um ihre Kehle und drückten fest gegen ihre Luftröhre, sodass die Sauerstoffzufuhr unterbrochen wurde, bis ihr schwindlig wurde. *Ich habe einen Herzinfarkt*, dachte Robin. *Ich kriege keine Luft. Ich sterbe.*

Die Frau mittleren Alters, die ihr in der kleinen Praxis gegenübersaß, schien es gar nicht zu bemerken, so sehr war sie mit ihren eigenen Problemen beschäftigt. Irgendwas mit einer dominanten Schwiegermutter, einer schwierigen Tochter und einem Mann, der sie nicht genug unterstützte.

*Okay, reiß dich zusammen. Konzentrier dich.* Schließlich zahlte die Frau – *wie heißt sie noch, verdammt?* – keine hundertfünfundsiebzig Dollar pro Stunde, um dafür mit leerem Blick angestarrt zu werden. Sie erwartete, dass Robin zumindest aufmerksam zuhörte. Man ging nicht zu einer Therapeutin, um *ihr* bei einem Nervenzusammenbruch zuzusehen.

*Du hast keinen Nervenzusammenbruch*, versuchte Robin, sich zu beruhigen, als sie die vertrauten Symptome erkannte. *Es ist auch kein Herzinfarkt. Es ist eine Panikattacke, schlicht und einfach. Und nicht deine erste. Mittlerweile solltest du dich weiß Gott daran gewöhnt haben.*

*Aber das ist mehr als fünf Jahre her*, dachte sie im nächsten Atemzug. Die Panikattacken, die sie früher beinahe täglich überfallen hatten, gehörten der Vergangenheit an. *Doch die Vergangenheit lässt einen nie los. Heißt es jedenfalls immer.*

Robin musste sich gar nicht fragen, wodurch die plötzliche Attacke hervorgerufen worden war. Sie wusste genau, was – *wer* – dafür verantwortlich war. *Melanie*, dachte sie. Als sie aus der Mittagspause in ihre Praxis zurückgekehrt war, hatte sie eine Nachricht ihrer drei Jahre älteren Schwester auf der Mailbox vorgefunden. Robin hatte das Telefon angestarrt und überlegt, ob sie einfach nicht zurückrufen, die Nachricht löschen und so tun sollte, als hätte sie sie nie erhalten, als ihre Klientin gekommen war. *Dann musst du eben warten*, hatte sie ihre Schwester stumm wissen lassen, ihren Notizblock genommen und war in den größeren Raum gegangen, in dem sie ihre Klienten empfing.

»Geht es Ihnen gut?«, fragte die Frau sie jetzt, beugte sich in dem blauen Polstersessel vor und musterte Robin argwöhnisch. »Sie sehen irgendwie komisch aus.«

»Könnten Sie mich kurz entschuldigen?« Robin war von ihrem Stuhl aufgesprungen, bevor die Frau etwas erwidern konnte. Sie rannte ins Nebenzimmer und schloss die Tür. »Okay«, flüsterte sie und stützte sich mit beiden Handflächen auf ihren Schreibtisch, sorgfältig darauf bedacht, nicht zu dem blinkenden roten Licht ihres Telefons zu blicken. »Atmen. Einfach ruhig weiteratmen.«

*Okay, du hast diagnostiziert, was los ist. Du weißt, wodurch es ausgelöst wurde. Jetzt musst du dich nur noch entspannen und auf deine Atmung konzentrieren. Im Zimmer nebenan wartet eine Klientin. Du hast keine Zeit für diesen Mist. Also reiß dich zusammen.* Wie hatte ihre Mutter immer gesagt? *Auch das geht vorbei.*

Aber nicht alles ging vorbei. Oder wenn, kam es oft von hinten zurück und biss einen in den Arsch. »Okay, tief einatmen«, ermahnte sie sich noch einmal. »Und noch mal.« Nach drei weiteren Zügen ging ihr Atem fast wieder normal. »Okay«, sagte sie. »Okay.«

Aber es war nicht okay, und sie wusste es. Melanie rief aus irgendeinem Grund an, und was immer dieser Grund sein mochte, er war nicht gut. Seit dem Tod ihrer Mutter hatten die Schwestern kaum miteinander gesprochen, und seit Robin Red Bluff nach der überstürzten Wiederheirat ihres Vaters verlassen hatte, gar nicht mehr. Nichts in fast sechs Jahren. Kein Glückwunsch, nachdem Robin in Berkeley einen Master in Psychologie gemacht hatte, keine Aufmunterung, als sie im folgenden Jahr ihre eigene Praxis eröffnet hatte, nicht einmal ein beiläufiges »viel Glück«, als sie und Blake ihre Verlobung bekanntgegeben hatten.

Und so hatte Robin mit Blakes Ermutigung und Unterstützung vor zwei Jahren alle Kommunikationsversuche mit ihrer Schwester eingestellt. Riet sie ihren Klienten nicht immer, sie sollten aufhören, sich die Stirn blutig zu rennen, wenn sie mit einem unbeweglichen Objekt oder unüberwindbaren Konflikt konfrontiert waren? Wurde es nicht Zeit, dass sie ihrem eigenen weisen Rat folgte? Aber es war natürlich immer leichter, Ratschläge zu geben, als sie anzunehmen.

Und nun rief aus heiterem Himmel ihre Schwester an und hinterließ eine kryptische Nachricht auf ihrer Mailbox. Wie ein Krebsgeschwür, von dem man angenommen hatte, es sei herausgeschnitten worden, und das dann umso aggressiver und virulenter zurückkam.

»Ruf mich an«, lautete die Botschaft, die sie auf die Mailbox gesprochen hatte, ohne ihren Namen zu nennen, weil sie es für selbstverständlich hielt, dass Robin die Stimme ihrer Schwester selbst nach all den Jahren erkennen würde.

Und das hatte sie natürlich auch, weil Melanie eine Stimme hatte, die man unweigerlich im Ohr behielt, egal wie viel Zeit vergangen war.

Welche neue Hölle wartete nun wieder, fragte Robin sich und atmete noch ein paarmal tief durch, ohne sich auf weitere Spekulationen einzulassen. Die Erfahrung hatte sie gelehrt, dass ihre Fantasie nicht mit der Realität mithalten konnte. Bei Weitem nicht.

Sie überlegte, sich mit Blake zu besprechen, entschied sich jedoch dagegen. Er war beschäftigt und würde auf eine Störung ungehalten reagieren. »Du bist die Therapeutin«, würde er ihr erklären und knapp an ihr vorbeiblicken, als wäre dort jemand Interessanteres aufgetaucht.

Robin verdrängte alle Gedanken an Blake und Melanie, strich ihre schulterlangen, blonden Locken hinter die Ohren und kehrte mit einem aufgesetzten aufmunternden Lächeln in das andere Zimmer zurück. »Tut mir leid«, erklärte sie der wartenden Frau, die ihren ersten Termin hatte und deren Name Robin nach wie vor nicht einfiel. Emma oder Emily. Irgendwas in der Richtung.

»Alles okay?«, fragte die Frau.

»Alles bestens. Mir war nur kurz ein bisschen flau.«

Die Frau kniff die Augen zusammen. »Sie sind doch nicht schwanger, oder? Ich fände es furchtbar, mit der Therapie zu beginnen, und dann hören Sie auf, um Ihr Baby zu bekommen.«

»Nein. Ich bin nicht schwanger.« *Um schwanger zu wer-*

*den, muss man Sex haben*, dachte Robin. Und sie und Blake hatten seit einem Monat nicht mehr miteinander geschlafen.

»Alles bestens«, sagte sie, während sie verzweifelt versuchte, sich an den Namen der Frau zu erinnern. »Bitte fahren Sie fort. Sie hatten gesagt, dass …«

*Was zum Teufel hatte die Frau gesagt?*

»Ja, also, ich hatte gesagt, dass mein Mann absolut nicht hilfreich ist, wenn es um seine Mutter geht. Als wäre er wieder zehn Jahre alt und hätte Angst, den Mund aufzumachen. Sie sagt total verletzende Sachen zu mir, und er tut so, als hätte er nichts gehört. Und wenn ich ihn darauf hinweise, sagt er, ich würde übertreiben und solle mir das alles nicht so zu Herzen nehmen. Meine Tochter hat es natürlich auch schon mitgekriegt. Und jetzt ist sie genauso unverschämt. Sie sollten hören, wie sie manchmal mit mir redet.«

*Sie glauben, Sie hätten Probleme?*, dachte Robin. *Sie glauben, Ihre Familie wäre schwierig?*

»Ich weiß nicht, warum meine Schwiegermutter mich so hasst.«

*Sie braucht keinen Grund*, dachte Robin. *Wenn sie nur ein bisschen so ist wie meine Schwester, verachtet sie Sie aus Prinzip. Weil Sie existieren.*

Das stimmte. Melanie hatte sie von dem Moment an gehasst, an dem sie ihre neugeborene jüngere Schwester zum ersten Mal gesehen hatte, eifersüchtig, weil sie die Aufmerksamkeit der Mutter plötzlich teilen musste. Sie hatte Robin gekniffen, wenn diese friedlich in ihrem Bettchen geschlafen hatte, und nicht aufgehört, bis der Säugling mit winzigen Blutergüssen übersät war; als Robin zwei war, hatte Melanie ihr mit einer Schere die Locken abgeschnitten; als Robin mit sieben völlig arglos Fangen mit ihr gespielt hatte, hatte Melanie sie gegen eine Mauer geschubst und ihr die Nase gebrochen. Ständig kritisierte sie Robins Kleidergeschmack, ihre Interessen und ihre Freundinnen. »Das Mädchen ist ein dummes Flittchen«, war ihr höhnischer Kommentar zu Robins bester Freundin Tara gewesen.

*Oh, warte – da hatte sie recht gehabt.*

»Ich habe alles getan, um Frieden mit der Frau zu schließen. Ich war mit ihr einkaufen. Ich war mit ihr Mittag essen. Ich habe sie mindestens dreimal pro Woche zu uns nach Hause zum Abendessen eingeladen.«

»Warum?«, fragte Robin.

»Warum?«, wiederholte die Frau.

»Warum machen Sie sich die Mühe, wenn sie so unangenehm ist?«

»Weil mein Mann denkt, dass es sich so gehört.«

»Dann soll *er* mit ihr einkaufen und Mittag essen gehen. Sie ist *seine* Mutter.«

»So einfach ist das nicht«, wandte die Frau ein.

»Doch, es ist genau so einfach«, entgegnete Robin. »Sie ist unhöflich und respektlos. Sie sind nicht verpflichtet, sich das anzutun. Hören Sie auf, mit ihr einkaufen und essen zu gehen. Laden Sie sie nicht mehr zum Abendessen ein. Wenn sie fragt, erklären Sie ihr, warum.«

»Und was soll ich meinem Mann sagen?«

»Dass Sie es satthaben, mit so viel Missachtung behandelt zu werden, und es nicht länger hinnehmen wollen.«

»Ich glaube, das kann ich nicht.«

»Was hindert Sie daran?«

»Es ist kompliziert.«

»Eigentlich nicht.«

*Sie wollen kompliziert? Ich geb Ihnen kompliziert: Meine*

*Eltern waren vierundzwanzig Jahre verheiratet, in denen mein Vater meine Mutter mit jeder Schlampe betrogen hat, die ihm über den Weg lief, darunter auch meine beste Freundin Tara, die er nur fünf Monate nach dem Tod meiner Mutter geheiratet hat. Und um die Geschichte richtig interessant zu machen, war Tara zu der Zeit noch mit meinem jüngeren Bruder Alec verlobt. Wie kompliziert finden Sie das?*

*Oh, warten Sie – es gibt noch mehr.*

*Tara hat eine Tochter aus ihrer ersten gescheiterten Ehe mit Anfang zwanzig. Cassidy müsste jetzt etwa zwölf sein. Süßes Mädchen. Mein Vater vergöttert sie und hat ihr mehr Liebe gezeigt als einem seiner eigenen Kinder. Apropos, hatte ich erwähnt, dass ich seit sechs Jahren nicht mehr mit meiner Schwester gesprochen habe?*

»Manche Menschen sind einfach Gift«, sagte Robin laut. »Am besten, man hat so wenig wie möglich mit ihnen zu tun.«

»Selbst wenn es enge Verwandte sind?«

»*Gerade* wenn es enge Verwandte sind.«

»Wow«, sagte die Frau. »Ich dachte, Therapeuten sollen einem Fragen stellen, damit man die Sachen selbst herausfindet.«

*Sollten sie das? Gott, das könnte Jahre dauern.* »Ich dachte bloß, ich spar uns beiden ein bisschen Zeit.«

»Sie sind aber tough«, sagte die Frau.

Robin hätte beinahe gelacht. »Tough« wäre wahrscheinlich das letzte Wort, das ihr bei einer Selbstbeschreibung eingefallen wäre. Melanie war die Toughe. Oder vielleicht war »wütend« treffender. Solange Robin sich erinnern konnte, war Melanie wütend gewesen. Auf die Welt im Allgemeinen. Auf Robin im Besonderen. Wobei man fairerweise zugeben musste, dass Melanie es auch nicht immer leicht gehabt hatte. Verdammt, sie hatte es *nie* leicht gehabt.

*Doppelt verdammt*, dachte Robin. *Wer will schon fair sein?*

»Sind Sie sicher, dass es Ihnen gut geht?«, fragte die Frau. »Ihr Gesicht …«

»Was ist mit meinem Gesicht?« *Habe ich einen Schlaganfall? Bell-Lähmung? Was ist mit meinem Gesicht?*

»Nichts. Es sah einen Moment lang ganz zerknittert aus.«

»Zerknittert?« Robin merkte, dass sie brüllte.

»Tut mir leid. Ich wollte Sie nicht beunruhigen …«

»Würden Sie mich noch mal kurz entschuldigen?« Robin stand so ruckartig auf, dass der Stuhl beinahe umgefallen wäre. »Ich bin gleich wieder da.« Sie verließ ihre Praxisräume und lief den mit grauem Teppich ausgelegten Flur entlang bis zur Toilette, drückte die Tür auf und stürzte zum Waschbecken, um ihr Spiegelbild zu betrachten. Eine attraktive dreiunddreißigjährige Frau mit dunkelblauen Augen, angenehm vollen Lippen und einem annähernd herzförmigen Gesicht starrte ihr entgegen. Keine unappetitlichen Warzen oder Makel, keine auffälligen Narben oder Abnormitäten. Alles war an seinem Platz, vielleicht ein wenig schräg wegen ihrer leicht schiefen Nase. Aber nichts, was man als »ganz zerknittert« beschreiben könnte. Ihr Haar müsste nachgefärbt und geschnitten werden, stellte sie fest, als sie an einer widerspenstigen Locke zog. Aber ansonsten sah sie durchaus respektabel, ja, in ihrer rosafarbenen Bluse und dem grauen, gerade geschnittenen Rock sogar professionell aus. Sie könnte ein paar Pfund zulegen, dachte sie und hatte wieder Melanies Stimme im Kopf, die sie daran erinnerte, dass sie trotz ihrer Errungenschaften und ihrem »schicken Uni-Abschluss« noch immer »flach wie ein Pfannkuchen« und »dürr wie ein Stock« war.

Sie spürte das Kribbeln einer weiteren Panikattacke, atmete vorbeugend ein paarmal tief ein und spritzte sich, als das nichts nutzte, eine Handvoll kaltes Wasser ins Gesicht. »Okay, beruhige dich. Ganz ruhig. Alles ist gut. Außer dass mein Gesicht ganz zerknittert ist«, jammerte Robin ihr Spiegelbild an, als sie ihre geschürzten Lippen und ihre verkniffenen Wangen bemerkte. »Du darfst nicht zulassen, dass Melanie dir so zusetzt.« Sie atmete noch ein paarmal tief durch, durch die Nase ein, durch den Mund aus, die gute Energie einatmen, die schlechte ausatmen. »Nebenan sitzt eine Frau, die geduldig auf deinen Rat wartet«, ermahnte sie sich. »Also geh da jetzt wieder rein und gib ihn ihr.« *Wie auch immer sie verdammt noch mal heißt.*

Aber als Robin in den Behandlungsraum zurückkam, war die Frau verschwunden. »Hallo?«, sagte Robin, öffnete die Tür zu ihrem Büro und stellte fest, dass der Raum ebenfalls leer war. »Adeline?«, rief sie, als sie in den Flur zurückkehrte, der ebenfalls völlig verlassen war. *Klar. Super Zeitpunkt, sich an ihren Namen zu erinnern.*

Adeline war offensichtlich geflohen. Abgeschreckt von Robins »tougher« Fassade und ihrem »zerknitterten« Gesicht. Nicht dass Robin es ihr verdenken konnte. Die Sitzung war eine Katastrophe gewesen. Mit welchem Recht glaubte sie, andere Menschen beraten zu können, wenn sie selbst ein komplettes Wrack war?

Robin ließ sich in den blauen Sessel fallen, den Adeline geräumt hatte, und sah sich in dem mit Bedacht dekorierten Raum um. Die Wände waren in einem blassen, aber sonnigen Gelb gestrichen, das eine optimistische Atmosphäre schaffen sollte. An der Wand gegenüber der Tür hing ein Poster mit bunten Blumen, Sinnbild für Wachstum und persönliche

Entwicklung. Neben der Tür zu ihrem inneren Heiligtum ein Foto von Herbstlaub, eine subtile Erinnerung daran, dass Veränderung unvermeidlich und positiv war. Den Ehrenplatz hinter dem Stuhl, auf dem sie normalerweise saß, nahm ihr Lieblingsbild ein – eine Collage mit einer Frau mit lockigem Haar und einem besorgten Lächeln in einem Sturm aus abstrakten Regentropfen und glücklichen Gesichtern, über deren Kopf die Worte schwebten: *WARUM WERDE ICH SO EMOTIONAL?* Eine humoristische Note, damit ihre Klienten sich entspannten. Sie hatte das Bild auf einem Garagentrödelmarkt in der Nachbarschaft entdeckt, kurz nachdem sie und Blake zusammengezogen waren. Inzwischen machte er immer öfter »Überstunden«. Wie lange würde es noch dauern, bis er von Auszug sprach?

»Ja, warum werde ich so emotional?«, fragte sie die Frau auf dem Bild.

Die Frau lächelte ihr besorgtes Lächeln und sagte nichts.

Das Telefon in Robins kleinem Büro klingelte.

»Mist«, sagte sie, lauschte, wie es zwei weitere Male klingelte, bevor die Mailbox übernahm. War es Melanie, die sich beschweren wollte, weil Robin nicht prompt zurückgerufen hatte? Robin stand langsam auf. Was soll's? Sie konnte es genauso gut hinter sich bringen.

In ihrem Büro sah sie als Erstes das blinkende rote Licht des Telefons. Sie ließ sich auf den bequemen burgunderroten Ledersessel hinter ihrem kleinen Eichenschreibtisch fallen. Ursprünglich war es Blakes Schreibtisch in seiner ersten Zeit als Anwalt gewesen; er hatte ihn ihr überlassen, als er zu einer angeseheneren Kanzlei mit einem geräumigeren Büro gewechselt war, das einen Schreibtisch von angemessener Größe erforderte.

Hatten sie ihre Hochzeitspläne deshalb nie in die Tat umgesetzt? Hatte sie nicht die angemessene Größe für einen Mann von seiner wachsenden Statur?

Vielleicht war es auch die hübsche neue Assistentin, die er angestellt hatte, oder die attraktive junge Anwältin im Büro nebenan. Vielleicht war es eine Frau, die er in der Warteschlange bei Starbucks angelächelt hatte, deretwegen er Bedenken bekommen hatte.

Wie lange konnte sie die allzu vertrauten Anzeichen noch ignorieren?

Sie nahm den Hörer ab, lauschte der Ansage, die sie darüber informierte, dass sie eine neue und eine gespeicherte Nachricht hatte. »Um Ihre neue Nachricht anzuhören, drücken Sie bitte 1 – 1.«

Das tat Robin.

»Hi, hier ist Adeline Sullivan«, sagte die Stimme. »Ich rufe an, um mich zu entschuldigen, dass ich einfach so weggelaufen bin. Ich fand, irgendwie passen wir nicht gut zueinander, und um eine Therapeutin zu zitieren, die ich kenne, ›ich dachte, ich spar uns beiden ein bisschen Zeit‹ und gehe einfach. Ich hoffe, Sie sind mir nicht böse, Sie können mir die Sitzung in Rechnung stellen. Sie *haben* mir ein paar Sachen mitgegeben, über die ich nachdenken werde.« Sie hinterließ eine Adresse, an die Robin die Rechnung schicken konnte. Robin löschte die Nachricht sofort. Wenn man doch alles so leicht tilgen könnte. Sie schloss die Augen, und ihre Finger schwebten über dem Telefon.

»Los«, drängte sie. »Du kannst das.« Sie drückte auf die Taste, um sich noch einmal die Nachricht ihrer Schwester anzuhören.

»Erste gespeicherte Nachricht«, verkündete die Stimme vom Band, gefolgt von dem abrupten Befehl ihrer Schwester.

»Ruf mich an«, sagte sie.

Robin musste Melanies Nummer nicht nachgucken. Sie kannte sie auswendig. Sie war ihr ins Hirn gemeißelt. Sie drückte die Tasten, bevor sie es sich anders überlegen konnte.

Am anderen Ende wurde beinahe sofort abgenommen. »Hat ja lang genug gedauert«, sagte ihre Schwester ohne Vorrede.

»Was ist los?«, fragte Robin.

»Ich glaube, du setzt dich lieber«, sagte Melanie.

# KAPITEL 2

Am nächsten Morgen wachte Robin in einem fremden Bett in einem unvertrauten Zimmer auf. Das Gespräch mit ihrer Schwester ging ihr wie in Endlosschleife durch den Kopf.

»*Es ist wegen Dad*«, sagte Melanie mit flacher, nüchterner Stimme.

»*Ist er tot?*«

»*Er liegt im Krankenhaus.*«

»*Hatte er einen Herzinfarkt?*«

»*Nein.*«

»*Jemand hat auf ihn geschossen?*«

»*Bingo.*«

Robin drückte auf die imaginäre Pausetaste, und die Unterhaltung, die die ganze Nacht lang durch ihre Gedanken und Träume gegeistert war, wurde angehalten. Auch das übertriebene Stirnrunzeln, das Robin sich im Gesicht ihrer Schwester vorstellte, fror ein, ein Stirnrunzeln, das Melanie immer davon abgehalten hatte, die Schönheit zu werden, zu der sie laut der Prophezeiung ihrer Mutter heranwachsen sollte.

Robin stand aus dem zu harten französischen Doppelbett auf und schlurfte ins Bad. Warum sahen alle Motelzimmer gleich aus? Gab es irgendeine gewerkschaftliche Vorschrift, dass es uninteressante Quader in Beige- und Brauntönen sein mussten? Nicht dass sie eine Expertin für die Innenausstattung von Motels gewesen wäre, sie hatte im Lauf der Jahre nur in wenigen übernachtet. Sie war direkt aus ihrem beengten Elternhaus in Red Bluff in ein Wohnheimzimmer in Berkeley gezogen, danach wieder zurück zu ihren Eltern, um das Geld zu verdienen, mit dem sie ihre Ausbildung fortsetzen konnte, dann in eine kleine WG in Campusnähe. Eine Zeitlang war sie zwischen Berkeley und Red Bluff gependelt, um bei der Pflege ihrer Mutter zu helfen, und hatte anschließend in einem beengten Studio-Apartment in Los Angeles gewohnt, bis sie mit Blake die geräumigen zwei Zimmer plus großzügigem Koch-Ess-Bereich bezogen hatte, in denen sie jetzt lebten.

Blake, dachte sie und wendete den Namen stumm auf der Zunge, als sie in die Dusche stieg. *Was musste er denken?* Sie drehte das Wasser an und drückte sich an die Wand der Kabine, als ein eiskalter Sturzbach aus dem Duschkopf strömte.

Blake würde wütend auf sie sein.

Sie hatte ihn seit gestern Nachmittag nicht mehr angerufen. Und da hatte sie auch nicht mit ihm persönlich gesprochen, sondern bloß eine Nachricht bei seiner hübschen neuen Assistentin hinterlassen. Dass sie nach Red Bluff müsse, um sich um einen familiären Notfall zu kümmern, und sich später melden würde. Dann hatte sie sämtliche Termine für den Rest der Woche abgesagt, war nach Hause gefahren, hatte einen kleinen Koffer gepackt, ein Taxi zum Flughafen bestellt und den ersten verfügbaren Flug nach Sacramento genommen, wo sie um sechs Uhr abends gelandet war. Der Bus nach Red Bluff ging erst am nächsten Morgen, die Aussicht, einen Wagen zu mieten und selbst zu fahren, hatte sie eingeschüchtert, und in Wahrheit hatte sie es auch nicht eilig, dort anzukommen. Sie checkte in einem Motel in der Nähe des Busbahnhofs ein, ließ das Abendessen aus, schlang stattdessen drei Schokoriegel aus einem Automaten am Ende des Flurs herunter und widerstand dem Impuls, den Fernseher einzuschalten, für den Fall, dass es Berichte über die Schießerei gab.

Das Maß dessen, was Robin wissen wollte, was sie bewältigen und verarbeiten konnte, war begrenzt.

Sie hatte überlegt, Blake anzurufen, als ihr eingefallen war, dass er etwas von einem Abendessen mit Mandanten gesagt hatte. Also wozu die Mühe? Er war beschäftigt. Er war immer beschäftigt. Zu beschäftigt, um zu telefonieren, offensichtlich. Zu beschäftigt, um ein paar Sekunden zu erübrigen, sie zu fragen, was für ein familiärer Notfall es erforderlich gemacht hatte, dass sie mir nichts, dir nichts zu einem Ort aufgebrochen war, an den nie zurückzukehren sie sich geschworen hatte. Wäre es so schwierig gewesen, eins seiner anscheinend endlosen Meetings zu unterbrechen, um sie anzurufen und wenigstens ein Mindestmaß an Interesse vorzutäuschen?

Also war er vielleicht gar nicht wütend, dass sie noch nicht einmal versucht hatte, ihn zu erreichen. Vielleicht war er erleichtert. Vielleicht hatte sie ihm endlich einen Vorwand geliefert, um ihre Beziehung ein für alle Mal zu beenden.

Nicht, dass er ihr irgendwie helfen könnte, erinnerte sie sich. Sein Fachgebiet war Gesellschaftsrecht, nicht Strafrecht. Und er kannte ihren Vater nicht mal. Oder ihre Schwester. Oder irgendein Mitglied ihrer verkorksten Familie mit Ausnahme ihres Bruders, der in San Francisco lebte. Allerdings hatten sie ihn auch nur zwei Mal getroffen. Sie hatte eine Nachricht auf Alecs Mailbox hinterlassen, doch er hatte ebenfalls nicht zurückgerufen. Sie konnten sie beide mal, hatte Robin beschlossen, ihr Handy ausgeschaltet und war um kurz nach acht ins Bett gegangen.

Sie hätte ihr Handy nicht abschalten sollen, dachte sie jetzt.

Was, wenn Blake oder Alec angerufen *hatten*? Was, wenn Melanie versucht hatte, sie zu erreichen?

»*Es ist wegen Dad*«, hörte sie ihre Schwester sagen und spulte das Gespräch vor, während der Eisregen aus der Dusche zu einem lauwarmen Tröpfeln abebbte.

»*Wer war es?*«

»*Wir wissen es nicht.*«

»*Wann?*«

»*Gestern Abend.*«

»*Geht es ihm gut?*«

»*Natürlich geht es ihm nicht gut. Man hat ihm in den Kopf geschossen. Er liegt im Koma.*«

»*O Gott.*«

»*Er wurde operiert, aber es sieht nicht gut aus.*«

Robin wickelte das winzige Stück Seife in der Seifenschale aus der Verpackung und warf das Papier auf den Boden der Duschwanne, wo es wie ein Stopfen den Abfluss abdeckte, sodass das Wasser bis zu ihren Knöcheln stieg. Die Seife produzierte so gut wie keinen Schaum, egal wie heftig sie rieb. »Na super«, murmelte sie, als ihr das Stück aus der Hand glitt und in dem ansteigenden Wasser verschwand. »Einfach super.« Sie stellte sich direkt unter den Wasserstrahl und spürte, wie ihr feuchtes Haar platt auf die Kopfhaut gedrückt wurde und sich um ihren Kopf schmiegte wie Plastikfolie.

»*Man hat ihm in den Kopf geschossen. Er liegt im Koma.*«

Sie stieg aus der Dusche auf die zu kleine elfenbeinfarbene Badematte, wickelte sich in ein bereitliegendes, überraschend weiches, beigefarbenes Frotteehandtuch und ging zurück ins Schlafzimmer. Sie blickte auf den Wecker auf dem Nachttisch. Kurz nach sieben, was bedeutete, dass sie noch drei Stunden totschlagen musste, bis ihr Bus fuhr. Dazu noch die gut zwei Stunden, die er für die einhundertfünfundzwanzig öden Meilen über den Highway bis zum Arsch der Welt brauchen würde, besser bekannt als Red Bluff. Das bedeutete noch mindestens fünf Stunden, in denen die Unterhaltung mit ihrer Schwester in ihrem Kopf hin und her witschen konnte wie eine Flipperkugel.

*»Das verstehe ich nicht. Wie ist das passiert? Wo ist Tara?«*

*»Sie wird noch operiert.«*

*»Operiert? Was soll das heißen? Wurde sie auch angeschossen?«*

*»Und Cassidy.«*

*»Was?«*

*»Du hast mich schon verstanden.«*

*»Jemand hat auf Cassidy geschossen?«*

*»Ja.«*

*»Ich glaube es nicht. Was für ein Monster schießt auf ein zwölfjähriges Mädchen?«*

Robin öffnete ihren Koffer und nahm frische Unterwäsche, einen blau-weiß gestreiften Pulli und eine Jeans heraus. Sie zog sich eilig an und überlegte, ob sie den Fernseher einschalten sollte. Vielleicht brachte der lokale Sender einen Bericht über den Überfall. *Greg Davis, prominenter Bauunternehmer aus Red Bluff, seine Frau sowie seine Stieftochter wurden in ihrem Haus angeschossen und kämpfen zurzeit im Krankenhaus um ihr Leben*, würde ein dynamischer Reporter mit trotzdem ernstem Gesicht verkünden.

Wieder unterbrach Melanie ihre Gedanken. »*Wie es aussieht, war es ein bewaffneter Raubüberfall oder so*«, sagte sie, und ihre Stimme wurde mit jedem Wort lauter und zittriger. »*Offenbar ist gestern irgendwann nach Mitternacht jemand ins Haus eingedrungen und… und…*«

*»Okay. Okay. Ganz langsam. Tief atmen.«*

*»Bitte sag mir nicht, was ich machen soll. Du bist nicht hier. Du* warst *nicht hier.«*

*Na, das hat ja nicht lange gedauert*, dachte Robin, während sich jeder Muskel in ihrem Körper anspannte. Es war derselbe Refrain, den sie seit dem Tod ihrer Mutter hörte. *»Erzähl mir einfach, was passiert ist.«*

*»Das hab ich dir doch gesagt. Sieht aus wie ein bewaffneter Raubüberfall oder so.«*

*»Was heißt das genau? Weiß die Polizei, wer es war? Gibt es irgendwelche Spuren? Verdächtige?«*

*»Nicht dass ich wüsste.«*

*»Hast du mit Alec gesprochen?«*

*»Ich habe ihn angerufen. Er hat nicht auf meine Nachrichten reagiert.«*

*»Ich werde versuchen, ihn zu erreichen.«*

*»Kommst du jetzt nach Hause oder nicht?«*

*»Ich weiß nicht. Ich muss ein paar Sachen regeln, sehen, welche Flüge gehen und wann der Bus fährt ... Es könnte ein bisschen dauern.«*

*»Gut. Wie auch immer. Es ist deine Entscheidung.«*

Robin ließ sich wieder auf das zu harte Bett sinken, stützte den Kopf in die Hände und starrte auf den beige-braunen Teppich. Egal wie oft sie das Gespräch mit ihrer Schwester im Geiste durchging, sie begriff es nicht richtig. Es war wie ein verstörender Traum, der sich aus dem Gedächtnis verflüchtigte, sobald man versuchte, ihn zu verstehen.

Sie saß reglos da, bis sie ihren Magen knurren hörte. Sie hatte seit der Suppe und dem Sandwich zum Lunch am Tag zuvor nichts Vernünftiges mehr gegessen. Wahrscheinlich sollte sie einen Happen frühstücken, bevor ihr Bus fuhr.

Man konnte nicht wissen, wann sich wieder die Gelegenheit ergab, etwas zu essen, wenn sie erst in Red Bluff war. Sie schlüpfte mit nackten Füßen in ihre Sneaker, nahm ihre Handtasche, schaltete ihr Handy ein und ging zur Tür. Sie erinnerte sich vage, dass direkt gegenüber dem Hotel ein Diner war.

Das Telefon klingelte, als sie nach der Türklinke griff.

»Blake?«, fragte sie, das Handy am Ohr, ohne vorher auf das Display geguckt zu haben.

»Alec«, erwiderte ihr Bruder. »Was ist los?«

»Hast du schon mit Melanie gesprochen?«

»Ich dachte, ich rede erst mit dir. Was ist los?«

»Mach dich auf was gefasst.«

»Ich bin ganz gefasst.«

Robin atmete tief ein. »Dad ist niedergeschossen worden.«

Es entstand eine kurze Pause, gefolgt von einem nervösen Lachen. »Ist das ein Witz?«

»Nein, es ist kein Witz. Er lebt, aber wahrscheinlich nicht mehr lange.«

»War es Tara?«

»Nein.« Robin unterdrückte ein Lächeln. Das war auch ihr erster Gedanke gewesen. »Sie wurde ebenfalls angeschossen.«

»Tara wurde angeschossen?«

»Und Cassidy.«

»Tara wurde angeschossen?«, wiederholte Alec. »Wie geht es ihr?«

»Ich weiß es nicht. Als ich mit Melanie gesprochen habe, wurde sie noch operiert.«

»Das verstehe ich nicht. Was ist passiert?«

»Melanie sagt, es war offenbar ein bewaffneter Überfall.«

»Wow.« Ein Moment Schweigen. Robin stellte sich vor, wie ihr Bruder sein Kinn massierte, wie immer, wenn er aufgewühlt war. »Das haben sie nun davon, sich das größte verdammte Haus in der Stadt zu bauen.«

»Ich bin jetzt auf dem Weg dorthin. Du solltest wohl lieber auch kommen.«

»Nein, keine gute Idee.«

Robin überlegte noch, was sie sagen könnte, um ihren Bruder nach Red Bluff zu locken, als sie merkte, dass er das Gespräch beendet hatte. Sie steckte das Telefon wieder in die Handtasche und entschied, ihn zurückzurufen, wenn sie mehr erfahren und er Zeit zum Nachdenken gehabt hatte.

Sie öffnete die Tür ihres Motelzimmers und trat auf den Parkplatz. Sofort legte die Hitze sich wie eine Decke über ihre Schultern. Mitte April, noch nicht mal acht Uhr, und das Thermometer war bereits über fünfundzwanzig Grad geklettert. In Red Bluff, wo an hundert Tagen im Jahr eine Durchschnittstemperatur von mehr als dreißig Grad herrschte, würde es noch heißer sein. Allein der Gedanke ließ ihre Herzfrequenz steigen.

»Okay, bleib ruhig«, flüsterte sie und überquerte die Straße zu dem Diner im Fünfzigerjahrestil. »Ein Diner ist nicht der passende Ort für eine Panikattacke.« Aber als sie durch die schwere Glastür des Restaurants stolperte, spürte sie bereits das Pulsieren der Angst. Sie setzte sich in eine Nische am Fenster, stieß mit der Hand gegen die Jukebox neben dem laminierten Tisch und schrie kurz auf.

»Alles okay?«, fragte die Kellnerin, die mit einer Kanne heißem Kaffee an den Tisch kam.

»Bestimmt«, brachte Robin hervor und versuchte, eine Stelle auf dem knubbeligen Kunstlederpolster zu finden, an der sie nicht festkleben würde, »wenn ich eine Tasse davon getrunken habe.«

Die Kellnerin goss ihr Kaffee ein. »Möchten Sie die Karte?«

»Nein. Nur den Kaffee.« Robin griff nach der Tasse und ließ ihre Hand wieder in den Schoß sinken, als sie merkte, dass sie zitterte. Sie blickte zu dem Tresen an der Wand. Drei von fünf Hockern waren besetzt von Männern mit schwer aussehendem Werkzeug am Gürtel. Auf einen langen Spiegel hinter dem Tresen war mit schwarzer Farbe eine Liste der Spezialitäten des Hauses geschrieben. *Eisbecher. Blaubeerpfannkuchen. Waffeln. Western Omeletts.* »Haben Sie Bagels?«

»Sesam, Mohn, Zimt-Rosinen«, ratterte die Kellnerin herunter.

*O Gott.* »Sesam.«

»Getoastet?«

*Mist.* »Ja, bitte.«

»Mit Butter?«

*Hilfe.* »Okay.«

»Ist wirklich alles in Ordnung?«

Robin blickte zu der Frau auf. Sie war um die fünfzig und trug mindestens ebenso viele Pfunde Übergewicht mit sich herum. Sie hatte einen niedlichen bogenförmigen Mund und ein Zwinkern in ihren freundlichen braunen Augen. *Lächle einfach und sag ihr, dass es dir gut geht.* »Mein Vater wurde niedergeschossen«, erklärte Robin stattdessen. Die Worte waren über ihre Lippen, bevor sie sie zurückhalten konnte.

»Wie furchtbar. Das tut mir leid.«

»Und seine Frau Tara. Sie wurde auch niedergeschossen«, fuhr Robin fort, und ihre Stimme wurde mit jedem Satz schriller. »Sie war früher meine beste Freundin und dazu die Verlobte meines Bruders. Bis sie meinen Vater geheiratet hat.« Sie stieß ein seltsames Kichern aus. *Du bist hysterisch*, ermahnte sie sich. *Hör auf zu reden. Hör sofort auf zu reden.* »Und ihre Tochter Cassidy. Sie wurde auch angeschossen. Sie ist erst zwölf.«

Die Kellnerin wirkte perplex. Sie rutschte auf die Bank gegenüber, stellte die Kaffeekanne auf den Tisch und nahm eine von Robins zitternden Händen. »Das ist ja schrecklich, Schätzchen. Ist es hier passiert? Ich hab gar nichts gehört …«

»Nein. In Red Bluff. Ich bin gerade auf dem Weg dorthin. Sobald der Bus kommt.« Sie blickte zum Busbahnhof. »Ich lebe in L. A. Es gibt keine Flüge nach Red Bluff mehr, weil kein vernünftiger Mensch dort hinwill. Es gibt einen städtischen Flughafen, aber der wird seit Jahren nicht mehr bedient. Deswegen muss ich den Bus nehmen.«

»Sind Sie allein?«

»Meine Schwester holt mich vom Bus ab.«

»Dann ist ja gut«, sagte die Kellnerin.

»Eigentlich nicht«, erwiderte Robin lächelnd. »Sie hasst mich.« *Warum lächle ich? Hör auf zu lächeln!*

»Bestimmt nicht …«

»Oh doch, definitiv. Sie denkt, ich hätte es mein Leben lang leicht gehabt. Ich hätte alle Chancen bekommen. Ich bin aufs College gegangen, während sie in Red Bluff bleiben musste. Das stimmt nicht ganz, denn ich hatte zwar ein Teilstipendium, doch den Rest habe ich ganz allein finanziert. Mein Vater meinte, ein Master in Psychologie wäre eine Zeit- und Geldverschwendung, zu der er nicht beitragen wollte, deshalb habe ich so lange gebraucht, um meinen Abschluss zu machen.« *Okay, das reicht. Es interessiert sie nicht. Du kannst jetzt aufhören.*

Aber die Worte sprudelten weiter aus ihr heraus.

»Deswegen und weil ich hin und her gependelt bin, um meine Mutter zu sehen«, fuhr Robin ohne Pause fort, und die Worte nahmen noch mehr Fahrt auf wie ein führerloser Zug. »Dabei lässt meine Schwester immer geflissentlich aus, dass sie wegen ihrem Sohn in Red Bluff bleiben musste. Sie hat einen Sohn, Landon. Er ist nach einem Schauspieler benannt. Er ist schon tot. Der Schauspieler, nicht Landon. Landon ist autistisch. Ich bin sicher, dafür gibt sie mir auch die Schuld.« Robins Lächeln streckte sich bis zu den Ohren. Sie fing an zu lachen, dann zu weinen, dann lachte und weinte sie gleichzeitig, bis sie nach Luft rang. »O Gott. Ich krieg keine Luft. Ich krieg keine Luft.«

Die Kellnerin war sofort auf den Beinen. »Ich ruf einen Krankenwagen.«

Robin streckte die Hand aus und packte die Schürze der Frau. »Nein, ist schon gut. Das ist nur eine Panikattacke. Ist gleich wieder gut. Ehrlich. Ich brauch keinen Krankenwagen.«

»Ich habe Valium in meiner Handtasche. Möchten Sie ein paar?«

»Lieber Gott, ja.«

Eine Minute später war die Kellnerin zurück und hatte zwei kleine Pillen in ihrer Hand.

»Ich glaube, ich mag Sie«, sagte Robin.

Um zehn Uhr stieg Robin in den Greyhound-Bus nach Red Bluff. Alle verbliebenen Schamgefühle über ihren Minizusammenbruch beim Frühstück – *Ich bin Therapeutin, Herrgott noch mal. Ich habe einer Kellnerin mein Leben erzählt* – waren längst in einem angenehmen Valiumglimmer verschwunden, und sie verschlief fast die ganze zweistündige Fahrt über den

Highway 5 nach Norden. »Alles wird gut«, flüsterte sie in ihre Hand, als der Bus sich Red Bluff näherte, das am Fuß der schneebedeckten Cascades etwa in der Mitte zwischen Sacramento und Oregon am Ufer des Sacramento River lag, des größten Flusses in Kalifornien.

»Alles wird gut«, wiederholte sie, als der Bus die von Bäumen gesäumte Main Street hinunter in das großspurig als historischer Downtown District bezeichnete Viertel fuhr. Ihrer Erinnerung nach gab es im Stadtzentrum etwa einhundertfünfzig kleine Läden und Firmen, alle nur wenige Blocks vom Fluss entfernt. Die meisten Einwohner lebten am Stadtrand – ein Fünftel davon unter der Armutsgrenze. Ihr Vater hatte bei der Entwicklung des knapp zweitausend Hektar großen und bis heute weitgehend unbebauten Areals eine wichtige Rolle gespielt.

*Dein Vater ist unbesiegbar*, sagte Robin sich. *Er wird sich von einer kleinen Kugel im Gehirn nicht bremsen lassen. Und Tara ist auch kein Mauerblümchen. Wenn sie etwas ist, dann eine Kämpferin. Das Wort wurde praktisch für sie erfunden. Und die kleine Cassidy wird auch wieder gesund. Sie ist zwölf. Sie wird sich in null Komma nichts berappeln. Du wirst sehen – alle drei kommen durch. Wenn du sie im Krankenhaus besuchst, lachen sie dir ins Gesicht, und dann siehst du zu, dass du schleunigst wieder die Fliege machst.*

Robin fühlte sich beinahe friedlich, als der Bus am State Theatre und dem Uhrenturm mit dem goldenen Dach vorbeifuhr – die in lokalen Fremdenführern ebenfalls als »historisch« bezeichnet wurden.

Dann sah sie Melanie am Straßenrand warten.

Robin stieg aus dem Bus, die bunten viktorianischen Fassaden der Main Street verschwammen, als sie ihren kleinen Koffer vom Busfahrer entgegennahm und auf ihre Schwester zuging.

Melanie verschwendete keine Zeit mit Höflichkeiten. »Tara ist tot«, sagte sie.

# KAPITEL 3

In Red Bluff leben etwa vierzehntausend Menschen, die meisten sind weiß und Angehörige der unteren Mittelklasse. Das Motto der Stadt lautet *A Great Place to Live*, obwohl Robin immer gedacht hatte, dass *A Great Place to Leave* wahrscheinlich der bessere Slogan wäre. Es sei denn, man mochte Rodeos. Das Red Bluff Round-up hatte sich zu einem der größten Rodeos und populärsten Events im Westen entwickelt, jeden April kamen Rancher aus dem ganzen Land, um ihre Bullen in dem Wettbewerb gegeneinander antreten zu lassen. Sie sprach einen stummen Dank, dass sie es knapp verpasst hatte.

Neben dem alljährlichen Rodeo war Red Bluff vielleicht am bekanntesten als der Ort, wo ein geistesgestörtes Ehepaar ein siebzehnjähriges Mädchen entführt und sieben Jahre in einer Kiste unter ihrem Bett gefangen gehalten hatte. Die Entführung hatte im Mai 1977 stattgefunden, und soweit Robin wusste, war seither nicht mehr viel Bemerkenswertes passiert.

»Du siehst beschissen aus«, sagte Melanie, als sie vorn in ihren mit Süßigkeitenverpackungen zugemüllten, zehn Jahre alten Impala stiegen.

Das Gleiche hatte Robin über Melanie gedacht, war jedoch zu höflich gewesen, es laut zu äußern. Ihre Schwester hatte dicke Ringe unter ihren haselnussbraunen Augen, ihr unnatürlich dunkles Haar hing schlaff auf ihre runden Schultern – die Haare Opfer jahrelanger minderwertiger Farbkuren, die Schultern die Folge ihrer schlechten Haltung. »Ich hab nicht viel geschlafen. Wie geht es Dad?«

»Atmet noch.«

»Wann ist Tara gestorben?«

»Vor etwa einer Stunde.«

»Das ist so furchtbar.«

Melanie senkte das Kinn und sah Robin mit unverhohlener Skepsis von der Seite an, während sie den Gang einlegte und anfuhr. »Du warst ja wohl kaum ihr größter Fan.«

»Ich habe ihr nie den Tod gewünscht.«

»Nicht? Dann war das vermutlich Alec. Hast du ihn erreicht?«

Robin nickte und blickte auf die wenigen Bäume, die auf der riesigen Freifläche zwischen dem Zentrum von Red Bluff und dem Krankenhaus am Stadtrand verteilt waren. Seit sie weggegangen war, hatte sich nicht viel verändert. »Ich glaube nicht, dass er uns Gesellschaft leisten wird.«

»Das wundert auch keinen.« Melanie bedachte Robin mit einem kurzen Seitenblick und schaute gleich wieder auf die Straße. »Du glaubst doch nicht …«

»Ich glaube doch *was* nicht? Dass Alec etwas damit zu tun hatte?« Robin hörte den defensiven Unterton in ihrer Stimme, ein Überbleibsel aus ihrer Kindheit. Es waren immer Robin und ihr Bruder gegen den Rest der Welt gewesen, wobei der Rest der Welt damals vor allem aus Melanie bestand.

»Du hast es ausgesprochen«, sagte Melanie. »Nicht ich.«

»Du hast es *gedacht*.«

»Erzähl mir nicht, dass dir der Gedanke überhaupt nicht gekommen ist.«

»Alec hat Tara geliebt.« Robin weigerte sich, auch nur die Möglichkeit zuzugeben, dass Melanie recht haben könnte.

»Und unseren Vater gehasst.«

»Nicht genug, um etwas Derartiges zu tun!«

»Bist du dir da wirklich so sicher?«

»Ja.« War sie das? *Hatte sie sich nicht zumindest im Hinterkopf genau dasselbe gefragt?*

Das St. Elizabeth Community Hospital lag am Sister Mary Columbia Drive, etwa fünf Minuten von der City entfernt. Während der Fahrt blickte Robin wiederholt zu ihrer Schwester und wartete, dass sie sie über ihr Leben, über Blake, ihre Gesundheit oder über irgendwas befragte. »Gibt es sonst irgendwelche neuen Entwicklungen?«

»Was denn zum Beispiel?«

»Ich weiß nicht. Hat Tara vor ihrem Tod noch etwas zur Polizei gesagt?«

»Nein. Sie hat das Bewusstsein nicht wiedererlangt.«

»Und Cassidy?«

»Es steht auf Messers Schneide. Die Kugel ist unter ihrem Herz eingedrungen und im Rücken wieder ausgetreten, sagte der Sheriff. Wie durch ein Wunder hat sie ihre Lunge verfehlt, aber sie hat sehr viel Blut verloren, und ihr Zustand ist nach wie vor kritisch. Die Ärzte sagen, es steht fünfzig zu fünfzig.«

»Ist sie bei Bewusstsein?«

»Sie kommt phasenweise zu sich, sagt aber bisher kein Wort, wenn man versucht, sie anzusprechen.«

»Man weiß also nach wie vor nicht, wer es gewesen sein könnte?«

»Sie sind absolut ahnungslos«, sagte Melanie, jedes einzelne Wort betonend.

»Hat jemand Cassidy gesagt, was mit ihrer Mutter ist?«

»Meines Wissens nicht.« Melanie bog von der Straße auf den überraschend großen Parkplatz des Krankenhauses. »Aber das werden wir wohl gleich erfahren.« Sie fand eine Parklücke zwischen zwei Polizeiwagen, stellte den Motor ab und öffnete die Fahrertür. Ein Schwall heißer Luft schoss auf Robin zu, als hätte ihr jemand eine Granate an den Kopf geworfen. »Kommst du?«

»Warte«, bat Robin und spürte ein unerwünschtes Kribbeln der Angst in der Brust. Offensichtlich ließ die Wirkung des Valiums nach.

»Wozu?«

»Ich dachte bloß ... Können wir einfach noch ein paar Minuten hier sitzen bleiben?«

»Wieso?«

»Ich weiß nicht. Vielleicht könnten wir reden.«

»Über irgendwas Bestimmtes?«

»Eigentlich nicht. Ich hatte bloß gehofft, ich könnte mich erst ein bisschen akklimatisieren.«

»Akklimatisieren«, wiederholte Melanie und dehnte jede Silbe. »Gut. Ich nehme an, Dad kann warten. Es ist schließlich nicht so, als würde er irgendwohin gehen.« Sie sank in ihren Sitz zurück, ließ die Tür jedoch offen. »Okay, dann ... rede.«

Robin spürte die Schweißtropfen auf ihrer Stirn und wusste nicht, ob es eine Reaktion auf die Hitze oder auf die Aufforderung ihrer Schwester war. Melanie war mit den Jahren kein bisschen weicher geworden. »Wie geht es dir so?«

»Gut.«

»Arbeitest du noch?«

»Ja.«

»Bei Tillie's?« Tillie's war ein Antiquitäten- und Geschenkartikelladen in der Main Street, in dem Melanie in den letzten zwanzig Jahren immer wieder gejobbt hatte.

»Ja, bei Tillie's.« Sie machte eine Pause. »Aber jetzt muss ich natürlich Urlaub nehmen.«

»Was ist mit Dads Büro?«

»Was soll damit sein?«

»Hat irgendjemand die Leitung übernommen …?«

»Vorübergehend regelt sein kaufmännischer Leiter die Geschäfte.«

Robin wartete ein paar Sekunden, dass Melanie freiwillig mehr sagen würde, doch das tat sie nicht. »Wie geht es Landon?«

Melanie atmete ungeduldig aus. »Gut«, sagte sie und schaffte es, das einsilbige Wort noch kürzer klingen zu lassen.

Robin überlegte, ob sie weitere Fragen zu ihrem Neffen stellen sollte. Ihr war bewusst, dass Landon für Melanie immer ein sensibles Thema gewesen war. Er war das Produkt eines One-Night-Stands mit dem Kapitän der Footballmannschaft ihrer Highschool, als Melanie gerade siebzehn gewesen war. Im Alter von drei Jahren hatte man bei ihm Autismus diagnostiziert. Inzwischen war er achtzehn, und soweit Robin wusste, hatte sein Vater nie einen Cent zu seinem Lebensunterhalt beigetragen, nachdem er kurz nach dem Highschoolabschluss nach Colorado gezogen war und dort als Personal Trainer gearbeitet hatte, bevor er sich in ein mäßig erfolgreiches Fast-Food-Franchise eingekauft hatte. Derweil war Melanie gezwungen gewesen, alle Träume auf eine Karriere als Model aufzugeben und in Red Bluff zu bleiben, um sich um den Jungen zu kümmern.

Obwohl Landons Autismus relativ hochfunktional war, litt der Junge unter extremen Stimmungsschwankungen und war meistens stumm und unkommunikativ, ein Gefangener seines eigenen Bewusstseins. Auch wenn sie jahrelang unter einem Dach gelebt hatten, konnte Robin sich nicht daran erinnern, wann er zum letzten Mal mehr als zwei Worte zu ihr gesagt oder ihr in die Augen geblickt hatte.

Einen autistischen Sohn zu haben hatte Melanies Wut nur noch gesteigert. Auf die Welt im Allgemeinen. Auf Robin im Besonderen.

»Er muss mittlerweile ziemlich groß sein.«

»Ein Meter fünfundachtzig.«

»Wie macht er sich so?«

»Er macht sich großartig. Was sollen die ganzen Fragen nach Landon? Er hatte nichts damit zu tun, was passiert ist.«

»Natürlich nicht. Ich wollte nicht andeuten …«

»Ich sag dir dasselbe, was ich der Polizei auch gesagt habe: Landon war in der Nacht bei mir zu Hause. Die ganze Nacht. Nur weil er autistisch ist, heißt das nicht, dass er auch gewalttätig ist. Er hatte seit Jahren keinen größeren Ausbruch mehr. Zu einer solchen Tat ist er ganz bestimmt nicht fähig. Er würde nie jemandem etwas antun, schon gar nicht seinem Großvater. Oder Cassidy. Er liebt das Mädchen, Herrgott noch mal.«

»Melanie, bitte. Ich war bloß neugierig, wie es ihm geht. Er ist mein Neffe …«

»Ja, nun, ich schätze, daran musst du ihn noch mal erinnern.«

Robin löste ihren Sicherheitsgurt. »Okay. Lass uns reingehen.« *Man kann wohl behaupten, ich bin hinreichend akklimatisiert.* Sie hievte sich aus dem Wagen und ließ unter der drückenden Hitze, die in beinahe sichtbaren Wellen vom Asphalt aufstieg, die Schultern sacken. Vielleicht lag es auch an dem Kübel Scheiße, den ihre Schwester gerade über ihr abgeladen hatte.

»Dad liegt im Ostflügel«, sagte Melanie und marschierte über den Parkplatz zum Haupteingang des ausladenden einstöckigen weißen Baus.

Sobald sie durch die Tür traten, schlug Robin ein durchdringendes Aroma von Krankheit, Desinfektionsmitteln und Blumen entgegen. Der Geruch von Leid, dachte sie, fühlte sich mit einem Mal wieder sieben Jahre alt, hielt die Hand ihrer Mutter und fasste sich mit der anderen an ihre gebrochene Nase, während sie einem Arzt durch gewundene Flure folgten. Im nächsten Moment war sie zwanzig Jahre älter, stand neben Melanie am Bett ihrer Mutter und betrachtete deren Verfall, ihre Haut war grauer als die Bettwäsche. Sie erinnerte sich, wie sie Melanies Hand greifen wollte, doch ihre Schwester hatte sie weggestoßen. *»Nett von dir, dass du es zum großen Finale zurück nach Hause geschafft hast«*, hörte sie Melanie sagen. Würde sie jetzt das Gleiche sagen, wenn ihr Vater seinen Verletzungen erlag?

»Sieht immer noch genauso aus«, bemerkte Robin mit einem nur flüchtigen Blick auf das Labyrinth vertrauter Korridore jenseits des Empfangs. Als sie gerade an einem Schild vorbeikamen, das Besucher daran erinnerte, dass die Benutzung von Mobiltelefonen verboten war, klingelte ihr Handy. Hastig zog Robin es aus ihrer Handtasche und hielt es ans Ohr.

»Was zum Teufel ist los?«, wollte Blake wissen, und seine Stimme erfüllte den ganzen Flur. »Ich hab dich gestern Abend bestimmt zehnmal angerufen. Und heute Morgen noch mal«, fuhr er fort, bevor sie etwas sagen konnte. »Ich habe ein Dutzend Nachrichten hinterlassen. Warum hast du dein Handy ausgeschaltet? Warum hast du mich nicht zurückgerufen?«

Robin starrte auf das Telefon und versuchte zu begreifen, was er sagte. »Tut mir leid. Ich hab meine Nachrichten nicht abgehört. Ich hab eine Valium genommen und bin noch immer ein bisschen durcheinander.«

»Du hast eine Valium genommen? Wer hat dir Valium gegeben?«

»Das ist eine lange Geschichte. Können wir später darüber reden?«

»Ich weiß nicht. Können wir?«

»Natürlich.«

»Was ist los, Robin?«

Das Handy fing an zu knacken.

»Mein Vater … Er wurde niedergeschossen.«

Noch mehr Knacken, lauter diesmal.

»Was? Ich habe dich nicht gehört. Die Verbindung bricht zusammen. Hast du etwas von deinem Vater gesagt?«

»Ich hab gesagt, er wurde …«

»Hallo? Hallo, Robin? Bist du noch da?«

Robin folgte ihrer Schwester in einen Flur zum Ostflügel. »Blake? Kannst du mich jetzt hören?«

»Ja, jetzt ist es besser.«

»Wir sollen unsere Handys hier nicht benutzen.«

»Was? Warum nicht?«

»Hier entlang«, wies Melanie sie an und führte Robin vorbei am Schwesterntresen, wo zwei Polizisten mit einem stämmigen glatzköpfigen Mann in einer hellbraunen Uniform sprachen. »Das ist Sheriff Prescott«, sagte sie und nickte ihm zu.

»Was war das mit einem Sheriff?«, fragte Blake.

Robin gab ihm eine kurze Zusammenfassung dessen, was bisher bekannt war. »Wir sind jetzt im Krankenhaus.«

»Da wären wir«, sagte Melanie und blieb vor der geschlossenen Tür von Zimmer 124 stehen.

»Ach du Scheiße. Ist mit dir alles in Ordnung?«, fragte Blake.

»Ich weiß nicht«, antwortete Robin ehrlich.

»Das musst du jetzt ausschalten«, sagte ihre Schwester.

»Hör mal. Es ist gerade wirklich schlecht. Kann ich dich später anrufen?«

»Ich habe den ganzen Tag Meetings. Ich muss dich anrufen.«

»Okay.«

»Gehst du dann auch ran?«

»Ja, mach ich.«

»Und du nimmst kein Valium mehr?«

»Ich habe keins mehr«, sagte Robin jammernd.

Blake lachte. »Gut. Du bist stark. Du brauchst es nicht.«

*Ich bin nicht stark*, dachte Robin. *Ich brauche* dich.

»Robin«, sagte Melanie noch einmal. »Kommst du?«

»Ich muss Schluss machen.« Robin beendete das Gespräch, bevor Blake sich verabschieden konnte, und steckte ihr Handy ein.

»Bereit?« Melanie stieß die Tür zum Zimmer ihres Vaters auf und ging hinein.

Robin atmete tief ein und zitternd wieder aus.

»Robin?«, fragte ihre Schwester noch einmal.

Robin setzte widerstrebend einen Fuß vor den anderen, bis sie die Schwelle überschritten hatte, und schloss die Tür.

Ihr Vater lag in einem Privatzimmer mit einem einzelnen schmalen Bett, sein Kopf war dick bandagiert und wurde von zwei Kissen gestützt. Er wurde durch ein Gewirr von Kabeln und Schläuchen am Leben gehalten, ein Monitor registrierte jeden Atemzug und jeden Herzschlag. Erstaunlicherweise schaffte er es immer noch, imposant auszusehen. Oder vielleicht war das auch gar nicht so überraschend. Mit zweiundsechzig war er noch relativ jung und in ausgezeichneter Verfassung. Er trainierte regelmäßig und prahlte häufig damit, keinen einzigen Tag in seinem Leben krank gewesen zu sein. Er hatte sonnengebräunte Haut und muskulöse Arme unter dem kurzärmeligen Krankenhauskittel. »Unglaublich, wie gut er aussieht«, stotterte Robin.

»Er ist schon ein verdammt attraktiver Mistkerl.«

*Hurra! Etwas, worüber wir uns einig sind.*

Robin trat zum Bett und schaute auf den Mann in der gestärkten weißen Bettwäsche herab. *Wer hat dir das angetan?*, fragte sie sich im Stillen. Sie fuhr mit den Fingern über die Bettreling und kämpfte gegen das Bedürfnis, ihre Hand auf die ihres Vaters zu legen.

»Weinst du?«, fragte Melanie.

Robin wischte sich Tränen aus den Augen, über die sie ehrlich gesagt genauso erstaunt war wie ihre Schwester. Ihr Vater war ein Schwein. Es gab kein anderes Wort. *Oh, warte… es gab einen Haufen anderer* Wörter: *Wichser, Schurke, Arschloch. Oder wie wär's mit Dreckskerl, Lump oder Hurensohn?* Eigentlich herrschte kein Mangel an Wörtern, mit denen sie ihren Vater beschreiben könnte, und keins davon war schmeichelhaft.

Sie hörte, wie die Tür hinter ihr geöffnet wurde. Als sie sich umdrehte, sah sie, dass Sheriff Prescott das Zimmer betreten hatte. Er war ein großer Mann, mindestens ein Meter fünfundneunzig mit einem muskulösen, bulligen Oberkörper, über dem die Knöpfe seines Khakihemds spannten. An dessen Brust prangte stolz sein Sheriff-Abzeichen – ein siebenzackiger Stern, der das Bild eines Bullen rahmte, darüber die Worte *County of Tehama*, darunter das einzelne Wort *Sheriff*. Sein fester Bauch wölbte sich über den Gürtel seiner zu kurzen Khakihose, deren Beine über abgestoßenen braunen Cowboystiefeln endeten. Er hatte kleine, eng zusammenstehende

Augen, große Hände und einen kahlen glänzenden Kopf, wie frisch gewachst. Zwischen seinen Wurstfingern baumelte ein Cowboyhut. Ein Sheriff wie aus dem Bilderbuch eines Casting Directors, dachte Robin unwillkürlich.

»Sheriff Prescott«, begrüßte Melanie ihn.

»Melanie«, erwiderte er.

Beide klangen kein bisschen freundlich.

»Das ist meine Schwester Robin.«

»Sheriff«, sagte Robin.

Sheriff Prescott nickte. »Ich habe überlegt, ob wir uns vielleicht kurz unterhalten könnten. Wenn Sie ein paar Minuten hätten …«

»Selbstverständlich.« *Von mir aus Stunden.*

»Ich bin im Flur. Lassen Sie sich Zeit. Wann immer Sie so weit sind.«

Robin blickte zurück auf ihren Vater. *Geschieht dir verdammt recht*, dachte sie und kämpfte gegen eine neue Flut unerwünschter Tränen. »Ich bin jetzt so weit«, sagte sie.

# KAPITEL 4

»Wie kommen Sie zurecht?«, fragte der Sheriff, als er Robin zu einem kleinen Wartezimmer am Ende des Flures führte und mit einer Handbewegung einlud, Platz zu nehmen.

»So einigermaßen.« Robin ließ sich auf einen der grünen Plastikstühle vor einem Panoramafenster mit Blick auf die Berge sinken. Prescott zog einen zweiten Stuhl heran, setzte sich so dicht vor sie, dass ihre Knie sich fast berührten, und beugte sich vor, eine Geste, die gleichzeitig vertraut und einschüchternd wirkte.

»Sie sind gerade aus Los Angeles angekommen, soweit ich weiß.«

Robin nickte. »Das ist richtig. Was können Sie zum …«

»Sind Sie gefahren?«, unterbrach er sie.

»Nein. Ich bin gestern nach Sacramento geflogen und habe dann heute Morgen den Bus genommen. Was …«

»Ich fürchte, Red Bluff ist nicht gerade bequem zu erreichen«, unterbrach er sie erneut, offensichtlich entschlossen, die Befragung zu führen. »Soweit ich weiß, sind Sie Therapeutin.«

»Das ist richtig. Was können Sie mir über die Ereignisse sagen?«, fragte sie in einem Atemzug, um ihm keine Gelegenheit zu geben, sie erneut zu unterbrechen.

»Leider noch nicht viel mehr als das, was Ihre Schwester

Ihnen vermutlich schon erzählt hat«, antwortete Sheriff Prescott. »Ich hatte eigentlich gehofft, dass *Sie* mir etwas erzählen könnten.«

»Zum Beispiel?«

»Zum Beispiel, ob Ihnen irgendjemand einfällt, der ein Motiv haben könnte, auf Ihren Vater und Tara zu schießen.«

*Es wäre leichter zu überlegen, wer keins hatte*, dachte Robin, sagte es jedoch nicht laut. »Ich habe beide seit fünf Jahren nicht mehr gesehen und auch nicht mit ihnen gesprochen«, erklärte sie dem Sheriff. »Ich habe keine Ahnung, wer es getan haben könnte.« Sie stutzte. »Moment mal. Ich dachte, es wäre ein bewaffneter Überfall gewesen.«

»Das ist eine Hypothese, die wir aufgestellt haben«, sagte er. »Aber bis Cassidy uns irgendwas sagen kann, müssen wir alle Möglichkeiten in Betracht ziehen.«

»Wie geht es ihr?«

»Schwer zu sagen. Die Ärzte sind vorsichtig optimistisch, aber sie haben auch gesagt, dass es noch eine Weile dauern könnte, bis sie vollständig über den Berg ist.«

»Sie haben ihr also noch nicht erzählt …«

»Dass ihre Mutter verstorben ist? Nein. Das erscheint im Moment ziemlich sinnlos. Wir wissen nicht, ob und wie viel sie überhaupt mitkriegt. Im Moment versuchen wir, eine möglichst genaue Vorstellung von der Tat zu bekommen, und alles, was Sie uns über Ihren Vater und seine Frau berichten könnten, wäre hilfreich. Soweit ich weiß, waren Sie und Tara Freundinnen.«

*Sie wissen eine Menge mehr, als Sie durchblicken lassen*, dachte Robin. »Ja, das stimmt.«

»Beste Freundinnen, soweit ich weiß.«

»Seit wir zehn Jahre alt waren.«

»Aber später nicht mehr.«

Robin seufzte. »Es ist schwer, mit jemandem befreundet zu bleiben, der den eigenen Bruder abserviert und dann unseren Vater heiratet, alles kurz nach der Beerdigung der Mutter.«

Ein knappes Lächeln umspielte die Mundwinkel des Sheriffs. »Das kann ich mir vorstellen.«

»Ist das relevant?«

»Seien Sie so gut und beantworten Sie einfach meine Fragen«, sagte der Sheriff. »Wie war Tara?«

Robin dachte über ihre Antwort nach. »Ich bin wahrscheinlich denkbar ungeeignet, Ihnen das zu sagen, da sie offensichtlich nicht der Mensch war, für den ich sie gehalten habe.«

»Und wer war dieser Mensch?«

»Zunächst mal meine Freundin.«

Wieder ein knappes Lächeln. »Was noch?«

Wieder nahm sich Robin einen Moment Zeit, über ihre ehemalige Freundin nachzudenken, doch ihr Geist streikte. Ihr Verstand war eine weiße Leinwand, an der, egal wie viel Farbe sie daraufwarf, nichts kleben blieb. Sie spürte das vertraute Kribbeln in der Brust. »Es tut mir leid, Sheriff. Ich bin müde und mehr als nur ein wenig überwältigt. Ich glaube, ich bin doch noch nicht in der Lage, diese Unterhaltung zu führen.«

Er nickte. »Das verstehe ich. Wir können später reden.« Eine Feststellung, keine Bitte.

»Wenn Sie mir einfach sagen könnten, was passiert ist …«

Sheriff Prescott starrte auf die ausgetretenen Cowboystiefel, die unter seinen zu kurzen Hosenbeinen hervorragten, auf seiner Glatze spiegelte sich das Neonlicht an der Decke. »Der Notruf ist vorgestern Nacht gegen halb eins eingegangen«, begann er und hob den Kopf, bis seine Augen wieder auf Robins

Höhe waren. »Es war Cassidy, die schrie, ihre Eltern wären niedergeschossen worden. Dann hörte die Telefonistin in der Zentrale etwas, das klang wie ein Schuss, und danach war die Verbindung unterbrochen. Die Polizei ist so schnell wie möglich zu dem Haus gefahren. Die Beamten fanden die Haustür offen vor, Ihr Vater und Tara lagen von Kugeln durchsiebt auf dem Fußboden des Wohnzimmers, Taras Gesicht war mehr oder weniger weggeschossen.«

*O Gott. Taras hübsches Gesicht. Weg.* Robin kämpfte gegen den beinahe übermächtigen Drang an, sich zu übergeben, und konzentrierte sich auf die Brauen des Sheriffs, um ihre wachsende Panik in den Griff zu bekommen. Sie waren dunkler und buschiger, als ihr zunächst aufgefallen war, und lagen wie zwei Raupen über seinen Augen. »Und Cassidy?«

»Sie lag oben in ihrem Zimmer auf dem Bett. Bewusstlos. Sie hat schwach geatmet. Ihr Schlafanzug war blutdurchtränkt. Sie hatte das Telefon noch in der Hand.«

*Was für ein Monster schießt auf ein zwölfjähriges Mädchen?*, fragte Robin sich und dann laut: »Was noch?«

»Das Erdgeschoss war durchwühlt, der Safe im Arbeitszimmer war offen und leer. Sieht so aus, als hätte der oder die Täter nach etwas gesucht. Wir hatten gehofft, dass Sie uns da helfen könnten.« Er strich sich über seinen glatten Schädel. »Und auf dem Boden des begehbaren Kleiderschranks im Schlafzimmer lagen Schubladen und Kleidungsstücke verstreut.«

*Das hat gar nichts zu bedeuten*, dachte Robin. *Tara war nicht gerade ein Ordnungsfreak.*

»Es sieht so aus, als hätte jemand Taras Ringe gewaltsam abgezogen. Sie trug keine, und wir haben Blutergüsse an beiden Ringfingern gefunden.«

Robin stellte sich den funkelnden Drei-Karat-Solitärring

und den passenden Memoirering vor, die ihr Vater Tara gekauft und die sie ohne Hemmungen herumgezeigt hatte. Genauso wenig wie sie nicht gezögert hatte, die wenigen teuren Schmuckstücke zu tragen, die einmal Robins Mutter gehört hatten und mit denen ihr Vater seine neue Frau überschüttet hatte, sodass nur weniger wertvolle Objekte übrig blieben, um die Robin und Melanie sich streiten konnten. Wobei Robin keine Kraft für weitere Streitereien gehabt und allen von Melanies Forderungen nachgegeben hatte, sodass ihr nur ein schlichter Amethystring geblieben war, den ihre Mutter seit ihrer Kindheit besessen hatte und den Robin nun an einer Kette um den Hals trug. Sie tastete mit den Fingern danach.

»Wir möchten morgen gern mit Ihnen und Ihrer Schwester eine Begehung des Hauses machen, wenn Sie sich dazu imstande fühlen«, sagte Sheriff Prescott, wieder mehr Feststellung als Bitte, »damit Sie gucken können, ob etwas fehlt.«

Robin nickte, obwohl sie nicht wusste, wie sie helfen sollte. Sie hatte das neue Haus ihres Vaters noch nicht einmal gesehen, geschweige denn einen Fuß hineingesetzt. Er hatte es direkt neben ihrem alten Elternhaus gebaut, in dem Melanie und ihr Sohn nach wie vor lebten. »Wissen Sie, wie viele Personen beteiligt waren, wenn es mehr als eine …«

»Das wissen wir nicht«, antwortete er, bevor sie die Frage zu Ende formulieren konnte. »Es hat nicht geregnet, das passiert um diese Jahreszeit nie, sodass es keine verräterischen Spuren im Schlamm oder irgendwas in der Richtung gibt. Es ist nicht wie im Fernsehen. Wir nehmen nach wie vor im ganzen Haus Fingerabdrücke. Aber es ist unwahrscheinlich, dass wir etwas Brauchbares finden. Das Haus ist funkelnagelneu. Offenbar gingen die Handwerker immer noch ein und aus. Außerdem hatten Ihr Vater und Tara ein paar Tage vorher eine große Einweihungsparty gegeben.« Er schüttelte den Kopf, und seine kleinen Augen verengten sich zu winzigen Schlitzen, während die Brauen sich zu einer geraden Linie vereinigten. »Und nicht zu vergessen fand gerade das jährliche Rodeo statt, zu dem viele Fremde in der Stadt waren.«

»Sie sagen also, dass es im Grunde jeder gewesen sein könnte.«

»Bis auf die Tatsache, dass es keine Spuren für ein gewaltsames Eindringen gibt.«

»Das heißt?«

»Das heißt, entweder war die Haustür nicht abgeschlossen oder Ihr Vater oder Tara haben sie geöffnet.«

»Ich kann mir nicht vorstellen, dass sie die Haustür nicht abschließen würden.«

»Können Sie sich vorstellen, dass sie sie nach Mitternacht für einen Fremden öffnen würden?«

Robin spürte unsichtbare Finger, die gegen ihre Luftröhre drückten, sodass sie trocken husten musste.

»Nun«, sagte der Sheriff, ohne ihr Unbehagen zu bemerken, »wenn Ihnen jemand einfällt, der ein Motiv gehabt haben könnte …«

»Mein Vater hat seinen Reichtum nicht gerade versteckt, Sheriff. Nach allem, was Sie mir bisher erzählt haben, war das Motiv ziemlich offensichtlich ein Raubüberfall, unabhängig davon, ob mein Vater die Angreifer kannte. Und wenn Handwerker im Haus ein und aus gingen, scheint es nur logisch, dass einer von ihnen …«

»Wenn das Leben immer logisch wäre«, unterbrach der Sheriff sie erneut, diesmal mit einem wehmütigen Kopfschütteln. »Ich fürchte, wir müssen uns gedulden, bis Cassidy uns irgendwas erzählen kann.«

»Kann ich sie sehen?«

»Natürlich.« Sheriff Prescott stand auf.

Auch Robin erhob sich und taumelte in ihrer wachsenden Panik in die Arme des Sheriffs.

»Hossa, Vorsicht, junge Dame. Alles in Ordnung?«

»Nur weiche Knie. Tut mir leid.«

»Sie müssen sich nicht entschuldigen. Hier entlang.« Er fasste ihren Ellbogen, als hätte er Angst, sie könnte noch einmal stolpern, und führte sie bis zum anderen Ende des Flurs, wo ein bewaffneter Polizist vor einer Tür Wache stand.

»Ist das notwendig?«, fragte Robin.

»Nur eine Vorsichtsmaßnahme«, erklärte Sheriff Prescott. »Bis wir wissen, was passiert ist.« Er stieß die Tür auf und machte einen Schritt zurück, um Robin eintreten zu lassen.

Robin machte einen tiefen Atemzug, der beim Ausatmen gegen die Luft im Zimmer prallte wie ein Gummiball. »O Gott«, flüsterte sie und tastete sich vor, während sie zu begreifen versuchte, was ihre Augen sahen.

Was sie sahen, war die Vergangenheit – ein Mädchen, das ihrer Mutter im selben Alter so sehr ähnelte, dass es Robin den wenigen verbliebenen Atem raubte und sie rückwärts gegen die stämmige Brust des Sheriffs taumeln ließ, dessen Pistolenholster sich in ihr Kreuz drückte.

»Alles in Ordnung?«, fragte er sie noch einmal. »Soll ich Ihre Schwester holen?«

Robin schüttelte den Kopf. *Gott, bloß nicht.* »Sie sieht so hilflos aus, so jung.«

Tatsächlich sah Cassidy jünger aus als zwölf. Ihre Augen waren geschlossen, ihre Haut aschfahl, ihr hellbraunes Haar hing in verfilzten Strähnen auf ihre knochigen Schultern, und ihre Brust hob sich beim Atmen nur minimal unter den Verbänden um ihren Leib. Mehr Larve als Schmetterling, dachte Robin unwillkürlich, als sie auf das süße, glatte Gesicht des Kindes starrte. Taras Gesicht, dachte sie.

*Mehr oder weniger weggeschossen*, hatte der Sheriff gesagt.

Sie unterdrückte ein weiteres Schluchzen.

»Sie können mit ihr reden, wenn Sie mögen«, sagte der Sheriff.

Robin erkannte die vertraute Anweisung, die sich hinter der leisen Bitte verbarg. »Was soll ich sagen?«

»Irgendwas.«

Robin nahm Cassidys Hand, ihre Finger lagen kalt und schlaff in ihrer Hand. »Hi, Schätzchen«, begann sie. »Ich heiße Robin. Ich weiß nicht, ob du dich an mich erinnerst. Ich habe dich lange nicht mehr gesehen. Aber ich war früher eine gute Freundin deiner Mutter.« Sie erntete keine Reaktion und sah wieder Sheriff Prescott an.

*Weiter*, sagte sein Blick.

»Wir haben uns in der fünften Klasse kennengelernt. Ich war in Miss De Witts Klasse und sie in Miss Brownings, und aus irgendeinem Grund wurde ich in der Mitte des Schuljahrs in Miss Brownings versetzt… ich weiß nicht mehr warum. Wir waren zehn Jahre alt, und ich war sehr schüchtern. Ich hatte nicht viele Freundinnen. Deine Mutter war das genaue Gegenteil. Jeder wollte mit ihr befreundet sein. ›Ein echter kleiner Knallfrosch‹, hat mein Vater immer gesagt.« *O Gott.* Ein stärker werdender Druck auf Robins Luftröhre ließ sie innehalten. »Jedenfalls«, fuhr sie krächzend fort, »hat deine Mutter aus irgendeinem Grund beschlossen, dass sie mich mochte, mich unter ihre Fittiche genommen und dafür gesorgt, dass alle nett zu mir waren.«

*Alle bis auf Melanie, die für Taras Charme immer unempfänglich gewesen war.*

*Seltsam, dass Melanie diejenige gewesen war, die Taras Ehe mit ihrem Vater akzeptiert hatte*, dachte Robin im nächsten Atemzug, *die sich arrangiert und unter demselben Dach mit ihr gelebt hatte, bis das Haus nebenan fertig geworden war.*

»Die ganze Highschool durch waren wir beste Freundinnen«, redete Robin weiter, um ihren inneren Monolog zu unterbrechen. »Wir waren ziemlich unzertrennlich, deine Mutter und ich, selbst nachdem sie deinen Vater geheiratet hat. Ich war sogar Trauzeugin bei ihrer ersten Hochzeit.«

Robin sah Tara vor sich, umwerfend in dem Second-Hand-Brautkleid, das sie selbst bezahlt hatte, neben dem charismatischen dunkelhaarigen Dylan Campbell vor dem Friedensrichter stehend, dem archetypischen bösen Jungen, in den sie sich verliebt und den sie trotz der Missbilligung ihrer Eltern gleich nach ihrem Highschool-Abschluss geheiratet hatte. Oder vielleicht gerade deswegen.

Wie sich herausstellte, hatten Taras Eltern allen Grund gehabt, sich wegen Dylan Sorgen zu machen, der sich als noch schlimmer erwies als gedacht.

Die Misshandlungen hatten angefangen, als Tara mit Cassidy schwanger war, und waren weitergegangen, bis Dylan in ihrem dritten Ehejahr wegen Einbruchs zu einer Gefängnisstrafe verurteilt wurde. Tara hatte die Gelegenheit ergriffen, die Scheidung einzureichen. Da war sie ganze einundzwanzig.

*Wo war Dylan jetzt? Wusste Sheriff Prescott von ihm? Saß er irgendwo im Gefängnis? War er tatverdächtig? Hatte er seine Exfrau erschossen? Hatte er versucht, sein eigenes Kind zu ermorden?*

Robin fuhr herum, um diese Gedanken gegenüber dem Sheriff laut zu äußern, als sie Melanie bemerkte, die mit amüsierter Miene in der Tür stand. Wann war sie hereingekommen? Wie lange hatte sie schon dort gestanden?

»Bitte lass dich von mir nicht bei deinen nostalgischen Jugenderinnerungen stören«, sagte sie.

Der Druck auf Robins Luftröhre war jetzt nicht mehr schwach. »Deine Mutter war so schön«, wandte Robin sich wieder an Cassidy und drückte ihre Hand. »Das schönste Mädchen in Red Bluff.«

»Die Betonung liegt auf *war*«, sagte Melanie nur halb leise.

Cassidy schlug die Augen weit auf.

»Melanie, Herrgott noch mal.«

Die riesigen braunen Augen des Kindes wanderten von Robin zu Melanie und wurden vor Entsetzen noch weiter.

»Hi, hallo Kleines«, sagte Melanie. »Du weißt, wer ich bin, oder? Melanie. Und das ist Robin. Wahrscheinlich erinnerst du dich nicht mehr an sie. Du warst noch ziemlich klein, als sie weggezogen ist.«

»Wie fühlst du dich?«, fragte Sheriff Prescott, der von der anderen Seite an das Bett trat.

Cassidys Blick wanderte von einem Gesicht zum anderen, wobei nichts darauf hindeutete, dass sie sie wiedererkannte oder verstand, was sie sagten.

»Cassidy«, sagte der Sheriff, »kannst du mich hören? Weißt du, wo du bist?«

Das Mädchen starrte ihn an, ohne etwas zu sagen.

»Du bist im Krankenhaus«, fuhr er fort. »Du wurdest angeschossen. Kannst du dich daran erinnern?«

Keine Reaktion.

»Kannst du uns erzählen, was passiert ist?«

Cassidys Blick schweifte vom Sheriff zu Robin und Melanie.

»Cassidy«, wiederholte Sheriff Prescott, »kannst du uns sagen, wer dir das angetan hat?«

Cassidys blickte zur Decke, bevor sie die Augen schloss.

»Vielleicht sollten wir gehen«, schlug Robin nach einer Weile vor. Die Luft in dem kleinen Zimmer war stickig geworden, und sie hatte Mühe zu atmen.

»Ich würde sagen, wir versuchen es morgen wieder«, meinte der Sheriff.

Robin nickte, obwohl sie keineswegs ins Krankenhaus zurückkommen wollte. Sie hatte gehofft, dann längst in einem Bus nach Sacramento zu sitzen und danach in einem Flugzeug zurück nach Los Angeles.

Aber das würde wohl kaum passieren, bis zumindest einige der Fragen des Sheriffs beantwortet waren. Sie hatte bereits eingewilligt, ihn am nächsten Morgen zum Haus ihres Vaters zu begleiten, wahrscheinlich musste sie noch ein paar Tage hierbleiben. Vielleicht würde Cassidy ihnen bis dahin etwas erzählen.

Vorausgesetzt, das Kind überlebte.

*Wer konnte etwas derart Schreckliches getan haben?*

Robin hatte genug Fernsehserien gesehen, um zu wissen, dass ein Verbrechen, das nicht binnen der ersten achtundvierzig Stunden aufgeklärt wurde, mit hoher Wahrscheinlichkeit nie gelöst wurde. Wie konnte sie abreisen, ohne Gewissheit zu haben, wer verantwortlich war? Wie konnte sie Red Bluff verlassen, ehe sie wusste, ob ihr Vater seine Verletzungen überleben würde?

Wie konnte sie bleiben?

In dem nächsten Moment drehte sich das Zimmer vor ihren Augen, und ihr wurde der Boden unter den Füßen weggezogen. Robin versuchte, sich an Cassidys Hand zu klammern, spürte jedoch, wie ihr deren Finger entglitten. Von Weitem hörte sie Sheriff Prescott rufen. *»Könnte eine Schwester kommen?«*

Die letzte Stimme, die sie vernahm, bevor sie das Bewusstsein verlor, war die ihrer Schwester. »Sie war schon immer eine Dramaqueen«, sagte Melanie.

# KAPITEL 5

»Na, wer hätte das gedacht? Sie wacht auf«, sagte Melanie am Steuer ihres Wagens, als Robin die Augen aufschlug, sich ruckartig auf dem Beifahrersitz aufrichtete und ihre Blicke in alle Richtungen schießen ließ. »Entspann dich. Du warst nur ein paar Minuten weg.«

Robin starrte aus dem Fenster auf die wenigen Mittelklassehäuser, die zwischen den sehr viel zahlreicheren leeren Grundstücken verteilt waren. Ein Straßenschild verriet, dass sie sich an der Ecke der South Jackson Street und Luther Road befanden. Sie bogen links ab und fuhren nach Westen Richtung Paskenta Road.

»Wie viele von diesen Pillen hast du überhaupt genommen?«, fragte Melanie.

*Offensichtlich nicht genug*, dachte Robin, als ihr die junge Ärztin mit dem kurzen krausen roten Haar und den riesigen grünen Augen wieder einfiel, die sie als Erstes gesehen hatte, als sie auf dem Fußboden von Cassidys Krankenhauszimmer wieder zu sich gekommen war. Die Ärztin hatte ihren Blutdruck gemessen, ihren Herzschlag abgehört, Symptome von Stress diagnostiziert und ein Rezept für Tavor ausgestellt. Das hatte Robin unverzüglich in der Apotheke neben dem Uhrenturm in der Main Street eingelöst und dann zwei der winzigen weißen Tabletten trocken geschluckt, bevor sie sich wieder auf dem Beifahrersatz niedergelassen und versucht hatte, den quälenden Sound von Enya auszublenden, indem sie die Augen geschlossen und sich vorgestellt hatte, sie würde auf dem Rücken im Meer treiben.

»Was ist los – hast du in Berkeley nicht genug Drogen genommen, dass du beim ersten bisschen gleich schlappmachst?«, fragte Melanie. »Ich dachte, deswegen ginge man überhaupt nur dorthin.«

Eigentlich hatte Robin in Berkeley mit den Drogen *aufgehört*, nachdem ihre Panikattacken nachgelassen hatten, sobald sie sich in sicherer Distanz zu Red Bluff befunden hatte. Bis dahin hatten Drogen zu ihrem Alltag gehört. Hier und da ein Zug an einem Joint, um durch den Tag zu kommen, nachts ein schwaches Beruhigungsmittel, damit sie schlafen konnte.

Ihr Hauptlieferant war Tara gewesen.

*Sollte sie* das *Sheriff Prescott erzählen?*

»Du hast Dr. Simpson nicht erkannt, oder?«, fragte Melanie.

»Sollte ich?«

»Überleg mal. Rote Haare, grüne Augen und eine Nase voller Sommersprossen. Auch wenn sie versucht, sie mit einer dicken Schicht Make-up zu überschminken.«

»Oh mein Gott«, sagte Robin, als sie sich vage an eine *Annie*-Doppelgängerin im Jahrgang unter ihrem erinnerte. »Das war Jimmy Kesslers kleine Schwester Arlene?«

»Sie hat vor ein paar Jahren Freddy Simpson geheiratet. Er war Schülersprecher in dem Jahr, in dem ich meinen Abschluss gemacht habe. Kapitän des Debattierteams. Ein echter Klugscheißer. An *ihn* erinnerst du dich bestimmt.«

Robin schüttelte den Kopf. Sie hatte sich große Mühe gegeben, alles über Red Bluff zu vergessen.

»Sie nennt sich jetzt *Arla*.«

»Oha.« Die beiden Schwestern genossen ihr gemeinsames Lachen. »Warum hat sie nichts gesagt?«

»Sie dachte wahrscheinlich, dass es nicht der ideale Zeitpunkt für einen Plausch über alte Zeiten war und das, was seitdem passiert ist. Oder vielleicht war es ihr auch einfach peinlich.«

»Warum sollte es ihr peinlich gewesen sein?«

»Ich nehme an, manche Menschen finden Mord peinlich.« Sie überquerten die Paskenta Road und fuhren weiter nach Westen.

*Mord*, wiederholte Robin und wendete das Wort stumm auf der Zunge. Seine Wucht wurde von dem angenehmen Tavorglimmer gedämpft. *Tara war nicht einfach gestorben. Sie war ermordet worden.* »Hat schon irgendjemand Taras Eltern benachrichtigt?«

»Ich bezweifle es.«

»Sollten wir es machen?«

»Ich wüsste nicht, wo ich sie finden sollte. Du?«

Robin schüttelte den Kopf und konzentrierte sich auf die zunehmend karge Landschaft vor dem Seitenfenster. Sie versuchte, sich ein Bild von Taras Eltern in Erinnerung zu rufen, es blieb jedoch vage. Tara hatte weder ihrer Mutter noch ihrem Vater besonders nahegestanden, und nach der Heirat mit Dylan hatten ihre Eltern sie praktisch enterbt. In dem Jahr von Cassidys Geburt hatten sie sich getrennt. Taras Vater war mit seiner Frisörin nach Florida durchgebrannt. Ihre Mutter hatte sich irgendeiner religiösen Sekte angeschlossen und war vor mindestens zehn Jahren in der Wildnis von Oregon verschwunden. Ob überhaupt noch einer von beiden lebte?

»Wir sind gleich zu Hause«, verkündete Melanie überflüssigerweise, als sie in die Walnut Street bogen.

Robins Abscheu war so heftig, dass sie trotz des Tavors gegen den Drang ankämpfen musste, die Autotür zu öffnen und sich aus dem Wagen zu werfen. *Vielleicht hätte ich ein Hotelzimmer nehmen sollen*, dachte sie. Aber natürlich hatte sie bereits entschieden, dass diese Reise, so ungeplant und unangenehm, wie sie war, eine gute Gelegenheit bot, die Beziehung zu ihrer Schwester in Ordnung zu bringen, egal wie zerrüttet sie auch sein mochte. Und Melanie hatte unnachgiebig betont, dass es den Einheimischen nur noch mehr Stoff zum Tratschen bieten würde, wenn Robin irgendwo anders als im Haus der Familie wohnen würde. Ganz zu schweigen von der Presse, die sie wahrscheinlich auf Schritt und Tritt verfolgen würde. Robin würde auf keinen Fall lange bleiben, und so behielten sie halbwegs die Kontrolle über die Situation.

Robin betrachtete die Freiflächen zwischen den einzelnen Häusern, die immer größer wurden, je weiter sie nach Norden kamen. Eine Minute später bogen sie in die Larie Lane. Sofort stach ein riesiges Haus aus Holz und Glas ins Auge, das von einem gelben Absperrband, das Neugierige vor dem Betreten des Grundstücks warnte, als Tatort markiert wurde. In der langen Auffahrt zu der Dreifachgarage standen zwei Streifenwagen und ein weißer Transporter.

»Und da ist es«, sagte Melanie und rollte im Schritttempo an dem Anwesen vorbei. »Wie sagt man? ›Mein Haus ist meine Burg?‹«

»Es ragt auf jeden Fall heraus.«

»Ich glaube, das war seine Absicht.«

»Es ist riesig.«

»Mehr als siebenhundert Quadratmeter.«

*Womit es wahrscheinlich das größte Haus in Red Bluff war*, dachte Robin. Die meisten Häuser in der Gegend waren etwa ein Viertel so groß und nur ein Bruchteil dessen wert, was der Bau dieses Hauses schätzungsweise gekostet hatte.

Es stand auf einem halben Hektar Land wie eine Stein gewordene Herausforderung an die gewöhnliche Bevölkerung.

*Das haben sie nun davon, sich das größte verdammte Haus in der Stadt zu bauen*, hörte Robin ihren Bruder sagen. Sie fragte sich, wann er es gesehen hatte, doch der Gedanke entfiel ihr so schnell und leise wieder, wie er sich angeschlichen hatte.

»Sie haben irgendeinen angesagten Inneneinrichter aus San Francisco engagiert, drinnen ist alles sehr grandios«, sagte Melanie. »Grandios nichtssagend, wenn du mich fragst.« Sie beschleunigte wieder. »Aber mich hat natürlich niemand gefragt.« Sie fuhren die kurze Strecke bis zu dem viel kleineren Haus nebenan, und Melanie bog in die Einfahrt. »Home, sweet home.« Sie stellte den Motor ab, öffnete die Tür, hielt dann jedoch inne und drehte sich zu Robin. »Bist du bereit oder brauchst du noch Zeit, um dich zu *akklimatisieren*?«

Robin starrte auf das zweistöckige Haus, in dem sie aufgewachsen war, und versuchte, wenigstens eine glückliche Erinnerung heraufzubeschwören, die sich in diesen Mauern zugetragen hatte. Überrascht stellte sie fest, dass es mehr als nur ein paar waren, und fast alle hatten mit ihrer Mutter zu tun. Aber diese Erinnerungen waren getrübt von den letzten Wochen, als das Gehirn ihrer Mutter schon so von Krebs zerfressen war, dass sie Robin, die aus Berkeley gekommen war, um bei ihr zu sein, gar nicht mehr erkannt hatte.

In allen anderen glücklichen Erinnerungen kam Tara vor: Wie sie ihre neue Freundin eines Nachmittags von der Schule mit nach Hause gebracht hatte und ihre Eltern von deren übersprudelndem Naturell genauso beeindruckt gewesen waren wie sie selbst; wie sie und Tara als Teenager in ihrem Zimmer im ersten Stock über ihre Träume und Hoffnungen gesprochen und wie sie später mit Unmengen vom Angelparfüm ihrer Mutter versucht hatten, den Geruch eines gerauchten Joints zu überdecken; ihr Stolz, wenn Melanie nach einer von Taras schlagfertigen Erwiderungen sprachlos war; ihre Aufregung, wenn Tara zu Besuch kam und sie deren neugeborenes Baby im Arm halten durfte; ihre Erleichterung, als Tara ihr anvertraut hatte, dass sie Dylan verlassen wollte; ihre Freude, als Tara und Alec fünf Jahre später am Abendbrottisch ihre Verlobung bekanntgegeben hatten, und ihre naive Überzeugung, dass sie von nun an eine echte Schwester haben würde. »Ich denke, sie könnte ein bisschen viel Frau für dich sein«, hatte ihr Vater seinen Sohn beschieden und erklärt: »Sie ist ein echter kleiner Knallfrosch.«

Weder Robin noch Alec hatten vermutet, dass ihnen dieser kleine Knallfrosch eines Tages um die Ohren fliegen würde.

So viel zum Thema glückliche Erinnerungen, dachte sie, öffnete die Wagentür, setzte ihren Fuß auf die bekieste Auffahrt und sah eine Staubwolke in der schweren Luft aufsteigen wie Rauch. Sie stand da und starrte das alte Haus an. Die weißen Schindeln waren wahrscheinlich wegen der ausgedehnten Bauarbeiten nebenan mit einem trüben Film überzogen und brauchten dringend einen neuen Anstrich.

Trotzdem lief ihr bei dem Anblick ein kalter Schauer über den Rücken. Vier Zimmer, fünf, wenn man den kleinen Abstellraum neben der Küche mitzählte. Alec hatte ihn für sich beansprucht, nachdem Melanies Sohn zu groß geworden war, um im selben Zimmer wie seine Mutter zu schlafen, und in Alecs Zimmer umgezogen war. Robin hatte immer noch das rhythmische Klappern von Landons Schaukelstuhl im Ohr, der jede Nacht stundenlang zwanghaft über die Holzdielen rumpelte.

Jetzt blickte sie zu dem Fenster hoch und sah überrascht eine kräftige Gestalt dort stehen, die zu ihr herunterblickte. »Mein Gott. Wer ist das?«

Melanie nahm Robins Gepäck aus dem Kofferraum und erwiderte ohne aufzublicken: »Was glaubst du denn?«

»Ist das Landon?«

»Nein, George Clooney. Natürlich ist es Landon.«

Robin winkte. Die Gestalt verschwand prompt.

Robin folgte Melanie den Weg zur Haustür entlang. »Versteht er, was passiert ist?« Sie versuchte, Melanie den Koffer abzunehmen, doch Melanie scheuchte sie weg und hielt ihn fest gepackt.

»Er versteht es. Er ist autistisch, kein Idiot.«

»Hat er zu dir irgendwas darüber gesagt?«

»Was soll er denn sagen?« Melanie stellte Robins Koffer auf die betonierte Fläche vor der Haustür und suchte ihren Schlüssel.

Robin blickte zu den Streifenwagen nebenan. »Hält der Sheriff ihn wirklich für einen Verdächtigen?«

»Was wäre bequemer als der verrückte Junge von nebenan?« Melanie fand den Schlüssel und schob ihn wütend ins Schloss. »Man denke nur an die Belobigung, wenn sie den Fall schnell lösen können. Man denke an die Publicity. *Kleinstadtsheriff klärt Kapitalverbrechen auf.* Ich kann mir das Cover von *People* schon vorstellen, und *Dateline* und *48 Hours* drängeln sich um ein Exklusivinterview. Dieses Arschloch von Prescott würde es schamlos genießen, im Mittelpunkt all der Aufmerksamkeit zu stehen.«

Sheriff Prescott hatte auf Robin nicht unbedingt wie ein

Arschloch gewirkt, doch sie beschloss, diese Meinung für sich zu behalten, und folgte Melanie in die Diele des alten Hauses.

Es war, als wäre sie nie weg gewesen.

*Gott sei Dank für das Tavor*, dachte sie. Das war alles, was sie aufrecht hielt.

Melanie warf die Schlüssel auf einen Beistelltisch links neben der Haustür und ging zur Treppe in der Mitte des Entrees. »Landon«, rief sie. »Komm und sag deiner lange verlorenen Tante guten Tag. Landon«, rief sie noch einmal, als er nach mehreren Sekunden immer noch nicht aufgetaucht war. Sie wandte sich wieder Robin zu und breitete beide Arme aus. »Und, was sagst du?«

»Sieht aus wie immer«, sagte Robin, ohne zu gucken.

»Na ja, nachdem Dad ausgezogen ist, hab ich schon ein paar Sachen verändert. Viel konnte ich mir natürlich nicht leisten. Nicht dass ich Grund zur Klage hätte. Er hat seine alten Möbel hiergelassen.«

*Nicht zu vergessen, dass du weiter mietfrei in dem Haus wohnen darfst, das er dir und deinem Sohn all die Jahre bereitgestellt hat.*

»Als Dad und Tara ausgezogen sind, haben sie natürlich alles neu gekauft. Nun, das mussten sie wohl auch. Nichts aus diesem Haus war passend, und Tara wollte ›ihren eigenen Abdruck‹ hinterlassen, wie sie sich ausdrückte. Wahrscheinlich hatte sie lange genug mit Moms ›Abdruck‹ gelebt. Das kann ich ihr nicht mal verdenken. Ich hab es selbst ein bisschen über. Möchtest du etwas trinken?«

»Vielleicht ein Glas Wasser.«

»Ich hab aber keins von dem schicken in Flaschen, das du wahrscheinlich magst.«

»Aus dem Hahn ist super.«

»Na, du weißt ja, wo die Küche ist. Bedien dich.« Melanie wandte sich wieder der Treppe zu. »Landon, komm jetzt sofort runter!«

Robin ging langsam an der fleckigen Eichentreppe und der Toilette im Erdgeschoss vorbei zu der großen Küche auf der Rückseite des Hauses. Sie warf nur einen kurzen Blick in das Wohnzimmer zur Linken und das Esszimmer zur Rechten, weil sie nicht zu viele vertraute Gegenstände wiedererkennen wollte. Sie ging direkt zum Spülbecken, ohne aus dem Fenster darüber in den Garten zu gucken, drehte den Kaltwasserhahn auf und griff nach einem Glas in dem Schrank rechts von ihr. Sie füllte das Glas mit Wasser, leerte es, spülte es aus und stellte es in die Geschirrspülmaschine.

»Du weißt, dass es nicht gut ist, Sachen vorher abzuspülen«, sagte Melanie irgendwo hinter ihr. »Es hinterlässt einen Film.«

»Nein, das wusste ich nicht.«

»Ich dachte, Therapeuten wüssten alles.«

»Dann bin ich wohl keine gute Therapeutin.«

Melanie zuckte die Achseln, als würde sie Robins Einschätzung teilen.

»Wo ist Landon?«, fragte Robin. »Ich dachte, er kommt runter.«

»Offenbar nicht. Hast du Hunger?«

»Eigentlich nicht.«

»Wir essen meistens gegen sechs zu Abend. Ist dir das zu früh?«

»Sechs Uhr klingt gut.«

»Es gibt auch nichts Besonderes. Chili höchstwahrscheinlich. Du bist doch keine Vegetarierin, oder?«

»Nein. Chili ist super.«

»Also, super ist es nicht. Aber Landon mag Chili, also muss es reichen. Möchtest du nach oben gehen, auspacken und dich häuslich einrichten?«

*Mich häuslich einrichten? Soll das ein Witz sein? Ich hab mich noch nie in meinem Leben weniger zu Hause gefühlt.* »Klar.«

»Du hast dein altes Zimmer. Eigentlich war es Cassidys, bis sie in das neue Haus gezogen sind. Jetzt ist es wieder deins. Sieht so aus, als wären wir einmal im Kreis gegangen.« Sie sah Robin an und war offenbar überrascht, sie noch immer in der Küche stehen zu sehen. »Ich muss dir doch nicht den Weg zeigen, oder?«

»Ich glaube, das schaffe ich.«

»Du kannst vor dem Abendessen gern noch einen Mittagsschlaf halten«, sagte Melanie, als Robin die Küche verließ.

»Danke. Ich glaube, das mach ich einfach.«

»Gut«, sagte Melanie. »Den kannst du auch gebrauchen. Du siehst beschissen aus.«

# KAPITEL 6

Sobald sie den Kopf auf das Kissen sinken ließ, war Robin auch schon eingeschlafen.

Und sie fing beinahe sofort an zu träumen.

In dem ersten Traum ging sie über die Main Street und suchte Tillie's. Sie sollte ihre Mutter treffen und war schon zu spät. Aber Tillie's war nicht am gewohnten Ort. Robin lief die Straße hinunter, überquerte sie und kam auf der anderen Seite zurück, bevor sie in die Apotheke ging und den Apotheker hinter dem Tresen fragte, wohin der beliebte Laden gezogen sei.

»Nehmen Sie die«, sagte der Mann. »Dann finden Sie es.«

Plötzlich stand Robin vor einem großen Fenster mit silbernen Bilderrahmen und unechten Antiquitäten, auf dem in geschwungenen goldenen Lettern *Tillie's* stand. Sie betrat das Geschäft. »Wenn du Mommy suchst«, rief Melanie, die hinter einer altmodischen Registrierkasse stand, »hast du Pech gehabt. Sie ist gerade gegangen.«

»Wohin denn?«

»Sie ist im Koma«, sagte Melanie. »Und jetzt geh. Siehst du nicht, dass ich mit einer Kundin beschäftigt bin?«

Die Kundin drehte sich um.

Es war Tara.

Sie hatte kein Gesicht.

Robin stöhnte im Schlaf und drehte sich auf die andere Seite. Der Traum verschwand, und ein neuer begann.

Sie saß in ihrem Büro, und das Telefon klingelte. Es war Adeline Sullivan, die sagte, dass sie nicht zu ihrer nächsten Sitzung kommen könne. Sie habe ihren Mann erschossen. »Er hat mich betrogen«, erklärte sie Robin.

»Das tun sie alle«, sagte Robin.

»Was soll ich der Polizei sagen? Sie erwartet ein Geständnis von mir.«

»Sagen Sie, dass Sie autistisch sind«, riet Robin ihr. »Nur weil Sie autistisch sind, bedeutet das nicht, dass Sie eine Mörderin sind.«

Der Traum ging nahtlos in einen dritten über.

Sie probierte mitten in einem riesigen Lagerhaus ein Brautjungfernkleid an. »Ich mag das hier«, sagte Tara, nahm ein hellgelbes Kleid von einem Ständer und reichte es Robin.

»Was meinst du?«, fragte Robin kurz darauf und trat hinter dem Vorhang einer provisorischen Umkleidekabine hervor.

Tara krümmte sich vor Lachen. Als sie sich wieder aufrichtete, hatte sie sich in Melanie verwandelt. »Du siehst aus wie eine Riesenbanane.«

»Ich kann Ihnen noch ein anderes Kleid zeigen«, sagte eine Verkäuferin mit rotblondem Haar und riesigen grünen Augen.

»Dr. Simpson?«, fragte Robin.

»Nennen Sie mich Arla.«

»Ich wusste nicht, dass Sie hier arbeiten.«

»Ich dachte, Therapeuten wissen alles.«

»Ich bin keine sehr gute Therapeutin.«

»Das habe ich schon gehört. Wie dem auch sei, ich muss los. Ihr Vater wartet.«

»Worauf wartet er?«

»Er wartet darauf zu sterben«, sagte Arla, bevor sie sich in nichts auflöste.

Das Lagerhaus verwandelte sich in einen Krankenhausflur. Robin rannte den sterilen Korridor entlang und blickte in jedes Zimmer, die jedoch alle leer waren, bis sie im letzten Zimmer Cassidy fand.

Das Mädchen richtete sich auf, als Robin den Raum betrat, von ihrem Pyjama tropfte frisches Blut. »Sie sind eingebrochen und haben auf mich geschossen«, sagte sie und zeigte auf ein zweites Bett neben sich.

Robin trat näher heran, schlug die Decke zurück und entdeckte Blake und seine hübsche neue Assistentin nackt und in inniger Umarmung. »Was machst du hier?«, wollte Robin von ihrem Verlobten wissen.

»Das Gleiche, was ich schon seit Jahren mache«, sagte Blake. »Nicht weiter überraschend.«

Robin hörte, wie ein abgewürgter Schrei über ihre Lippen drang.

»Robin«, sagte Melanie irgendwo über ihrem Kopf.

Sie spürte eine Hand auf ihrer Schulter.

»Robin«, sagte Melanie noch einmal und rüttelte sie sanft. Ihre Stimme drang in Robins Traum. »Wach auf.«

»Was?«

»Du hattest einen Albtraum«, erklärte Melanie ihr.

Robin öffnete die Augen und sah Melanie, die sich mit einer Pistole in der Hand über sie beugte.

»Tut mir leid«, sagte sie und presste den Lauf der Waffe an Robins Stirn. »Es muss sein.«

Sie drückte ab.

Robin schrie und schoss im Bett hoch. »Ach du Scheiße«,

flüsterte sie, wischte sich den Schweiß von der Stirn und wurde richtig wach. »Was war das denn, verdammt noch mal?«

Und dann sah sie ihn. Eigentlich erhaschte sie nicht mehr als einen flüchtigen Blick – ein großer junger Mann mit breiten Schultern, schmalen Hüften und langem Haar, das ihm in die Augen fiel. »Landon?« *Wie lange hatte er schon dagestanden?*

Im nächsten Moment war er verschwunden.

»Landon?«, rief Robin noch einmal, rappelte sich hoch und ging zur Zimmertür. Sie blickte in den Flur, sah jedoch niemanden. Die Tür zu Landons Zimmer war geschlossen. *Hatte er sie die ganze Zeit beobachtet? War er auch nur ein Traum gewesen?*

Sie griff nach ihrer Handtasche, die neben dem Doppelbett auf dem Boden lag, und tastete blind nach dem kleinen Notizbuch und dem Bleistift, die sie immer bei sich trug. Sie wollte ihre Träume aufschreiben, bevor sie sie vergaß, etwas, was sie ihren Klienten häufig riet. Nicht dass sie besonders gut darin war, Träume zu deuten, trotz diverser Bücher, die sie zu dem Thema gelesen hatte, und zusätzlicher Seminare, die sie besucht hatte. Sicher, sie konnte den Unterschied zwischen einem Wunscherfüllungstraum und einem Angsttraum erkennen, aber wie die einzelnen Symbole zu interpretieren waren, die in den jeweiligen Träumen vorkamen, überstieg ihr Verständnis. »Nicht weiter überraschend«, murmelte sie und notierte den Satz, den sie sich von Blake geborgt hatte, aber der Rest ihrer Träume verflüchtigte sich bereits und platzte in der Luft wie Seifenblasen. Bis sie diesen einen schlichten Satz aufgeschrieben hatte, war von ihren Träumen nur noch das Bild haften geblieben, wie Blake nackt in den Armen seiner hübschen Assistentin lag.

»Tara ist tot«, sagte sie laut. »Dein Vater liegt im Koma. Cassidy befindet sich nach wie vor in kritischem Zustand. Und du machst dir Sorgen, dass dein Verlobter dich betrügt. So kann man sich die Dinge natürlich auch zurechtrücken!« Sie sank auf das Kissen zurück, ließ Notizblock und Bleistift auf den Boden fallen und starrte zu dem Deckenventilator, der träge über ihrem Kopf kreiste.

Irgendwann gab sie ihrer Neugier nach, sah sich in dem Zimmer um und registrierte die Veränderungen. Ihr Bett, früher mit schlichter weißer Wäsche und einer blauen Decke bezogen, hatte jetzt geblümtes Bettzeug und eine pinkfarbene Überdecke mit Fransen; auf dem Holzboden lag ein roséfarbener Teppich; die einst hellbraunen Wände waren in einem weichen Elfenbeinton gestrichen. Die großen Poster von den Eagles und den Grateful Dead waren durch noch größere Poster von Beyoncé und Taylor Swift ersetzt worden. Nur ihr alter Schreibtisch war stehen geblieben. Er stand vor dem Fenster, darauf in der Mitte ein kleiner Fernseher und darum verteilt eine bunte Sammlung von Schneekugeln, denen Cassidy offensichtlich entwachsen war und die sie beim Umzug in das größere, prachtvollere Zuhause nebenan zurückgelassen hatte.

»Was für ein Haus«, sagte Robin, trat ans Fenster, beugte sich über den Schreibtisch und starrte über den breiten, halb verdorrten Rasen auf das imposante Bauwerk. »Wirkt wie ein Hotel.« Sie wendete eine der Schneekugeln in der Hand und beobachtete, wie die Flocken auf eine Menagerie kleiner Plastiktiere rieselten, die in dem Unterwasserzoo gefangen waren. »Ich hätte in ein Hotel gehen sollen«, flüsterte sie der winzigen Giraffe zu, die neben einem blauen Wal stand, und fragte sich müßig, ob das Hotel Tremont immer noch als das erste Haus am Platz galt.

Im nächsten Moment sah sie sich in dessen eleganter Lobby stehen. Sie und Tara, damals beide sechzehn, hatten sich in das Hotel geschlichen, um auf dem Rückweg von einem Schulball die Toilette zu benutzen. Sie kicherten darüber, wie Lenny Fischer vor den Augen des Direktors mit Marie Reynolds rumgemacht hatte, und überlegten, wo Sheila Bernard ihr Kleid gekauft hatte, weil es offensichtlich nicht aus einem der Läden in Red Bluff stammte, als sie ihn sahen. Ihr Lachen verstummte augenblicklich und rutschte in ihren Magen wie abgestandenes Popcorn.

Was sie sahen, war ein großer attraktiver Mann, der seinen Arm um eine halb so alte, kurvenreiche Brünette gelegt hatte, mit der er durch die Lobby zum Empfang stolzierte.

»Oh mein Gott«, sagte Tara, packte Robins Arm und zog sie hinter die nächste Säule.

Nicht dass es eine Rolle gespielt hätte.

Ihrem Vater war es augenscheinlich egal, wer ihn sah.

»*Wer ist die Frau neben ihm?*«, fragte Tara.

»*Sie heißt Kleo. Sie arbeitet in seinem Büro*«, antwortete Robin, während ihr Tränen in die Augen schossen.

»*Vielleicht ist es nicht so, wie es aussieht*«, sagte Tara. »*Vielleicht sind sie zu einem Meeting hier.*«

Sie beobachteten, wie die Hand des Mannes am Rücken der Frau hinunterglitt, um ihre Pobacke zu greifen. »*Er ist angeblich geschäftlich unterwegs. Er hat meinem Bruder gesagt, er käme erst morgen zurück.*«

Tara schlang die Arme um Robins Hüften und drückte sie fest. »*Es tut mir so leid.*«

»*Warum? Es ist nicht deine Schuld.*«

»*Ich bin diejenige, die dich hier reingeschleppt hat. Ich konnte nicht bis zu Hause warten.*«

»*Früher oder später hätte ich es wahrscheinlich sowieso herausgefunden*«, sagte Robin. »*Ich meine, schau ihn dir an. Er versucht nicht mal, diskret zu sein.*«

Sie beobachteten, wie ihr Vater sich in die Gästeliste des Hotels eintrug und zu den Fahrstühlen am anderen Ende der Lobby ging, den Arm jetzt besitzergreifend über die Schulter der jungen Frau gelegt, während seine Finger sich nach dem üppigen Dekolletee streckten.

»*Ducken*«, warnte Tara sie. »*Warte. Was machst du?*«

Anstatt sich zu verstecken, war Robin aufgestanden und hatte sich ihrem Vater in den Weg gestellt.

Hatte sie geglaubt, er würde schamvoll und tränenreich eingestehen, was er vorgehabt hatte, und sich unter weiteren Tränen entschuldigen? Hatte sie erwartet, dass er auf die Knie sinken und sie um Vergebung bitten würde? Hatte sie gehofft, dass er die junge Frau zumindest wegschieben und versprechen würde, nie wieder fremdzugehen?

»*Erzähl deiner Mutter nichts*«, hatte er stattdessen gesagt. »*Es würde ihr das Herz brechen. Jetzt geh nach Hause. Und du hast mich nicht gesehen.*«

Und so war sie am Betrug ihres Vaters mitschuldig geworden.

Indem sie es ihrer Mutter nicht erzählt hatte, was sie damit gerechtfertigt hatte, dass es ihr in der Tat das Herz gebrochen hätte, war Robin zur Komplizin geworden, eine passive Mittäterin bei den Affären, die unweigerlich folgten. Obwohl sie ihn nie wieder in flagranti erwischte, hörte sie das Getuschel und wusste, dass die Gerüchte wahr waren, die ihn umschwirrten, wie Staubkörner im Sonnenlicht tanzen. Er machte weiterhin »Überstunden« im Büro, und seine Geschäftsreisen wurden häufiger und ausgedehnter.

Wie konnte es ihre Mutter nicht wissen? Wie sollte sie nicht sehen, was direkt vor ihren Augen passierte?

*»Geh nach Hause. Und du hast mich nicht gesehen.«*

Also sah es niemand.

Aber jeder wusste es.

*»Mein Vater geht auch fremd«*, hatte Tara ihr irgendwann später anvertraut.

*»Woher weißt du das?«*

*»Meine Mutter hat es mir erzählt.«*

*»Sie hat es dir erzählt? Was hat sie gesagt?«*

*»Dass sie es alle machen.«*

*»Und das findet sie in Ordnung?«*

*»Glaub schon. Sie hat ihre Bibel.«*

*»Steht in der Bibel nicht, dass man Ehebrecher steinigen soll?«*, fragte Robin.

*»Ich glaube, wenn wir das machen würden, wären nicht mehr viele Leute übrig«*, sagte Tara. Und sie lachten, aber es war ein freudloses Lachen.

*»Was würdest du machen, wenn du herausfinden würdest, dass Dylan dich betrügt?«*, hatte Robin ihre Freundin gefragt, nachdem diese verkündet hatte, dass sie heiraten wollte.

*»Wahrscheinlich würd ich ihm die Eier abschneiden.«*

*»Im Ernst?«*

*»Das* ist *mein Ernst.«*

*»Noch ernster.«*

*»Ich schätze, ich würde ihn seine eigene Medizin kosten lassen. Du kennst ja die Redewendung – was dem einen recht ist, ist dem anderen billig …«*

*»Das könntest du?«*

Tara nahm einen tiefen Zug von dem Joint, den sie teilten, und gab ihn Robin zurück. *»Ich kann machen, was ich will.«*

Und das hatte sie getan, dachte Robin.

Und jetzt war sie tot.

»*Ich könnte nie mit einem Mann zusammenbleiben, der mich betrügt*«, hatte Robin ihrer Freundin erklärt.

»*Dann kannst du dir die Mühe zu heiraten wahrscheinlich sparen*«, hatte Tara prompt erwidert.

Hatten sie und Blake ihre Hochzeitspläne deshalb nie in die Tat umgesetzt? Hatte sie trotz all ihrer Bemühungen, Männer zu meiden, die ihrem Vater auch nur entfernt ähnlich waren, insgeheim den Verdacht, dass sie sich einen Mann genau wie ihn ausgesucht hatte?

Robin starrte auf das Haus, das ihr Vater nebenan hatte bauen lassen. Seine Burg, dachte sie.

Sein Grabmal.

»Robin!«, rief ihre Schwester von unten. »Landon! Abendessen ist fertig.«

Robin blickte auf ihre Uhr und stellte überrascht fest, dass es schon sechs Uhr war. *Wie lange habe ich hier gestanden?* Sie stieß sich vom Fenster ab. »Ich komme gleich.«

Sie überquerte den Flur und betrat das Bad. »Ich *sehe* beschissen aus«, sagte sie zu ihrem Spiegelbild über dem Waschbecken. Sie zupfte an ihren Haaren, um ihrer Lockenfrisur einen Anschein von Fasson zu geben, gab es schließlich auf, wusch sich die Hände und spritzte sich ein bisschen warmes Wasser ins Gesicht, bevor sie erneut an einer Strähne zupfte. »Viel besser«, murmelte sie ohne Überzeugung auf dem Weg aus dem Bad.

Vorsichtig näherte sie sich der geschlossenen Tür von Landons Zimmer. Von drinnen hörte man das rhythmische Schaukeln. »Landon«, sagte sie und klopfte leise. Das Schaukeln stoppte. »Abendessen ist fertig.«

Sie wartete auf eine Reaktion, doch es kam nichts.

»Robin! Landon!«, rief Melanie von unten. »Das Essen steht auf dem Tisch.«

Robin wartete noch einen Moment vor Landons Tür. Erst als das Schaukeln wieder anfing, gab sie auf und ging nach unten.

# KAPITEL 7

Melanie hatte schon angefangen zu essen, als Robin in die Küche kam.

»Tut mir leid, dass ich zu spät bin«, sagte Robin, zog einen Stuhl vor und setzte sich ihrer Schwester gegenüber an den quadratischen Holztisch.

»Das ist Landons Platz«, sagte Melanie.

Robin stand sofort auf und wählte einen anderen Stuhl, sodass sie und ihre Schwester jetzt über Eck saßen. In Schlagdistanz, dachte sie und erinnerte sich daran, wie Melanie ihr, als sie Kinder waren, einmal eine Gabel in den Handrücken gerammt hatte. Sie ließ unwillkürlich die Hände in den Schoß sinken.

»Irgendwas nicht in Ordnung?«, fragte Melanie.

»Nein, alles gut.« Robin blickte zu der großen Schüssel mit Chili in der Mitte des Tisches.

»Bedien dich. Wir machen hier keine große Zeremonie.«

Robin lud sich eine kleine Portion auf den Teller.

»Das ist alles, was du isst? Kein Wunder, dass du nur aus Haut und Knochen bestehst.«

»Wahrscheinlich nehme ich noch einen Nachschlag.«

Melanie zuckte mit den Schultern. »Im Brotkasten ist auch Brot, wenn du welches willst. Salat gibt es nicht. Landon isst nie Salat, deshalb hab ich es mehr oder weniger aufgegeben, welchen zu machen.«

»Keine Sorge.«

»Wer sagt, dass ich mir Sorgen mache? Gott, wie ich diese Redewendung hasse.«

Robin spürte, wie sich ihr Magen zusammenzog. Sie führte eine Gabel Chili zum Mund und betete, dass sie nicht würgen musste. »Echt lecker«, sagte sie, nachdem sie erfolgreich einen Bissen geschluckt hatte und den nächsten probieren wollte.

»Du klingst überrascht.«

»Bin ich nicht. Ich wollte nicht …« *Lass gut sein.* »Melanie, glaubst du, wir könnten …?« Sie hielt inne. Welchen Sinn hatte es?

»Glaube ich, wir könnten … was?«, fragte Melanie. »Du willst doch nicht wieder reden, oder?«

Robin legte ihre Gabel ab. »Ich hatte bloß gehofft, wir könnten …«

»Was? Herrgott noch mal, Robin, spuck es einfach aus.«

»… ein bisschen netter zueinander sein«, sagte Robin. »Ich meine, wir haben uns lange nicht gesehen. Vielleicht könnten wir die Stacheligkeiten und höhnischen Bemerkungen lassen.«

»Ich hab gar nicht gemerkt, dass du welche gemacht hast.«

»Hab ich auch nicht.«

Melanie nickte wissend. »Es geht also gar nicht um *uns*. Es geht um *mich*, darum, was *ich* falsch mache.«

»Du hast gar nichts falsch gemacht. Ich bitte dich nur, dich ein bisschen zu entspannen.«

»Tara ist tot; unser Vater überlebt wahrscheinlich die Nacht nicht; es wäre ein Wunder, wenn Cassidy es schafft; der Täter läuft noch frei rum; der Sheriff hält meinen Sohn für den Hauptverdächtigen und denkt, ich lüge, um ihn zu schützen. Und du willst, dass ich mich ›entspanne‹?«

»Das habe ich nicht gemeint.«

»Das hast du aber gesagt. Was genau willst du, Robin? Soll ich ein paar Witze erzählen?«

*Wäre vielleicht nett.* »Ich möchte bloß, dass wir höflich zueinander sind.«

»Inwiefern bin ich unhöflich?«, erwiderte Melanie. »Ich habe dich am Bus abgeholt. Ich habe dich den ganzen Nachmittag rumchauffiert, dich zum Krankenhaus gefahren und vor der Apotheke gewartet, während du deinen Vorrat an Happy-Pillen besorgt hast. Ich habe dir Abendessen gekocht. Was ist los – ist Chili nicht *höflich* genug für eine schicke Therapeutin aus L. A.?«

Robin legte die Gabel heftiger ab als beabsichtigt. *Nicht beißen*, ermahnte sie sich, doch es war schon zu spät. »Das ist genau das, was ich meine. Ich habe nie irgendwas zu dem Chili gesagt, außer dass es köstlich ist. Ich mag Chili. Darum geht es nicht.«

»Und worum bitte ›geht es‹ dann?«

»Darum dass ich keine schicke Therapeutin aus L. A. bin.«

»Du bist keine Therapeutin? Du lebst nicht in L. A.?«

»Doch, ich lebe in L. A. Ich bin Therapeutin. Es ist das Wort ›schick‹ …«

»Du magst das Wort ›schick‹ nicht?«

»Nicht in dem Zusammenhang, nein.«

»Es geht also um den *Kontext*?«

In Robins Kopf drehte sich alles. Ein Schraubenzieher der Angst wand sich durch ihre Brust. »Ich meine bloß …«

»Ja, bitte. Was *meinst* du?«

»Dass ich nicht der Feind bin.«

»Aber ich?«

»Nein, ich bitte dich nur …«

»Mich zu entspannen?«

»Nett zu sein.«

»Hm-hm«, erwiderte Melanie. »Jetzt bin ich also nicht nur unhöflich. Ich bin auch nicht nett.«

Robin senkte den Kopf. »Vergiss es. Tut mir leid, dass ich etwas gesagt habe.«

»Entschuldigung angenommen«, sagte Melanie lächelnd. »Das war jetzt ich in entspannt«, fügte sie hinzu, und das Lächeln erreichte ihre Augen.

Unwillkürlich erwiderte Robin ihr Lächeln. »Hast du noch irgendwas aus dem Krankenhaus gehört?«, fragte sie und tat sich eine weitere Portion Chili auf den Teller.

»Kein Wort.«

»Ich nehme an, das ist gut.« Robin stand auf und füllte sich am Spülbecken ein Glas mit Wasser. Ihr Herz raste trotz der Happy-Pillen. »Möchtest du auch welches?«, fragte sie ihre Schwester.

»Nein, danke. Aber du kannst Landon ein Glas eingießen.«

»Kommt er runter?«

»Wenn er was essen will. Zimmerservice gibt es hier nicht.«

Robin kehrte zum Tisch zurück und stellte Landons volles Glas neben seinen leeren Teller. »Hast du mit ihm gesprochen, seit wir nach Hause gekommen sind?«

»Nein. Warum?«

»Ich hab mich bloß gefragt, wie er es findet, dass ich hier bin.«

»Keine Ahnung. Da müsstest du ihn schon selbst fragen.«

»Ich habe vorhin an seine Tür geklopft. Aber er hat nicht geantwortet.«

»Nun, ich bin sicher, ihr lauft euch irgendwann über den Weg.«

»Redet er mit irgendjemandem?«, fragte Robin.

»Du meinst, ob er eine Freundin hat oder so?«

»Nein.«

»Verstehe. Du meinst mit jemandem wie dir?«

»Na ja, vorzugsweise mit jemandem, der auf Autismus spezialisiert ist.«

»In Red Bluff gibt es nicht viele Spezialisten, schon vergessen?«, sagte Melanie. »Eine Zeitlang haben wir einen Arzt konsultiert«, ergänzte sie zu Robins Überraschung. »Aber Landon mochte ihn nicht besonders, also haben wir damit aufgehört.«

»Nimmt er Medikamente?«

»Der Arzt oder Landon? Sorry«, fügte sie sofort hinzu. »Ein weiterer Versuch in Lockerheit.« Melanie nahm Landons Glas Wasser, nippte daran und schob es dann mit dem Zeigefinger zurück zu Landons Platz. »Der Arzt hat ihm etwas verschrieben. Ich kann mich nicht an den Namen erinnern; manchmal nimmt Landon es, manchmal nicht. Er sagt, es macht ihn dumm im Kopf. Und ich kann eh nicht viel daran ändern. Er ist inzwischen ein bisschen zu groß, um ihn zwangszufüttern.«

Robin wusste, dass die Pubertät für autistische Jugendliche eine Phase von massivem Stress und Verwirrung sein konnte, weil ihnen schmerzhaft bewusst wurde, dass sie nicht wie andere Kids waren. Die daraus folgenden Verletzungen und die Schwierigkeiten, Beziehungen zu anderen anzuknüpfen, führten häufig zu Depressionen und verstärkten Ängsten. Und wenn Robin eins verstand, dann waren es Ängste. »Geht er noch zur Schule?«

»Nein. Er hat vor ein paar Jahren abgebrochen.«

»Hat er Freunde?«

»Eigentlich nicht. Es gibt da einen Jungen, aber …«

Es klingelte.

»Erwartest du jemanden?«, fragte Robin.

Melanie stand auf. »Nee.«

Robin folgte ihr zur Haustür und beobachtete, wie Melanie durch den Spion guckte und dann einen Schritt zurückmachte. »Wenn man vom Teufel spricht …«, sagte sie und öffnete einem schlanken jungen Mann die Tür. Sein schwarzes Haar und blasses Gesicht betonten das Blau seiner Augen. Er trug schwarze Jeans und ein schlichtes schwarzes T-Shirt. Robin schätzte ihn auf achtzehn, neunzehn.

»Mrs. Davis«, sagte der Junge zu Melanie.

»Miss«, verbesserte sie ihn, und es klang so, als hätte sie das nicht zum ersten Mal klargestellt. »Wie geht's, Kenny?«

»Nicht so gut«, antwortete er. »Ich hab das von Cassidy gehört. Kann ich reinkommen?«

Melanie trat noch einen Schritt zurück, um ihn hereinzulassen.

»Was ist mit ihr?« Er hielt abrupt inne, als er Robin sah.

Melanie folgte seinem Blick. »Das ist meine Schwester Robin.«

Der Junge mühte sich ein mattes Lächeln ab. »Wie geht's?«

»Das ist Kenny Stapleton«, sagte Melanie. »Wir haben gerade von dir gesprochen.«

»Wirklich?«

»Meine Schwester hat mich gefragt, ob Landon irgendwelche Freunde hat. Mehr oder weniger bloß dich. Obwohl du in letzter Zeit ja nicht mehr oft hier warst, oder?«

»Tut mir echt leid. Ich war ziemlich beschäftigt«, sagte Kenny. »Wie geht's Cassidy? Wird sie wieder gesund?«

»Das wissen wir nicht. Ihr Zustand ist immer noch kritisch. Das mit ihrer Mutter weißt du?«

Kenny senkte den Blick auf seine schwarzen Stiefel. »Ich kann es nicht glauben. Wer macht so was?«

»Ich weiß nicht.«

»Es heißt, es wär ein bewaffneter Überfall gewesen oder so.«

»Vermutlich«, stimmte Melanie ihm zu.

»Was ist mit Mr. Davis?«

»Es sieht nicht gut aus.«

»Aber er lebt noch«, sagte Kenny. »Das ist doch immerhin etwas, oder?«

»Mag sein.«

»Er ist ein zäher alter Hund. Er wird durchkommen. Cassidy auch. Sie werden sehen.«

»Das werden wir wohl.«

»Wie geht's Landon?«

»Na ja, du weißt ja«, sagte Melanie. »Mit Sicherheit lässt sich das nur schwer sagen.«

»Kann ich zu ihm?«

»Klar.« Melanie ging zur Treppe. »Landon! Kenny ist hier.«

Keine Reaktion.

»Geh einfach hoch.«

»Super.« Kenny war schon auf halber Treppe, als er noch einmal stehen blieb und sich zu Robin umdrehte. »War mir eine Freude, Sie kennenzulernen.«

»Gleichfalls.« Robin sah ihn auf dem oberen Treppenabsatz verschwinden und hörte, wie die Tür von Landons Zimmer geöffnet und wieder geschlossen wurde. »Er macht einen netten Eindruck.«

Melanie zuckte die Achseln.

»Aufmerksam von ihm vorbeizukommen.«

»Ja, vermutlich schon.« Sie gingen zurück in die Küche.

»Hast du Lust auf Eis? Ich glaub, ich hab noch welches im Gefrierschrank.«

»Eis klingt super«, sagte Robin.

»Nichts Schickes. Bloß langweiliges Vanilleeis.«

»Vanille ist meine Lieblingssorte.«

»Wirklich? Meine auch. Wir sind wohl doch verwandt.« Sie verteilte die Eiscreme auf zwei kleine Schalen und warf die leere Plastikdose in den Mülleimer unter der Spüle.

Die Schwestern nahmen wieder ihre Plätze am Tisch ein, und eine Weile hörte man nur das Kratzen ihrer Löffel in den Schalen. »Glaubst du, Kenny hat recht, und Dad und Cassidy kommen irgendwie durch?«, fragte Robin nach längerem Schweigen.

»Na ja, Cassidy ist jung und hat vielleicht eine Chance«, sagte ihre Schwester. »Aber auf Dad wurde mehrmals aus kurzer Entfernung geschossen, einmal in den Kopf. Ich weiß ehrlich gesagt nicht, wie er es geschafft hat, so lange durchzuhalten.«

»Kann ich dich noch was fragen?«, sagte Robin.

»Kann ich dich daran hindern?«

Robin lächelte unwillkürlich. »War er anders?«

»Wie meinst du das?«

»Nach der Heirat mit Tara. Hat er sich verändert?«

»Du meinst, hat er sie betrogen?«

»Nein. Ich meinte allgemein verändert. Moment mal. Warum? Hat er?«

»Wer weiß? Vielleicht. Es gab Gerüchte.«

»Was für Gerüchte?«

»Na, du weißt schon ...«

»Dass er fremdgegangen ist?«

»Also, es gibt keine Videos, wenn du darauf aus bist.«

»Kannte Tara diese Gerüchte auch?«

»Keine Ahnung. Wir waren nicht gerade beste Freundinnen und enge Vertraute.«

»Aber ihr habt im selben Haus gelebt, ihr habt es geschafft, miteinander auszukommen …«

»Vielleicht weil wir uns jeder um unsere Angelegenheiten gekümmert haben«, sagte Melanie spitz.

Robin spürte frische Stiche der Angst in der Brust. »Ich kann mir nicht vorstellen, dass Tara es sich hätte gefallen lassen, wenn Dad sie betrogen hätte.«

»Tja, nun, was das angeht, war sie selbst auch nicht gerade Miss Unschuldig, soweit ich weiß.« Melanie stand auf und räumte das schmutzige Geschirr in die Spülmaschine.

»Was willst du damit sagen? Dass Tara auch fremdgegangen ist?«

*Was dem einen recht ist …*

Melanie zuckte mit den Schultern.

»Weiß Sheriff Prescott davon?«

»Ich kann mir nicht vorstellen, dass nicht.«

»Ach du Scheiße«, sagte Robin.

Melanie knallte den Geschirrspüler zu. »Das bringt es ziemlich gut auf den Punkt.«

# KAPITEL 8

Robin hatte gerade ihr Nachthemd übergestreift, als ihr Handy klingelte.

»Blake?«

»Alec«, sagte ihr Bruder.

»Wo bist du?«

»In meiner Wohnung. Und du?«

»Ich denke, es würde wahrscheinlich als Hölle durchgehen.«

»Das heißt, du bist zu Hause. Glückwunsch. Du bist ein besserer Mensch als ich.«

»Kommst du?«

»Bist du verrückt?«

»Tara ist tot.«

Schweigen.

»Alec? Bist du noch da?«

»Tara ist tot«, wiederholte er mit flacher Stimme und ohne Betonung.

»Sie ist heute Morgen gestorben, ohne das Bewusstsein wiedererlangt zu haben.«

Erneutes Schweigen, länger als vorher. »Sie hat also nicht mehr mit der Polizei gesprochen. Man weiß nicht, wer …«

Robin spürte die Verzweiflung in seiner Stimme. *»Verzweiflung oder Erleichterung?«*, hörte sie Melanie in ihr Ohr flüstern. »Es tut mir so leid«, sagte sie und schob Melanies Stimme grob beiseite. Robin berichtete ihm, was seit ihrer Ankunft in Red Bluff geschehen war. Die Gerüchte über ihren Vater und Tara ließ sie weg, weil sie nicht wusste, wie er reagieren würde.

»Dad hält weiter durch, nehme ich an?«

»Er ist ein zäher Hund«, sagte Robin.

»Das heißt, Tara stirbt, und er überlebt. Logisch.«

»Komm nach Hause, Alec«, drängte Robin ihn. »Ich könnte wirklich Unterstützung brauchen.«

»Wo ist Blake? Ist das nicht sein Job?«

Das hatte Robin sich auch schon gefragt. »Er ist dieser Tage sehr beschäftigt. Er kann nicht einfach kommen und gehen, wie es ihm …«

»Die Familie seiner Verlobten wurde niedergemetzelt!«

»Nett ausgedrückt«, sagte Robin.

»Ich sollte Schluss machen.«

»Du solltest nach Hause kommen.«

»Ich melde mich bald wieder«, sagte Alec und beendete das Gespräch.

Robin warf das Handy aufs Bett und rief sich das attraktive Gesicht ihres Bruders in Erinnerung – die sanften grauen Augen ihrer Mutter, das kräftige Kinn ihres Vaters, das hellbraune Haar, eine Mischung von beiden. Und seinen spöttischen Humor, der ganz eigen war. Wie oft hatten Robin und Tara über eine seine trockenen Bemerkungen unwillkürlich Tränen gelacht. »*O Gott*«, hatte Tara einmal nach einer von Alecs spontanen komischen Einlagen gequiekt. »*Ich glaub, ich hab mir gerade in die Hose gemacht!*«

»*Wie konnte sie das tun?*«, hatte Alec Robin gefragt, nachdem Tara mit ihrem Vater durchgebrannt war. »*Ich meine, es ist schlimm genug, dass sie mich für einen Mann verlassen hat, der doppelt so alt ist wie ich. Noch dazu mein Vater. Er ist für mich gestorben«*, hatte er hinzugefügt und traurig den Kopf geschüttelt. *»Aber wie kann eine Frau, die gern lacht, einen Mann ohne einen Funken Humor heiraten? Verdammt, der Mann würde Ironie nicht erkennen, wenn sie ihm in den Hintern beißt. Du weißt, was mit ihm ist, oder nicht?«*, hatte er gefragt und eine Pause gemacht, bevor er die vernichtende Pointe präsentiert hatte. *»Er leidet unter Ironieinsuffizienz!«*

Darüber musste Robin immer noch kichern. Greg Davis hatte tatsächlich absolut keinen Sinn für Humor. Bei seinem unbarmherzigen Streben nach Erfolg und schnödem Mammon war wenig Zeit und Raum für irgendetwas anderes geblieben. Oh, er konnte charmant sein. Er wusste die richtigen Sachen zu sagen. Er konnte sogar ziemlich gut Witze erzählen. Aber hinter seinem bereitwilligen Lachen und seiner verführerischen Art verbarg sich etwas Hohles. Nicht dass es eine Rolle gespielt hätte. Er hatte gelernt, dass man mit Geld eine Menge Hohlräume füllen konnte.

Und wie es schien, hatte Tara das Geld noch mehr geliebt als das Lachen.

*»Es wird ihr noch leidtun«*, hörte sie Alec sagen und versuchte, die folgenden Worte auszublenden. *»Karma, Baby. Alles rächt sich irgendwann. Früher oder später wird sie dafür bezahlen. Sie werden beide bezahlen.«*

Natürlich hatte ihr jüngerer Bruder damals nur übertrieben dramatisch reagiert. Er war verständlicherweise verletzt und wütend gewesen. *»Es wäre leichter, wenn sie tot wäre«*, hatte er gesagt.

*Aber das war fast sechs Jahre her*, erinnerte Robin sich jetzt. *Er hatte nicht gemeint … Er konnte unmöglich … Außerdem war er zum Zeitpunkt des Überfalls hunderte von Meilen entfernt gewesen.*

Sie atmete tief durch, entschlossen, sich von derlei ungerechtfertigten Verdächtigungen nicht die ganze Nacht als Geisel nehmen zu lassen. Sie würde nicht zulassen, dass solche albernen Spekulationen sie daran hinderten, ein paar Stunden durchzuschlafen. Sie brauchte die Erholung, denn der kommende Tag versprach außergewöhnlich anstrengend zu werden. Und wo war überhaupt Blake, übertrug sie ihre Sorge um Alec auf ihren Verlobten. Warum hatte er nicht angerufen? »Verdammt. Wo bist du?« *Bist du allein? Mit wem bist du zusammen*? Sie nahm ihre Handtasche vom Boden und zog das Fläschchen Tavor heraus. Nur noch acht »Happy-Pillen« übrig, zählte sie und legte zwei davon auf ihre Handfläche.

Ihr Handy klingelte, als sie die Hand gerade zum Mund führte. Auf dem Display sah sie, dass es Blake war.

*Endlich.* »Hey«, sagte sie und schloss ihre Hand um die Pillen, als ob sie die Tabletten vor ihm verbergen wollte. Sie wusste, dass er es missbilligen würde.

»Wie geht es dir?«

»So einigermaßen. Ich wollte gerade ins Bett gehen.«

»Es ist halb acht.«

Robin stellte sich vor, wie seine Augenbrauen sich über seiner edlen Nase zusammenzogen. Sein Sorgengesicht, wie sie es nannte. Seltsamerweise sah er damit noch besser aus als sowieso schon.

»Du hast doch nicht noch mehr Valium genommen, oder?«

»Nein«, antwortete sie, was streng genommen keine Lüge war. »Ich bin bloß müde, das ist alles. Offenbar laugt einen so ein Mord ziemlich aus.«

»Es tut mir so leid. Wie geht's deinem Dad?«

»Unverändert.«

»Hat man schon eine Ahnung, wer es getan haben könnte?«

Robin schüttelte den Kopf.

»Robin? Bist du noch da?«

»Sorry. Nein, die Polizei weiß nicht, wer es getan hat. Man vermutet, dass es vielleicht ein bewaffneter Raubüberfall war, aber …«

»Aber?«

»Die Polizei tappt im Dunkeln.« Sie hatte nicht die Kraft, ihre Unterhaltung mit Melanie zu wiederholen. *Stimmten die Gerüchte? Hatte ihr Vater Tara betrogen? Hatte Tara ihren Vater betrogen? Und machte es letztendlich einen Unterschied? Würde sie noch leben, wenn die Gerüchte sich als unbegründet erwiesen hätten?*

»*Hast du mich betrogen?*«, wollte sie fragen. »Wie geht es *dir?*«, sagte sie stattdessen.

»Mir? Mir geht es gut. Was ist mit deiner Schwester?«

»Schwer zu sagen. Eine Minute scheinen wir ganz gut miteinander auszukommen, in der nächsten eher nicht so.«

»Und ihr Sohn? Tut mir leid, ich hab seinen Namen vergessen.«

»Landon.«

»Ah ja, er wurde nach diesem Schauspieler benannt …«

»Michael Landon.« Robin rief sich ein Bild des längst verstorbenen Stars der Westernserie *Bonanza* vor Augen, deren Wiederholungen Melanie sich im Fernsehen angeguckt hatte. *Wie konnte sie ihren Sohn nach einem Schauspieler benennen, den sie nur in Wiederholungen einer TV-Serie gesehen hat?* »Er bleibt meistens für sich. Richtig mit ihm gesprochen habe ich noch nicht.« *Aber ich kann ihn hören*, dachte sie und blickte auf die Wand, die ihre beiden Zimmer trennte. Sobald sein Freund Kenny gegangen war, hatte Landon sein unablässiges Schaukeln wiederaufgenommen.

»Muss sich seltsam anfühlen, wieder dort zu sein«, sagte Blake.

»Ja, schon.«

»Und wie ist das Wetter?«

*Im Ernst?* »Heiß.« *Unterhalten wir uns wirklich über das Wetter?*

»Hast du eine Ahnung, wann du wieder zu Hause sein wirst?«

»Wahrscheinlich frühestens in ein paar Tagen. Der Sheriff möchte, dass wir morgen mit ihm durch das neue Haus meines Vaters gehen, um zu sehen, ob vielleicht irgendetwas fehlt.« *Warum? Machst du dir Sorgen, unvorbereitet überrascht zu werden? Ist jemand bei dir?*

»Und was für Gefühle löst das bei dir aus?«

Robin lachte leise. »Das sollte eigentlich *meine* Frage sein. Ich bin die Therapeutin, schon vergessen?«

*Keine besonders gute.*

»Es wird bestimmt nicht leicht«, sagte Blake.

»Nein. Aber wann war irgendwas mit meiner Familie je leicht?«

»Willst du, dass ich komme?«, fragte er.

*Bitte, sag nein*, hörte Robin ihn stumm hinzufügen.

»Nicht nötig«, tat sie ihm den Gefallen. »Du hast zu tun.«

»Ich kann mir schon ein paar Tage freinehmen.«

»Mir geht es gut. Wirklich.«

»Du *klingst* tatsächlich ganz gut.«

»Wirklich?« *Wir hören wohl, was wir hören wollen.*

»Ja. Müde, aber gefasst.«

»Ich *bin* müde.«

»Dann sollte ich lieber Schluss machen und dich schlafen lassen.«

»Ja. Ist wahrscheinlich eine gute Idee.« *Obwohl es eine noch bessere Idee wäre, wenn du alles stehen und liegen lassen und deinen Arsch hierherbewegen würdest. Und die beste Idee wäre es, aufzuhören zu fragen, was ich möchte, und herauszufinden, was ich brauche.*

»Okay«, sagte er.

»Okay.«

»Und du rufst mich an, sobald du etwas weißt?«

»Ich ruf dich an.«

»Ich liebe dich«, sagte er so leise, dass Robin sich nicht sicher war, ob er überhaupt etwas gesagt hatte. *Ein weiterer Fall von hören, was man hören will?*

»Ich dich auch«, flüsterte sie, warf das Handy wieder aufs Bett, legte die beiden Pillen in ihrer Hand auf ihre Zungenspitze, schluckte sie trocken und spürte, wie eine im Hals stecken blieb. Sie räusperte sich, aber das schien das Ganze nur schlimmer zu machen. Sie öffnete die Zimmertür und ging über den Flur ins Bad, beugte sich über das Waschbecken und trank kaltes Wasser direkt aus dem Hahn. Es rann über ihr Kinn und ihren Hals in den Ausschnitt ihres Nachthemds.

Sie wusch sich das Gesicht, putzte die Zähne und zupfte ein paar Minuten an ihrem Haar herum, bis sie erkannte, dass es vergebliche Liebesmüh war. Als sie aus dem Bad kam, hörte sie den Fernseher in Melanies Schlafzimmer am Ende des Flures. Ihre Schwester hatte jedenfalls keine Zeit verschwendet, das große Schlafzimmer zu übernehmen, nachdem ihr Vater und Tara ausgezogen waren. Robin wusste nicht genau, wann das passiert war, und sie hatte vergessen, danach zu fragen, aber Sheriff Prescott hatte eine Einweihungsparty erwähnt, die erst kürzlich stattgefunden hatte, und Handwerker, die nach wie vor regelmäßig in dem Haus ein und aus gingen. Also wahrscheinlich irgendwann im vergangenen Monat, vermutete Robin auf dem Weg zurück in ihr Zimmer.

Er stand neben ihrem Bett mit dem Rücken zu ihr. Groß mit beeindruckenden Bizepsen, die die Ärmel seines karierten Hemdes spannten, das offen über seiner weiten Jeans hing. Seine Füße waren nackt; sein braunes Haar fiel bis auf seine hängenden Schultern, während er seinen Oberkörper vor und zurück wiegte, als würde er beten.

»Landon?«

Der Junge fuhr herum, sein Blick schoss von Robins Gesicht zu ihren Brüsten.

Robin bedeckte sie mit einer Hand, als ihr bewusst wurde, dass ihre Brustwarzen sich unter dem weißen Baumwollstoff ihres Nachthemds deutlich abzeichneten. »Wie schön, dich endlich zu treffen«, sagte sie und fragte sich, was er in ihrem Zimmer machte. »Wir haben dich beim Abendessen vermisst.«

Landon sagte nichts und senkte den Blick.

»Hast du etwas gegessen? Wenn nicht, es ist noch jede Menge übrig. Es ist wirklich lecker. Deine Mutter macht ein ausgezeichnetes Chili.«

Wieder keine Antwort.

»Sie hat gesagt, es wär eins von deinen Lieblingsessen. Aber sie hat mir erzählt, dass du keinen Salat magst. Ich mag keinen Broccoli.« Wirklich? *Seit wann mochte sie keinen Broccoli? Warum hatte sie das gesagt?* »Ich kann nicht glauben, wie groß du geworden bist. Als ich dich zum letzten Mal gesehen habe, warst du noch ein kleiner Junge. Noch nicht mal ein Teenager. Und schau dich jetzt an, du bist ein Mann.« *Ein großer stummer Mann mit ausgeprägten Muskeln, der in meinem*

*Zimmer weiß Gott was gemacht hat.* »Bist du gekommen, um Hallo zu sagen?«

Landon verlagerte sein Gewicht von einem Fuß auf den anderen und mied weiter ihren Blick.

»Möchtest du dich setzen?« Sie ging einen halben Schritt vorwärts. »Wir könnten uns unterhalten und neu kennenlernen.«

Er machte einen Schritt zurück und stieß mit dem Bein gegen das Bett.

Robin hörte Schritte hinter sich.

»Was ist hier los?«, fragte Melanie. »Landon, was machst du in Robins Zimmer?«

Ohne ein Wort oder einen Blick in ihre Richtung schoss Landon an Robin und seiner Mutter vorbei.

»Es ist okay«, rief Robin ihm hinterher. »Du kannst gern bleiben.«

Kurz darauf hörte man seine Zimmertür zuschlagen.

»Er hat nichts …«

»Könntest du bitte davon Abstand nehmen, meinen jugendlichen Sohn im Nachthemd zu empfangen?«, unterbrach Melanie sie. »Durch den Fetzen kann man glatt durchsehen, weißt du.«

»Ich habe niemanden empf… Ich bin ins Bad gegangen. Und als ich zurückkam, war er hier.«

»Wie auch immer. Ich würde dir bloß raten, ein wenig diskreter zu sein, statt halb nackt durchs Haus zu stolzieren.«

»Ich bin ja wohl kaum halb nackt.«

»Ich kann dein Schamhaar sehen«, erwiderte Melanie schneidend.

Robin blickte nach unten, und ihre Wangen brannten, als hätte Melanie sie geohrfeigt. Sie hörte ihre Schwester den Flur hinuntergehen und blickte erst wieder auf, als deren Schlafzimmertür geschlossen wurde. Dann kroch sie ins Bett und zog sich die rosageblümte Überdecke über den Kopf, um unerwünschte Geister in Schach zu halten.

# KAPITEL 9

»Bist du so weit?«, fragte Melanie in der Tür. Es war kurz nach neun.

Robin trank einen letzten Schluck Kaffee, atmete tief ein und stemmte sich beim Ausatmen vom Küchentisch hoch. Sie wischte sich ihre verschwitzten Handflächen an den Beinen ihrer Jeans ab und ging zum Spülbecken.

»Hm, hm«, ermahnte Melanie sie, als Robin ihre Tasse ausspülen wollte. »Spülmaschine.«

»Tut mir leid. Hatte ich vergessen.«

»Gehen wir«, wies Melanie sie an. »Wir wollen den Sheriff schließlich nicht warten lassen.«

Robin stellte die Tasse in die Spülmaschine, und ihre Angst trieb unsichtbare Nägel durch die Sohlen ihrer Sandalen, die sie an Ort und Stelle fesselten.

»Alles in Ordnung?«, fragte Melanie.

»Braucht ihr mich wirklich? Ich meine, ich bin noch nie in dem Haus gewesen. Ich habe nicht die geringste Ahnung, was fehlen könnte.«

»Soll ich allein gehen?«

*Ja.* »Nein.« *Ja.* »Ich weiß bloß nicht, ob ich das kann.«

»Hör zu, ich weiß, es wird nicht leicht«, sagte Melanie. »Aber je eher wir rübergehen, desto eher sind wir wieder zurück.«

*Vielleicht habe ich davor Angst.*

»Vielleicht solltest du noch eine von deinen Pillen nehmen. Wir wollen ja nicht, dass du uns wieder ohnmächtig wirst.«

»Ich hab schon eine genommen.« *Zwei, genauer gesagt. Leider müssen sie erst noch wirken.*

»Dann lass uns gehen«, sagte Melanie, die das Wort »gehen« dehnte, bis Robin gehorchen musste.

*Ein Fuß vor den anderen. Ein Schritt nach dem anderen.*

»Ich versuche zu verstehen, warum du so aufgewühlt bist«, sagte Melanie. »Es geht um Leute, mit denen du seit mehr als fünf Jahren nicht gesprochen hast. Menschen, die du praktisch verleugnet hast. Siehst du mich etwa zusammenbrechen? Dabei bin ich diejenige, die jeden verdammten Tag hier war …«

»Ich komm ja schon, Herrgott noch mal.«

»Gut. Vielleicht könntest du dich ein bisschen beeilen. Landon!«, rief Melanie am Fuß der Treppe. »Wir gehen jetzt. Wir sind in ungefähr einer Stunde zurück. Geh in der Zwischenzeit nicht ans Telefon. Und lass niemanden rein. Hast du gehört?«

»Hat er dich gehört?«, fragte Robin, als ihre Schwester die Haustür öffnete, ohne eine Antwort abzuwarten.

»Er hört alles.« Sie traten in die helle Sonne, und Melanie ging trotz der bereits drückenden Hitze forsch voran, Robin hatte Mühe, Schritt zu halten.

Sie sah sich über die Schulter zu dem Haus um und bemerkte Landon, der sie von seinem Fenster aus beobachtete.

»Was ist denn jetzt wieder?«, fragte Melanie, als Robin wie angewurzelt stehen blieb.

»Du hast gerade gesagt, er hört alles«, sagte Robin und sah Landon hinter den Gardinen verschwinden. »Hat er in jener Nacht irgendwas gehört?«

»Was soll er denn gehört haben?«

»Schüsse. Auf Tara und Dad wurde mehrfach geschossen. Hat Landon die Schüsse gehört?« Robin atmete gedehnt aus und spürte, wie ihr Atem gegen die heiße Luft prallte wie gegen eine Backsteinmauer. »Hast *du* etwas gehört?«

»Es war nach Mitternacht. Ich habe tief und fest geschlafen.« Melanie schob die Hände in die Taschen ihres Jeansrocks und nahm ihr vorheriges Tempo wieder auf.

»Aber Landon vielleicht nicht.« Wieder hatte Robin Mühe mitzuhalten. »Das Haus liegt direkt gegenüber. Vielleicht hat er Schüsse gehört und ist ans Fenster getreten. Er steht immer da. Vielleicht hat er irgendwas gesehen. Vielleicht hat er die Person gesehen, die …«

»Hat er nicht.«

»Woher weißt du das? Hast du ihn gefragt?«

»Sheriff Prescott hat ihn gefragt. Landon hat nichts gehört. Er hat nichts gesehen. Sind wir jetzt mit den Fragen durch? Ich habe keine Lust, das vor allen Leuten zu diskutieren.«

»Ich wollte nicht …«

»Lass es uns einfach hinter uns bringen, okay?«

Robin spürte, wie Schweißtropfen zwischen ihren Brüsten herunterkullerten und an ihrer weißen Bluse kleben blieben. Schweigend folgte sie Melanie über den trockenen Rasen zu der Villa nebenan. In der langen Einfahrt parkten bereits zwei Streifenwagen so dicht nebeneinander, dass sie sich fast berührten und noch reichlich Platz für weitere Fahrzeuge und neugierige Augen ließen. Der Sheriff stand vor der Haustür; ein breitkrempiger Cowboyhut schützte seinen kahlen Kopf vor der Sonne.

»Guten Morgen, die Damen«, sagte er und tippte sich an die Krempe.

»Sheriff«, sagte Melanie.

»Guten Morgen«, flüsterte Robin kaum hörbar.

»Gut eingelebt?«, fragte er sie.

Robin brachte ein mattes Lächeln zustande, als sie spürte, wie das Tavor zu wirken begann. *Gott sei Dank.* »Gut eingelebt«, wiederholte sie, während ihre Schultern langsam von den Ohren nach unten rutschten. »Ist das eine Kamera?« Sie wies mit dem Kinn auf eine über der Tür montierte Sicherheitskamera. Wenn es Kameras gab, musste es doch auch Aufnahmen geben …

»Leider war noch keine der Kameras angeschlossen«, sagte der Sheriff. »Die Elektriker sollten das Sicherheitssystem diese Woche endgültig in Betrieb nehmen, offenbar eine supermoderne Hightechanlage. Wenn sie …« Der Satz blieb unvollendet in der Luft hängen.

»Können wir es einfach hinter uns bringen?«

»Selbstverständlich. Und Sie sind sicher, dass Sie das schaffen?«, fragte er Robin.

»Das wird sie wohl hinkriegen«, antwortete Melanie für sie.

»Ich möchte nur, dass Sie vorbereitet sind. Es gibt eine Menge Blut.«

*O Gott.* »Ich komme schon klar«, sagte Robin.

»Gut.« Er öffnete die Haustür. »Nach Ihnen.« Er trat einen Schritt zurück, um sie eintreten zu lassen. »Das ist Deputy Wilson«, stellte er den jungen uniformierten Beamten vor, der in der großen, runden, mit einem Mosaik aus winzigen schwarzen und weißen Fliesen ausgelegten Eingangshalle wartete. Die Klimaanlage lief auf Hochtouren.

Robin nickte ihm zu, doch ihre Aufmerksamkeit wurde von dem Kristallkronleuchter, der von der sieben Meter hohen Decke hing, sowie den geschwungenen Treppen auf beiden Seiten der Halle in Beschlag genommen, die jeweils zu einem anderen Flügel des ersten Stocks führten. »Ach du Scheiße.«

»So kann man es auch ausdrücken«, sagte Sheriff Prescott und wies nach rechts. »Das Wohnzimmer ist dort entlang. Ich muss Sie ermahnen, nichts anzufassen.«

Robin sah das Blut, sobald sie die Schwelle des großen rechteckigen Raumes übertreten hatte. Es war überall – große Lachen waren in den silbern-weißen Teppich gesickert, Spritzer sprenkelten das geblümte Chintzsofa und die riesige Fensterscheibe dahinter, weitere Kleckser waren auf den weißen Tasten des schwarzen Flügels zu erkennen, der neben einem gepolsterten Chintzsessel stand, der das Gemetzel irgendwie unversehrt überstanden hatte.

»Wer spielt Klavier?«, fragte Robin.

»Cassidy hat angefangen, Unterricht zu nehmen«, sagte Melanie.

Robin beobachtete, wie Deputy Wilson diese Information notierte.

»Fehlt auf den ersten Blick irgendetwas?«, fragte Sheriff Prescott nach einer Weile.

»Nicht auf den ersten Blick«, antwortete Melanie. »Andererseits war fast alles neu gekauft, deshalb kann ich es nur schwer mit Sicherheit sagen. Am besten fragst du die Innenarchitektin.«

»Und die wäre?«

»Ich kann mich nicht an ihren Namen erinnern. Sheila oder Shelley. Vielleicht auch Susan. Sie war von einem Etepetete-Inneneinrichter aus San Francisco. Vielleicht weiß Cassidy es. Sie ist immer mit Tara runtergefahren, wenn mein Dad zu beschäftigt war, sie zu begleiten.«

*Zu beschäftigt womit?*, fragte Robin sich.

Aus dem Wohnzimmer kam man in ein förmliches Esszimmer, das mit schweren Eichenmöbeln eingerichtet war, darunter ein ausreichend langer Tisch, um zwölf rostfarbene Lederstühle darum zu gruppieren. Dahinter lag eine riesige Küche mit topmodernen Edelstahlgeräten. Glänzend weiße Schränke und schwarze Granittresen umgaben die große Kochinsel in der Mitte, über der eine kunstvoll arrangierte Ansammlung von Kupfertöpfen und -pfannen hing. Wie im übrigen Haus waren fast überall Fenster statt Wände. Und die wenigen Wände, die es gab, waren nackt.

Melanie hatte recht. Trotz der Größe und der imposanten Inneneinrichtung, trotz Kronleuchter und geschwungener Treppen, trotz des Flügels und der teuren Möbel, trotz der Edelstahlgeräte und Granitarbeitsplatten – oder vielleicht gerade *wegen* all dieser Dinge – hatte das Haus etwas seltsam Austauschbares. Wie hatte Melanie es beschrieben? *Grandios nichtssagend*. Es erinnerte eher an ein Hotel als an ein Haus.

Wobei ihr Vater schon immer eine Vorliebe für Hotels gehabt hatte.

Aber Tara?

Tara hatte über protzige Kronleuchter immer die Nase gerümpft. Sie hatte Chintz gehasst. Kupfertöpfe waren ihr gleichgültig gewesen.

Robin versuchte, sich vorzustellen, wie Tara mit der Innenarchitektin – Sheila oder Shelley oder vielleicht auch Susan – die Showrooms diverser Designer besucht hatte, um unter den zahllosen ausgestellten Stoffen und Arbeitsplatten auszuwählen. War sie zu überwältigt gewesen, um eine eigene Meinung zu haben? Hatte sie ihre anmutigen breiten Schultern gezuckt und sich der Wahl ihres Mannes angeschlossen? Hatte sie sich von Herkunft und Expertise der Innenarchitektin einschüchtern lassen?

Aber Tara war nie jemand gewesen, der sich mit einem Schulterzucken der Meinung anderer angeschlossen hatte. Und sie hatte sich auch nur selten einschüchtern lassen. Vielleicht war sie abgehalten worden. Oder es hatte sie eben nicht gekümmert. Vielleicht hatte sie das Einrichten gelangweilt. Vielleicht war sie nicht mit dem Herzen bei der Sache gewesen.

Vielleicht war sie mit dem Herzen woanders gewesen.

*Stimmten die Gerüchte?*

»Hier entlang«, sagte der Sheriff und führte sie durch eine Seitentür aus der Küche zurück in die Eingangshalle.

Robin folgte Sheriff Prescott in einen großen leeren Raum zu ihrer Linken. Noch mehr Fenster. Noch mehr nackte Wände.

»Sie haben einen spezialangefertigten Billardtisch bestellt. Er sollte nächsten Monat geliefert werden«, erklärte Melanie.

Sie kehrten in die Halle zurück und gingen von dort ins Büro ihres Vaters.

»Sein Computer ist weg«, stellte Melanie sofort fest.

»Den haben wir«, sagte der Sheriff. »Unsere Techniker gehen die Dateien durch.«

»Dürfen die das?«, fragte Melanie. »Ohne Durchsuchungsbefehl?«

Sheriff Prescott schien überrascht von der Frage. »Dein Vater ist ein Opfer, Melanie. Kein Verdächtiger. Wir versuchen herauszufinden, wer für die Tat verantwortlich war. Was wir in seinem Computer finden, könnte hilfreich sein.«

»Nicht, wenn es ein bewaffneter Raub war.«

Der Sheriff nickte. »Wir werden versuchen, ihn so bald wie möglich zurückzugeben.«

Robin sah sich in dem holzgetäfelten Büro um und spürte ein angenehmes Kribbeln im Nacken. Im Gegensatz zu den anderen Räumen, die weitgehend unberührt wirkten, war dieses Zimmer gründlich durchwühlt worden. Die Schubladen des großen Walnussschreibtischs in der Mitte standen offen, ihr Inhalt lag auf dem Boden verstreut. Bücher, die normalerweise die eingebauten Regalwände füllten, bedeckten den grünbraun karierten Teppich auf dem Holzboden. Ein großes Schwarzweißfoto ihres Vaters, auf dem er die Arme um Tara und Cassidy gelegt hatte, lag umgestürzt vor dem offenen und leeren Wandsafe.

»Der Safe war hinter dem Foto verborgen«, erklärte Sheriff Prescott unnötigerweise.

*Nicht gerade das weltoriginellste Versteck für einen Safe*, dachte Robin. *Vor allem wenn dieses blöde Foto das einzige Bild an der Wand war.* Sie blickte auf das auf dem Kopf stehende Lächeln ihres Vaters und seiner jungen Familie. Sie sehen so glücklich aus, dachte sie. *Hatte ihr Vater wirklich eine Affäre gehabt? Und Tara auch?*

»Weiß jemand, was in dem Safe war?«, fragte der Sheriff.

Robin schüttelte den Kopf.

»Bargeld wahrscheinlich«, vermutete Melanie. »Er hatte immer gern eine Menge davon griffbereit.«

»Wie viel in etwa?«

»Fünf-, vielleicht zehntausend Dollar. Die hatte er immer zu Hause rumliegen.«

»Sonst noch was?«

»Schmuck?«, vermutete Melanie. »Aber da kann ich auch nur raten.«

»Was ist mit einem Testament?«, fragte der Sheriff bemüht beiläufig.

»Was soll damit sein?«

»Wer könnten wohl die Begünstigten sein?«

»Da solltest du wahrscheinlich mit seinem Anwalt sprechen«, sagte Melanie und gab Sheriff Prescott den Namen. »Aber nicht vergessen, mein Vater ist noch nicht tot.«

»Was ist mit Waffen?«

»Was soll damit sein?«

»Hatte dein Vater welche im Haus?«

»Mehrere. Sind sie verschwunden?«

Prescott nickte. »Weißt du, was für Waffen?«

»Eine Smith & Wesson, glaube ich. Und… wie heißt die große noch?«

»Eine 357er?«

»Klingt richtig. War das die Mordwaffe?«

»Schon möglich. Sollen wir nach oben gehen?«

»Warum nicht? Irgendeine Treppe bevorzugt?«, fragte Melanie und ging zurück in die Halle.

»Zuerst die rechte?«

»Gute Wahl.«

»Wow«, sagte Robin, als sie die Elternschlafsuite betraten. In dem ersten von drei riesigen Räumen versanken ihre Füße in dem weichen elfenbeinfarbenen Teppich, und sie spürte, wie der Flor ihre nackten Zehen kitzelte. Drei kleine blaue Samtsofas waren um eine große blaue Lederottomane gruppiert. An der Wand war ein überdimensionierter Flachbildfernseher montiert. Schwere blaue Vorhänge säumten das Panoramafenster mit Blick in den Garten.

»Ich glaube, sie haben es ihr ›Wohnschlafzimmer‹ genannt«, sagte Melanie und ging voran in das eigentliche Schlafzimmer.

»Doppelwow«, flüsterte Robin, als sie das gigantische Himmelbett mit weißen Chiffonvorhängen in der Mitte des höhlenartigen Raumes sah. Gegenüber dem Bett stand ein blauer Samtdiwan, der die Stühle in einer Sitzecke vor einem weiteren bodentiefen Fenster komplettierte. »Ach du Scheiße«, sagte sie noch einmal, als ihr verblüffter Blick an einem großen Nacktporträt von Tara hängenblieb.

Sie saß auf einer Schaukel, ihre rechte Hand fasste eins der mit Blumen geschmückten Seile, die linke bedeckte ihren Schoß, während sie ihre großen vollen Brüste stolz präsentierte.

Ebenso markant war der Schnitt, mit dem jemand die Leinwand diagonal zerfetzt hatte.

»Sieht so aus, als hätte zumindest eine Person Kunstgeschmack gehabt«, bemerkte Melanie.

»Warum sollte jemand so etwas tun?«, fragte Robin und ging auf das Bild zu.

»Das haben wir uns auch gefragt«, sagte Sheriff Prescott und trat hinter sie. »Es wirkt irgendwie persönlich, nicht wahr?«

»Nicht unbedingt«, widersprach Melanie. »Ich meine, man liest dauernd von Vandalismus. Inneneinrichtungen, die demoliert wurden, mit Kot verunzierte Teppiche, zerschlitzte Gemälde …«

Der Sheriff nickte. »Yupp. Könnte sein.« Er öffnete die Tür des riesigen begehbaren Kleiderschranks, mehr ein Raum voller Kleiderschränke, alle offen. Kleider waren von den Bügeln gerissen, Dutzende von Schuhen auf den Boden geschleudert worden. Die Schubladen der Kommode in der Mitte des Raumes waren aufgezogen und durchwühlt worden. Auf ihrer handbemalten Platte stand eine leere Schmuckkassette. »Weißt du, welche Schmuckstücke fehlen?«

»Offenbar alle«, meinte Melanie achselzuckend.

»Geht das ein bisschen konkreter?«

»Tara hatte eine Kette mit einem Diamantherz und ein Paar Diamantohrstecker, die mein Vater ihr zum Geburtstag geschenkt hat. Ein paar Goldketten und Ohrringe von meiner Mutter, eine Schmetterlingsbrosche mit Smaragden und Rubinen, ebenfalls von meiner Mutter.«

Robin spielte gedankenverloren mit dem Amethystring an der dünnen Goldkette um ihren Hals, während sie sich an die Brosche erinnerte, die ihr Vater ihrer Mutter zu ihrem zwanzigsten Hochzeitstag geschenkt und die sie nur selten getragen hatte, weil sie nicht protzig wirken wollte. Derlei Bedenken hatte Tara nicht gehabt.

»Ansonsten wahrscheinlich bloß Modeschmuck«, sagte Melanie. »Tara hatte nicht den besten Geschmack.«

»Im Krankenhaus haben Sie gesagt, dass offenbar jemand ihren Ehering und ihre Verlobungsringe abgezogen hat«, sagte Robin zu dem Sheriff, weil sie ihrer Schwester nicht widersprechen wollte. Sie hatte Taras Stil immer bewundert, obwohl er zugegebenermaßen ein bisschen schräg war.

Und genau das fehlte in diesem Haus, wurde Robin mit einem Mal klar.

Tara.

Tara fehlte.

»Den Verletzungen an ihren Fingern nach zu urteilen, ja«, beantwortete der Sheriff die Frage, die gestellt zu haben sie bereits vergessen hatte. »Hier entlang«, sagte er und führte sie aus dem Ankleidezimmer in ein großes Badezimmer aus Marmor und Glas. »Hier drinnen gibt es nicht viel zu sehen.«

Vor einem großen Fenster mit seitlichem Blick befand sich ein großer Whirlpool, daneben eine verglaste doppelte Duschkabine. Der Fußboden und alle Ablagen waren aus beigefarbenem Marmor, auf beiden Seiten des Raumes gab es ein Doppelwaschbecken, dazu eine Extrakabine für die Toilette, ein Bidet und vergoldete Armaturen. »*Ein Bidet? Vergoldete Wasserhähne? Willst du mich verarschen?*«, konnte Robin Tara beinahe voller Verachtung kreischen hören.

Sie folgte ihrer Schwester durch den Flur im ersten Stock in den anderen Flügel des Hauses.

»Halten Sie durch?«, fragte Sheriff Prescott, als sie auf Cassidys Zimmer zugingen.

»Mir ging's schon mal besser«, erklärte Robin ihm, doch in Wahrheit fühlte sie sich nicht so übel, wie sie befürchtet hatte. Das Tavor erledigte seinen Job.

Zumindest bis sie das Blut auf Cassidys Bett sah und sich das darauf niedergestreckte Mädchen vorstellte, in der Hand ihr Telefon. Dann explodierte die Angst wie Gewehrfeuer in ihrer Brust. »O Gott.«

Erst später, nachdem sie die übrigen Räume im ersten Stock – ein Gästezimmer, ein privates Fitness-Studio und einen Medienraum – besichtigt hatten und sich gerade an der Haustür verabschiedeten, fiel Robin auf, wie sehr Cassidys Zimmer sich von ihrem alten unterschied. Das blasse Rosa und die Schneekugeln waren verschwunden, stattdessen gab es knallige Primärfarben und Regale mit Videospielen. Poster von wütend knurrenden Hiphopstars und halbnackten Models hatten Beyoncé und Taylor Swift verdrängt. Cassidy wurde erwachsen, begriff sie, sie war ein Teenager auf dem zwangsläufigen Weg vom Mädchen zur Frau.

Jemand hatte versucht, das zu verhindern.

*Was für ein Monster schießt auf ein zwölfjähriges Mädchen?*

»Auf Wiedersehen, Sheriff«, sagte Melanie gerade, als sein Handy klingelte.

Er machte ihnen ein Zeichen zu warten, wandte sich ab und lauschte. »Das war das Krankenhaus«, sagte er, als er sich wieder umdrehte.

*O Gott*, dachte Robin. *Ihr Vater war tot.*

»Cassidy ist aufgewacht«, erklärte der Sheriff stattdessen. »Sie spricht.«

»Sie spricht?«, wiederholte Melanie. »Was hat sie gesagt?«

»Offenbar hat sie nach Robin gefragt.«

# KAPITEL 10

Eine Viertelstunde später waren sie im Krankenhaus.

»Ich verstehe das nicht«, murmelte Melanie, als die Schwestern aus dem Streifenwagen stiegen. »Wieso hat sie nach dir gefragt? Ich bin diejenige, mit der sie in den letzten sechs Jahren zusammengelebt hat, diejenige, die ihr zugehört hat, wenn sie über ihre Mutter geschimpft hat, nachdem sie sich wieder mal gestritten hatten, die mit ihr Tampons gekauft hat, als sie im letzten Jahr ihre Periode bekommen hat. Dich hat sie nicht mehr gesehen, seit sie ein kleines Mädchen war. Sie kennt dich kaum, Herrgott noch mal.«

Robin schüttelte den Kopf, ebenso verwirrt wie ihre Schwester. »Du hast Cassidy nie wirklich gemocht«, antwortete sie und erinnerte sich an Melanies anfängliche Antipathie gegen Taras Kind. »Vielleicht hat sie das gespürt.«

»Ich trau einfach keinem Kind, das einen größeren Wortschatz hat als ich.«

Es stimmte, dass Cassidy für ihr Alter immer sehr reif geklungen hatte. Tara hatte Cassidy aus Prinzip von Anfang an als gleichwertig behandelt, Babysprache verachtet und das Kleinkind ermutigt, in ganzen Sätzen zu sprechen. Robin lächelte, als sie sich an den erstaunten Gesichtsausdruck ihres Vaters erinnerte, nachdem jener ein paar Minuten mit der kaum zweijährigen Cassidy verbracht hatte. *»Es ist, als würde* *man mit einem Erwachsenen reden«*, hatte er gestaunt. Worauf Melanie erklärt hatte: *»Es ist unheimlich, wenn du mich fragst.«* Worauf ihr Vater erwidert hatte: *»Das hat aber keiner.«*

»Sie hatten in all den Jahren keinen Kontakt?«, fragte der Sheriff, als sie die Eingangshalle des Krankenhauses betraten. »Sie haben nicht telefoniert oder sich E-Mails geschickt?«

»Es gab absolut keinen Kontakt«, versicherte Robin dem Sheriff und ihrer Schwester.

»Das ergibt einfach keinen Sinn«, sagte Melanie, während sie in Richtung Ostflügel gingen.

*Nichts von alldem ergibt irgendeinen Sinn*, dachte Robin, als sie sich Cassidys Zimmer näherten.

»Hey«, rief jemand vom Ende des Flures.

Sie drehten sich gleichzeitig um und sahen einen jungen Mann, der, die Hände in den Taschen seiner engen schwarzen Jeans, auf sie zuschlurfte.

»Kenny«, sagte Melanie hörbar überrascht, als er vor ihnen stehen blieb. »Was machst du denn hier?«

»Ich hatte gehofft, Cassidy zu sehen.« Sein Blick zuckte zwischen Robin und Melanie hin und her, während er es sorgfältig vermied, den Sheriff anzusehen. »Aber die lassen mich nicht rein.« Er wies mit dem Kopf auf den uniformierten Beamten vor der Tür.

»Und du bist?«, fragte Sheriff Prescott.

»Kenny Stapleton?«, fragte der Junge, als wäre er sich selbst nicht sicher. Er strich sich eine dunkle Strähne aus der Stirn, mied den Blick des Sheriffs jedoch weiter.

»Und in welcher Beziehung stehst du zu Cassidy?«

Der Junge trat von einem Fuß auf den anderen. »Sie ist eine Freundin.«

Der Sheriff kniff die Augen zusammen, und seine Augenbrauen vereinigten sich zu der mittlerweile vertrauten geraden Linie. »Ein bisschen jung, um deine Freundin zu sein, oder nicht?«

»Nun, sie ist nicht direkt eine Freundin.«

»Was *genau* ist sie denn?«

»Ich kenne sie über Landon.«

»Landon«, echote der Sheriff, und sein Blick schoss zu Melanie.

Kenny vergrub die Hände noch tiefer in den Taschen und schob seine Jeans noch ein Stück über seine schmalen Hüften hinunter. »Landon macht sich bloß echt Sorgen um sie. Er hat mich gebeten, nach ihr zu sehen.«

»Wann?«

»Gestern Abend.« Kenny sah Robin und Melanie an, damit sie das bestätigten. »Als ich bei Ihnen zu Hause war.«

»Und niemand hat daran gedacht, diesen Besuch mir gegenüber zu erwähnen?«, fragte der Sheriff und sah die Schwestern an.

»Es war ein ziemlich geschäftiger Vormittag«, antwortete Melanie für sie beide. »Es muss uns wohl entfallen sein.«

»Hmm.« Sheriff Prescott wandte sich wieder dem Jungen zu. »Setz dich doch in den Wartebereich. Den am Ende des Flures«, erklärte er ihm.

»Ja, ich weiß, welchen. Da *habe* ich schon gewartet, aber …«

»Aber?«

»Vielleicht sollte ich lieber gehen. Und ein anderes Mal wiederkommen.«

»Vielleicht solltest du lieber bleiben«, sagte der Sheriff, ohne einen Zweifel daran zu lassen, dass es sich nicht um eine Bitte handelte. »Ich habe noch ein paar Fragen an dich.«

»Klar doch.« Kenny brachte ein schwaches Lächeln zustande. »Sagen Sie Cassidy, dass ich vorbeigekommen bin?«

»Klar doch«, wiederholte der Sheriff.

Robin beobachtete, wie der junge Mann sich den Flur hinunter verdrückte.

»Sonst noch was, das den Damen ›entfallen‹ ist, wovon ich wissen sollte?«, fragte der Sheriff die beiden Frauen spitz.

»Absolut nichts«, antwortete Melanie wieder für sie beide.

»Und von jetzt an überlasst es mir, was erwähnenswert ist.« Während sie weiter zu Cassidys Zimmer gingen, notierte er Kennys Namen in einem Block, den er aus seiner Hemdtasche zog.

»Selbstverständlich«, sagte Robin.

»Mistkerl«, murmelte Melanie und warf dem Rücken des Sheriffs wütende Blicke zu.

Vor Cassidys Zimmer blieben sie stehen. Robin atmete tief ein.

»Meine Damen«, sagte der Sheriff und öffnete die Tür.

Cassidy lag im Licht der Mittagssonne, die durch die Lamellen der Jalousie vor dem Seitenfenster hereinfiel, mit geschlossenen Augen in ihrem Bett. Ihr Haar war aus ihrem blassen schmalen Gesicht gekämmt und mit einer Klammer festgesteckt worden, was sie noch verwundbarer wirken ließ als am Tag zuvor. Robin spürte, wie sich ihre Brust zuschnürte.

»Cassidy?«, sagte der Sheriff leise und trat an ihr Bett.

»Sie schläft«, flüsterte Robin, die zurückblieb und nur mit Mühe dem Impuls widerstand, die Flucht zu ergreifen. »Vielleicht sollten wir sie nicht stören.«

»Cassidy«, wiederholte der Sheriff und berührte Cassidys

nackten Arm oberhalb der Kanüle, die aus der Vene in ihrer Armbeuge ragte.

Das Mädchen riss ihre goldfleckigen braunen Augen weit auf. Ein überraschter Schrei kam über ihre Lippen.

»Ich bin Sheriff Prescott«, sagte der Sheriff eilig. »Du musst keine Angst haben, Cassidy. Du bist in Sicherheit.«

»Robin?«, fragte das Mädchen, und seine Blicke schossen durch das Zimmer.

»Sie ist hier«, sagte der Sheriff, blickte sich zu Robin um und bat sie stumm vorzutreten.

»Ich bin da.« Robin setzte einen widerspenstigen Fuß vor den anderen, bis sie neben ihm stand.

»Ich auch«, sagte Melanie und näherte sich dem Bett von der anderen Seite.

»Robin?«, fragte Cassidy noch einmal, ohne Melanie und den Sheriff zu beachten.

»Zur Stelle, Liebes«, sagte Robin, als sie ihre Therapeutinnenstimme gefunden hatte, und fasste die Hand des Mädchens, während der Sheriff ein paar Schritte zurück machte.

»Robin«, wiederholte das Mädchen und drückte Robins Finger. »Ich wusste, dass du kommen würdest.«

»Wirklich?«

»Meine Mutter hat gesagt, dass sie sich immer auf dich verlassen konnte.«

»Das hat sie gesagt?« Robin schossen Tränen in die Augen.

»Sie hat dauernd von dir gesprochen und gesagt, dass sie dich so vermissen würde.«

»Ich habe sie auch vermisst.« Robin merkte, dass es stimmte. Wegen ihrer natürlichen Schüchternheit war es ihr immer schwergefallen, Freundinnen zu finden, und ihre Schwierigkeiten, Menschen zu vertrauen, hatten es fast unmöglich gemacht, sie zu behalten. In Wahrheit hatte sie keine echte Freundin mehr gehabt, seit sie Red Bluff verlassen hatte. »Was hat sie dir noch erzählt?«

»Dass ich dich anrufen soll, wenn ihr jemals etwas zustoßen würde.«

»Warum hat sie das gesagt?«, ging der Sheriff dazwischen und spielte sich damit in den Vordergrund. »Hat sie sich wegen irgendwas Bestimmtem Sorgen gemacht?«

Das Mädchen starrte eine ganze Weile an die Decke und schloss dann die Augen. Robin glaubte schon, sie wäre wieder ohnmächtig geworden.

»Kannst du uns erzählen, was in der Nacht passiert ist, als du angeschossen wurdest?«, hakte der Sheriff nach.

Cassidy hielt die Augen geschlossen, drückte jedoch Robins Finger so fest, dass die sich beherrschen musste, nicht aufzuschreien.

»Alles gut, Liebes. Ich bin hier. Kannst du uns erzählen, was in der Nacht passiert ist?«, wiederholte sie die Frage des Sheriffs. »Weißt du, wer auf dich geschossen hat?«

Cassidy öffnete die Augen und starrte Robin direkt an. »Jemand hat auf mich geschossen«, wiederholte auch sie, als würde sie mit aller Gewalt versuchen, den Worten einen Sinn abzugewinnen. »O Gott. Es tut so weh.«

»Wir holen gleich einen Arzt«, sagte der Sheriff. »Aber es ist wirklich wichtig, dass wir herausfinden, was in der Nacht passiert ist, als du angeschossen wurdest, Cassidy, damit wir denjenigen, der das getan hat, schnappen können. Kannst du uns helfen?«

»Ich weiß nicht. Ich weiß nicht. Ich weiß nicht.« Ihre Stimme wurde mit jeder Wiederholung lauter.

»Okay. Es ist gut. Beruhige dich, Liebes«, sagte Robin. »Es

ist nicht eilig. Wir machen das ganz langsam. Okay, Sheriff? Okay, Cassidy?«

Cassidy nickte, Tränen flossen über ihre Wangen. Der Sheriff machte einen weiteren Schritt zurück.

»Weißt du, wer auf dich geschossen hat, Liebes?«, wiederholte Robin nach einer Pause von mehreren Sekunden.

»Nein. Sie hatten Masken an. Ich konnte ihre Gesichter nicht sehen.«

»Sie?«, fragte Sheriff Prescott. »Wie viele waren es?«

»Zwei. Vielleicht drei. Ich weiß nicht genau.«

»Das macht nichts«, sagte Robin. »Wir wissen jetzt, dass mehr als eine Person beteiligt war. Das ist gut, Cassidy. Du machst das super.«

»Konntest du erkennen, ob es Männer oder Frauen waren?«, fragte der Sheriff.

»Männer, glaube ich. Sie waren groß. Muskulös. Sie hatten schwarze Sachen an.«

»Und was für Masken haben sie getragen?«

»Wie zum Skifahren.«

»Okay«, sagte der Sheriff. »Das ist gut, Cassidy.«

»Du machst das super«, versicherte Robin ihr noch einmal und tätschelte den Arm des Mädchens.

»Weißt du, wie diese Leute ins Haus gekommen sind?«

Cassidy schüttelte den Kopf. »Nein. Es war spät. Ich habe schon geschlafen. Ich erinnere mich …«

»Woran erinnerst du dich?«, fragte Robin, als Cassidys Augen erneut zuzufallen drohten.

»Ich erinnere mich, dass ich Stimmen gehört habe«, antwortete Cassidy. »Ganz laut. Davon bin ich aufgewacht.«

»Hast du die Stimmen erkannt?«

»Nur die von Daddy.«

Robin bemerkte, wie Melanie bei dem Wort »Daddy« die Schultern versteifte.

»Konntest du hören, was gesagt wurde?«, fragte der Sheriff.

»Nein. Bloß dass plötzlich alle geschrien haben. Erst dachte ich, dass mein Dad meine Mom wegen irgendwas anschreit …«

»Haben sie oft gestritten?«, fragte Sheriff Prescott.

»Nein. Nie. Deswegen war ich ja so durcheinander. Sie waren so glücklich … O Gott, o Gott.« Sie riss die Augen auf, als hätte sie gerade etwas Entsetzliches entdeckt.

»Weiter«, drängte der Sheriff. »Du hast geschlafen und bist von lauten Stimmen geweckt worden …«

»Ich habe auf die Uhr neben meinem Bett geguckt. Es war schon nach Mitternacht. Ich habe mich gefragt, wer es so spät noch sein konnte und warum sie so wütend waren. Ich bin aufgestanden, in den Flur gegangen und die Treppe hinuntergeschlichen. Die Stimmen wurden lauter«, fuhr sie wie in Trance fort. »Als ich näher kam, habe ich zwei Männer gesehen«, sagte sie. »Einer schwenkte eine Waffe und sagte, *hör auf, mich zu verarschen, du Dreckskerl, sonst erschieß ich die Schlampe, das schwör ich dir*«, wiederholte Cassidy Worte, die aus dem Mund des Kindes besonders falsch klangen, mit einer Stimme, die nicht ihre eigene war. »*Ich erschieß die Schlampe gleich jetzt.*«

»Die Stimme des Mannes kam dir wirklich nicht bekannt vor?«

»Nein.«

»Was war mit dem zweiten Mann?«

»Er hat die ganze Zeit gar nichts gesagt. Er stand bloß da.«

»Denk nach, Cassidy. Gab es einen dritten Mann, der in der Halle Wache gehalten hat?«

»Ich weiß nicht. Kann sein. Ich weiß nicht.«

»Und was ist dann passiert?«, fragte der Sheriff.

»Plötzlich hat Daddy sich auf den Mann gestürzt ...«

Robin sah, wie Melanie bei dem Wort »Daddy« das Gesicht verzog.

»Du hast gesehen, wie er sich auf ihn gestürzt hat?«

Cassidy nickte und schilderte die Szene, als würde sie einen Film nacherzählen. »Der Mann hat ihm mit der Waffe gegen den Kopf geschlagen, und Daddy ist auf die Knie gesunken. Mommy hat angefangen zu kreischen«, sagte sie, von einem Satz zum nächsten stolpernd, »und der andere Typ hat auf sie geschossen ... O Gott! Er hat immer wieder auf sie geschossen. Ich habe geschrien, und die Männer haben sich umgedreht. Ich bin losgerannt. Weitere Schüsse fielen. Ich habe mich umgeblickt und gesehen, dass ein Mann mich verfolgt. Aber auf der Treppe ist er gestolpert, und ich hab es bis in mein Zimmer geschafft, das Telefon gepackt und den Notruf gewählt. Und dann hat der Mann die Tür aufgestoßen. Er hat mit der Pistole auf meine Brust gezielt ...« Sie hielt inne und sah sich hilflos um, als versuche sie, eine Reihe unsichtbarer Punkte zu verbinden. »Daran, wie er auf mich geschossen hat, kann ich mich nicht erinnern.«

»Du hast großes Glück, noch am Leben zu sein«, sagte der Sheriff.

Stille breitete sich aus, und das Wort »Glück« zischte durch die Luft wie eine verirrte Kugel.

»Der Mann, der auf dich geschossen hat«, sagte der Sheriff, »war das einer der Männer aus dem Wohnzimmer? Oder war es jemand anderes?«

»Ich weiß es nicht. O Gott. Sie sind tot, nicht?«, jammerte Cassidy. »Mommy ... Daddy ... sie sind beide tot.«

Es entstand ein kurzes Schweigen. »Deine Mutter ist leider gestern Morgen ihren Verletzungen erlegen.«

Cassidys Schrei erschütterte den Raum. »Und Daddy?«

»Es sieht nicht gut aus.«

»Was soll das heißen?«

»Er atmet noch«, sagte Robin, »aber …«

»Aber er lebt?«

»Gerade noch«, sagte Melanie. »Du darfst dir keine allzu großen Hoffnungen machen.«

»Er lebt«, wiederholte Cassidy.

»Ja«, sagte Robin. »Er lebt.«

»Er wird es schaffen. Ihr werdet sehen«, beharrte Cassidy, bevor sie in Tränen ausbrach.

»Warum konnten sie sich nicht einfach nehmen, was sie wollten, und uns in Ruhe lassen? Warum mussten sie auf uns schießen?«

»Haben deine Eltern an dem Abend jemanden erwartet?«, fragte der Sheriff.

»Ich glaube nicht.«

»Kannst du dir vorstellen, dass einer von beiden mit irgendwem Probleme hatte?«

Cassidy schüttelte den Kopf. »Alle haben sie geliebt.«

Robin bemerkte, wie Melanie feixend das Gesicht verzog. Aber dies war kaum der passende Zeitpunkt, Cassidys Wahrnehmung zu korrigieren, so fehlgeleitet sie auch sein mochte.

»Kein Streit mit Geschäftspartnern oder Angestellten?«

»Über so etwas haben sie vor mir nie gesprochen.«

»Was ist mit den Handwerkern? Soweit ich weiß, gingen sie täglich im Haus aus und ein.«

»Sie haben alle einen wirklich netten Eindruck gemacht. Daddy hat gesagt, sie würden großartige Arbeit leisten.« Sie blickte vom Sheriff zu Robin. »Ich bin Ihnen keine große Hilfe, oder? Es tut mir leid …«

»Es muss dir nicht leidtun«, sagte Robin. »Es ist nicht deine Schuld.«

»Ich möchte helfen. Ich komme mir so dumm vor.«

»Du *hilfst* uns, und du bist *nicht* dumm«, versicherte Robin ihr. »Du bist vielleicht sogar der tapferste Mensch, den ich kenne.«

Cassidy fasste Robins Hand erneut fester. »Meine Mommy ist tot.«

»Ich weiß, Liebes. Es tut mir so leid.«

»Was soll ich jetzt machen?«

»Du kommst mit uns nach Hause«, sagte Melanie.

Diesmal war es Cassidy, die das Gesicht verzog.

»Hast du Schmerzen?«, fragte Robin sie. »Ich hole den Arzt.«

»Nein«, sagte Cassidy und weigerte sich, Robins Hand loszulassen. »Geh nicht weg.«

»Ich gehe«, sagte Melanie und zögerte, als würde sie darauf warten, dass Cassidy auch sie anflehte zu bleiben. Als das nicht geschah, marschierte sie aus dem Zimmer.

»Versprich mir, dass du mich nicht allein lässt«, sagte Cassidy und sah Robin flehend an.

»Ich bleibe so lange, wie du mich brauchst«, hörte Robin sich sagen, und Angst stach in ihre Brust wie ein Messer. *Hatte sie gerade wirklich versprochen, auf unabsehbare Zeit in Red Bluff zu bleiben?* Sie beugte sich vor und küsste Cassidy auf die Stirn.

Cassidy hob rasch das Kinn und flüsterte ihr ins Ohr: »Meine Mutter hat gesagt, du bist die Einzige, der ich vertrauen kann.«

# KAPITEL 11

»Kann ich dich etwas fragen?«, sagte Robin zu ihrer Schwester, als sie am Abend beim Essen saßen.

Melanie blickte von dem Rest ihres Chilis auf. »Tu dir keinen Zwang an.«

»Warum bist du hiergeblieben? Warum bist du nicht ausgezogen, als Dad Tara geheiratet hat?«

»Wohin hätte ich denn gehen sollen?«, fragte Melanie zurück. »Ohne Aussichten, ohne schicken Uniabschluss und mit einem autistischen Sohn.« Sie sah Landon an, der ihr gegenübersaß und ohne Unterbrechung Chili in sich hineinschaufelte, den Blick stur auf seinen Teller gerichtet. »Nach San Francisco, um Alec aufzusuchen? Nach L. A., um bei dir zu sein? Ihr wärt bestimmt begeistert gewesen.« Sie lehnte sich auf ihrem Stuhl zurück und ließ ihre Gabel auf den Tisch fallen. »Mit dem, was ich bei Tillie's verdient habe, konnte ich mir kein eigenes Haus leisten, und Dad hat unmissverständlich klargemacht, dass er nicht vorhatte, die Miete für eine Wohnung zu bezahlen, während es hier mehr als genug Platz für mich und Landon gab. Tara war natürlich nicht entzückt. Sie hat versucht, Dad zu überreden, doch sie hat ziemlich schnell gelernt, wer hier das Sagen hat. Aber das ist Schnee von gestern. Wie auch immer, am Ende hat sie es doch geschafft, ihn davon zu überzeugen, das Ungetüm nebenan zu bauen.«

Robins Handy klingelte. Sie zog es aus der Tasche und blickte auf das Display. »Das ist Blake«, sagte sie. »Mein Verlobter«, erklärte sie Landon, der noch kein Wort gesagt hatte, seit er sich vor zehn Minuten zu ihnen an den Tisch gesetzt hatte.

»Keine Anrufe beim Abendessen«, sagte er, bevor Robin das Gespräch annehmen konnte.

Robin starrte ihren Neffen an, so schockiert darüber, ihn sprechen zu hören, dass sie die Wut in seiner Stimme zunächst gar nicht bemerkte. »Es dauert nur einen Moment. Ich sag ihm, dass ich zurückrufe.«

»Keine Anrufe beim Abendessen«, wiederholte Landon lauter.

Hastig schob Robin das Handy wieder in die Tasche und lauschte, wie es noch viermal klingelte, bis die Mailbox ansprang. »Tut mir leid. Ich wollte dich nicht aufregen.«

»Er kommt schon klar«, sagte Melanie.

Robin schluckte eine weitere Gabel mit Chili. »Und, Landon«, entschied sie, auf das plötzliche Kommunikationsinteresse ihres Neffen einzugehen, »hat deine Mutter dir erzählt, dass wir im Krankenhaus heute deinen Freund Kenny getroffen haben?«

Landon sagte nichts. Das einzige Anzeichen dafür, dass er ihre Frage gehört hatte, war das zunehmend hektische Wippen seines Beines unter dem Tisch.

»Er hat gesagt, du hättest ihn gebeten, nach Cassidy zu sehen.«

Landon fing an, klickende Geräusche mit seiner Zunge zu machen.

»Der Sheriff hat ihn natürlich nicht zu ihr gelassen«, fuhr Robin fort, »aber er hat Cassidy ausgerichtet, dass du dir Sorgen um sie machst, und das hat sie bestimmt gefreut«, log Robin. In

Wahrheit hatte Cassidy nichts gesagt, als man ihr von Kennys Besuch erzählt hatte. »Das war sehr aufmerksam von dir.«

Das Telefon in ihrer Tasche fing wieder an zu klingeln.

*Scheiße*, dachte Robin. »Ehrlich, es dauert nur zwei Sekunden ...«

»Keine Anrufe beim Abendessen!« Landon knallte beide Hände auf den Tisch und begann, den Oberkörper vor und zurück zu wiegen.

»Aber vielleicht ist es wichtig«, sagte Robin, zog das Handy aus der Tasche und stand auf. »Ich nehme das Gespräch in meinem Zimmer an.«

»Keine Anrufe beim Abendessen!« Landon sprang ebenfalls auf und stürzte sich auf das Handy in Robins Hand.

»Warte!«, schrie Robin, als er es ihrem Griff entwand. »Was machst ...? Nicht!«

»Keine Anrufe beim Abendessen!« Landon schleuderte ihr Mobiltelefon gegen die Wand. Entsetzt sah Robin, wie es zerschellte und Plastiksplitter auf den Küchenfußboden rieselten.

»Keine Anrufe beim Abendessen!« Die Worte hallten von den Wänden wider, als Landon aus der Küche rannte.

Kurz darauf hörte Robin, wie die Haustür geöffnet und wieder zugeknallt wurde.

»Ich nehme an, damit wäre das geklärt«, sagte Melanie.

Gleich am nächsten Morgen lieh Robin sich Melanies Wagen, um in der Stadt ein neues Handy zu kaufen.

Melanie wollte nicht mitkommen. Landon war immer noch in seinem Zimmer, nachdem er bis lange nach Mitternacht unterwegs gewesen war. Anschließend hatte er die halbe Nacht in seinem Stuhl geschaukelt, während Robin nebenan als Geisel seiner rhythmischen Zwanghaftigkeit in ihrem Bett wachgelegen und sich gefragt hatte, wo er gewesen war. »Er kommt schon wieder«, hatte Melanie nur achselzuckend gesagt und sich in ihr Schlafzimmer zurückgezogen, um fernzusehen.

Robin hatte Blake über das Festnetztelefon in der Küche angerufen, doch er hatte nicht abgenommen. Genauso wenig wie er auf die Nachrichten reagiert hatte, die sie auf seiner Mailbox hinterlassen hatte, bevor sie ins Bett gegangen war. Sie war kurz eingedöst, aber wieder aufgewacht, als Landon nach Hause gekommen war; als sie um fünf Uhr dank zweier Tavor, die sie aus Verzweiflung eine Stunde zuvor geschluckt hatte, endlich eingeschlafen war, war eine kleine Schlange aus einem Albtraum gekrochen und hatte sie in den Hals gebissen, und dieser imaginierte Biss hatte sie wachgehalten, bis sie sich um sieben schließlich erschöpft und von den Medikamenten leicht verkatert aus dem Bett gekämpft hatte.

Die Main Street war für zehn Uhr an einem Freitagmorgen erstaunlich geschäftig. Robin hatte das Frühstück zu Hause ausgelassen, um einer weiteren unangenehmen Begegnung mit Landon aus dem Weg zu gehen, und sich stattdessen in dem örtlichen Starbucks angestellt. Vor ihr standen zwei Frauen in identischen pinkfarbenen Kosmetikerinnenkostümen und ein Mann im Anzug, der seine Nase am Hals seiner Begleiterin rieb. Hinter ihr tuschelten zwei junge Frauen.

»Ich war letzte Woche bei ihrer Einweihungsparty«, sagte die eine. »Du hättest das Haus sehen sollen …«

Robin drehte sich um und warf einen Blick auf die beiden Frauen, während sie vorgab, zu der Uhr an der Wand zu schauen. Beide waren Ende zwanzig, trugen schicke Sportkleidung und das Haar zu einem Pferdeschwanz gebunden. Sie erkannte keine von beiden. Als Robin sich wieder umdrehte, fiel ihr ein Mann auf, der draußen vor dem Fenster stand, das Gesicht an die Scheibe drückte und mit einer Hand die Augen abschirmte. Er kam ihr irgendwie bekannt vor, doch seine Gesichtszüge blieben vage. *Gucken Sie mich an? Kenne ich Sie?*

*Sei nicht albern*, ermahnte sie sich sofort. *Bloß weil ein Mann durchs Fenster schaut, muss er nicht nach dir Ausschau halten. Wahrscheinlich guckt er nur, wie lang die Schlange ist. Du leidest unter Verfolgungswahn.*

»Ich hab gehört, es gab Ärger im Paradies«, sagte die Frau vor ihr zu dem Mann, der an ihrem Hals knabberte.

»Ein Freund von mir hat erzählt, dass er gesehen hat, wie sie sich ein paar Tage vor dem Mord an Donny Warren angeschmiegt hat«, erwiderte der Mann. »Gerüchten zufolge waren sie mehr als bloß Freunde.«

»Glaubst du, er hatte etwas damit zu tun, was passiert ist?«

Der Mann zuckte die Achseln. »Würde mich nicht überraschen. Er ist irgendwie komisch.«

*Wer sind diese Leute?*, fragte Robin sich. *Und wer zum Teufel ist Donny Warren?*

»Verzeihung«, sagte eine Stimme.

Robin spürte, wie ihr jemand auf die Schulter tippte, und fuhr herum.

»Sie sind dran«, sagte eine der Frauen hinter ihr und wies auf den Verkaufstresen.

Ein junger Mann in Dienstkleidung sah sie erwartungsvoll an. »Was darf es sein?«

»Ein Mochaccino und ein Cranberrymuffin«, sagte Robin so leise, dass er sie nicht verstand und sie ihre Bestellung wiederholen musste.

»Ich fürchte, die Cranberrymuffins sind gerade aus.«

»Dann irgendwas anderes. Entscheiden Sie.«

»Meine Lieblingssorte ist Buttermilch-Blaubeer«, schlug er mit breitem Lächeln vor.

»Gut. Warum nicht?«

Sie bezahlte, trat zur Seite und knabberte an dem mürben Muffin, während sie auf ihren Mochaccino wartete.

Die Eingangstür öffnete sich, und eine Frau kam herein, wollte sich gerade in die Warteschlange einreihen, blieb jedoch plötzlich stehen. »Robin?« Es war halb Frage, halb Ausruf. »Mein Gott! Du Ärmste. Ich wusste, dass du zurückkommen würdest. Wie *geht* es dir?«

Robin erkannte die schrille Stimme von Sandi Grant noch vor ihrem Gesicht, das seit ihrer letzten Begegnung deutlich breiter geworden war. Obwohl sie ihre gesamte Schulzeit auf der Red Bluff High gemeinsam absolviert hatten, waren sie nie wirklich befreundet gewesen, weshalb Robin die neu entdeckte Besorgnis der Frau auch mit Skepsis registrierte. Sie schluckte das Stück Muffin, auf dem sie herumgekaut hatte, und spürte, wie eine Blaubeere an ihrem Gaumen kleben blieb. »Ich komme klar. Und dir?«

Sandi war sichtlich überrascht von der Frage. »Mir? Gut. Na ja, ich bin schwanger. Mein Viertes. Jasons Killerspermien haben wieder zugeschlagen!« Sie lächelte und legte dann die Stirn in Falten, als ihr bewusst wurde, dass ein Lächeln vielleicht unangemessen wirken könnte. »Wie geht es deinem Dad? Wird er durchkommen?«

»Ich weiß nicht.« Robin sah sich verlegen in dem Café um und versuchte, die an ihrem Gaumen klebende Blaubeere mit der Zunge zu lösen. Sandis durchdringende Stimme hatte die Aufmerksamkeit aller Gäste erregt. Aller Augen waren auf sie gerichtet.

»Die ganze Sache ist so verrückt«, sagte Sandi. »Ich kann

nicht glauben, dass Tara tot ist. Hat die Polizei schon eine Ahnung, wer es war?«

Um sie herum erhob sich Getuschel wie eine plötzliche Sommerbrise.

*»Wer ist sie?«*

*»Das muss die andere Tochter sein.«*

*»Sie ist so dünn.«*

»Ich habe gehört, der Zustand der kleinen Cassidy ist nach wie vor kritisch. Das arme Ding«, sagte Sandi, als es Robin endlich gelang, die widerspenstige Beere zu lösen. »Weißt du, wann Taras Beerdigung ist?«

»Nein. Ich…« Aus dem Augenwinkel sah Robin, wie Handys gezückt wurden. Sie hob die Hand, um ihr Gesicht vor den neugierigen Kameras zu verbergen.

»Wohnst du bei Melanie? Sie dreht bestimmt durch. Ich meine, wie viel kann ein Mensch verkraften, mit ihrem Jungen… Stimmt es, dass er einer der Verdächtigen ist…?«

»Ein Mochaccino«, rief eine Stimme hinter dem Tresen.

»Für mich!« Robin stürzte sich auf den Becher.

»Sind Sie Robin Davis?«, fragte jemand.

»Nein, tut mir leid.« Robin packte den Mochaccino und floh aus dem Lokal, ohne sich noch einmal umzudrehen.

»Nun, das war ja ziemlich unhöflich«, hörte sie Sandi sagen, als die Tür hinter ihr zufiel.

Als Robin den T-Mobile-Laden betrat, warteten zwei Kunden darauf, bedient zu werden. Zum Glück kannte sie keinen von beiden. Genauso wenig wie die jungen Verkäufer, obwohl sie sich unwillkürlich fragte, ob sie Landon kannten. Während sie wartete, konzentrierte sie sich angestrengt darauf, nicht an den Zwischenfall mit ihrem Neffen am Abend zuvor zu denken, was natürlich erst recht dafür sorgte, dass sie an nichts anderes dachte.

»Wow«, rief der junge Verkäufer, dessen Namensschild ihn als Tony identifizierte, als sie ihm ihr zerbrochenes Handy präsentierte. »Was ist denn damit passiert?«

»Ich hab es fallen lassen.«

»In einen Brunnen?«

Robin wählte eilig ein neues Mobiltelefon aus und brach in eine Flut dankbarer Tränen aus, als Tony ihr erklärte, sie könne ihre alte Nummer behalten.

»Wow«, sagte er. »Sie müssen diese Nummer aber echt mögen.«

Robin wischte sich gerade die Tränen ab, als sie den Schatten eines Mannes auf dem Schaufenster bemerkte.

»Wer ist das?«, fragte sie Tony.

Tony blickte an ihr vorbei auf die Straße. »Wer?«

»Dieser Mann«, setzte Robin an und hielt inne, als sie erkannte, dass niemand da war. *Du leidest also nicht nur unter Verfolgungswahn, jetzt siehst du auch noch Gespenster.*

*Kein Tavor mehr für dich*, entschied sie, als sie den Laden verließ. *Du bist stark. Du hast dich unter Kontrolle. Du brauchst es nicht.* Mit übertriebener Entschlossenheit nahm sie das kleine Plastikfläschchen aus ihrer Handtasche und warf es zusammen mit dem leeren Kaffeebecher spontan in den Mülleimer an der Ecke, eine Entscheidung, die sie sofort bereute. Als sie noch überlegte, wie sie das Fläschchen wieder bergen konnte, fiel ihr Blick auf den knallgelben Zeitungskasten daneben.

*MILLIONENSCHWERER BAUUNTERNEHMER GREG DAVIS KÄMPFT UM SEIN LEBEN*, brüllte ihr die Schlagzeile der *Red Bluff Daily News* entgegen. Darunter war das gleiche Foto abgedruckt, das im Büro ihres Vaters den Wandsafe verdeckt hatte. *Tara Davis erliegt ihren Verletzungen; der Zustand ihrer Tochter Cassidy bleibt kritisch*, lautete die Bildunterschrift.

Robin haderte immer noch mit sich, weil sie die Tabletten weggeworfen hatte, als sie die Straße hinunter zu der Stelle hastete, wo sie Melanies Wagen geparkt hatte. Angst leckte an ihren Fersen wie ein übereifriges Hündchen.

»Verzeihen Sie, Miss Davis«, sagte eine Stimme, als Robin den Wagen aufschloss.

Sie drehte sich instinktiv um. Keine drei Meter entfernt stand ein Mann mit einer Kamera, der ein Foto nach dem anderen von ihr schoss.

*War es derselbe Mann, der sie vorhin beobachtet hatte?*, fragte sie sich, während er munter weiterklickte. »Verschwinden Sie!« Mit gesenktem Kopf stieg sie in den Wagen und fuhr los, wobei sie den Blick kaum über das Lenkrad hob, während sie die Straße hinunterraste. Erst auf dem Parkplatz des Krankenhauses bremste sie.

Sie stellte das Auto auf denselben Platz wie Melanie am Tag zuvor und bemerkte die beiden Streifenwagen, die ebenfalls dort standen, wo sie gestern auch schon gestanden hatten. Sie fragte sich, ob sie ihre Position überhaupt verlassen hatten. Bei noch laufendem Motor zog sie ihr neues Handy aus der Handtasche und wählte eilig die Nummer von Blakes Kanzlei. »Okay«, sagte sie. »Reiß dich zusammen.« Es war wichtig, dass sie so klang, als ob sie alles im Griff hatte.

Oder zumindest im Vollbesitz ihrer geistigen Kräfte war.

Beim zweiten Klingeln wurde abgenommen. »Blake Uptons Büro. Hier ist Kelly.«

Robin erkannte die Stimme von Blakes Assistentin, noch bevor die Frau sich vorstellte. Sie sah die kalifornische Schönheit mit ihrem von der Sonne geküssten Haar und ihren abgründigen blauen Augen vor sich, stellte sich vor, wie sie wacklig einen Block parat hielt, während sie ihren runden kleinen Hintern auf Blakes Schoß ausbalancierte. »Ist Blake da?«

»Nein, tut mir leid. Er ist den ganzen Tag über in Meetings. Spreche ich mit Robin?«

Robin war so überrascht, ihren Namen aus dem Mund der jüngeren Frau zu hören, dass sie einen Moment lang sprachlos war.

»Ja, hier ist Robin.«

»Blake hat mir erzählt, was passiert ist. Ich wollte Ihnen nur sagen, wie leid es mir tut.«

»Vielen Dank.«

»Gibt es irgendetwas Neues? Hat man die Täter gefasst?«

»Nichts Neues«, beantwortete Robin beide Fragen. »Würden Sie Blake bitte ausrichten, dass ich angerufen habe?«

»Natürlich. Und Robin …«

»Ja?«

»Unsere Gebete sind bei Ihnen.«

*Unsere* Gebete? »Vielen Dank.« Robin beendete das Gespräch und warf das Handy wieder in ihre Handtasche. »*Unsere* Gebete?«

Im selben Moment klopfte es am Seitenfenster.

Robins Kopf schnellte in die Richtung herum.

Vor der Scheibe tauchte das Gesicht eines Mannes auf, sein verschlagenes Lächeln füllte den Rahmen.

Sie erkannte ihn sofort, obwohl seit ihrer letzten Begegnung mehr als zehn Jahre vergangen waren. War es möglich, dass er noch attraktiver geworden war, als sie ihn in Erinnerung hatte? »Du bist mir gefolgt«, stellte sie fest, ließ das Fenster herunter und starrte in die meergrünen Augen mit den unpassend langen, mädchenhaften Wimpern. Sie stellte den Motor ab und stieg aus. Saunaartige Hitze schlug ihr entgegen.

»In der Tat«, gab Taras Exmann Dylan zu, und sein Böser-Junge-Grinsen wurde noch breiter. »Kriege ich zur Begrüßung eine Umarmung?« Er breitete die Arme aus, unter seinem dunkelblauen T-Shirt zeichneten sich markante Muskeln ab.

*Im Gefängnis hattest du wohl reichlich Zeit zum Trainieren*, dachte Robin und wich vor der angebotenen Umarmung zurück. »Willst du mir verraten, *warum* du mir gefolgt bist?«

»Ich dachte wohl, es wär eine gute Idee.« Er ließ die Arme sinken. Ihr Unbehagen bereitete ihm offensichtlich Vergnügen.

»Auf Wiedersehen, Dylan.«

»Okay, okay«, sagte er. »Eigentlich hatte ich ursprünglich nicht vor, dich zu verfolgen, aber dann hab ich dich bei Starbucks gesehen und mir gedacht, ich könnte mal gucken, was du vorhast.«

»Okay, also, jetzt hast du mich getroffen.«

»Jetzt hab ich dich getroffen.«

»Dann kannst du ja gehen.«

»Ohne meine Tochter zu sehen?«

Robin erstarrte. »Soll das ein Witz sein?«

»Nicht gerade der geeignete Augenblick, um Witze zu machen.«

»Du hast Cassidy wie lange … zehn Jahre nicht gesehen?«

»Nun ja, ich war ziemlich beschäftigt.«

»Du warst im Gefängnis«, stellte Robin richtig.

»Spitzfindig, spitzfindig.« Sein Grinsen wurde breiter, sodass sich auf beiden Seiten seines Mundes Grübchen bildeten.

»Außerdem, was für eine Rolle spielt es, wo ich war? Wichtig ist, dass Dylan Campbell jetzt hier ist.«

Robin blickte auf ihre Füße und versuchte, nicht Taras schönes, von Dylans Fäusten fast bis zur Unkenntlichkeit entstelltes Gesicht vor sich zu sehen. »Wofür hast du diesmal gesessen?«

»Diesmal«, wiederholte er. »Autsch. Nun ja, ich nehme an, das hab ich verdient. Körperverletzung. Keine große Sache. Ich hab zwei Jahre abgebrummt.«

»Und wie lange bist du wieder draußen?«

»Seit drei Monaten. Perfektes Timing, findest du nicht auch?«

»Perfektes Timing wofür?«

»Mein kleines Mädchen braucht mich.«

»Du bist der Letzte, den sie braucht.«

»Sie hat gerade ihre Mutter verloren.«

»Damit hattest du nicht zufällig etwas zu tun, oder?«, fragte Robin und überraschte sie damit beide. Sie hörte das Zittern in ihrer Stimme und blickte zum Eingang des Krankenhauses. *Jetzt wäre ein wirklich guter Zeitpunkt für das Erscheinen von Sheriff Prescott.*

»Ich? Natürlich nicht. Wie kannst du so etwas Schreckliches denken?«

Robin schüttelte den Kopf. »Ich bin sicher, der Sheriff wäre äußerst interessiert zu erfahren, wo du in der Nacht warst.«

»Ich unterhalte mich jederzeit liebend gern mit dem Mann.« Dylan lachte. »Glaubst du wirklich, ich wäre so dumm, mein attraktives Gesicht in der Gegend zu zeigen, wenn ich irgendwas mit der Sache zu tun hätte?«

»Ich würde nie unterschätzen, wie dumm du sein kannst.«

Er lächelte. »Okay, aber sag mir, welches Motiv sollte ich

haben, auf mein eigenes Kind zu schießen? Ich meine, Tara und dein Dad, okay. Aber mein eigen Fleisch und Blut? Ich müsste eine Art Monster sein.«

»Du *bist* eine Art Monster.«

»Nicht mehr. Ich habe mich verändert, Robin. Ich bin bereit, dem Mädchen ein echter Vater zu sein.«

»Wie nobel. Die Tatsache, dass Cassidy zu einer Menge Geld kommen könnte, wenn mein Vater stirbt, hat absolut nichts mit diesem plötzlich erwachten Verantwortungsbewusstsein zu tun?«

»Absolut nichts«, wiederholte er. »Der Gedanke ist mir nie gekommen.«

»Das tun Gedanken bei dir selten.«

Das Lächeln, das um seine Mundwinkel spielte, gefror.

»Sollen wir reingehen?«

»*Ich* gehe rein«, sagte Robin. »*Du* kannst zur Hölle fahren.« Sie stieß ihn zur Seite und marschierte auf die Türen des Krankenhauses zu.

»Wir sehen uns«, rief er ihr nach.

# KAPITEL 12

Robin machte den Deputy vor Cassidys Zimmer auf Dylans Anwesenheit aufmerksam und wies ihn an, den Mann nicht in die Nähe seiner Tochter zu lassen. Anschließend sprach sie mit Cassidys Arzt, der berichtete, dass der Zustand des Mädchens sich im Laufe der Nacht erheblich verbessert habe und von kritisch auf ernst zurückgestuft worden sei, obwohl sie keineswegs schon über den Berg sei.

»Das sind fantastische Nachrichten, Liebes«, sagte sie zu dem blassen jungen Mädchen, das aufrecht im Bett saß. »Wie fühlst du dich?«

»Ein bisschen besser.« Cassidy ließ die aktuelle Ausgabe des *Star*-Magazins aufs Bett sinken und sah hilflos zu, wie es von der gestärkten weißen Decke zu Boden glitt. »Oh«, sagte sie und sah aus, als würde sie jeden Moment in Tränen ausbrechen.

Eilig hob Robin die Zeitschrift auf. »Du liebe Güte«, sagte sie, als sie die Titelzeilen überflog. »Offenbar ist Jennifer Aniston mit Drillingen schwanger. Schon wieder. Das müssen jetzt mindestens fünfzig Kinder sein, die sie in den letzten fünf Jahren bekommen hat.«

Cassidy lächelte, doch die Anstrengung ließ sie vor Schmerz das Gesicht verziehen. »Sie ist schon ein echter kleiner Knallfrosch. Das würde Daddy sagen.«

*Ja, würde er*, dachte Robin, strich ein paar Haare aus dem

zarten Gesicht des Mädchens und küsste sie sanft auf die Stirn. »Hat die Krankenschwester dir die gebracht?« Neben dem Star erkannte sie auch die aktuellen Ausgaben von *People*, *US* und der *Vogue* auf dem Nachttisch neben dem Bett.

»Nein, Kenny.«

»Kenny Stapleton?«

Cassidy nickte. »Lesen ist noch zu anstrengend. Ich schau mir bloß die Bilder an.«

»Wann war Kenny hier?«

»Heute Morgen. Ich habe gesagt, es wäre in Ordnung. War das okay? Habe ich etwas Falsches gemacht?«

»Nein, Liebes. Nicht wenn du dich in seiner Gegenwart sicher fühlst.«

»In Kennys? Wieso nicht?«

Robin zögerte.

»Er ist nicht der Mann, der auf mich geschossen hat«, sagte Cassidy so vehement, dass es eine weitere schmerzverzerrte Grimasse nach sich zog.

»Wie kannst du dir sicher sein?«, fragte Robin.

»Weil er kein bisschen so aussieht wie die Männer, die in der Nacht im Haus waren.«

»Du hast ihre Gesichter nicht gesehen«, erinnerte Robin sie.

»Ich musste ihre Gesichter nicht sehen, um zu wissen, dass es nicht Kenny war«, erwiderte Cassidy. »Kenny ist groß und schlank. Die Männer, die auf uns geschossen haben, waren viel muskulöser. So als würden sie regelmäßig trainieren.«

*Wie Dylan Campbell*, dachte Robin, zog sich einen Stuhl vor und setzte sich. *Wie Landon*. Sie wischte den Gedanken eilig beiseite. »Tut mir leid. Ich wollte dich nicht aufregen.«

Cassidy probierte ein weiteres Lächeln, doch dabei zitterten ihre Lippen. »Es ist nett, dass du dir Sorgen um mich machst. Mommy hatte recht.«

Robin spürte ein Stechen der Schuld bis ins Herz. Sie hatte Tara ohne auch nur ein Wort des Abschieds aus ihrem Leben gestrichen, und während Tara sich von Zeit zu Zeit bemüht hatte, den Kontakt wieder anzuknüpfen – durch eine Freundschaftsanfrage bei Facebook und regelmäßige Karten zu Robins Geburtstag –, hatte Robin jeden Versuch ignoriert oder zurückgewiesen. »Du weißt, dass deine Mutter und ich uns zerstritten hatten.«

»Ja, schon«, räumte Cassidy ein. »Sie hat gesagt, du wärst wütend auf sie gewesen, weil sie Daddy geheiratet hat.«

»Das war ich auch.«

»Warum?«

»Es ist kompliziert.«

»Wegen Alec?«

»Das auch.«

»Wie kommt es, dass Melanie nicht wütend war?«, fragte Cassidy.

*Ich habe keinen blassen Schimmer*, dachte Robin. Eigentlich war Melanie dauernd über irgendwas wütend.

»Sie war immer nett zu uns.«

»Das freut mich.«

»Sie hat gesagt, das Wichtigste sei, dass Daddy glücklich ist, und wenn Mommy ihn glücklich macht, dann sei sie auch glücklich«, zitierte sie wie auswendig gelernt.

Robin zögerte und bedachte ihre nächste Frage sorgfältig. »Und warum glaubst du, hat deine Mommy ihr dann nicht vertraut?«

Cassidy zuckte mit den Schultern. Eine Weile saßen sie

schweigend da, bis Cassidy sie aufforderte: »Erzähl mir von meiner Mutter.«

»Was willst du denn wissen?«

»Wie war sie in meinem Alter? Hatte sie Freundinnen? War sie, du weißt schon, beliebt?«

»Deine Mutter hatte mehr Freundinnen als sonst irgendjemand, den ich kenne. Freundinnen und Freunde. Die Jungs wollten mit ihr zusammen sein; und die Mädchen wollte so sein *wie* sie.«

»Das heißt, sie war so *echt* beliebt.«

»Sie war so *echt* beliebt«, bestätigte Robin.

»Ich war nie beliebt«, sagte Cassidy leise.

»Nicht? Ich auch nicht.«

»Wirklich? Das sagst du nicht nur so?«

»Es ist die Wahrheit. Ich war immer schüchtern und ein bisschen still.«

»Es ist irgendwie komisch«, sagte Cassidy.

»Was?«

»Dass Mommy in der Schule so viele Freundinnen hatte.«

»Wieso?«

»Weil sie jetzt eigentlich gar keine Freundinnen oder Freunde mehr hatte.«

»Nicht?«

»Melanie vielleicht, aber sie waren nicht direkt … Oh, und Tom.«

»Tom?«

»Dieser Typ, mit dem sie zur Schule gegangen ist.«

Robin kramte in ihrem Gedächtnis nach einem Klassenkameraden namens Tom, doch ihr fiel niemand ein. »Tom und weiter?«

»Ich weiß nicht mehr. Er lebt jetzt in San Francisco. Wir

haben ihn ein paarmal besucht, wenn wir bei der Innenarchitektin waren.«

Ein Schauer der Angst flatterte in Robins Brust. Alec wohnt in San Francisco, dachte sie und verdrängte den ungebetenen Gedanken gleich wieder.

»Darf ich dich etwas fragen?«, sagte Robin.

»Klar.«

»War deine Mutter glücklich?«

»Mit Daddy meinst du?«

»Ja.«

»Sie waren so glücklich«, sagte Cassidy. »Sie haben sich so geliebt.«

*Was ist mit den Gerüchten von Untreue? Was mit dem Klatsch über Ärger im Paradies?*, wollte Robin fragen, wusste jedoch, dass sie das nicht konnte. »Und mein … *unser* Vater?«, fragte sie stattdessen. »War er dir ein guter Vater?«

»Der beste. Ich meine, Melanie hat immer geklagt, dass er mich maßlos verwöhnen würde, aber dann hat Daddy ihr erklärt, dass man ein Kind gar nicht mit zu viel Liebe verwöhnen könne.«

*Wow.* »Das ist bestimmt gut angekommen«, sagte Robin, ohne nachzudenken.

»Was meinst du damit?«

»Ach nichts.« Robin ertappte sich bei dem Wunsch, den »Daddy« gekannt zu haben, der er für Cassidy gewesen war. *Wäre er seinen Kindern gegenüber nur so liebevoll und großherzig gewesen.* »Fragst du dich je, was mit deinem leiblichen Vater ist?«

Cassidy betrachtete lange Robins Gesicht, als wollte sie in ihren Kopf schauen, und verblüffte sie dann mit der Frage: »Er ist hier, stimmt's? Hast du mit ihm gesprochen?«

»Ja, er ist hier. Woher wusstest du das?«

»Weil Mommy immer gesagt hat, dass er eines Tages auftauchen würde. Sie hat gesagt, er ist wie ein Ausschlag, den man nicht loswird.« Cassidys ohnehin bleiche Gesichtsfarbe wurde noch blasser. Sie sah aus, als würde sie jeden Moment in Ohnmacht fallen. »Glaubst du, dass er auf uns geschossen hat?«

»Ich weiß nicht. Er bestreitet es.«

»Glaubst du ihm?«

»Ich bin sicher, der Sheriff wird sein Alibi gründlich überprüfen lassen.«

»Ich will ihn nicht sehen.«

»Das musst du auch nicht.«

»Ich will ihn nicht sehen«, wiederholte Cassidy. »Niemals. Ich habe schon einen Vater. Einen echten Vater. Und er wird wieder gesund werden. Bitte sag mir, dass er wieder gesund wird, dass er nicht sterben wird.«

Robin versuchte, die Worte zu bilden, doch sie kamen ihr nicht über die Lippen. »Ich wünschte, das könnte ich«, flüsterte sie.

»Was passiert mit mir, wenn er stirbt?«

»Darüber sollten wir uns jetzt keine Sorgen machen.«

»Wird man mich zwingen, bei ihm zu leben?«, fragte Cassidy mit neuer Panik in der Stimme.

»Bei Dylan Campbell? Nein! Natürlich nicht.« *Würde man?*

»Dann würde ich abhauen. Ich würde mich umbringen.«

»Nein, Liebes. Sag so was nicht.«

»Und ich will auch nicht bei Melanie leben. Ich weiß, dass sie mich eigentlich nicht haben will. Und Landon, er ist nett, aber manchmal kann er einem auch irgendwie Angst machen. So wie er immer auf seinem Stuhl schaukelt und alles. Ich weiß, es ist nicht seine Schuld, er kann nichts dafür …« Cassidy packte Robins Hand. »Ich will bei dir leben«, sagte sie flehend. »Bitte, wenn Daddy etwas zustößt, kann ich bei dir leben?« Unvermittelt verdrehten sich ihre Augen nach innen, und sie sank bewusstlos auf ihr Kissen.

Robin sprang auf und rannte zur Tür. »Holen Sie eine Schwester«, rief sie dem Polizisten zu, der im Flur Wache hielt.

»Erzählen Sie mir noch einmal ganz genau, was er zu Ihnen gesagt hat«, wies Sheriff Prescott Robin an. Sie saßen auf denselben beiden Stühlen wie bei ihrer ersten Begegnung in dem Wartebereich auf Cassidys Station; sein Cowboyhut lag auf seinem Schoß. Cassidys Vitalfunktionen hatten sich wieder normalisiert, aber die Ärzte warnten, dass sich das jederzeit ändern könne.

Robin schilderte dem Sheriff zum dritten Mal ihre Unterhaltung mit Dylan und beobachtete, wie er ihre Geschichte mit den Notizen verglich, die er sich gemacht hatte. »Haben Sie irgendeine Ahnung, wo er wohnt?«, fragte er.

»Nein.«

»Nun, ich denke, es sollte nicht allzu schwierig sein, ihn zu finden.« Der Sheriff strich mit der flachen Hand über seinen kahlen Kopf. »Nach allem, was Sie gesagt haben, macht es nicht den Eindruck, als wollte er demnächst irgendwohin.«

»Werden Sie sein Alibi überprüfen?«

»Sobald wir wissen, welches«, erwiderte der Sheriff lächelnd.

»Glauben Sie, dass er es getan hat?«

»Ich glaube gar nichts, bevor ich mit dem Mann gesprochen habe. Gibt es sonst noch etwas, was Sie mir erzählen möchten?«

Robin überlegte, ob sie dem Sheriff berichten sollte, was

gestern beim Abendessen passiert war, Landons heftige Reaktion auf das Klingeln ihres Handys, seine anschließende Flucht aus dem Haus, seine Rückkehr erst nach Mitternacht.

*»Manchmal kann er einem auch irgendwie Angst machen«*, hörte sie Cassidy sagen.

»Was ist?«, fragte Prescott.

Robin schüttelte den Kopf. Der Sheriff hatte Landon ohnehin schon im Visier. Wenn sie diesen Verdacht weiter erhärtete, würde Prescott noch weniger geneigt sein, anderen Spuren nachzugehen. Sie konnte ihren Neffen nicht verraten. Nicht ohne greifbaren Beweis, dass er etwas Unrechtes getan hatte. »Nein.«

»Wirklich nicht? Sie sehen so aus, als hätten Sie noch was auf dem Herzen.«

»Wer ist Donny Warren?«, fragte Robin.

»Donny Warren«, wiederholte der Sheriff. »Warum fragen Sie?«

Robin berichtete von der Unterhaltung, die sie bei Starbucks belauscht hatte, und beobachtete, wie Prescott den Namen auf seinen Notizblock schrieb. »Wer ist er?«, fragte sie noch einmal.

»Ein Kriegsveteran. Er hat mehrere Einsätze in Afghanistan absolviert, ist vor drei Jahren aus Tacoma, Washington, hierhergezogen und hat sich eine kleine Ranch am Stadtrand gekauft. Ist so was wie ein Einzelgänger. Er besitzt ein paar Pferde. Fährt eine Harley. Wurde meines Wissens noch nie festgenommen. Warum fragen Sie? Glauben Sie, dass zwischen ihm und Tara etwas lief?«

»Ich weiß nicht, was ich glauben soll. Laut Cassidy waren mein Vater und Tara total verliebt ineinander.«

»So wie jedes Kind die Ehe seiner Eltern gern sehen möchte,

was trotzdem nicht ausschließt, dass Tara sich nebenbei mit einem anderen getroffen hat. Sie war weiß Gott kein unbeschriebenes Blatt, wie Sie bestimmt wissen. Und sie wäre auch kaum die erste jüngere Frau, die ihren sehr viel älteren Ehemann betrügt.«

Der Name »Tom« lag Robin auf der Zunge. *Was hielt sie davon ab, ihn laut auszusprechen?*

Prescott erhob sich und griff nach seinem Hut, bevor er zu Boden fallen konnte. »Ich sollte wohl versuchen, Dylan Campbell aufzuspüren und mich vielleicht mal mit Donny Warren unterhalten. Kann ich Sie irgendwo absetzen?«

Robin hatte es nicht eilig, nach Hause zurückzukehren. »Ich bin mit dem Wagen meiner Schwester hier, danke. Ich denke, ich bleibe noch ein bisschen im Krankenhaus, damit ich da bin, wenn Cassidy aufwacht.«

»Da wird sie sich bestimmt freuen.« Sheriff Prescott setzte seinen Hut auf und tippte an die Krempe. »Ach«, sagte er, »Sie wissen nicht zufällig, was für einen Wagen Ihr Bruder fährt, oder?«

»Mein Bruder?« *Warum fragte er nach Alec?*

»Wissen Sie, was für einen Wagen er fährt?«

Robin zögerte. »Früher hatte er einen Chevy Malibu. Aber das ist schon ein paar Jahre her. Wahrscheinlich hat er ihn inzwischen gegen ein neueres Modell eingetauscht. Warum?«

»Erinnern Sie sich noch an die Farbe?«

»Er war rot. Warum fragen Sie nach Alecs Wagen?«

»Ich war bloß neugierig.« Er tippte erneut an seinen Hut. »Wir sprechen uns bald wieder.«

Robin sah den Sheriff den Flur hinunterschlendern. Als er außer Sichtweite war, zog sie ihr neues Handy aus der Handtasche und rief ihren Bruder in San Francisco an.

Er nahm nach dem dritten Klingeln ab. »Was ist los?«, fragte er ohne jede Begrüßung.

»Wieso hat der Sheriff nach deinem Wagen gefragt?«, wollte Robin wissen.

Ein weiteres Schweigen.

»Der Sheriff hat nach meinem Wagen gefragt?«

»Die Frage war, warum.«

»Ich habe keine Ahnung.«

»Wann hast du Tara zum letzten Mal gesehen?«

»Was?!«

»Wer ist Tom?«

Eine Pause, die einen Tick zu lange dauerte.

»Tom …? Wovon zum Teufel redest du?«

»Was ist los, Alec?«

»So wie es sich anhört, hat meine Schwester irgendeinen Zusammenbruch.«

»Rede mit mir, Alec. Ich kann dich nicht schützen, wenn du mir nicht sagst, was los ist.«

»Es ist gar nichts los. Ich brauche deinen Schutz nicht.«

»Alec …«

»Ich muss Schluss machen.«

»Wage es nicht aufzulegen«, warnte Robin ihn.

Aber es war schon zu spät. Er war bereits weg.

# KAPITEL 13

Robin konnte sich noch genau an den Moment erinnern, als sie zum ersten Mal den Verdacht hatte, dass zwischen Tara und ihrem Vater irgendetwas im Gange war.

Es war an Thanksgiving; Robin war aus Berkeley nach Hause gekommen, um die Feiertage mit ihrer kranken Mutter zu verbringen. Die Familie saß zum Abendessen um den Tisch versammelt – ihr Vater an einem Ende, Alec am anderen. Tara, die seit fast einem Jahr mit Alec verlobt war, saß zur Linken ihres Vaters, die kleine Cassidy neben ihr. Landon hockte auf der anderen Seite des schmalen Eichentischs eingeklemmt zwischen Melanie und Robin und hob kaum den Blick von seinem Teller. Sarah Davis war, der Körper von Krebs zerfressen, zu schwach gewesen, um ihr Bett zu verlassen. Zwei Wochen später wurde sie ins St. Elizabeth Community Hospital verlegt. Vier Monate später war sie tot.

Es war eine gedämpfte Feier, niemand fühlte sich besonders dankbar. Der Truthahn, den Melanie zubereitet hatte, war trocken, das Kartoffelpüree geschmacklos, die grünen Bohnen waren zu weich gekocht, und die Haut auf der Götterspeise wirkte auch nicht appetitanregend. Es wurde kaum gesprochen, man hörte nur das Geklapper des Bestecks auf den schlichten weißen Tellern und ein gelegentliches Grunzen von Landon.

»Erzähl uns was von deinen Seminaren«, hatte Tara sie irgendwann aufgefordert.

»Sie sind faszinierend«, erklärte Robin ihr, dankbar, dass irgendjemand am Tisch Interesse zeigte. »Ich meine, sie sind echt schwer. Ich stecke bis über beide Ohren in Arbeit, aber ich lerne echt viel.«

»Ich finde das so aufregend«, sagte Tara stolz. »Wir werden eine Psychologin in der Familie haben.«

»Was ist eine Psychologin?«, fragte Cassidy.

»Jemand, der nutzlose Fragen stellt, und dann wartet, dass man sie beantwortet«, erwiderte Melanie.

Sie hielt ihr Glas hoch. »Könnte mir irgendjemand, der nicht bis über beide Ohren in Arbeit steckt, noch ein Glas Wein eingießen?«

»Darf ich«, sagte ihr Vater, nahm die Flasche Weißwein aus dem Eiseimer und füllte Melanies Glas nach. »Tara, was ist mit dir? Noch einen Schluck Wein?«

»Ich weiß nicht. Ich bin mir nicht sicher, ob ich noch mehr trinken sollte.«

»Das solltest du unbedingt«, sagte Greg Davis zwinkernd. »Wie wär's, wenn ich nur kleines Schlückchen nachgieße?«

Taras Lächeln, als sie ihm ihr Glas hinhielt, war überraschend schüchtern.

Ein Schauer der Angst durchlief Robin, als ihr Vater Taras Glas halb voll goss. Der Schauer wurde zu einer Welle wie ein Stromschlag, als seine Hand beim Zurückstellen der Flasche in den Kühler die Finger ihrer besten Freundin streifte.

Robin hatte das unangenehme Gefühl abgeschüttelt, ihre eigenen Instinkte verleugnet und sich eingeredet, dass ihre plötzliche Angst eine Folge von Melanies ständigen Versuchen war, sie kleinzumachen. Ein klassischer Fall von Übertragung, wie einer ihrer Professoren in Berkeley ihr zweifelsohne erklärt hätte.

»Und wie läuft es mit dir und Tara?«, hatte sie Alec ein paar Tage später gefragt. Sie musste zurück nach Berkeley, und Alec hatte angeboten, sie zum Bus zu bringen. »Alles gut? Versteht ihr beiden euch?« Sie warf die Frage beiläufig über die Schulter wie einen leichten Pulli, während Alec ihre Reisetasche in den Kofferraum packte. Er hatte den makellos erhaltenen roten Chevy mit dem Geld gekauft, das er mit den Sommerjobs bei seinem Vater zusammengespart hatte, und der Wagen war sein ganzer Stolz.

»Natürlich verstehen wir uns. Warum fragst du?«

»Wollte bloß mal nachhören.«

Weihnachten hörte sie noch einmal nach, als sie und Tara nach einem kurzen Besuch bei Robins sterbender Mutter nach Hause fuhren.

»Ich fühle mich so hilflos«, hatte Robin ihrer besten Freundin anvertraut. »Ich wünschte, ich könnte irgendetwas tun.«

»Du tust, was du kannst.«

»Nicht laut meiner Schwester.«

»Deine Schwester ist eine blöde Zicke.«

»Tara!« Robin vergewisserte sich mit einem Blick über die Schulter, dass niemand sie gehört hatte. »So was solltest du nicht sagen.«

»Wieso nicht? Ist doch wahr.«

»Die Wahrheit wird dich nicht vor Melanie schützen.«

»Ach ja? Dann soll sie mir ihr Schlimmstes antun. Ich hab keine Angst vor ihr.«

»Solltest du aber vielleicht.« Robin hatte Taras Arm gedrückt. Es war ein Glück, eine solche Freundin zu haben, und Robin war unendlich dankbar, dass sie bald zur Familie gehören würde. Ihr Unbehagen war nur ein Ausdruck ihrer Schuldgefühle darüber, dass sie ihre Mutter im Stich gelassen hatte. »Und was ist mit dir und Alec? Habt ihr mittlerweile einen Hochzeitstermin festgelegt?« Sie spürte, wie sich Taras Arm unter ihren Fingern fast unmerklich versteifte.

»Wie sollten wir?«, fragte Tara. »Ich meine, so wie es ist …«

Der Satz verlor sich im Nichts.

»Aber zwischen euch beiden ist alles gut?«, bohrte Robin nach. »Ihr seid immer noch wahnsinnig verliebt und alles?«

»Alles gut«, sagte Tara und wandte sich ab.

Vier Monate später war Sarah Davis tot, und zwei Monate danach löste Tara ihre Verlobung mit Robins Bruder.

»Sie hat gesagt, sie könne mich nicht heiraten«, hatte Alec seiner Schwester am Telefon anvertraut und so benommen geklungen, wie er sich garantiert fühlte.

»Hat sie gesagt, warum?«

»Nur dass sich ihre Gefühle geändert hätten und sie es nicht durchziehen könnte.«

»Weiß Dad es?«

»Ich habe es ihm heute Morgen auf dem Weg zur Arbeit erzählt.« Seit seinem Abschluss an der Highschool arbeitete Alec in Vollzeit für seinen Vater, und manchmal fuhren sie gemeinsam ins Büro. Laut Alec nutzte Greg diese Zeit normalerweise, um ihn für seine »Unzulänglichkeit des Tages« zu tadeln, wie Alec es scherzhaft nannte.

Dieses Arrangement kam zu einem abrupten Ende, als ihr Vater drei Monate später mit seiner neuen und erstaunlich bekannten Braut im Schlepptau von einer angeblichen Geschäftsreise nach Las Vegas zurückkehrte. Alec gab seinen Job sofort auf und verließ Red Bluff. Ein Jahr lang fuhr er in seinem geliebten roten Chevy von einem Ende des Landes zum anderen und wieder zurück, bevor er sich schließlich in San Francisco niederließ, wo er eine Folge von Billiglohnjobs annahm.

Robin war nach Red Bluff zurückgekehrt, um die wenigen von sich im Haus verbliebenen Sachen einzupacken, und hatte geschworen, nie wieder mit ihrem Vater und Tara zu sprechen.

»Wenn du es mich bloß erklären lassen würdest«, hatte Tara gefleht.

»Was gibt es da zu erklären? Das Ganze scheint mir ziemlich offensichtlich.«

»Ich hab nie erwartet, dass das passieren würde. Es war nicht so, als hätten wir es geplant.«

»Und doch stehen wir jetzt hier«, entgegnete Robin. »Ich verstehe bloß nicht, wie du es ertragen kannst, mit einem Mann zu schlafen, der alt genug ist, dein Vater zu sein. Oh, warte – er ist *mein* Vater. Du willst doch nicht ernsthaft erzählen, dass du in den Mann verliebt bist.«

»Er war so gut zu mir. Und zu Cassidy. Sie vergöttert ihn.«

»Sie ist ein Kind. Du bist erwachsen. Und du hast meine Frage nicht beantwortet.«

»Du hast keine gestellt.«

»Liebst du ihn?«

»Er wird gut für uns sorgen.«

»Das ist keine Antwort.«

»Ich respektiere ihn. Ich bewundere ihn.«

»Wie kannst du ihn respektieren und bewundern, wenn du weißt, was für ein Schwein er ist?«

»Er hat sich geändert.«

»Hat er nicht.«

»Er ist nicht mehr der Mann, der er war, als du klein warst.«

»Wirklich? Ich erinnere dich daran, dass er gerade mit der

Verlobten seines Sohnes durchgebrannt ist!« Robin schüttelte den Kopf über Taras vorsätzliche Naivität.

»Das mit Alec hätte nie geklappt. Er ist niedlich und alles, aber er wird nie viel hermachen. Er ist ein Junge, Robin. Cassidy und ich … wir brauchen einen Mann.«

»Erstaunlich«, sagte Robin. »Wie hast du das gemacht?«

»Wie habe ich was gemacht?«

»Ich habe gerade gesehen, wie du die Lippen bewegt hast, aber ich habe die Stimme meines Vaters gehört.«

Tara war knallrot geworden.

»Glaubst du wirklich, dass die Heirat mit meinem Vater nicht in einer absoluten Katastrophe enden wird?«, hatte Robin sie gefragt.

*O Gott.* Sie seufzte, als sie sich jetzt an ihre Worte erinnerte, die letzten, die sie zu ihrer einst besten Freundin gesagt hatte. Sie bog mit Melanies Wagen in die Einfahrt und sah, wie Landons Schatten hinter dem Fenster im ersten Stock verschwand. Sie stellte den Motor ab und legte die Stirn auf das Lenkrad, die Finger um den Amethystring an der Goldkette um ihren Hals. In dieser Position blieb sie mehrere Minuten sitzen und spürte, wie die heiße Luft sie umhüllte, während sie versuchte, ihren pochenden Herzschlag zu beruhigen.

»Was ist los? Ist dir schlecht?«, ertönte plötzlich Melanies Stimme neben dem Fahrerfenster.

Robin biss sich auf die Unterlippe und ließ die Hand sinken. Sie hatte ihre Schwester nicht kommen hören. Sie zog den Schlüssel aus der Zündung und stieg aus. »Nein, mir ist nicht schlecht.«

»Du hast doch nicht gebetet, oder?« Melanie wirkte regelrecht entsetzt bei der Vorstellung.

»Nein. Ich habe nicht gebetet.«

»Na, Gott sei Dank.« Melanie kicherte über ihren eigenen Witz. »Und was machst du für ein verdrießliches Gesicht? Ich habe nichts aus dem Krankenhaus gehört, also gehe ich davon aus, dass unser Vater noch unter uns weilt.«

»Alles unverändert.«

»Und Cassidy?«

»Ihr scheint es gut zu gehen.«

»Und was ist das Problem? Du siehst aus, als könntest du einen Drink brauchen.«

»Lass uns ein Stück spazieren gehen.«

»Du willst *spazieren* gehen? In *der* Hitze?« Melanie klang noch entsetzter als zuvor. »*Wohin?*«

»Ich weiß nicht. Einmal um den Block vielleicht?«

»Um den Block?«, wiederholte Melanie. »Wirklich?«

»Es war bloß ein Vorschlag. Du musst ja nicht mitkommen.«

»Doch, ich mache einen Spaziergang. Ich gehe gern spazieren.« Sie machte Robin ein Zeichen. »Nach dir.«

Robin ging die Auffahrt hinunter und warf einen verstohlenen Blick auf das Haus ihres Vaters nebenan. In der Einfahrt parkten keine Streifenwagen mehr, doch das gelbe Absperrband verwehrte weiter den Zutritt. »Ich nehme an, sie haben alles fertig durchsucht.«

»Müssen wir auch *reden*?«, fragte Melanie trocken.

Es gab keinen Bürgersteig, also gingen die beiden Schwestern nebeneinander am Straßenrand. Das nächste Haus war mehr als einen halben Kilometer entfernt.

»Wahrscheinlich werde ich es bereuen«, sagte Melanie nach etlichen Minuten, »aber irgendwas macht dir offenbar Kopfschmerzen. Willst du mir erzählen, was?«

»Hat Tara je erwähnt, dass sie in San Francisco zufällig

einen alten Klassenkameraden aus der Highschool getroffen hat?«

Melanie schüttelte den Kopf. »Nicht dass ich mich erinnern könnte.«

»Kennst du irgendjemanden aus Red Bluff, der dort hingezogen ist?«

»Nur unseren Bruder. Warum? Worauf willst du hinaus?«

Nun war es an Robin, den Kopf zu schütteln. Sie wollte Melanies Argwohn nicht noch weiter schüren. Um das Thema zu wechseln, erzählte sie ihrer Schwester von der Begegnung mit Dylan Campbell auf dem Parkplatz des Krankenhauses.

»Das miese Stück Scheiße«, murmelte Melanie. »Obwohl es vermutlich nicht komplett überraschend kommt, dass er auftaucht.« Sie trat einen kleinen Kiesel aus dem Weg. »Ich wette, in Erwartung eines großen Zahltags kommen jetzt alle möglichen zwielichtigen Gestalten aus den Ritzen gekrochen.«

»Apropos zwielichtige Gestalten«, sagte Robin. »Was weißt du über Donny Warren?«

Melanie blieb abrupt stehen.

»Wer?«

»Donny Warren. In der Stadt habe ich das Gerücht aufgeschnappt, er und Tara hätten eine Affäre gehabt.«

»Das ist ein Haufen Blödsinn«, sagte Melanie. »Und ich würde ihn auch kaum als zwielichtige Gestalt bezeichnen.« Sie ging weiter und beschleunigte ihre Schritte noch, sodass Robin fast rennen musste, um mitzuhalten.

»Das heißt, du kennst ihn?«

»Ich hab ihn ein paarmal getroffen. Auf mich hat er einen ganz anständigen Eindruck gemacht.«

»Glaubst du, er und Tara …?«

»Auf keinen Fall.« Melanie schüttelte den Kopf. »Er war gar nicht Taras Typ.«

»Was war denn ihr Typ?«

Melanie kickte einen weiteren Stein aus dem Weg; das scharrende Geräusch war dem Krächzen nicht unähnlich, das ihr entwich. »Jedenfalls nicht arm.«

In Gegenrichtung kam ein Wagen vorbei; die Insassen reckten die Hälse in ihre Richtung. Beide Schwestern wandten sich instinktiv ab.

»Ich kehr um«, verkündete Melanie ein paar Meter vor dem Haus ihres Nachbarn. »Es ist zu heiß. Du kannst ja noch weitergehen, wenn du willst.«

Robin wischte sich Schweißtropfen von der Stirn und dem Nacken, als sie die Straße überquerten. »Das war genug Folter für einen Tag.«

# KAPITEL 14

Am Abend ging Robin um neun ins Bett, wo sie wachlag und Landons rhythmischem Schaukeln lauschte, bis es kurz vor Mitternacht plötzlich aufhörte. Kurz darauf vernahm sie seine schweren Schritte. Er ging im Zimmer auf und ab. Nach zehn Minuten verstummten die Schritte, und Robin wartete nervös, dass das Schaukeln wieder losgehen würde, während sie sich verfluchte, ihre restlichen Tavor weggeworfen zu haben. Sie brauchte Schlaf. Bewusstlosigkeit war die einzige Zuflucht vor einer Realität, die zunehmend bizarrer wurde. Ihre Träume mochten beunruhigend und zusammenhanglos sein, doch die wach verbrachten Stunden waren noch schlimmer. Denn die Realität konnte man nicht so leicht abtun. Und ihre Realität war es, dass in ihrem Leben nichts mehr einen Sinn ergab.

*War das je anders gewesen?*

Ja, entschied sie, als sie an Blake dachte. Mit Blake hatte ihr Leben einen Sinn ergeben. Zumindest am Anfang.

Sie hatte als Assistentin einer Sozialarbeiterin an einer Berufsschule im Silverlake District von L. A. gearbeitet, ihr erster Job nach dem Examen in Berkeley, und ihre Chefin hatte sie zu einer Party bei ihrer Nachbarin eingeladen. Sobald sie zur Tür hereingekommen war, hatte sie Blake gesehen. Er war groß, auf eine Filmstarart attraktiv und von einem Gefolge ihn bewundernder Frauen umringt. *Halt dich von ihm fern*, hatte Robin sich gesagt, war zielstrebig auf die andere Seite des Zimmers gegangen, hatte mit jedem in der Nähe Smalltalk gemacht und dabei versucht, nicht in seine Richtung zu gucken.

Bis er plötzlich neben ihr stand. »Hallo«, sagte er.

*Renn*, dachte sie.

»Und du bist …?«

Ihre Antwort kam wie aus dem Nichts. »Ich bin diejenige, die davongekommen ist«, sagte sie und gab ihr Glas zurück.

Und *dann* rannte sie.

Durch die Tür in die Nacht hinaus.

Sie rannte weiter, bis sie ein Taxi fand und sicher in ihrer eigenen Wohnung und in ihrem Bett war, weit weg von Blake Uptons warmen braunen Augen und seinem sinnlichen Mund, außer Reichweite der lausbubenhaften Vertiefung in seinem Kinn, seines vollen braunen Haars und der leise dominanten Stimme, die allesamt nur Ärger verhießen.

Mehr als Ärger.

Gefahr.

Sie verbrachte die halbe Nacht damit, sich zu ihrer Entschlossenheit zu beglückwünschen, und die andere Hälfte damit, sich für ihre Dummheit zu verfluchen. »Das Letzte, was du brauchst, ist einen Mann wie ihn«, belehrte sie sich laut. *Einen Mann, der jede Frau haben kann, die er haben will. Einen Mann, der nie treu sein wird.*

Einen Mann wie ihren Vater.

»Na und? Du hättest dich wenigstens flachlegen lassen können«, sagte sie sich im nächsten Atemzug. Und dann, als nach einer frustrierenden und schlaflosen Nacht schließlich die Sonne aufging: »Nun denn. Zu spät. Vorbei ist vorbei.«

Aber es war nicht vorbei.

Blake fand heraus, wer sie war, und rief sie am nächsten Abend an.

Und die, die davongekommen war, verwandelte sich rasch in die, die nirgendwohin kam.

Genau das war das Problem, erkannte sie jetzt. Die Frau, die Blake Upton geglaubt hatte zu bekommen, das schlagfertige Mädchen, das selbstbewusst genug war, ihn stehen zu lassen, war in Wirklichkeit nur ein bedürftiges Bündel von Ängsten, das sich als die reinste Bürde entpuppt hatte.

Das erklärte wahrscheinlich auch, warum er keine der Nachrichten erwidert hatte, die sie am Abend auf seiner Mailbox hinterlassen hatte. Vielleicht ging er davon aus, dass das Botschaft genug war.

Robin spürte einen Druck auf der Blase und stand auf, um ins Bad zu gehen. Als sie gerade ihre Zimmertür aufmachte, wurde auch Landons Tür geöffnet, und sie zog sich eilig in ihr Zimmer zurück. Kurz darauf hörte sie, wie Landons Tür geschlossen wurde, und Schritte auf dem Flur. Sie öffnete ihre Tür einen Spalt und sah ihn gerade noch die Treppe hinuntergehen.

Die Dielen knarrten, als sie durch den Flur bis zum Treppenabsatz schlich. Die Haustür wurde geöffnet und wieder geschlossen.

Sie überlegte, ihre Schwester zu wecken, wollte jedoch nicht Melanies Zorn auf sich ziehen. Stattdessen folgte Robin ihrem Neffen die Treppe hinunter. »Das ist keine gute Idee«, flüsterte sie, als sie die Haustür öffnete.

Zunächst sah sie nur eine Wand wie aus schwarzem Schiefer. Erst nach und nach zeichneten sich am Himmel die Sichel des Mondes und funkelnde Sterne ab. Neben der Straße wiegte sich eine Baumgruppe in der lauen mitternächtlichen Brise.

Und dann sah sie ihn.

Er stand am Ende der Einfahrt am Straßenrand; sein Körper ahmte die Bewegung der Bäume nach. »Was hast du vor?«, fragte sie leise, während sie beobachtete, wie ihr Neffe ein paar Schritte auf das Haus ihres Vaters zu machte, stehen blieb, umkehrte und wieder anfing, den Oberkörper zu wiegen.

*Stehen, gehen, wiegen und von vorn.*

Dann hörte Robin von ferne ein Geräusch – ein leises Brummen, das näher kam und lauter wurde. Ein Motorrad, begriff sie, als sich die schwere Maschine aus der Dunkelheit schälte, bremste und stehen blieb, damit Landon aufsteigen konnte.

Kurz darauf raste das Motorrad die Straße hinunter und wurde von der warmen Nacht verschluckt.

Robin stand in der Tür und versuchte zu verstehen, was sie gerade beobachtet hatte. »Was geht hier vor?«

Wieder überlegte sie, ihre Schwester zu wecken, und wieder besann sie sich eines Besseren. Selbst wenn Melanie von Landons nächtlichen Streifzügen wusste, würde sie es ihrer Schwester wahrscheinlich nicht anvertrauen.

Robin schloss die Haustür, hastete die Treppe hinauf und sah sich mehrmals um, bevor sie auf Zehenspitzen zu Landons Zimmer schlich. Vor der Tür blickte sie erneut über die Schulter. *Was zum Teufel machst du nun wieder?*

Sie schrieb alle Vorsicht in den sprichwörtlichen Wind, stieß die Tür auf, betrat Landons Zimmer und schloss die Tür wieder.

In dem Zimmer war es sogar noch dunkler als draußen, der Schein der schmalen Mondsichel war nicht hell genug, um durch die dünnen Gardinen zu dringen. Robin überlegte, das Licht anzumachen, verwarf die Idee jedoch als zu riskant.

»Und was jetzt, Schlaumeier?«, flüsterte sie und wartete,

bis ihre Augen sich an die Dunkelheit gewöhnt hatten. »Was machst du hier? Was glaubst du, was du finden wirst?«

Nach einer Weile nahmen größere Objekte langsam Gestalt an: das Doppelbett in der Mitte des Raumes; die Nachttische links und rechts daneben; eine große Kommode neben einem kleinen Kleiderschrank an der gegenüberliegenden Wand; der Schaukelstuhl vor dem Fenster.

Robin ging sofort zu dem Bett, sank auf die Knie und streckte tastend die Hand aus. *Nichts als Staub.* Sie wiederholte das Ganze auf der anderen Seite. *Noch mehr Staub.* Sie wischte sich die Hände an ihrem Nachthemd ab, öffnete die oberste Schublade des Nachttischs, strich über eine Sammlung von Bleistiften und Büroklammern und packte ein großes, weiches, wimmelndes Knäuel. *Würmer*, dachte sie, ließ es fallen und spürte, wie es auf ihre Zehen fiel. »Keine Würmer, du Dummi«, sagte sie und bückte sich, um das Knäuel aufzuheben. *Gummibänder.* »Super, du Meisterdetektivin.« Sie legte die Gummibänder zurück und öffnete die Schublade darunter, die einen Haufen Comichefte enthielt. *Archie. The Green Hornet. Superman.*

Der Nachttisch auf der anderen Seite enthielt weitere Comics, Büroklammern, Gummibänder, Kulis, Bleistifte sowie etliche bekritzelte Zettel. Und noch etwas, merkte Robin. Etwas Hartes und Kuppelförmiges. Eine Schneekugel, erkannte sie, als sie sie aus der hinteren Ecke der Schublade zog, auf den Kopf drehte und beobachtete, wie hunderte von falschen Flocken auf die winzige Plastikballerina in der Mitte rieselten.

Ein seltsames Objekt im Besitz eines Jungen im Teenageralter, dachte sie und fragte sich, ob Cassidy Landon die Kugel geschenkt hatte. *Seltsam, aber wohl kaum belastend.* Robin stellte die Schneekugel wieder in die Schublade und schob sie zu.

Aber die Schublade wollte nicht schließen.

Robin versuchte es mehrmals, doch die Schublade schloss nur halb, bevor sie sich verklemmte. »Geh zu, verdammt.« Sie rüttelte an der Lade, aber die rührte sich nicht. »Scheiße! Okay. Keine Panik«, ermahnte sie sich. Ein paar gemessene Atemzüge später entdeckte sie mehrere zerknitterte Zettel, die zwischen den beiden Schubladen klemmten. Vorsichtig zog sie die Blätter heraus, strich sie mit der Handfläche auf dem Oberschenkel glatt. Von beiden Blättern starrte ihr das Gesicht eines Mädchens entgegen. Es waren liebevolle Bleistiftzeichnungen. Auch wenn sie in den Details ein wenig schludrig waren, war das Mädchen auf beiden Zeichnungen selbst in dem schwachen Licht sofort zu erkennen: Cassidy.

»Du steckst einfach voller Überraschungen, was?«, murmelte Robin, fragte sich, ob Melanie wusste, dass Landon ein so talentierter Künstler war, und begriff, dass sie sie nicht fragen konnte, ohne zu verraten, dass sie herumgeschnüffelt hatte. *Würde es noch weitere Überraschungen geben?*

Sie faltete die Blätter ordentlich und legte sie zurück in die Schublade, die sich anschließend wieder ganz in den Nachttisch schieben ließ, wie sie mit einem Seufzer der Erleichterung feststellte.

Als Nächstes tastete sie die Hemden und Hosen ab, die auf Bügeln in dem Kleiderschrank hingen, und griff in die Schuhe auf dem Boden. Nichts. Kein in einem Turnschuh versteckter Schmuck, keine Waffe in der Gesäßtasche einer Jeans.

Robin wollte sich gerade der Kommode zuwenden, als sie hörte, wie eine Wagentür zugeschlagen wurde. Sie trat ans Fenster und spähte, hinter den Gardinen versteckt, hinaus.

In der Einfahrt des Nachbargrundstücks parkte ein Auto. Zwei Personen liefen auf das Haus ihres Vaters zu.

Robin schob das Fenster ein paar Zentimeter hoch.

»Es ist so dunkel«, hörte sie ein Mädchen sagen, deren hohe Stimme durch den Wind herübergetragen wurde. »Bist du sicher, dass es das richtige Haus ist?«

»Natürlich bin ich mir sicher«, antwortete ihr männlicher Begleiter. »Siehst du nicht das Polizeiabsperrband?«

*Gütiger Gott. Teenager.*

»Ich kann fast gar nichts sehen, es ist so dunkel.« Das Mädchen blieb stehen. »Es ist echt unheimlich. Ich finde, wir sollten gehen.«

*Ja, genau das solltet ihr tun.*

»Komm schon. Es ist ein Abenteuer. Alle werden neidisch sein, wenn wir ihnen erzählen, dass wir hier waren.«

Entsetzt beobachtete Robin, wie der Junge zu dem Haus lief.

»Warte«, rief das Mädchen ihm nach, rührte sich jedoch nicht von der Stelle.

»Kommst du oder nicht?«

Und dann eine weitere Stimme. »Was zum Teufel ist da draußen los?«

*Melanie?*

»Scheiße«, fluchte der Junge. Robin beobachtete, wie Melanie in einem Morgenmantel über ihrem Schlafanzug auf die Jugendlichen zumarschierte. Sie hatte einen langen und bedrohlich aussehenden Gegenstand in der Hand.

*Mein Gott, war das ein Gewehr?*

»Sie hat eine Waffe«, rief das Mädchen. »Nein! Bitte nicht schießen.«

»Was zum Teufel habt ihr hier zu suchen?«

»Wir wollten bloß mal gucken …«

»Das ist verdammt noch mal keine Touristenattraktion. Verschwindet, bevor ich den Sheriff rufe.«

Robin beobachtete, wie die beiden Jugendlichen zurück zu ihrem Wagen rannten und mit quietschenden Reifen wegfuhren.

»Diese blöden Kids«, fluchte Melanie, ließ das Gewehr sinken und blickte zu Landons Zimmer hoch.

Robin warf sich auf den Boden. Hatte Melanie sie gesehen?

*Scheiße.*

Sie hörte, wie die Haustür geschlossen wurde, und Melanies Schritte auf der Treppe. Vor Landons Zimmertür blieb sie stehen und klopfte. »Landon«, rief sie leise. »Landon, bist du wach?«

*Bitte geh weg. Bitte geh weg. Bitte geh weg.*

Es dauerte etliche lange Sekunden, bis Robin merkte, dass Melanie nicht mehr vor der Tür stand, und noch ein paar weitere, bis sie wieder schmerzfrei atmen und sich hochrappeln konnte. Mit weichen Knien schloss sie das Fenster und überlegte, ihre Suche fortzusetzen, entschied jedoch, dass sie ihr Glück nicht über Gebühr strapazieren sollte. Einmal beinahe erwischt reichte für eine Nacht. Sie war vielleicht nicht die beste Therapeutin der Welt, doch sie gab eine noch schlechtere Detektivin ab.

*Was zum Teufel habe ich mir dabei gedacht?*

Sie sollte lieber gar nicht denken, entschied sie, kehrte in ihr Zimmer zurück und sank auf das Bett. Als sie die Augen schloss, lief in ihrem Kopf eine Folge stummer Bilder ab: Landon, der mit wiegendem Oberkörper am Straßenrand stand; ein Motorrad, das aus der Dunkelheit auftauchte; ein wimmelndes Knäuel von Gummibändern; zwei Bleistiftzeichnungen von Cassidys lächelndem Gesicht; neugierige Teenager, die zum Haus ihres Vaters schlichen; Melanie, die sie mit einem Gewehr in der Hand verscheuchte.

Das Letzte, was Robin sah, bevor sie endlich einschlief, war eine winzige Ballerina, die inmitten von wirbelnden Schneeflocken in einer Plastikkugel gefangen war.

# KAPITEL 15

Als sie am nächsten Morgen aufwachte, war es im Haus geradezu unheimlich still: keine Schritte, kein beharrliches Schaukeln.

Es war schon nach zehn, und die Türen von Landons und Melanies Zimmer standen offen. Im Vorbeigehen warf Robin einen verstohlenen Blick hinein und bemerkte, dass Landons Bett ordentlich gemacht war, als hätte niemand darin geschlafen. War er letzte Nacht überhaupt nach Hause gekommen?

»Melanie?«, rief sie und hastete die Treppe hinunter in die Küche, wo die Abwesenheit ihrer Schwester augenfällig war. »Melanie?« Fast erwartete sie, dass ihre Schwester aus einer Ecke des Raumes hervorsprang.

In der Kaffeemaschine war noch ein Rest Kaffee, den Robin sich in eine Tasse goss und eine Minute in der Mikrowelle aufwärmte. Danach musste sie ihn erst wieder abkühlen lassen, bevor sie einen Schluck trinken konnte. Sie blickte aus dem Fenster, doch auch der Garten war leer.

*Wo sind die alle?*

Mit der Tasse in der Hand ging sie in den kleinen Abstellraum, den Alec einst als sein Zimmer übernommen hatte. »Was verbirgst du, Alec?«, fragte sie, während sie die Pritsche betrachtete, auf der er geschlafen hatte. Sie stand zusammengeklappt in einer Ecke des kleinen Zimmers, das jetzt als

Rumpelkammer für Schuhe und vergessene Haushaltsgeräte fungierte, die nie benutzt, jedoch »für alle Fälle« auch nicht weggeworfen wurden. Neben der Tür zum Garten stand ein Schrank mit Glastüren, an der gegenüberliegenden Wand eine wackelige Bank. Ein verrosteter Werkzeugkasten lag umgekippt und offen auf dem Boden, aus einem schmalen für einen Schraubenzieher vorgesehenen Schlitz ragte ein großer Zimmermannshammer, während der Schraubendreher achtlos über einer Zange lag. Robin überlegte, die Werkzeuge wieder richtig einzusortieren, ließ es dann aber doch.

Sie blickte zu den großen Pappkartons, die in einer Ecke des Raumes auf dem Fußboden standen, kniete sich daneben, griff in den ersten und zog eine Handvoll Bleistiftzeichnungen heraus, viele kaum mehr als Gekritzel, einige jedoch überraschend gut. Sie ließ sich auf ihre Fersen sinken und bewunderte eine schlichte Skizze von zwei Pferden und eine weitere von einem Mann mit Helm auf einem Motorrad. Aber die besten zeigten ein Mädchen, das sich von einem Kind in eine Jugendliche verwandelte: Cassidy.

Ihr Neffe war wirklich ein begabter Künstler, dachte Robin, legte die Bilder zurück in den Karton, dankbar, dass Melanie sie aufbewahrt hatte. Vielleicht könnte sie vorschlagen, Landon auf eine Kunstakademie zu schicken, vielleicht sogar ihre Hilfe anbieten …

*»Wir brauchen deine Hilfe nicht«*, hörte sie Melanies imaginäre Erwiderung, noch bevor sie den Gedanken beenden konnte.

Der zweite Karton war voller alter Taschenbücher: *Rosemary's Baby; … denn zum Küssen sind sie da; Shining*. Irgendjemand mochte offensichtlich Thriller. *Das war kein Verbrechen.*

Dann fiel ihr ein weiterer Titel ins Auge. *Menschenjäger – das Aufkommen des modernen Massenmörders.*

*Scheiße*, dachte sie und ließ das Buch schaudernd wieder in den Karton fallen. *Was zum Teufel hatte das zu bedeuten?*

»Das hat nichts zu bedeuten«, sagte sie laut und bemerkte einige größere Bücher, die ganz unten aus dem Stapel hervorragten. Ihr Herz schlug schneller, als sie erkannte, dass es sich um alte Highschool-Jahrbücher handelte. Hastig schob sie die Taschenbücher beiseite und zog ein halbes Dutzend in braunes Leder gebundene Alben heraus.

Sie begann mit dem neuesten – dem Jahr, in dem sie und Tara ihren Abschluss gemacht hatten. Wenn sie einen Mitschüler namens Tom gehabt hatten, würde sie ihn bestimmt auf diesen Seiten finden.

*Wenn es einen Tom gegeben hätte, würde sie sich bestimmt an ihn erinnern*, flüsterte eine nörgelnde Stimme in ihrem Kopf.

Sie blätterte die Seiten um und überflog die schwarzweißen Klassenfotos. *Da war Sandi Grant mit ihrem permanent geöffneten schwatzhaften Mund und die kleine Arlene Kessler mit ihren riesigen grünen Augen, der von Sommersprossen bedeckten Nase und der roten Lockenmähne wie die kleine Annie. Wer hätte vermutet, dass sie zu der eleganten Dr. Arla Simpson heranwachsen würde?*

*Wer hätte so manches vermutet?*, dachte Robin, fand ihr Klassenfoto und ging die gewöhnlich mürrischen Gesichter der Teenager durch, die verlegen in die Kamera lächelten: Vicki Peters mit ihrem zu kurzen Rock und dem zu engen Pulli auf einer Bank in der ersten Reihe; dahinter stehend Taylor Pritchard, deren langer Pony ihre halbgeschlossenen Augen fast völlig verdeckte; Ron McLean, so groß wie dumm; Chris

Lawrence mit einem selbstgefälligen Lächeln in seinem attraktiven Gesicht; und vorn in der Mitte Tara, so schön wie immer, den Arm um Robins Schulter gelegt.

Und da war er in der hintersten Reihe – groß, stämmig, die blonden Haare aus dem nicht ganz attraktiven Gesicht gekämmt: Tom Richards, trotz seiner Leibesfülle seltsam substanzlos. *Mein Gott, sie hatte ihn ganz vergessen.*

Selbst als sie jetzt in seine ausdruckslosen Augen starrte, fiel es Robin schwer, sich an auch nur eine Einzelheit über ihn zu erinnern. Er verblasste im Hintergrund. *Wie eine Tapete*, dachte sie, als ihr Taras ätzende Einschätzung wieder einfiel.

War es möglich, dass er und Tara irgendwann in den letzten fünf Jahren den Kontakt wiederaufgenommen hatten? Dass sie, so unwahrscheinlich es sein mochte, Freunde geworden waren? Vielleicht sogar Geliebte?

Robin ließ die Jahrbücher wieder in den Karton fallen, begrub sie unter Taschenbüchern und stemmte sich auf die Füße. Als sie die Abstellkammer verließ, wusste sie nicht recht, was sie von dieser Entdeckung halten und was sie damit anfangen sollte.

Sie fand sich unwillkürlich im Wohnzimmer wieder, das sie seit ihrer Ankunft in Red Bluff noch nicht betreten hatte. Sie ließ sich auf das grüne Samtsofa an der Wand gegenüber dem großen Panoramafenster sinken und sah im Geiste ihre Mutter auf dem Polster ruhen, die Füße auf den rechteckigen Couchtisch aus Glas und Eiche gelegt, ein Lächeln im Gesicht, eine Zeitschrift in der Hand, während sie mit einem Auge auf den großen Fernseher schaute. Es war ihre Mutter gewesen, die den Einbau des gemauerten Kamins an der gegenüberliegenden Wand angeregt und die beiden identischen rostfarbenen Sessel davor ausgesucht hatte. Sie war es auch gewesen, die auf einem privaten Trödelmarkt die beiden Landschaftsaquarelle gefunden hatte, die links und rechts neben dem Kamin hingen. *»Kannst du dir das vorstellen?«*, hatte sie ehrlich entzückt gejuchzt. *»Jemand wollte diese beide Schätze tatsächlich wegwerfen.«*

Robin lehnte den Kopf an das Polster, betrachtete die Bilder und stellte sich vor, ihre Wange eng an die Haut ihrer Mutter zu schmiegen. *»Du warst immer mein Liebling«*, hörte sie sie flüstern, und ihr Herz schwoll vor Stolz.

Am Ende hatte ihre Mutter sie kaum noch erkannt.

Robin stand auf und ging durch den Flur ins Esszimmer, dessen golden gepunktete, elfenbeinfarbene Tapete seit ihrer Kindheit unverändert war. Etliche Minuten stand sie am Kopf des langen Eichentisches, um den immer noch dieselben kastanienbraunen Lederstühle mit hoher Lehne standen. Alles war genauso, wie es gewesen war, als ihre Mutter noch gelebt hatte.

Hatte Tara versucht, etwas zu verändern?

Robin konnte sich vorstellen, dass ihre Freundin zumindest am Anfang das Andenken ihrer Mutter hatte wahren wollen. Aber nach einem oder zwei Jahren musste sie doch den Wunsch gehabt haben, ihren »eigenen Abdruck zu hinterlassen«, wie Melanie es ausgedrückt hatte.

Aber es gab nirgendwo etwas von Tara.

Genauso wenig wie in dem überdimensionierten Mausoleum nebenan. Es war beinahe so, als wäre der freie Geist, den Robin all die Jahre gekannt und geliebt hatte, komplett verschwunden, nachdem Tara Greg Davis geheiratet hatte.

Hatte die Suche nach sich selbst sie in eine Affäre getrieben? Und war es das, was sie am Ende das Leben gekostet hatte?

Robin zog ihr Handy aus der Tasche des Bademantels und rief die Auskunft an.

»Telefonauskunft. Welche Stadt wünschen Sie?«, fragte eine Stimme vom Band.

»San Francisco.«

»Suchen Sie eine Festnetznummer?«

»Ja.«

»Für welchen Namen?«

»Tom Richards.«

Ein Telefon klingelte.

Erst nach einer Weile begriff Robin, dass es nicht das Telefon in ihrer Hand, sondern das in der Küche war.

Das Krankenhaus, dachte Robin sofort, das anrief, um zu sagen, dass ihr Vater in der Nacht verstorben war. Eilig ging sie zurück in die Küche und nahm den Hörer des Telefons auf dem Tresen ab. »Hallo?«

»Hallo?«, fragte eine Frau leise. »Wer ist da?«

»Wer sind Sie?«, entgegnete Robin.

»Natürlich. Verzeihen Sie. Hier ist Sherry Loftus.«

»Wer?«

»Sherry Loftus?«, wiederholte die Frau, als wäre es eine Frage. »Von McMillan und Loftus Design in San Francisco.«

In San Francisco.

*Natürlich, das erklärte alles. Cassidy hatte erzählt, dass sie Tom Richards getroffen hatten, als sie bei dem Innenarchitekten in San Francisco gewesen waren. Er arbeitete offensichtlich für McMillan und Loftus.* »Ist bei Ihnen zufällig«, begann Robin hoffnungsvoll, »ein Tom Richards angestellt?«

»Tom Richards? Nein, hier arbeitet niemand, der so heißt.«

»Ganz sicher nicht?«

»Wirklich nicht. Wir sind keine große Firma.«

»Scheiße.«

»Verzeihung?«

»Entschuldigen Sie, ich muss Schluss …«

»Nein, warten Sie. Bitte legen Sie nicht auf«, sagte die Frau, als Robin gerade genau das tun wollte. »Es ist wichtig.«

»Was ist wichtig?«

»Es ist mir schrecklich peinlich«, sagte Sherry Loftus. »Aber … sind Sie verwandt mit Mr. Davis?«

»Ich bin seine Tochter. Robin. Was kann ich für Sie tun, Ms. Loftus?«

»Ja, nun, es ist mir unter den Umständen wie gesagt furchtbar peinlich.«

»Dann könnte es vielleicht bis zu einem weniger peinlichen Zeitpunkt warten.«

»Das kann es leider nicht«, sagte Sherry Loftus. »Es geht um den Billardtisch, den Mr. Davis bestellt hat.«

*O Gott.*

»Erlauben Sie mir zunächst, Ihnen mein Beileid auszusprechen. Wir haben gehört, was geschehen ist … Wir sind alle völlig schockiert. Wird Mr. Davis durchkommen?«

»Wir wissen es nicht.«

»So eine Tragödie. Wer könnte so etwas getan haben?«

»Das wissen wir auch nicht.«

»Und das kleine Mädchen?«

»Es sieht so aus, als würde sie wieder gesund.«

»Nun, Gott sei Dank. So ein süßes Ding, und sie hat ihren Vater vergöttert.«

»Sie sagten etwas von einem Billardtisch …«

»Ja. Ja. Er ist hier.«

»Er ist … wo?«

»In San Francisco. Er ist heute Morgen geliefert worden, drei Wochen vor dem vereinbarten Termin, was praktisch nie vorkommt. Aber Ihr Vater hat die Handwerker gebeten, sich besonders zu beeilen, und wie Sie bestimmt wissen, war er … *ist* er … verzeihen Sie … ein sehr überzeugender Mann. Und, nun ja, wir haben uns gefragt, wann wir ihn liefern können.«

»Entschuldigung?«

»Glauben Sie mir, ich verstehe, dass dies kaum der beste Zeitpunkt ist, das zu besprechen …«

»Das haben Sie richtig verstanden.«

»… aber ich fürchte, wir haben keine andere Wahl.«

»Schicken Sie das verdammte Ding einfach zurück.«

»Das geht leider nicht. Es war eine Spezialanfertigung, und alle Verkäufe sind unwiderruflich. Das war Ihrem Vater bewusst, als er die Bestellung aufgegeben hat.«

»Mein Vater liegt mit einer Kugel im Kopf im Krankenhaus.«

»Ja, und das tut mir schrecklich leid. So ein reizender Mann. Wir haben viele Stunden zusammen verbracht und jeden Aspekt der Einrichtung des neuen Hauses besprochen, die Möbel ausgesucht. Sie waren so aufgeregt, er und das kleine Mädchen …«

»Nun, dann müssen Sie sich eben irgendwas einfallen lassen … Warten Sie. Was war mit Mrs. Davis?«

»Was soll mit ihr sein?«

»Sie haben gesagt, Sie haben Stunden mit meinem Vater und Cassidy verbracht, und beide seien so aufgeregt gewesen. Was war mit Mrs. Davis? War sie auch aufgeregt?«

»Mrs. Davis habe ich eigentlich nicht sehr oft gesehen. Sie hat nur am Anfang ein paarmal reingeschaut. Danach hat sie die Dinge mehr oder weniger ihrem Mann überlassen.« Sherry Loftus räusperte sich einmal und dann noch einmal. »Was den Billardtisch betrifft … wir könnten ihn vielleicht vorübergehend einlagern. Das wird natürlich etwas kosten.«

»Gut. Machen Sie das.«

»Und dann ist da noch die Frage der Bezahlung. Der Tisch hat zehntausend Dollar gekostet.«

»Zehntausend Dollar!«

»Und es steht noch Geld aus für …«

»Hören Sie«, unterbrach Robin sie. »Ich kann mich jetzt wirklich nicht damit befassen. Dafür muss meine Schwester Sie zurückrufen.« Sie legte auf, bevor Sherry Loftus noch etwas sagen konnte, ging zur Kaffeemaschine, goss sich noch eine Tasse ein und kippte ihn kalt herunter, während sie spürte, wie die Fäuste der Angst von innen zu trommeln begannen. »Okay. Atme. Atme einfach. Verdammt noch mal.«

»Was ist los?«, fragte ihre Schwester plötzlich irgendwo hinter ihr.

Als Robin Melanies Stimme hörte, glitt ihr die Tasse aus der Hand und zerschellte auf dem Boden. »Scheiße.« Sie sank auf die Knie und sammelte mit zitternden Händen die Keramikscherben ein. »O Gott, es tut mir so leid.«

»Entspann dich. Es war ja kein Familienerbstück.«

»Ich kauf dir eine neue.«

Melanie stellte Einkaufstüten auf dem Küchentisch ab, während Landons donnernde Schritte auf der Treppe im ganzen Haus widerhallten. »Du bist heute Morgen ja reichlich angespannt«, stellte Melanie fest und begann, die Lebensmittel auszupacken und zu verstauen. »Was ist passiert?«

Robin sammelte die restlichen Scherben der zerbrochenen Tasse vom Boden auf und warf sie in den Abfalleimer unter der Spüle, bevor sie ihre Unterhaltung mit Sherry Loftus schilderte.

»Sherry!«, rief Melanie. »Das war es. Ich wusste, dass der Name mit einem S anfängt.«

»Ich denke, das ist nicht der Punkt.«

»Und was ist der Punkt?«

»Was sollen wir machen?«, fragte Robin.

»Wegen des Billardtischs?« Melanie zuckte die Achseln. »Das ist nicht mein Problem. Was noch?«

»Wie meinst du das?«

»Man braucht keinen Abschluss in Psychologie, um zu erkennen, dass dir noch etwas Sorgen macht.«

Robin atmete tief ein. Hatte irgendetwas in dem, was sie gesagt hatte, Melanie ahnen lassen, dass sie Sherry Loftus nach Tom Richards gefragt hatte? »Es ist etwas, was Sherry Loftus gesagt hat«, sagte sie stattdessen und wartete, dass Melanie sie fragte, was. Das tat sie nicht. »Sie hat gesagt, Tara hätte Dad nur ein paarmal begleitet und dann das Interesse verloren.«

»Und das stört dich, weil …«

»… du gesagt hast, Tara wäre häufig nach San Francisco gefahren …«

Das Telefon klingelte.

»Hier ist heute Morgen ja schwer was los«, meinte Melanie und nahm den Hörer ab. »Hallo?« Sie verdrehte übertrieben die Augen. »Ja, hallo, Sheriff. Wie geht's heute Morgen?« Sie klemmte den Hörer zwischen Ohr und Schulter und räumte einen Karton Milch und ein halbes Pfund Butter in den Kühlschrank. »Nein, ich habe in letzter Zeit nicht mit meinem Bruder gesprochen. Nein, er hat auch nicht angerufen.« Sie sah Robin an, die das nickend bestätigte. »Nein, ich habe keine Ahnung, wo er sein könnte. Weshalb glaubt ihr, dass er irgendwohin ist?«

»Was sagt er?«, wollte Robin wissen.

Melanie ignorierte sie. »Du hast was? Wieso das denn?«

»Was hat er getan?«

Melanie wischte Robins Frage brüsk beiseite.

Robin zog ihr Handy aus der Tasche ihres Bademantels und tippte die Nummer ihres Bruders ein. Sein Telefon klingelte viermal, dann sprang die Mailbox an.

»Hinterlassen Sie eine Nachricht«, ertönte die knappe Anweisung.

»Ruf mich an«, erwiderte Robin ebenso kurz angebunden und beendete das Telefonat, als auch Melanie auflegte. Die beiden Frauen starrten sich über den Küchentisch hinweg an.

»Was ist los?«, fragte Robin.

Melanie ließ sich auf den nächsten Stuhl sinken. »Offenbar ist unser kleiner Bruder verschwunden.«

# KAPITEL 16

»Telefonauskunft«, sagte die Stimme vom Band. »Welche Stadt wünschen Sie?«

»San Francisco.«

»Suchen Sie eine Festnetznummer?«

»Ja.«

»Für welchen Namen?«

Robin senkte die Stimme und blickte zu der geschlossenen Zimmertür. Melanie wäre nicht glücklich, wenn sie wüsste, was sie tat.

*»Was – bist du jetzt eine Detektivin? Du bist lächerlich«*, konnte sie ihre Schwester höhnen hören.

»Tom Richards«, sagte Robin deutlich in ihr Handy.

Vielleicht war sie wirklich lächerlich. Aber offensichtlich hielt der Sheriff Alec für den Hauptverdächtigen bei dem Überfall, und ihr Bruder diente seiner eigenen Sache nicht, indem er ohne ein Wort zu irgendjemandem einfach sonst wohin verschwunden war. Wenn sie bestätigen konnte, dass Tara Kontakt mit einem Mann aus ihrer Vergangenheit gehabt hatte, würde das den Verdacht vielleicht teilweise von Alec ablenken, und da sie mindestens noch ein paar weitere Tage in diesem Höllenloch feststecken würde, konnte sie sich genauso gut nützlich machen.

»Für welche Adresse?«, fragte die Stimme vom Band.

*Scheiße.* »Ich habe keine Ahnung.«

»Ich verbinde Sie mit dem nächsten freien Mitarbeiter. Bitte warten Sie.«

Kurz darauf war statt der Stimme vom Band ein echter Mensch in der Leitung, der Robin darüber informierte, dass es in der Bay Area drei Teilnehmer namens Tom Richards gab. Robin notierte ihre Telefonnummern und rief dann alle drei an.

Der erste Tom Richards war mindestens achtzig Jahre alt und halb taub, sodass die Unterhaltung hauptsächlich aus den Worten »Verzeihung« (ihres) und »Was?« (seins) bestand. Der zweite Tom Richards lebte seit seiner Geburt in San Francisco und war noch nie in Red Bluff gewesen. Sie wollte gerade den dritten Tom Richards anrufen, als sie die Stimme ihrer Schwester hörte.

»Robin«, rief Melanie aus dem Flur. »Was machst du da drinnen? Ich dachte, du wolltest zum Krankenhaus fahren.«

»Ich bin in zwei Minuten fertig.«

Robin wartete, bis sie hörte, dass Melanie den Flur hinuntergegangen war, bevor sie den letzten Anruf machte. Nach dem sechsten Klingeln wurde abgenommen, als sie gerade wieder auflegen wollte.

»Hallo«, rief eine Frau, als sei sie von draußen ins Haus gerannt.

»Hallo«, sagte Robin. »Entschuldigen Sie die Störung. Mein Name ist Robin Davis, und ich habe mich gefragt, ob …«

»Einen Moment«, sagte die Frau. »Tom, warte eine Sekunde. Ich muss mit dir reden, bevor du gehst.«

»Eigentlich hatte ich gehofft, Tom zu erreichen«, sagte Robin rasch.

»Sie wollen mit Tom sprechen?« Die Frau klang überrascht. »Darf ich fragen, weshalb?«

»Es ist eine lange Geschichte. Bitte, wenn ich ihn einfach kurz sprechen könnte. Es ist sehr wichtig.«

»Eine Frau möchte mit dir reden«, sagte die Frau. »Was hast du angestellt?«

Robin vernahm Geraschel, als der Hörer von einer Hand zu anderen weitergereicht wurde.

»Hallo?«, meldete sich kurz darauf eine Kinderstimme.

»Oh, tut mir leid«, entschuldigte Robin sich sofort. »Es muss wohl dein Vater sein, den ich suche … Ist er da?«

»Sie möchte mit Daddy sprechen«, erklärte der Junge seiner Mutter.

»Ist in Ordnung, Schätzchen«, sagte die Frau, als sie wieder in der Leitung war. »Du kannst gehen. Sag Jasons Mutter, dass ich sie später anrufe. Und pass auf, wenn du über die Straße gehst. Hallo«, sagte sie in den Hörer. »Was sagten Sie, wer Sie sind?«

»Robin Davis. Aus Red Bluff. Ich versuche, einen alten Klassenkameraden namens Tom Richards zu erreichen. Ist das zufälligerweise Ihr Mann?«

Es entstand eine lange Pause. Robin konnte ihr Herz pochen hören. Sie fragte sich, ob die Frau noch in der Leitung war.

»Mein Mann ist tot«, sagte die Frau dann. »Er ist vor zwei Jahren gestorben. Leukämie.«

»Oh, mein Gott. Das tut mir schrecklich leid.«

»Wir sind seit Jahren nicht mehr in Red Bluff gewesen. Wollten Sie ihn wegen etwas Bestimmtem sprechen?«

»Nein. Nein«, stotterte Robin. »Ich habe nur gerade ein paar alte Highschool-Jahrbücher durchgeblättert und gedacht, ich …« Sie hatte offenkundig keine Ahnung, was sie sich gedacht hatte. »Tut mir leid, dass ich Sie gestört habe.«

Die Frau legte auf, ohne sich zu verabschieden.

»Scheiße.« Sie hatte es geschafft, ihren alten Klassenkameraden aufzuspüren, nur um herauszufinden, dass er seit zwei Jahren tot war. Und das bedeutete was? Dass jemand sich seinen Namen geborgt hatte? Dass dieser Jemand Alec war? Dass er und Tara …? Sie brachte es nicht über sich, den Gedanken zu Ende zu denken. »Scheiße.«

»Was fluchst du denn da drinnen so?«, fragte Melanie aus dem Flur. »Was ist jetzt wieder das Problem?«

Robin schob das Handy in ihre Jeanstasche und machte die Tür auf. »Gar nichts. Fahren wir.«

Als sie im Krankenhaus eintrafen, wurden sie vom Sheriff erwartet.

»Sieh an, sieh an«, sagte Melanie so steif, wie sie sich bewegte. »Was für eine Überraschung.«

»Die Damen«, sagte Prescott und tippte an seinen Hut. »Ich hatte gehofft, dass wir uns über den Weg laufen.«

»Ist irgendwas passiert?«, fragte Robin.

»Es gibt ein paar Dinge, die ich mit euch besprechen muss«, antwortete er. »Ist Landon hier?«

»Siehst du ihn irgendwo?« Melanies Stimme war kälter als der Rest Kaffee am Morgen.

»Er ist zu Hause«, sagte Robin. War er das? Oder war er mit im Wind wehenden, langen Haaren auf dem Sitz eines Motorrads unterwegs? Sie hätte Melanie gern danach gefragt, was sie in der vergangenen Nacht beobachtet hatte, wollte den brüchigen Frieden zwischen ihnen aber nicht unterminieren. »Haben Sie mit Alec gesprochen?«, fragte sie stattdessen den Sheriff.

»Noch nicht. Vielleicht könnten wir uns setzen …« Er wies auf eine Sitzecke mit einer Gruppe hellbrauner Lederstühle und einem langen braunen Sofa.

»Wenn du nichts dagegen hast«, erwiderte Melanie, »sind wir hier, um unseren Vater zu sehen.«

»Kein Problem«, antwortete Prescott ruhig. »Wann immer ihr so weit seid. Ich warte hier.«

Melanie verengte die Augen zu einem harten Starren, fuhr auf dem Absatz herum und marschierte, gefolgt von Robin, Richtung Ostflügel. Wenige Minuten später standen die Schwestern neben dem Bett ihres Vaters. »Er sieht heute ein bisschen grau aus«, bemerkte Melanie leidenschaftslos, als würde sie über die Farbe der Wände sprechen. »Es wird wohl nicht mehr lange dauern.«

»Hi, Daddy«, flüsterte Robin. In ihren Augen standen mal wieder Tränen.

»Sag mir nicht, dass du schon wieder anfängst zu heulen.«

Robin schüttelte den Kopf, ebenso verwirrt von ihren Tränen wie ihre Schwester.

»Gute Neuigkeiten, Dad«, verkündete Melanie und klopfte auf die Bettreling. »Dein Billardtisch ist angekommen. Hast du einen Vorschlag, was wir damit machen sollen?« Sie wartete ein paar Sekunden. »Nicht? Das habe ich auch nicht erwartet. Du warst schon immer besser darin, Probleme zu schaffen, als sie zu lösen.«

Robin starrte auf den komatösen Mann, der ihr Vater war. Sein Teint verblasste; seine Gesichtsfarbe hatte einen aschgrauen Ton angenommen, der im Kontrast mit dem weißen Verband um seinen Kopf und der bis zu seinem Kinn gezogenen Decke noch blasser wirkte. Seit sie ihn zum letzten Mal gesehen hatte, schien er geschrumpft zu sein, aber vielleicht bildete sie sich das auch nur ein. *Irgendjemand hat dich endlich auf Normalmaß gestutzt*, dachte sie und wandte sich ab. *Lieber Gott, lass nicht Alec dieser Jemand sein.*

»Wohin gehst du?«, fragte Melanie.

»Hierbleiben kommt mir ziemlich sinnlos vor. Wir können genauso gut mit dem Sheriff reden und es hinter uns bringen. Kommst du?«

»Nein. Ich glaube, ich bleibe noch ein bisschen bei Dad.« Melanie setzte sich auf einen Stuhl, streckte die Beine aus und verschränkte die Arme, um ihre Entschlossenheit zu unterstreichen.

»Was soll ich Prescott erzählen?«

»Erzähl ihm, was du willst.«

Robin wusste, dass Widerspruch zwecklos war. »Auf Wiedersehen, Dad«, flüsterte sie auf dem Weg hinaus.

Sheriff Prescott stand auf, sobald er sie kommen sah. »Ich nehme an, Ihre Schwester hat darauf verzichtet, uns Gesellschaft zu leisten.« Er machte Robin ein Zeichen, Platz zu nehmen, und griff dann nach einem großen Umschlag, der neben ihm lag. Er zog zwei Fotos heraus und gab sie Robin.

»Was ist das?« Sie betrachtete die Abzüge und begriff, dass der rote Chevy Malibu auf beiden Bildern – auf dem einen neben der Zapfsäule einer Shell-Tankstelle, auf dem anderen beim Passieren einer Mautstation auf dem Highway – Alec gehörte.

»Erkennen Sie den Wagen?«

»Mein Bruder ist garantiert nicht der einzige Mensch auf der Welt, der einen roten Chevy fährt.«

»Es sind seine Nummernschilder«, sagte der Sheriff.

»Okay. Also ist es sein Wagen.«

»Erkennen Sie die Tankstelle?«

»Sollte ich?«

»Sie ist etwa eine Meile von hier entfernt. Und diese Mautstation«, sagte er und zeigte auf das zweite Bild, »liegt auf halber Strecke von hier nach San Francisco. Wollen Sie wissen, wann die Aufnahmen gemacht wurden?«

*Eigentlich nicht*, dachte Robin, während Prescott die Fotos zurück in den Umschlag schob.

»Die erste wurde am Abend vor dem Überfall gemacht, die zweite gegen zwei Uhr am nächsten Morgen. Um zwei Uhr achtzehn, um genau zu sein. Das würde darauf hindeuten, dass Ihr Bruder in Red Bluff war, als die Schüsse abgegeben wurden.«

»Wollen Sie andeuten, dass Alec der Schütze war?«, fragte Robin und sprang auf. »Das ist verrückt.« *War es das?* »Alec würde niemals auf jemanden schießen. Er hat Tara geliebt.« *Wie oft konnte sie das wohl noch sagen?*

»Sie hat ihm ziemlich übel mitgespielt.«

»Das ist mehr als fünf Jahre her.«

»Manche Menschen können einen Groll sehr lange hegen.«

»Er hat sie noch immer geliebt«, beharrte Robin. *Trotz allem, was sie getan hat. Auch nach all der Zeit.*

»Mag sein. Aber er hat Ihren Vater gehasst.«

»Viele Menschen haben meinen Vater gehasst. Unter anderem ich.«

»Ja. Aber Sie waren in der fraglichen Nacht nicht in Red Bluff, Ihr Bruder hingegen allem Anschein nach schon.«

»Mein Bruder ist nicht in der Lage, irgendjemandem etwas anzutun, schon gar nicht einem zwölfjährigen Mädchen. Welches Motiv sollte er gehabt haben, auf Cassidy zu schießen?«

»Vielleicht hat er das gar nicht getan. Es gab schließlich einen zweiten Schützen. Erinnern Sie sich?«

»Von dem Sie vermuten, es könnte Landon gewesen sein«, sagte Robin, erstaunt über die Wut in ihrer Stimme. Hegte sie nicht den gleichen Verdacht? Argwöhnte sie nicht zumindest ganz leise, dass ihre eigene Schwester beteiligt gewesen sein könnte? »Sie glauben, die beiden haben es zusammen getan.« Eher eine Feststellung als eine Frage.

»Ich darf die Möglichkeit nicht ausschließen.«

»Mein Bruder hatte nichts mit der Tat zu tun«, wiederholte Robin, doch das leichte Zittern in ihrer Stimme strafte die Gewissheit ihrer Worte Lügen.

»Was hat er dann hier gewollt und warum ist er geflohen?«

»Wer sagt, dass er geflohen ist?«

»Setzen Sie sich doch wieder«, schlug Prescott sanft vor und wartete, bis Robin wieder ihre vorherige Position eingenommen hatte, bevor er fortfuhr. »Nach Erhalt dieser Fotos habe ich mich mit der Polizei in San Francisco in Verbindung gesetzt«, erklärte er. »Ich habe die Kollegen gebeten, mit Ihrem Bruder zu sprechen. Sie sind zu seiner Wohnung gefahren. Er war nicht da. Zur Arbeit war er auch nicht erschienen. Sein Wagen war weg. Niemand hat ihn gesehen.« Prescott senkte das Kinn und hob den Blick. »Sie haben ihm gegenüber nicht zufällig erwähnt, dass ich nach seinem Wagen gefragt habe, oder?«

*Scheiße.*

»Hören Sie«, sagte Prescott. »Ich sage nicht, dass Ihr Bruder schuldig ist …«

»Was sagen Sie denn?«

»Dass ich gern mit ihm reden würde, mehr nicht. Also wenn Sie von ihm hören *sollten* …«

»… sage ich ihm, dass Sie mit ihm reden wollen«, erklärte Robin, während sich vor ihren Augen wegen plötzlichen

Sauerstoffmangels alles drehte. »Jetzt bin ich an der Reihe, *Ihnen* ein paar Fragen zu stellen.«

»Legen Sie los.«

»Haben Sie mit Dylan Campbell gesprochen?«

»Er ist gleich heute Morgen persönlich auf der Wache vorstellig geworden.«

»Der großspurige Mistkerl. Und?«

»Er sagt, am Abend des Überfalls war er in Las Vegas. Er hat uns eine Hotelrechnung präsentiert und behauptet, er hätte am Spieltisch eine kleine Glückssträhne gehabt. Wir warten noch auf die Bestätigung durch die Überwachungsvideos. Die sollten bis heute Abend da sein.«

*Scheiße.* »Und Donny Warren?«

»Ich habe mit ihm gesprochen.«

»Und?«

»Er sagt, er habe Tara flüchtig gekannt, doch sie hätten definitiv keine Affäre gehabt.«

»Glauben Sie ihm?«

»Ich bin mir nicht sicher.«

»Hat er ein Alibi für die Nacht?«

»Er sagt, er wäre zu Hause gewesen und hätte geschlafen. Allein.«

»Also hat er *kein* Alibi«, stellte Robin klar.

»Und auch kein Motiv«, sagte Prescott.

»Von dem wir wissen.«

»Von dem wir wissen«, stimmte Prescott ihr zu.

Robin überlegte, Sheriff Prescott zu erzählen, was sie in der vergangenen Nacht beobachtet hatte. Landon, der nach Mitternacht aus dem Haus geschlichen und auf dem Rücksitz eines Motorrads in der Nacht verschwunden war. Das konnte den Verdacht von Alec ablenken.

»Alles okay mit Ihnen?«, fragte der Sheriff. »Ihr Gesicht ist irgendwie …«

*Zerknittert*, dachte Robin und presste die Hände auf ihre Wangen, um jede Gefühlsregung aus ihrem Gesicht zu wischen. *Verdammt.* »Alles in Ordnung.«

»Gibt es noch etwas, das Sie mir erzählen möchten?«, fragte der Sheriff nach einem längeren Schweigen.

Noch einmal überlegte Robin, dem Sheriff von der vergangenen Nacht zu berichten. Aber die Loyalität zu ihrer Familie siegte, auch wenn sie sich ihr entfremdet fühlte. »Nein«, sagte sie schließlich. »Nichts.«

»Cassidy scheint gute Fortschritte zu machen«, sagte Robin auf der Heimfahrt zu ihrer Schwester. »Der Arzt sagt, wenn sich ihr Zustand weiter so zügig verbessert, könnte sie Ende der Woche vielleicht entlassen werden.«

»Was die Frage aufwirft … wohin sie eigentlich will«, meinte Melanie. »Ich weiß, dass ich gesagt habe, sie könne zu mir kommen, aber damit habe ich nicht gemeint für immer. Ich hab schon genug auf dem Zettel.«

Robin dachte einen Moment darüber nach. Melanies Sicht war durchaus nachvollziehbar. Und Cassidy selbst hatte gestanden, dass sie Angst vor Landon hatte, den der Sheriff verdächtigte, an dem Überfall beteiligt gewesen zu sein. Wo würde das Kind am Ende landen? Das Luxusgewölbe ihres neuen Zuhauses war ein Tatort, ihre Mutter war tot, ihr Stiefvater lag im Koma. Mit ihrem wiederaufgetauchten leiblichen Vater wollte sie nichts zu tun haben. Und ihre Großeltern waren weiß der Himmel wo. Blieb nur ein Heim oder eine Pflegefamilie.

*Oder ich*, dachte Robin. War sie wirklich darauf vorbereitet, Taras Tochter mit nach Los Angeles zu nehmen und mit ihr zusammenzuleben? Was würde Blake *davon* halten? »Hör mal. Da ist etwas, worüber ich mit dir reden muss. Es geht um Landon.«

»Was ist mit ihm?«

»Ich habe ihn gesehen. Gestern Nacht.«

Melanie spannte die Schultern an, bog um eine Ecke, bremste abrupt am Straßenrand, stellte den Motor ab und sah ihre Schwester frontal an. »Was genau hast du gesehen?«

»Ich habe gesehen, wie er die Treppe hinuntergegangen ist und das Haus verlassen hat. Ich bin ihm gefolgt. Meinst du, wir könnten die Klimaanlage anlassen? Es ist so heiß …«

»Du bist ihm gefolgt«, wiederholte Melanie, ohne ihre Bitte zu beachten.

»Es war nach Mitternacht. Ich habe mir Sorgen gemacht …«

»Du warst *neugierig*«, korrigierte Melanie sie. »Das ist etwas anderes.«

Robin erzählte ihrer Schwester, wie Landon am Straßenrand gewartet hatte und von einem Motorrad abgeholt worden war, und beobachtete, wie Melanie die Fäuste im Schoß ballte. »Hilf mir weiter, Melanie. Ich versuche es zu verstehen.«

»Ach, du versuchst zu verstehen. Dein Verständnis wird meinen Sohn noch hinter Gitter bringen. Der Sheriff war garantiert außerordentlich begierig, davon zu erfahren.«

»Ich habe es ihm nicht erzählt.«

»Nicht?« Melanie wirkte kurz erleichtert. »Nun, das ist immerhin etwas, würde ich sagen. Vielen Dank.« Sie ließ den Wagen wieder an und fuhr so ruckartig an, dass Robin trotz angelegten Sicherheitsgurts beinahe mit dem Kopf gegen die Windschutzscheibe geprallt wäre. Auf der restlichen Heimfahrt sagte keine von beiden mehr ein Wort. »Wer zum

Teufel ist das?«, fragte Melanie, als sie in die Larie Lane bogen.

Robin sah den neuen weißen Lexus, der in der Einfahrt ihrer Schwester parkte. Ihr Blick schweifte zu dem Mann, der danebenstand und ihnen nervös entgegenblickte. »Oh mein Gott.«

»Kennst du diese Person?«, fragte Melanie.

»Ich fasse es nicht«, sagte Robin und erkannte den Klang ihrer eigenen Stimme kaum wieder. »Das ist Blake.«

# KAPITEL 17

Sie konnte nicht aufhören, ihn anzuschauen.

Sie gingen die Straße hinunter, denselben Weg, den sie am Tag zuvor mit ihrer Schwester genommen hatte, und alle paar Sekunden sah Robin ihn verstohlen von der Seite an, nur um sich zu vergewissern, dass er wirklich da war und kein Gespinst ihrer überbordenden Einbildungskraft.

Sie hatten erst ein paar Sätze gewechselt, seit er aus dem Auto gestiegen war. Sie hatte sich in seine Arme stürzen und sein hübsches Gesicht mit Küssen bedecken wollen, doch irgendetwas an der Starrheit seiner Pose, seinem verbissenen Kinn und unergründlichen Blick hatte sie gehindert und gewarnt, Abstand zu halten. »Gott sei Dank, dass du hier bist«, hatte sie laut rufen wollen, aber gesagt hatte sie: »Was machst du hier?« Dabei hatte sie Blake ungelenk umarmt, und sein Kuss landete statt auf ihrem Mund seitlich in ihrem Haar.

»Musst du das wirklich fragen?«

»Ich nehme an, das ist der Verlobte«, sagte Melanie und ging, ohne darauf zu warten, vorgestellt zu werden, an ihnen vorbei zur Haustür.

»Freut mich, Sie kennenzulernen«, rief Blake ihr nach.

»Wann bist du angekommen?«

Er blickte auf seine Uhr. »Vor ungefähr einer halben Stunde. Ich habe geklopft, aber es hat niemand aufgemacht. Ich habe überlegt, ins Krankenhaus zu fahren, mir aber gedacht, dass ich genauso gut hier warten kann.«

Robin blickte zu Landons Zimmer hoch und sah, wie der Junge aus seinem Fenster auf sie herabstarrte. »Dann musst du in der Hitze ja ganz schön durchgebacken sein.«

»Schon okay, es ist nur ein bisschen schwül. Wie geht es deinem Vater?«

»Nicht gut.«

»Das tut mir leid.«

»Aber Cassidy scheint zu Kräften zu kommen, das ist also immerhin etwas.« Robin blickte zu dem von gelbem Polizeiband eingezäunten Haus ihres Vaters. »Das ist das Haus …«

»Dachte ich mir.«

»Tut mir leid. Es ist wohl ziemlich offensichtlich.« *Genauso wie die Distanz zwischen uns*, dachte Robin.

»Du musst dich nicht entschuldigen.«

*Seit wann waren sie so steif und förmlich miteinander?* Robin spürte Schweißtropfen in ihrem Nacken, während Blake nicht so wirkte, als sei ihm irgendwie unbehaglich. In seiner Khakihose und dem frischen blauen Hemd sah er so cool aus wie immer.

»Und wie hältst du so durch?«

»Ich? Mir geht es gut.«

»Du siehst erschöpft aus.«

Sofort fuhr Robin sich mit der Hand durchs Haar, als wären ihre widerspenstigen Locken die Ursache ihrer Erschöpfung. »Hast du Durst? Möchtest du was Kaltes trinken?«

»Nein, alles okay. Ich würde lieber ein Stück spazieren gehen und mir die Beine vertreten, wenn du nichts dagegenhast.«

»Ein Spaziergang klingt gut.«

Robin machte sich auf den Weg die lange Auffahrt hinunter,

Blake schloss zu ihr auf und ging neben ihr. Sie sehnte sich danach, seine Hand zu fassen und ihn zu umarmen, begnügte sich jedoch damit, im Gehen hin und wieder seinen Handrücken zu streifen. *Wir könnten genauso gut zwei Fremde sein*, dachte sie.

Und vielleicht waren sie das ja auch.

»Du wirkst schockiert darüber, dass ich hier bin«, sagte er nach ein paar Minuten verlegenem Schweigen.

»Das bin ich wohl auch.«

»Warum bist du so überrascht?«

Die Frage erwischte sie unvorbereitet. *Vielleicht weil wir seit Tagen nicht miteinander gesprochen haben. Vielleicht weil du auf keine meiner Nachrichten reagiert hast.* »Vielleicht weil du mir nicht gesagt hast, dass du kommst«, entschied sie sich für die sicherste Variante.

»Du hast mir auch nicht gesagt, dass du wegfährst«, entgegnete er.

»Was?« *Warum kam er jetzt damit?* »Ich habe deine Kanzlei angerufen«, erinnerte sie ihn.

»Und du hast eine Nachricht bei meiner Assistentin hinterlassen, dass du wegen eines familiären Notfalls nach Hause fahren müsstest.«

»Und so war es.«

»Es ist aber auch ein wenig untertrieben, findest du nicht?«

»Ja, okay. Aber da wusste ich im Grunde noch gar nicht genau, was los war, und ich wollte dich nicht beunruhigen …«

»Das heißt, du hast tatsächlich an mich gedacht?«

»Na ja, nein, ich habe wahrscheinlich gar nicht gedacht.« *Was ist hier los? Warum führen wir diese Diskussion? Warum fühlt es sich an, als müsste ich mich verteidigen?* »Okay. Hör zu. Vielleicht hätte ich darauf bestehen sollen, mit dir persönlich zu sprechen, bevor ich aufbreche. Es tut mir leid, wenn ich deine Gefühle verletzt habe, aber wir haben seitdem doch ein paarmal miteinander gesprochen und …«

»Du glaubst, es ging um verletzte Gefühle?«, unterbrach er sie.

»Um ehrlich zu sein, weiß ich nicht, worum es geht.« Sie blieb stehen, als sie merkte, dass Blake nicht mehr neben ihr ging. Sie drehte sich um und sah, dass er ein paar Schritte hinter ihr stehen geblieben war. »Was ist los?«, fragte sie und kehrte an seine Seite zurück.

»Sag du es mir.«

*Im Ernst?* »Nun, Tara ist tot, das Leben meines Vaters hängt am seidenen Faden. Der Wagen meines Bruders wurde in der Nacht des Überfalls in Red Bluff fotografiert, und er selbst scheint vom Erdboden verschwunden zu sein. Der Sheriff hält ihn offensichtlich für einen Verdächtigen, zusammen mit meinem Neffen und möglicherweise auch meiner Schwester. Dann gibt es noch einen Typen namens Donny Warren, der vielleicht eine Affäre mit Tara hatte oder auch nicht und …«

»Alles sehr interessant, aber das habe ich nicht gemeint, und das weißt du auch.«

»Ich verstehe nicht recht …«

»Ich auch nicht.«

»Sag mir, was du nicht verstehst«, schlug Robin einen konzilianteren Ton an und stellte sich vor, wie sie sich, den Stift über ihrem Notizblock gezückt, auf ihrem Bürostuhl zurücklehnte und ihren Klienten mit einem schüchternen Lächeln ermutigte.

Blake stellte sich offenbar das Gleiche vor und schüttelte den Kopf. »Du machst es schon wieder.«

»Was mache ich?«

»Jedes Mal wenn ich versuche, ein ernstes Gespräch mit dir zu führen, verwandelst du dich in eine Therapeutin.«

»Ich *bin* eine Therapeutin.«

»Du bist auch meine Verlobte. Wir sollten auf derselben Ebene sein. Wir sollten uns gegenseitig Dinge erzählen und füreinander da sein. Warum schließt du mich aus?«

»Ich schließe dich nicht aus.«

»Und ob du mich ausschließt.«

»Du warst sehr beschäftigt mit deiner Arbeit, mit Meetings …« *Mit deiner neuen Assistentin.*

»Willst du behaupten, es wäre meine Schuld?«

»Ich sage nicht, dass irgendjemand Schuld hat. Ich weiß nicht mal genau, wovon du redest.«

»Ich rede über uns. Ich rede über die Tatsache, dass sich zwischen uns etwas verändert hat, und ich weiß nicht, was und warum.«

»Mein Vater ist niedergeschossen worden. Meine beste Freundin ist tot.« *Du vögelst deine Assistentin.*

»Du hast keine Freundinnen«, sagte er. »Du hast seit sechs Jahren nicht mit deiner ›besten Freundin‹ gesprochen. Sobald dir jemand zu nahe kommt, stößt du ihn weg.«

»Warte. Moment mal. *Du* warst derjenige, der *mich* nicht zurückgerufen hat.«

»Weil wir nie irgendwas sagen«, entgegnete Blake. »›*Hallo? Wie geht's? Mir geht es gut. Und dir?*‹ Was ist verdammt noch mal los, Robin? Dein Leben wird auf den Kopf gestellt, und du schließt mich komplett aus. Womit habe ich das verdient? Wann bin ich der Feind geworden?«

»Du bist nicht mein Feind. Und ich schließe dich nicht aus.«

»Willst du wissen, warum ich dir nicht erzählt habe, dass

ich komme? Weil du gesagt hättest, ich bräuchte mir nicht die Mühe zu machen. Dir ginge es *gut*. Und vielleicht *geht* es dir auch gut. Aber *uns* nicht.«

*O Gott. Führten sie diese Diskussion tatsächlich? Jetzt?*

»Soll das heißen, dass du unsere Verlobung lösen willst?«

Blake wirkte perplex. »Nein. Natürlich will ich unsere Verlobung nicht lösen. Willst *du* das?«

»Nein, das will ich nicht.«

»Was *willst* du?«

»Ich will *dich*.«

»Nun, ich bin hier. Und ich bin die ganze Nacht durchgefahren, um hier zu sein. Verdammt, Robin. Ich stehe direkt vor dir.«

Die ersten Töne von Beethovens Fünfter Sinfonie drangen aus Blakes Seitentasche. »Mist. Tut mir leid«, sagte er, zog sein Handy heraus und blickte auf das Display. »Es ist die Kanzlei.«

»Dann gehst du wohl lieber dran.«

Blake wandte sich ab und senkte die Stimme. »Kelly, was ist?«

Robin ging weiter; die Sonne brannte auf ihrem Kopf wie heißes flüssiges Gold. Sie transpirierte heftig. *Ich wette, Kelly schwitzt nie*, dachte sie. *Ich wette, ihr perfekt glattes blondes Haar kräuselt sich bei Feuchtigkeit nie unkontrollierbar. Ich wette, wenn Blake mit den Händen hindurchstreicht, fühlt es sich weich und seidig an und nicht wie eine Rolle Stahlwolle.*

»Tut mir leid«, sagte Blake, steckte sein Handy wieder in die Tasche und beeilte sich, sie einzuholen.

»Wie lange schläfst du schon mit deiner Assistentin?«, platzte Robin heraus, bevor sie sich bremsen konnte.

»Was?!«

»Bitte beantworten Sie meine Frage, Herr Anwalt.«

»Du glaubst, Kelly und ich schlafen miteinander?«

»Etwa nicht?«

»Nein. *Nein*«, wiederholte er. »Wie um alles in der Welt kommst du darauf?«

»Kelly ist ein hübsches Mädchen.«

»Na und? L. A. ist voller hübscher Mädchen.«

»Und du könntest jedes haben.«

»Es gibt nur ein Mädchen, das ich will. *Dich*.«

»Wir haben seit Wochen nicht miteinander geschlafen. Du musst ja immer bis spät arbeiten.«

»Es war in letzter Zeit wirklich irrsinnig viel zu tun in der Kanzlei, und du schläfst immer schon, wenn ich nach Hause komme.«

»Weil du nie vor Mitternacht nach Hause kommst.«

»Ich weiß, ich habe eine Menge Überstunden gemacht. Ich versuche, zum Partner ernannt zu werden.« Blakes Hände flatterten ziellos durch die Luft. »Vielleicht war ich nicht so aufmerksam, wie ich hätte sein sollen. Ich war sehr beschäftigt, und das tut mir leid. Aber ich habe keine Affäre mit meiner Assistentin. Ich habe keine Affäre mit irgendjemandem.« Er zögerte. »Ich bin nicht dein Vater, Robin.«

*Scheiße.*

»Du musst aufhören, sein Gesicht auf meins zu projizieren.«

»Wer klingt jetzt wie ein Therapeut?«

»Ich sage ja bloß ...«

»Ich weiß, was du sagst, und es ist voll daneben.«

»Ach ja?«

»Ich bin kein kleines Mädchen mit einem Vaterkomplex.«

»Niemand hat gesagt, dass du ein dummes kleines Mädchen bist.«

»Wirklich? Was sagst du denn?«

»Ich sage dir, dass ich dich nie betrügen würde.«

»*Alle Männer gehen fremd*«, hörte sie Tara sagen.

»Du musst mir vertrauen.«

»Okay.«

»Okay?«, wiederholte Blake. »Was soll das heißen?«

Robin blickte zu Boden, seine Worte kreisten in ihrem Kopf wie ein Schwarm hungriger Bienen. »Ich weiß nicht.«

Sie hörte ein Grollen in der Ferne, das sie zunächst für Donner hielt. Schön wär's, dachte sie. Donner bedeutete Regen. Und ein wenig Regen würde alles abkühlen und Gelegenheit bieten, zu Atem zu kommen. Erst als das Dröhnen näher kam, erkannte sie es als das Motorengeräusch eines Motorrads.

Die schwere Maschine bremste ab, als sie vorbeifuhr. *Dieselbe, die Landon in der Nacht abgeholt hatte?* Der Fahrer trug keinen Helm, sodass Robin einen flüchtigen Blick auf sein tief gebräuntes Gesicht, sein sandfarbenes Haar und seine dunklen, tiefliegenden Augen erhaschte. Die zum Lenker ausgestreckten und unter einer ärmellosen Lederweste nackten Arme waren muskulös. Im nächsten Moment beschleunigte der Fahrer und verschwand mit seinem Motorrad die Straße hinunter.

»Kennst du den Typen?«, fragte Blake.

Robin schüttelte den Kopf. »Wir sollten umkehren.« Sie drehte sich um und hastete die Straße hinunter, dicht gefolgt von Blake.

Der Mann und seine Harley waren nirgends zu sehen, als sie die Einfahrt ihrer Schwester erreichten.

Sie blieben etliche Sekunden schweigend stehen. Robin war sich bewusst, dass Landon vom Fenster seines Zimmers auf sie herabstarrte.

»Willst du, dass ich wieder fahre?«

»Ich möchte, dass du tust, was deinem Gefühl nach das Richtige ist.«

»Verdammt, Robin. Ich frage dich, was *du* willst.«

Robin starrte in Blakes Gesicht und sah in dem Schatten, der über seine Augen fiel, das Spiegelbild ihres Vaters. Es bedurfte all ihrer Entschlossenheit, das Bild beiseitezuschieben, obwohl sie spürte, dass es weiter am Rande ihres Gesichtsfelds schwebte. »Ich will, dass du bleibst.«

# KAPITEL 18

Am nächsten Morgen brachen sie schon vor zehn zum Krankenhaus auf.

»Da sieht aber jemand glücklich aus«, bemerkte Melanie, als sie hinten in Blakes Wagen einstieg. »Ich nehme an, ihr beiden habt gut geschlafen.«

»Haben wir«, sagte Robin und legte auf dem Beifahrersitz lächelnd den Sicherheitsgurt an.

»War das Bett auch groß genug für euch zwei?«

»Wir haben es hingekriegt«, sagte Blake.

»Hoffentlich habt ihr es auch leise hingekriegt. Jungs im Teenageralter sind sehr beeindruckbar, wie du bestimmt noch weißt.«

»Ich glaube, wir waren ziemlich leise«, sagte Blake locker. »Oder nicht, Robin?«

Robin lächelte. In Wahrheit waren sie sofort eingeschlafen. Sie waren beide total erschöpft gewesen, Blake von der langen Fahrt, Robin von den Ereignissen des Tages, beide davon, einigermaßen elegant die Fußangeln zu umgehen, die Melanie permanent vor ihren Füßen auslegte. Sie hatten ein paar zärtliche Küsse und zögernde Liebkosungen ausgetauscht, bevor sie von einer Mischung aus Müdigkeit und dem hartnäckigen Geschaukel nebenan überwältigt worden waren. Robin hatte in dem behaglichen Kokon von Blakes Umarmung gelegen und seinen gleichmäßigen Herzschlag an ihrem Rücken gespürt.

*»Ich bin nicht dein Vater«*, hatte er ihr erklärt. *»Du musst aufhören, sein Gesicht auf meins zu projizieren. Du musst mir vertrauen.«*

Er hatte natürlich recht.

Aber das war schwer. Dafür müsste sie das Einzige loslassen, was sie noch mit ihrem Vater verband, ihren unerbittlichen Zugriff auf die Vergangenheit lösen. Konnte sie das?

Wollte sie das?

So destruktiv sie auch sein mochten, hatten vertraute Muster auch etwas Tröstendes. Als Therapeutin wusste sie, dass das Bemühen, sich zu verändern und von tief verwurzelten Angewohnheiten zu befreien, oft von einem Gegeninstinkt konterkariert wurde, einem Bedürfnis, sich »zurückzuverwandeln« und Zuflucht darin zu suchen, wie es gewesen war.

*Die Vergangenheit ist immer bei uns.*

Musste das so sein?

Sie erwachte von der Berührung von Blakes Lippen, die ihre Schultern streiften, während seine Hände von hinten ihre Brüste fassten. *Träumte sie?* Sekunden später hob er ihr Nachthemd und drang sanft in sie ein, sein Gesicht an ihrem Nacken vergraben. Unbewusst wiegten sie ihre Körper sanft im Rhythmus des Schaukelns aus dem Nebenzimmer. *Wenn das ein Traum ist*, dachte Robin, *ist es der beste Traum, den ich seit langem hatte.*

Jetzt jedenfalls gab es keinen Zweifel, dass sie wach war. Und statt Blakes warmem Atem spürte sie das Feuer von Melanies ungeduldigem Seufzen im Nacken.

»Alles in Ordnung da hinten?«, fragte Blake.

»Alles tipptopp«, sagte Melanie.

»Ich nehme an, Landon kommt nicht mit.«

»Landon ist nicht besonders erpicht auf Krankenhäuser.«

»Wer ist das schon«, sagte Blake und setzte rückwärts aus der Einfahrt. »Sagst du mir, wie ich fahren muss?«

»Mit dem größten Vergnügen«, sagte Melanie.

Nun tat Robin ihrerseits einen Seufzer. »Können wir bitte ein paar Stunden Sarkasmuspause machen?«

Melanie lachte. »Ach, entspann dich.« Sie beugte sich vor. »Sag mal, Blake. Ist meine Schwester immer so humorlos?«

»Bist du immer so wütend?«, fragte er zurück.

»Du findest, ich bin wütend?«

»Etwa nicht?«

»Kann sein«, antwortete Melanie zu Robins Überraschung. »Wärst du das nicht, wenn deine Schwester deinen Sohn beschuldigt, er sei ein Mörder?«

»Das habe ich nie gesagt.«

»Nicht direkt, nein. Aber du denkst, dass eher Landon als dein teurer Alec ein Killer sein könnte.«

»Wenn ich das wirklich denken würde«, widersprach Robin, »hätte ich dann nicht Angst, mit Landon unter demselben Dach zu schlafen?«

»Nicht unbedingt«, antwortete Melanie so ruhig, als würden sie über das Wetter sprechen. »Ich meine, selbst wenn er alle anderen erschossen hätte, hätte er doch keinen Grund gehabt, dich umzubringen. Außer dass du wirklich eine ziemliche Spaßbremse bist«, fügte sie hinzu. »Siehst du, was ich meine, Blake? Nicht mal ein Glucksen.«

Blake drückte Robins Hand, um ihr zu signalisieren, dass sie nicht nach Melanies Köder schnappen sollte.

»Wisst ihr schon, wie lange ihr noch in Red Bluff bleiben wollt?«, fragte Melanie.

»Das kommt wohl darauf an, was passiert.«

»Du meinst, wie lange es dauert, bis mein Vater stirbt«, korrigierte Melanie ihn. »Hat deine Kanzlei nichts dagegen?«, fuhr sie fort, ohne Blakes Antwort abzuwarten.

»Ich habe meinen Computer und mein Telefon«, sagte er. »Ich kann so ziemlich von überall aus arbeiten.«

»Wir können in ein Hotel umziehen, wenn dir das lieber ist«, sagte Robin.

»Ja, das wäre vielleicht keine so schlechte Idee.« Melanie ließ sich an die Sitzlehne zurücksinken. »Die Presse scheint das Interesse verloren zu haben. Hier links, und dann an der übernächsten Ecke rechts.«

Den Rest der Fahrt schwiegen sie, doch bei dem Gedanken, das Haus ihrer Schwester zu verlassen, fühlte Robin sich so leicht wie seit Tagen nicht. Eine Viertelstunde später kamen sie auf dem Parkplatz des Krankenhauses an. Fünf Minuten danach öffneten sie die Zimmertür ihres Vaters.

Auf dem Stuhl neben Greg Davis' Bett saß eine dunkelhaarige, elegant gekleidete Frau Mitte fünfzig. Sie hatte den rechten Arm zu der Decke ausgestreckt, die seinen Körper verhüllte. Als sie hörte, wie die Tür geöffnet wurde, zuckte sie zusammen.

»Wer sind Sie?«, fragte Melanie, bevor Robin die Worte formulieren konnte.

Die Frau war etwa ein Meter fünfundsechzig groß und schlank. Ihr Haar war im Nacken zu einem Dutt gebunden, ihre üppige Brust spannte die Knöpfe ihrer dunkelblauen Jacke. Sie hatte offensichtlich geweint. »Mein Name ist Jackie Ingram. Sie müssen Gregs Töchter sein.« Sie blickte von Melanie zu Robin und verzog ihre zitternden Lippen zu einem angestrengten Lächeln.

»Und in welcher Beziehung stehen Sie zu meinem Vater?«, wollte Melanie wissen.

»Ich bin seine Büroleiterin.«

»Oh. Das heißt, Sie haben miteinander geschlafen«, sagte Melanie.

»Was? Nein …«

»Oh bitte. Er schläft mit all seinen Büroleiterinnen. Es ist eine Frage des Prinzips.«

Jackie Ingram sah aus, als wüsste sie nicht, ob sie lachen oder weinen sollte.

*So geht es allen mit meiner Schwester*, dachte Robin, der die Frau ehrlich leidtat.

»Ich sollte gehen.«

»Ja, das sollten Sie wohl«, stimmte Melanie ihr zu.

Jackie Ingram floh aus dem Zimmer.

»War das wirklich nötig?«, fragte Robin, als die Tür hinter ihr zufiel.

»Wahrscheinlich nicht«, sagte Melanie. »Aber es hat einen Heidenspaß gemacht. Komm schon. Ihr Gesichtsausdruck war doch echt komisch.«

»Glaubst du wirklich, dass sie …«

»Unseren lieben alten Dad gevögelt hat? Daran besteht kein Zweifel, würde ich sagen. Angeblich hat ihr Ehemann vor ein paar Wochen von der Affäre erfahren und allerlei bösartige Drohungen ausgestoßen. Du kannst Sheriff Prescott fragen, wenn du mir nicht glaubst.«

»Ihr Mann wird also auch verdächtigt?«

»Ich glaube, auf der Liste der Verdächtigen stehen mehrere Ehemänner. Hab ich nicht recht, Dad?« Melanie trat ans Bett. »Eine Menge Leute hatten es auf dich abgesehen. Oder? Nicht nur die engste Verwandtschaft.« Sie blickte über die Schulter zu Blake. »Falls du dich fragst, wer das ist, es ist Robins Verlobter.«

Blake trat näher ans Bett.

»Attraktiver Typ, was?«, bemerkte Melanie über ihren Vater. »Und zu seiner Zeit auch ein ziemlicher Frauenheld.«

Ein Stöhnen drang aus der Tiefe von Greg Davis' Brust, gefolgt von einem weiteren.

»Dad?«, fragte Robin und trat vorsichtig näher. »Dad, kannst du uns hören?«

»Vielleicht sollten wir die Schwester rufen«, sagte Blake.

Die Schwester bestätigte, dass es in der Nacht mehrere Anzeichen dafür gegeben hatte, dass ihr Vater auf der Schwelle stand, das Bewusstsein wiederzuerlangen, obwohl sie vor zu großen Hoffnungen warnte. Sein Zustand sei unverändert heikel. Selbst für den unwahrscheinlichen Fall, dass er aufwachen würde, habe er ein massives Hirntrauma erlitten, sodass es einem Wunder gleichkäme, wenn er überleben würde, gar nicht zu reden davon, dass er je wieder der Mann sein würde, der er einmal war.

»Was je nach Sichtweise auch positiv sein könnte«, sagte Melanie mit falscher Fröhlichkeit.

»Vielleicht kann er uns sagen, wer ihm das angetan hat«, meinte Blake.

»Wir sollten es Cassidy erzählen«, sagte Robin.

»Ich glaube, ich bleibe hier«, erwiderte Melanie.

»Aber du holst uns, wenn irgendwas ...«

»Meine Hallelujarufe werden den Flur hinunterhallen.«

Die Tür von Cassidys Zimmer war geschlossen, aber als Robin näher trat, hörte sie von drinnen Stimmen. Sie klopfte.

»Herein«, rief Cassidy. Sie saß aufrecht im Bett, ihr Haar

war aus ihrem Gesicht gekämmt und mit einem pinkfarbenen Band zusammengebunden. Am Fuß ihres Bettes standen zwei Mädchen im Teenageralter, beide in abgeschnittenen Jeans und Nackenträgertops. Kenny Stapleton lehnte an der Wand gegenüber und beobachtete sie. »Robin! Komm rein. Lern meine Freundinnen kennen. Kenny hast du ja schon getroffen, glaube ich.«

Robin trat lächelnd an das Bett. »Ja. Hallo, Kenny.«

Er nickte und blickte zu Boden.

»Das sind Kara und Skylar. Sie sind auf meiner Schule.«

»Seid ihr in einer Klasse?« Robin fand, dass die Mädchen ein paar Jahre älter aussahen als Cassidy.

»Wir sind zwei Jahrgänge über ihr«, sagte Kara. »Aber wir wollten trotzdem vorbeikommen, um Hallo zu sagen und uns zu vergewissern, dass es unserer Cassidy okay geht.«

*Du meinst, ihr wolltet herausfinden, was passiert ist, den Schmutz direkt von der Quelle hören*, dachte Robin, *um damit die Jungs aus dem Abschlussjahrgang zu beeindrucken.*

»Das ist Robin«, sagte Cassidy. »Sie und meine Mutter waren beste Freundinnen.«

»Das mit Cassidys Mutter ist so furchtbar«, sagte Skylar leise.

»Ja, das ist es.«

»Cassidy hat uns erzählt, was passiert ist.« Kara schauderte. »Ich glaube nicht, dass ich so mutig gewesen wäre.«

»Wer bist du?«, fragte Cassidy Blake.

»Das ist mein Verlobter Blake.«

»Freut mich, dich kennenzulernen, Cassidy«, sagte er. »Du siehst erstaunlich gut aus.«

»Nicht wahr?«, stimmte Kara ihm begeistert zu.

»Heute Morgen haben sie mich vom Tropf genommen«, sagte Cassidy.

»Ich bin Kara«, sagte das Mädchen zu Blake.

*Bilde ich mir das nur ein, oder hat sie gerade die Brüste rausgestreckt?*

»Und ich bin Skylar.«

*Skylar mit dem runden kleinen Hintern, der unter ihrer ultrakurzen Shorts hervorlugte.*

»Freut mich, euch kennenzulernen, Mädchen.«

»Er sieht echt gut aus«, flüsterte Cassidy Robin zu.

Robin sah, wie Kenny Stapleton den Rücken versteifte, als er zu Blake blickte.

»Die Ärzte sagen, dass ich vielleicht in ein paar Tagen entlassen werde.«

»Das ist toll, Liebes.«

»Also, wir gehen dann jetzt lieber«, sagte Kara, starrte Blake an und wickelte verführerisch eine Strähne ihres langen braunen Haars um ihren Finger.

*Echt super, Lolita.* »War nett, euch zu treffen, Mädchen«, sagte Robin.

»Ja, Sie auch«, sagte Kara zu Blake und streifte Robin nur mit einem flüchtigen Blick.

»Ich hoffe, wir sehen uns mal wieder«, ließ sich Skylar vernehmen. »Und du werd wieder gesund«, sagte sie auf dem Weg hinaus zu Cassidy, als wäre es ihr gerade noch eingefallen.

»Nett von ihnen vorbeizukommen«, sagte Robin, als sie weg waren.

»Ja«, stimmte Cassidy ihr zu. »Ich war total überrascht. Ich dachte, sie wissen nicht mal, wer ich bin. Wann bist du angekommen, Blake?«

»Gestern, mit dem Wagen«, sagte er.

»Wohnst du auch im Haus?«

»Bis jetzt.«

»Dann werden wir bald alle zusammen sein«, sagte Cassidy.

*So viel zu dem Plan, in ein Hotel zu ziehen*, dachte Robin. *Wer wird der Glückliche sein, der es Melanie erzählt?* »Wir haben Neuigkeiten«, sagte sie.

Das Mädchen blickte ängstlich von Blake zu Robin und wieder zurück. »Geht es um Daddy?«

»Die Ärzte glauben, dass er möglicherweise wieder zu Bewusstsein kommt.«

»Ist er aufgewacht?«, fragte Kenny.

Robin fuhr in seine Richtung herum. Sie hatte vergessen, dass er da war. »Nein, er ist nicht aufgewacht«, sagte sie zu Cassidy, deren Augen so groß waren wie Untertassen. »Aber er macht Geräusche, und die Schwester hat gesagt, es gebe Anzeichen …«

»Dass er durchkommt?«

»Vielleicht.«

»Das heißt, er wird wieder gesund?«

»Du darfst dir keine allzu großen Hoffnungen machen.«

»Aber du hast doch gerade gesagt …«

»Ich habe gesagt, dass er vielleicht das Bewusstsein wiedererlangt. ›Vielleicht‹ ist das entscheidende Wort.«

»Aber es ist ein wirklich gutes Wort«, protestierte Cassidy. »Kann ich ihn sehen?«

»Wir sollten die Ärzte fragen.«

»Die Ärzte haben gesagt, ich könnte zu ihm, wenn die Schläuche ab sind.«

»Nun, dann ist es wohl okay. Wenn du glaubst, dass du kräftig genug bist …«

Cassidy schlug die Decke beiseite und schwang die Beine aus dem Bett. Kenny war sofort an ihrer Seite. »Nein, ist gut«, erklärte sie ihm. »Ich schaffe das schon. Du warst schon den ganzen Vormittag hier. Du solltest nach Hause gehen. Blake kann mir helfen. Machst du doch, oder, Blake?«

»Natürlich.« Blake machte einen Schritt nach vorn und bot ihr seinen Arm an.

Kenny trat einen Schritt zurück, während Cassidy Blakes Hand fasste und sich gegen seinen Körper sinken ließ, als er seinen Arm um ihre Hüfte legte, um sie zu stützen.

»Vielleicht sollte ich einen Rollstuhl holen«, schlug Robin vor.

»Nein«, protestierte Cassidy. »Die Ärzte haben gesagt, ich soll mich so viel bewegen, wie es geht. Glaubst du wirklich, es gibt eine Chance, dass Daddy wieder gesund wird?«

»Bitte, mach dir keine zu großen Hoffnungen«, erklärte Robin noch einmal, legte den Arm um sie und verflocht ihre Finger mit Blakes, als sie das Mädchen aus dem Zimmer führten.

»Bis bald, Cassidy«, rief Kenny ihnen nach.

Nur Robin bedachte ihn zum Abschied mit einem Winken.

# KAPITEL 19

»Wow! Sieh dich an!«, rief Melanie, als Robin und Blake Cassidy in Greg Davis' Krankenhauszimmer führten. »Darfst du schon aufstehen?«

»Ist er wach?«, fragte Cassidy, ohne auf die Frage einzugehen, und machte zögernd ein paar Schritte auf das Bett zu.

»Nein. Alles unverändert.«

»Er ist so … still«, sagte Cassidy mit zitternder Stimme, und Tränen schossen ihr in die Augen. »Ich habe ihn noch nie so still gesehen.«

Robin spürte, wie auch ihr die Tränen kamen. »Still« war das letzte Wort, das sie je zur Beschreibung eines Mannes erwartet hatte, der, solange sie denken konnte, scheinbar immer in Bewegung gewesen war. Ein Lokaljournalist hatte ihn einmal als jemanden beschrieben, *der nie schlendert, wenn er marschieren, und nie flüstert, wenn er brüllen kann, ein Mann, dessen mühelose Autorität selbst in seinen schlichtesten Gesten mitschwingt*. Robin wurde bewusst, dass sie ihren Vater, bevor er angeschossen worden war, nie schlafend oder wenigstens einmal mit geschlossenen Augen gesehen hatte.

»Kann er uns hören?«, fragte Cassidy.

»Das wissen wir nicht«, sagte Robin.

»Hat er Schmerzen? Hast du Schmerzen, Daddy?«

»Er hat keine Schmerzen«, erklärte Melanie ihr. »Wie geht es *dir*?«

»Ganz gut«, sagte Cassidy. »Alles ist noch ein bisschen wund, und manchmal tut es weh, wenn ich tief einatme. Aber die Ärzte sagen, dass ich wohl in ein paar Tagen entlassen werden kann.«

»So bald?«, fragte Melanie. »Ist das klug?«

»Die Ärzte sagen, je schneller ich wieder in meinen normalen Alltag zurückkehre, desto besser.«

»Für die erste Zeit muss sie es natürlich vorsichtig angehen lassen«, führte Robin weiter aus.

»Natürlich«, sagte Melanie und verzog die Lippen zu einem steifen Lächeln. »Du kannst dein altes Zimmer zurückhaben. Robin und Blake ziehen in ein Hotel.«

»Oh nein. Bitte nicht«, sagte Cassidy und riss panisch die Augen auf. »Das könnt ihr nicht machen.«

»Es wird ein bisschen voll«, sagte Melanie. »Und sie müssten in mein altes Zimmer gegenüber ziehen, was viel kleiner ist …«

»Ich nehm das kleinere Zimmer«, bot Cassidy rasch an. »Ihr müsst bleiben«, bat sie Robin.

Robin sah Blake an, und sie nickten gleichzeitig.

»Dann ist das beschlossen.« Cassidy wandte sich von Robin an ihren Stiefvater. »Und wenn es dir besser geht, Daddy, kannst du auch nach Hause kommen. Du kannst *dein* altes Zimmer zurückhaben.«

Robin sah, wie Melanie die Zähne aufeinanderbiss, war sich jedoch nicht sicher, ob es an Cassidys wiederholter Verwendung des Wortes »Daddy« oder an der Aussicht lag, das große Schlafzimmer zu räumen.

»Ich finde, wir sollten nichts überstürzen«, sagte Melanie.

»Selbst wenn Dad wieder zu Bewusstsein kommt, sind die Ärzte nicht optimistisch …«

»Das verstehe ich nicht«, unterbrach Cassidy sie. »Wenn er wieder zu Bewusstsein kommt, heißt das doch, dass es ihm besser geht.« Cassidys Blicke schossen hektisch durch das Zimmer. »Oder?«

»Hoffentlich, ja«, erklärte Blake ihr.

»Er hat sehr schwere Verletzungen erlitten«, sagte Melanie.

»Schwer … was heißt das?«, hakte Cassidy verzweifelt nach.

»Es heißt, dass wir uns keine allzu großen Hoffnungen machen sollten, egal ob er wieder zu Bewusstsein kommt oder nicht.«

»Er muss wieder gesund werden.« Cassidy fuhr zu ihrem Stiefvater herum. »Du musst wieder gesund werden, Daddy. Bitte. Du bist alles, was ich noch habe.«

»Oh Liebes«, sagte Robin und nahm Cassidy in die Arme.

Cassidy brach regelrecht darin zusammen, ihre Beine gaben nach, sodass Robin sie aufrechthalten musste. »Sie haben meine Mommy umgebracht«, schluchzte sie, ihre Stimme von Robins Locken gedämpft. »Daddy darf nicht sterben. Er darf mich nicht alleinlassen.«

»Ich bin sicher, er tut, was er kann, um wieder gesund zu werden«, sagte Robin.

»Er hat es schon so weit geschafft«, fügte Blake hinzu. »Und auch wenn ich nur wenig über ihn weiß, wenn jemand das überleben kann, dann er.«

»Das ist wahr«, pflichtete Melanie ihm bei. »Ich denke bloß, es ist ein Fehler, sich an falsche Hoffnungen zu klammern …«

»Hoffnung ist das Einzige, was wir haben«, sagte Robin und küsste Cassidy auf die Stirn. »Vielleicht solltest du zurück in dein Bett gehen.«

»Nein, ich will hierbleiben.« Cassidy löste sich langsam aus Robins Umarmung und straffte mit neuer Entschlossenheit die Schultern. »Daddy?« Sie ergriff seine Hand. »Ich bin's, Cassidy. Ich bin hier, Daddy. Du musst aufwachen.« Sie blickte zu Robin auf. »Er fühlt sich kalt an. Er braucht mehr Decken.«

Robin sah sich in dem Zimmer um und entdeckte im Kleiderschrank eine dünne weiße Baumwolldecke. Damit deckte sie die Beine ihres Vaters zu und beobachtete, wie Cassidy sie bis zu seinem Kinn hochzog.

»So ist es besser«, sagte das Kind. »Nicht wahr, Daddy? Jetzt ist dir wärmer.« Sie sah Melanie an. »Wo ist Landon?«

»Er ist zu Hause.«

»Er sollte hier sein. Daddy sollte von den Menschen umgeben sein, die er liebt.«

»Ich weiß nicht, ob das eine so gute Idee wäre«, wandte Melanie ein. »Landons Verhalten kann manchmal doch ein wenig… unberechenbar sein.«

»Ich weiß, dass Landon Daddy liebt, und Daddy liebt ihn.«

Melanies Miene blieb skeptisch. »Mag sein, aber …«

»Er hat gesagt, er findet, dass Landon es wirklich weit gebracht hat und dass du das mit ihm fantastisch hinkriegen würdest.«

»Das hat er dir erzählt?« Tränen schossen in Melanies Augen. Rasch wandte sie sich ab und wischte sie mit dem Handrücken weg. »Was hat er noch gesagt?«

»Nur dass er dich liebt.«

*Wow*, dachte Robin.

»Wow«, äußerte Melanie laut und fügte flüsternd hinzu: »Wenn er das nur zu *mir* gesagt hätte.«

»Das wird er«, sagte Cassidy. »Wenn er aufwacht.« Sie

drückte die Hand ihres Stiefvaters. »Ich liebe dich, Daddy. Wir lieben dich alle.«

Robin hielt den Atem an und erwartete beinahe, dass ihr Vater all seine innere Kraft zusammennehmen und mit seiner dröhnenden Stimme brüllen würde: »Ich liebe euch auch.« Aber das tat er nicht.

Das hatte er nie getan.

Sie sah ihren Bruder vor sich, die bleibende Verletztheit in seinen Augen über den Verrat ihres Vaters, und sie spürte die Wut dahinter. War er wütend genug gewesen, um zu töten?

*Wo bist du, Alec? Was hast du am Abend des Überfalls in Red Bluff gemacht?*

»Vielleicht solltest du dich setzen«, sagte sie zu Cassidy, um ihre eigenen Gedanken zum Verstummen zu bringen.

»Nein, mir geht es gut.« Cassidy lächelte Blake schüchtern an. »Du hast mir nicht erzählt, dass du verlobt bist«, sagte sie zu Robin.

»Na ja, so viel haben wir eigentlich auch noch nicht miteinander geredet«, erwiderte Robin.

»Sie hatte bestimmt Wichtigeres im Kopf«, meinte Blake.

Robin fragte sich, ob er bloß großzügig seine verletzten Gefühle verbarg oder wirklich meinte, was er sagte. Ihr fiel auf, dass sie den Mann, mit dem sie verlobt war, nicht sehr gut kannte.

»Und wann heiratet ihr? Kann ich Brautjungfer sein?«, stellte Cassidy gleich zwei Fragen hintereinander.

»Du kannst bestimmt Brautjungfer sein«, sagte Blake.

Erleichterung machte sich in Cassidys Gesicht breit. »Das ist voll cool. Und du wirst wahrscheinlich Trauzeugin«, sagte sie zu Melanie.

Melanie blickte zu Robin. Robin blickte zu Boden.

»Eins nach dem anderen«, ging Blake dazwischen. »Zuerst müssen wir einen Termin festlegen.«

»Wie wär's mit: sobald Daddy aus dem Krankenhaus kommt?«

»Darüber sollte man auf jeden Fall nachdenken«, sagte Robin, um dem Kind seine Zuversicht zu lassen, wie unrealistisch sie auch sein mochte.

*Für die Realität ist später noch reichlich Zeit.*

Cassidy klatschte aufgeregt in die Hände. »Hast du das gehört, Daddy? Es gibt eine Hochzeit. Also musst du gesund werden, um die Braut zum Altar zu führen.« Sie sah Robin fragend an.

Robin nickte. *Was soll's? Was konnte es schaden?*

»Hast du schon Robins Verlobten Blake getroffen? Oh – ich weiß gar nicht, wie du mit Nachnamen heißt.«

»Upton«, sagte Blake.

»Blake Upton«, wiederholte Cassidy. »Das ist ein wirklich hübscher Name.«

»Danke.« Blake lächelte. »Ich kann absolut nichts dafür.«

»Bist du mit Kate verwandt?«, fragte Cassidy.

»Mit wem?«

»Kate Upton. Sie ist ein berühmtes Model.«

»Ich bin mir ziemlich sicher, dass wir nicht verwandt sind.«

»Schade. Ich würde sie wirklich gern kennenlernen. Ich will später auch Model werden.«

»Ich glaube nicht, dass Daddy besonders glücklich darüber wäre«, sagte Melanie.

Robin erinnerte sich an Melanies frühe Träume, Model zu werden, und daran, wie ihr Vater diese Träume mit ein paar knappen Worten abgetan hatte. »*Das wird sowieso nichts*«, hatte er gesagt.

»Ich finde, du wärst ein großartiges Model«, erklärte Blake Cassidy.

»Wirklich?«

»Das sagt Kenny auch.«

»Kenny Stapleton?« Melanie kniff die Augen zusammen und legte den Kopf zur Seite.

»Er war eben hier«, sagte Robin.

»Wirklich.« Das war keine Frage mehr.

»Und Kara Richardson und Skylar Marshall von meiner Schule«, sagte Cassidy. »Sie sind zwei Stufen über mir. Ich wusste gar nicht, dass sie überhaupt wissen, wer ich bin. Es war echt cool, dass sie mich besucht haben. Findest du nicht auch?«

»Echt cool«, wiederholte Robin lächelnd. In einem Moment wirkte Cassidy für ihr Alter sehr reif, im nächsten verwandelte sie sich wieder in das Kind, das sie immer noch war. Es war schwer mitzukommen, ohne dass einem dabei schwindlig wurde.

»Meine Mutter hätte ein berühmtes Model sein können«, erklärte Cassidy Blake. »Sie war echt schön.«

»Ja, das war sie«, stimmte Robin ihr zu und versuchte, sich dieses hübsche Gesicht nicht von Kugeln zerfetzt vorzustellen.

»Aber all das war ihr egal. Sie wollte nur eine gute Ehefrau und Mutter sein. Das hat sie immer gesagt. Dass Daddy und ich mehr als genug für sie seien. Nicht wahr, Daddy?« Cassidy beugte sich zu ihrem Vater. »Sie hat dich so geliebt. Das weißt du doch, Daddy, oder?«

»Das weiß er ganz bestimmt«, sagte Blake, und Cassidy ließ sich an seine Brust sinken und schluchzte leise.

»Vielleicht sollten wir gehen«, sagte Melanie nach einigen Minuten. »Es hat keinen Zweck, hier rumzustehen und darauf zu warten, dass etwas passiert. Wie sagt man – das Gras wächst nicht schneller, wenn man daran zieht?«

»Was bedeutet das?«

»Das bedeutet, es könnte Tage, Wochen …«

Ihr Vater stöhnte.

»Oh mein Gott«, rief Cassidy. »Ist er …?«

»Er macht bloß Geräusche …«

Das Stöhnen wurde lauter, drängender.

»Ich hol die Schwester«, sagte Blake und eilte aus dem Zimmer.

»Daddy?«, fragte Cassidy.

»Dad? Kannst du mich hören?«, fragte Melanie und trat näher.

Robin hielt den Atem an und blieb, wo sie war.

»Dad?«, sagte Melanie noch einmal. »Ich bin's, Melanie.«

Ein langes Stöhnen gurgelte tief aus der Kehle ihres Vaters an die Oberfläche seiner Lippen. Nach ein paar Sekunden wurde das Gurgeln zu einem Wort.

*Cassidy.*

Melanie wich zurück, als wäre sie geschlagen worden.

»Daddy«, rief Cassidy erneut und packte seine Hand. »Ich bin hier, Daddy. Ich bin bei dir.«

»Cassidy«, sagte er noch einmal.

Cassidy versuchte, sich über die Bettreling zu werfen, und schrie auf, als sie sich ihre Hüfte stieß. »Daddy! Daddy!«

»Cassidy«, wiederholte er, auch wenn seine Stimme schwächer wurde.

»Daddy! Er ist aufgewacht! Er ist aufgewacht!«

Robin machte einen Schritt auf das Bett zu. »Dad?«

Langsam und beinahe unmerklich schwenkte der Blick ihres Vaters zu ihr. »Robin?«

Melanie drängte sich vor Robin. »Dad, ich bin's – Melanie.« Sie beugte sich über ihn, und ihre Lippen streiften seine Wange. »Dad?«

»Melanie? Nein …« Er verdrehte die Augen nach innen und begann zu zittern.

»Was ist los?«, rief Cassidy, als mehrmals hintereinander ein lautes Piepen ertönte und der Raum sich mit medizinischem Personal füllte.

»Okay, alle, die nicht hier sein müssen, verlassen sofort das Zimmer«, befahl eine männliche Stimme. »Mr. Davis … Mr. Davis … Hier ist Dr. Barber. Können Sie mich hören?« Er wandte sich an seine Kollegen. »Er hat einen Schlaganfall.«

»Was hast du mit ihm gemacht?«, fragte Cassidy Melanie mit Panik in der Stimme.

»Alle raus jetzt«, befahl der Arzt.

»Ich bleibe hier«, sagte Cassidy.

»Nur für eine Weile«, sagte Blake und fasste sanft Cassidys Schultern. Sofort trat Robin an seine Seite.

Gemeinsam führten sie das schluchzende Kind aus dem Zimmer.

# KAPITEL 20

»Na, das war ein Spaß«, sagte Melanie, als sie das Krankenhaus zwei Stunden später verließen.

»Du hast eine seltsame Definition von Spaß«, erwiderte Blake, der vor Robin und ihrer Schwester über den Parkplatz ging und mit dem Smart Key Türen und Fenster seines Wagens öffnete.

Melanie zuckte die Schultern. »Kommt schon. Ihr müsst zugeben, dass es ein paar Minuten lang ziemlich aufregend war. Obwohl das Ende ein bisschen enttäuschend war.«

»Unser Vater ist nicht gestorben«, erinnerte Robin ihre Schwester.

»Exakt das meine ich ja. Das ganze Drama und dann nichts. Alles wieder auf Anfang.«

»Ich kann nicht glauben, dass er immer noch lebt«, sagte Robin.

»Soll das ein Witz sein?«, fragte Melanie. »Er lässt nicht los. Nicht, bis du und ich tot sind. Dann kann er glücklich sterben.«

»Es ist wirklich schrecklich, so zu reden«, sagte Robin.

»Oh bitte. Du hast den Mann gehasst. Bloß weil er sich plötzlich an deine Existenz erinnert und deinen Namen flüstert, wirst du jetzt biblisch und vergibst ihm all seine Vergehen?«

»Es heißt *Verfehlungen*, nicht *Vergehen*, und ich vergebe

ihm gar nichts.« Fäden der Angst spannen sich durch Robins Inneres. *Jetzt? Ich habe jetzt eine Panikattacke? Nach allem, was vorher passiert ist? Wo ist da der Sinn?*

»Wahrscheinlich hat der Schock, dich zu sehen, seinen Schlaganfall überhaupt erst ausgelöst«, sagte Melanie.

Robin erreichte Blakes Wagen, die verschiedenen Fäden der Angst verbanden sich zu einer Schlinge um ihren Hals, die sich in ihre Haut schnitt und ihr die Luft abschnürte. Obwohl der heiße Stahl in ihrer Hand brannte, klammerte sie sich an den Türgriff, weil sie sicher war, dass sie sonst zusammensacken würde. »Was zum Teufel hast *du* zu ihm gesagt?«, stieß sie hervor.

»Wie, was soll das heißen – was habe ich zu ihm gesagt?«, fragte Melanie. »Wann?«

»Du hast irgendwas geflüstert.«

»Nein, habe ich nicht.«

Robin sah Melanie vor sich, wie sie sich über ihren Vater beugte und ihre Lippen sich seinem Ohr näherten.

»Ich habe keine Gelegenheit bekommen, etwas zu sagen«, beharrte Melanie.

Robin öffnete die Wagentür und ließ sich auf den Beifahrersitz sinken. Blake setzte sich ans Steuer und startete den Motor. Ein lautstarker Luftschwall wurde ihr gegen den Kopf geblasen und löste die letzten Fäden der Panik, die noch an ihrem Hals klebten, auch wenn er gegen die leichensackartige, drückende Hitze kaum etwas ausrichten konnte.

Melanie stieg auf die Rückbank und schlug die Tür zu. »Was – meinst du, ich hätte ihn bedroht? Oder noch besser, eingestanden, dass die ganze Sache meine Idee war? Denkst du das? Verdammt, kann ich hier hinten ein bisschen kühle Luft haben? Ich ersticke.«

»Es dauert einen Moment«, sagte Blake.

»Du hast vielleicht Nerven, weißt du das?«, sagte Melanie zu Robin.

»Ich habe dich bloß gefragt, was du zu ihm gesagt hast.«

»Du hast angedeutet, dass ich für seinen Schlaganfall verantwortlich war.«

»Du hast das Gleiche über *mich* angedeutet.«

»Meine Damen … bitte«, unterbrach Blake sie, während er vom Parkplatz fuhr. »Können wir das vielleicht lassen?«

Es entstand ein angenehmer Moment der Stille.

»Nur damit wir das geklärt haben …«, fing Melanie wieder an.

»Ich finde, es ist alles ausreichend geklärt«, sagte Blake.

»Ich finde, du solltest dich da raushalten«, erwiderte Melanie.

»Bitte rede nicht so mit ihm«, sagte Robin.

»Wie?«

»So wie du mit jedem redest.«

»Ich dachte, das würde dich freuen. Ich behandle ihn, als ob er zur Familie gehört.«

»Ach, halt einfach die Klappe«, sagte Robin.

»Halt du die Klappe«, erwiderte Melanie.

»Okay«, sagte Blake.

»Ich hatte nichts mit dem Überfall zu tun«, redete Melanie weiter. »Und Landon auch nicht.«

»Gut«, sagte Robin.

»Du laberst nur Scheiße.«

»*Ich* laber Scheiße?«

»Hört mal«, sagte Blake. »Dieses Gezicke nützt niemandem etwas. Cassidy wird alle Liebe und Unterstützung brauchen, die wir ihr geben können, und deswegen müssen wir zusammenhalten.«

Robin nickte. Nach dem Schlaganfall ihres Vaters hatte ein Arzt Cassidy ein Beruhigungsmittel gegeben, und sie hatte noch geschlafen, als sie das Krankenhaus verlassen hatten.

»Apropos Cassidy«, sagte Melanie, »was zum Teufel hat Kenny Stapleton heute Morgen in ihrem Zimmer gemacht?«

»Ich nehme an, er wollte sehen, wie es ihr geht.«

»Findest du seine Sorge nicht ein wenig … beunruhigend?«

»Sollte ich?«

»Du bist die Therapeutin. Sag du es mir.«

»Ich weiß nicht genau, worauf du hinauswillst.«

»Dann frage ich dich, Blake«, sagte Melanie. »Was hältst du als Mann davon, wenn ein Junge in Kennys Alter so besorgt um ein zwölfjähriges Mädchen ist? Ich weiß, dass der Sheriff es seltsam fand.«

»Unter den Umständen finde ich es nicht unschicklich.«

»Also, Tara war nicht besonders glücklich darüber, dass er bei uns rumgehangen hat«, erklärte Melanie. »Das kann ich euch sagen.«

»Ich dachte, er wäre gekommen, um Landon zu sehen«, entgegnete Robin.

»Ich auch«, stimmte Melanie ihr zu. »Aber jetzt bin ich da nicht mehr so sicher.«

»Ist er ein Verdächtiger?«, fragte Blake.

»Dafür hält ihn der Sheriff nicht. Er hat ja keinen Vorteil davon. Außerdem entspricht er nicht der Beschreibung der Männer, die sie in der Nacht in dem Haus gesehen hat.« Melanie zuckte die Achseln, als würde sie das Thema schon langweilen. »Ich hab Hunger. Hat irgendjemand Lust auf Chinesisch?«

»Ja, ich«, sagte Robin zu ihrer eigenen Überraschung. »Chinesisch ist genau das, worauf ich jetzt Lust habe.«

»Bieg an der nächsten Ecke rechts ab«, wies Melanie Blake an. »Wir gehen ins Golden Dragon an der Ecke Main und Union Street.« Sie sah auf die Uhr. »Es ist schon nach zwei. Der Andrang zu Mittag müsste vorbei sein. Ich glaube nicht, dass wir dort behelligt werden.«

»Sollen wir Landon anrufen?«, schlug Blake vor. »Fragen, ob er mitkommen will.«

»Landon hasst chinesisches Essen. Hier rechts.«

»Was macht er eigentlich den ganzen Tag?«, fragte Blake.

»Er beschäftigt sich.«

»Womit?«

»Was für eine Rolle spielt das?«

»Er zeichnet gern«, schaltete Robin sich ein.

»Woher willst du das wissen?«, fragte Melanie.

»Ich bin in einem Karton im Abstellraum auf einige seiner Zeichnungen gestoßen.«

»Wieso hast du die Kartons im Abstellraum durchwühlt?«

Robin flehte Blake mit einem Blick stumm um Hilfe an.

Er tat ihr den Gefallen und fragte: »Wohin jetzt?«, als sie den Highway 647A überquerten.

»Immer geradeaus bis zur Union Street«, sagte Melanie. »Dort solltest du problemlos einen Parkplatz finden.«

Aber dem war nicht so. Schließlich entdeckte Blake eine Lücke einen halben Block von dem Restaurant entfernt, von wo sie zu Fuß die von Bäumen gesäumte Straße entlanggingen.

Melanie hatte recht – die meisten Mittagsgäste waren schon wieder weg, an den Tischen saßen nur noch ein paar Nachzügler, die aufblickten, als die Tür geöffnet wurde. Robin sah, wie eine Frau sofort nach ihrem Handy griff.

*Sei nicht paranoid. Das muss nicht unbedingt was mit dir zu tun haben.*

Eine lächelnde Kellnerin mit glänzendem langem Haar und einer Handvoll Speisekarten in der Hand wies ihnen eine Nische im hinteren Teil des Lokals zu. Sie kamen an dem Tisch vorbei, wo die Frau in ihr Handy flüsterte. Sie wandte sich ab und bedeckte ihren Mund, als sie vorbeigingen, während ihr männlicher Begleiter konzentriert sein Besteck zurechtrückte, ohne aufzublicken.

Robin rutschte auf die Bank neben Blake. Alles an dem Restaurant war noch genauso, wie sie es in Erinnerung hatte – die dunkelroten Wände, die roten Kunstlederbänke, die in der Mitte des Raumes eng gestellten viereckigen Tische für zwei Personen, die verspiegelte Bar gegenüber der Eingangstür, bunte chinesische Lampions und mit weißen Plastikblumen geschmückte grüne Plastikreben, die sich um die ungerahmten Bilder von herumtollenden Pandabären rankten.

»Die Dekoration ist vielleicht ein bisschen klischeehaft, aber das Essen ist super«, sagte Melanie und nahm ihnen gegenüber Platz. »Nichts Schickes natürlich.« Sie wies die Karten zurück, die die Kellnerin ihnen anbot. »Ich nehme die Wantan-Suppe und Beef Chow Mein.« Melanie nickte Robin zu. »Sie nimmt das Zitronenhähnchen mit extra viel Sauce. Richtig?«

»Ich bin überrascht, dass du das noch weißt.«

»Das konnte ich kaum vergessen. Du hast nie etwas anderes bestellt.«

»Zitronenhähnchen klingt gut«, sagte Blake. »Möchte irgendjemand eine Frühlingsrolle?«

Beide Schwestern hoben die Hand.

Blakes Handy klingelte. Er zog es aus der Tasche. »Tut mir leid. Ich bin sofort zurück.« Er rutschte von der Bank und ging zur Tür.

»Gutaussehender Mann«, sagte Melanie, als sie ihm nachblickte. »Erinnert mich irgendwie an Dad.«

»Er ist ganz anders als Dad«, sagte Robin und spürte frische Stiche der Angst in der Brust.

»Ach ja?«

Robin lehnte sich zurück, machte die Augen zu und hielt sie geschlossen, bis sie spürte, wie Blake wieder neben sie rutschte.

»Alles in Ordnung?«, fragte er.

»Mir geht es gut«, sagte Robin. »Was ist mit dir? Probleme?«

»Zur Abwechslung mal gute Nachrichten. Es sieht so aus, als ob der Deal, an dem ich gearbeitet habe, endlich zum Abschluss kommt.«

»Was genau ist dein Spezialgebiet?«, fragte Melanie.

»Gesellschafts- und Handelsrecht.«

»Klingt kompliziert. Und mit kompliziert meine ich langweilig.«

Er lachte. »Es kann beides sein.«

*Warum kann ich das nicht?*, dachte Robin. *Einfach die Schultern zucken und Melanies ätzende Bemerkungen mit einem Lachen abtun. Warum muss ich jedesmal darauf anspringen?*

»Verstehst du irgendwas davon?«, fragte Melanie sie.

»Eigentlich nicht«, gab Robin zu und nahm sich vor, sich mehr anzustrengen und sich nicht immer von ihrer Schwester ärgern zu lassen.

»Ich versuche, meine Arbeit nicht mit nach Hause zu bringen«, sagte Blake.

»Das ist wahrscheinlich klug. Unser Dad hatte mehr oder weniger dieselbe Philosophie. Stimmt's, Robin?«

»Du kannst mich mal«, sagte Robin. *So viel dazu, die Schultern zu zucken und es mit einem Lachen abzutun.*

»Was habe ich jetzt wieder gemacht?«, fragte Melanie. »Ehrlich, Blake. Ist sie mit dir auch so?«

Blake lächelte. »Du kannst mich mal«, sagte er.

Robin brach in Tränen der Dankbarkeit aus, als die Kellnerin gerade mit den Frühlingsrollen kam.

»Alles in Ordnung. Sie ist nur wirklich hungrig«, erklärte Melanie der verdutzten jungen Frau. Die Kellnerin stellte die Frühlingsrollen und die Sauce auf den Tisch und zog sich hastig zurück. »Nun«, sagte Melanie, lächelte, tunkte ihre Frühlingsrolle in die Sauce und hob sie hoch, »guten Appetit allerseits.«

Ein Telefon klingelte.

»Schon wieder?«, fragte Melanie.

»Meins ist es nicht«, sagte Blake, als es weiterklingelte.

»Oh, was sagt man dazu? Es ist meins.« Melanie lachte, zog das Handy aus ihrer Handtasche und hielt es ans Ohr. »Hallo?« Eine kurze Pause, in der sie die Augen verdrehte. »Ja, was kann ich für dich tun?«

Es folgte eine längere Pause. Dann drückte Melanie auf eine Taste, um das Gespräch zu beenden.

»Und?«, fragte Robin.

Melanie nahm einen großen Bissen von ihrer Frühlingsrolle. »Das war unser erlauchter Sheriff. Offenbar hat die Polizei von San Francisco Alec aufgespürt und bringt ihn in diesem Moment nach Red Bluff. Sie werden in etwa einer Stunde hier sein.« Sie biss erneut in ihre Frühlingsrolle. »Sieht so aus, als müssten wir uns mit dem Essen beeilen.«

# KAPITEL 21

Das Tehama County Sheriff Department liegt am Antelope Boulevard in der Nähe der Kreuzung von Highway 99 und Highway 36, weit außerhalb des Stadtzentrums. Laut seiner Website schützt es Leben und Besitz der aktuell 55 000 Bewohner von Tehama County einschließlich der Stadt Red Bluff sowie die Sicherheit tausender Besucher, die in den ausgedehnten Naturgebieten der Gegend gern jagen, angeln oder Urlaub machen. Das Department ist besetzt mit dem Sheriff, dem stellvertretenden Sheriff, einem Captain, drei Lieutenants, neun Sergeants, sieben Detectives und neunundzwanzig Deputys, die alle stolz den siebenzackigen Stern auf der Brust ihrer Uniform tragen. Überall in dem öden flachen braunen Backsteinbau ist das Motto des Departments plakatiert: *P.R.I.D.E*, die Selbstverpflichtung der Gemeinde, mit **P**rofessionalität, **R**espekt, **I**ntegrität, **D**urchsetzungskraft und **E**ntschlossenheit zu dienen.

»Von wegen«, sagte Melanie, als sie die schwere Glastür aufstieß.

Sheriff Prescott erwartete sie in der Eingangshalle vor einem hohen Empfangstresen. Dahinter erstreckte sich ein Flur mit verglasten Büros auf beiden Seiten.

»Wo ist er?«, sagte Robin anstelle einer Begrüßung.

»Warum nehmen wir nicht einen Moment Platz?« Der Sheriff wies auf eine Gruppe brauner Lederstühle rechts neben der Eingangstür. »Entspannen uns, kommen wieder zu Atem …«

»Warum überspringst du den Scheiß nicht einfach und lässt uns zu unserem Bruder?«, sagte Melanie.

Beim Wort »Scheiß« zuckte der Deputy hinter dem Tresen zusammen und griff instinktiv zum Holster seiner Waffe. Der Sheriff wandte sich lächelnd an Blake. »Ich bin Sheriff Alan Prescott. Und Sie?«

»Blake Upton.« Blake gab dem Sheriff die Hand, die komplett in der Pranke des größeren Mannes verschwand.

»Mein Verlobter«, erklärte Robin. »Er ist gestern aus L. A. gekommen.«

»Freut mich, Sie kennenzulernen, auch wenn ich wünschte, es wäre unter …«

»Ja, ja«, sagte Melanie abschätzig. »Angenehmeren Umstände und so weiter. Sagen die Leute das nicht auf Beerdigungen?«

»Und wie immer ist es eine Freude, dich zu sehen.« Sheriff Prescott wies noch einmal auf die Stühle. »Bitte setzt euch kurz. Ich verspreche, dass ihr euren Bruder bald sehen könnt.«

Robin blickte nervös den Flur hinunter, an dessen mattweißen Wänden neben dem allgegenwärtigen P.R.I.D.E.-Motto Diplome, Belobigungen und Fotos von Männern und Frauen in Uniform hingen. Sie las die Schilder an den geschlossenen Türen, *Anzeigenaufnahme, Einsatzzentrale, Arrestzelle*. Das Gefängnis selbst war in einem separaten Gebäude an der Ecke Oak und Madison Street im Stadtzentrum untergebracht. Immerhin hatte man Alec nicht dorthin gebracht, dachte sie und nahm neben Blake Platz. »Ist mein Bruder verhaftet worden?«

»Noch nicht. Zurzeit ist er lediglich vorübergehend festgenommen. Als Person von Interesse.« Der Sheriff setzte sich ihnen gegenüber auf einen Stuhl.

»Den Ausdruck hab ich schon immer geliebt«, sagte Melanie, die störrisch hinter ihrem Stuhl stehen blieb. »Als ob wir anderen absolut uninteressant wären.«

»Wenn er nicht verhaftet wurde, warum ist er dann hier?«, fragte Blake. »Wozu die Polizeieskorte?«

»Er hat uns praktisch keine andere Wahl gelassen«, antwortete Prescott. »Als die Polizei ihn angehalten hat, war er allem Anschein nach auf dem Weg nach Kanada, dem Reisepass und dem beträchtlichen Bargeldbetrag nach zu urteilen, die er bei sich trug.«

»Seit wann ist es verboten, einen Pass und Geld dabeizuhaben?«, fragte Robin.

»Was hat er gesagt?«, fragte Melanie.

»Er hat gar nichts gesagt«, erwiderte der Sheriff. »Ihr Bruder ist vollkommen unkooperativ, fürchte ich.«

»Was sein Recht ist«, erinnerte Blake den Sheriff.

»Ja, aber wenn er keines Vergehens schuldig ist, warum stellt er sich dann so merkwürdig an?«

»Vielleicht ist deine sogenannte Person von Interesse nicht daran interessiert, deinen Job für dich zu machen«, sagte Melanie.

»Hört mal«, sagte der Sheriff gepresst, als würde er nur mühsam die Fassung wahren, als wäre schon das Senken der Stimme eine Anstrengung von übermenschlichen Ausmaßen. *Es geht nicht nur Ihnen so*, wollte Robin ihm sagen. *Melanie hat diese Wirkung auf viele Menschen.*

»Ich verstehe, dass er euer Bruder ist, den ihr natürlich beschützen wollt«, fuhr er fort. »Aber mit seiner Weigerung, unsere Fragen zu beantworten, tut er sich keinen Gefallen. Ich hatte gehofft, ihr könntet ihn überzeugen, dass es in seinem Interesse ist…«

»Das Interesse einer Person von Interesse«, sagte Melanie. »Interessant.«

Der Sheriff sah Blake an, als wollte er sagen: »Wir sind beide Männer. Helfen Sie mir.«

»Haben Sie ihm seine Rechte vorgelesen?«, fragte Blake.

Sheriff Prescott strich sich über den Kopf. »Haben wir.«

»Und hat er einen Anwalt verlangt?«

»Hat er nicht.«

»Nun, wie es aussieht, hat er trotzdem einen«, sagte Blake und stand auf. »Ich würde meinen Mandanten gern sofort sehen, wenn Sie nichts dagegenhaben.«

Der Sheriff erhob sich seufzend von seinem Stuhl. »Sie haben nicht erwähnt, dass Sie Anwalt sind.«

»Ich hatte gehofft, das würde nicht nötig sein.«

Der Sheriff wandte sich dem Empfangstresen zu. »Mike, könntest du Mr. Davis rausbringen lassen, bitte?«

Der Deputy gab die Aufforderung telefonisch weiter.

»Was passiert jetzt?«, fragte Robin.

»Das liegt ganz an Ihnen«, sagte Prescott. »Und Ihrem Bruder.«

»Aber er kommt auf freien Fuß?«

»Unter der Bedingung, dass er die Stadt nicht verlässt, ja.«

»Das heißt, Sie werden ihn nicht in Untersuchungshaft nehmen?«

»Zurzeit nicht. Nein.«

»Sie haben nicht genug Beweise, um Untersuchungshaft zu beantragen«, sagte Melanie mit kaum verhohlenem Hohn. »Sie haben nur Aufnahmen von seinem Auto.«

»Wir haben ein Motiv«, erinnerte der Sheriff sie. »Und die Gelegenheit.«

»Ein ziemlich schwaches Motiv«, sagte Robin. »Er hat Tara und meinen Vater seit fast sechs Jahren nicht mehr gesehen.«

»Jurys haben Menschen schon wegen weniger für schuldig befunden.«

»Es gibt in dieser Stadt mindestens ein Dutzend Menschen, mich inklusive, die sowohl ein Motiv als auch die Gelegenheit hatten, auf sie zu schießen«, erwiderte Melanie. »Ich würde vermuten, das reicht, um im Kopf eines Geschworenen hinreichend Zweifel zu säen.«

»Und ich habe auch noch niemanden als Verdächtigen ausgeschlossen. Dich inklusive«, sagte der Sheriff spitz.

Und dann stand Alec plötzlich wie durch Zauberhand neben einem uniformierten Deputy vor dem Empfangstresen und bemühte sich, trotzig und unerschütterlich zu wirken, doch stattdessen sah er schockiert und erschöpft aus. Sein schmales Gesicht brauchte eine Rasur, und seine sanften grauen Augen waren aufgequollen und rot gerändert, als hätte er geweint. Er trug verwaschene, locker sitzende Jeans und ein zerknittertes weißes T-Shirt, dessen Vorderseite mit einem Bogen von münzgroßen Kaffeeflecken bespritzt war.

»Alec!«, rief Robin und stürzte sich in seine Arme.

»Hey, du«, sagte er. Seine Fingernägel gruben sich in ihre Seiten, und er ließ sein Kinn schwer auf ihre Schulter sinken.

»Alles in Ordnung?«

»Es ging mir schon besser.«

»Hallo, kleiner Bruder«, sagte Melanie und gesellte sich zu ihnen, machte jedoch keine Anstalten, ihn zu umarmen, auch als Robin ein paar Schritte zurücktrat. »Lange nicht gesehen.«

»Melanie«, sagte er und blickte sie nur kurz an, bevor seine Aufmerksamkeit zu Blake wanderte. »Und Blake. Wow – der Mann höchstpersönlich. Hatte nicht erwartet, dich hier in Red Bluff zu sehen.«

»Das könnte ich umgekehrt auch sagen.« Blake gab Alec einen aufmunternden Klaps auf den Arm.

»Lass uns hier verschwinden«, sagte Melanie.

Sheriff Prescott hielt sie auf. »Noch ein Wort, wenn ich darf.«

»Klar doch, Sheriff«, sagte Alec, obwohl sein verkniffener Mund verriet, dass von ihm keine Antworten zu erwarten waren.

»Sie wissen, dass Sie die Stadt nicht verlassen dürfen …«

»Verstanden.«

»… und dass man Sie bei dem Versuch sofort festnehmen wird.«

Alec begann sein Kinn zu reiben. »Auch verstanden.«

»Ich hoffe, wenn Sie mit Ihrem Anwalt hier gesprochen haben, entscheiden Sie sich, kooperativer zu sein.«

»Mein Anwalt.« Alec verzog die Lippen zu einem halben Lächeln.

»Sind wir hier fertig?«, fragte Blake.

»Fürs Erste.«

Auf dem Weg zu dem Parkplatz neben dem einstöckigen Gebäude hielt Robin die Hand ihres Bruders, Melanie und Blake gingen links und rechts neben ihnen, Sheriff Prescott folgte der Gruppe.

»Schickes Auto«, sagte er, als sie zu Blakes Lexus kamen, der unter einem halben Dutzend Streifenwagen hervorstach.

»Du kannst vorn neben Blake sitzen«, wies Melanie ihren

Bruder an und setzte sich auf die Rückbank. »Robin leistet mir hier hinten Gesellschaft.« Sie klopfte auf den Platz neben sich.

»Ich melde mich wieder«, rief der Sheriff, als Blake vom Parkplatz fuhr.

»Ich freu mich schon«, erwiderte Alec und winkte.

»Was ist los mit euch?«, fauchte Blake, sobald sie losgefahren waren, und blickte von Alec zu Melanie und zurück zu Alec. »Ich darf dich daran erinnern, dass du Verdächtiger in einer Mordermittlung bist. Der Mann, den du gerade so unbekümmert verärgert hast, ist Sheriff. Man bringt nicht Menschen vorsätzlich gegen sich auf, die die Macht haben, einen ins Gefängnis zu werfen.«

»Sie haben nicht genug Beweise, um ihn zu verhaften«, sagte Melanie.

»Seit wann hat das irgendjemanden abgehalten?«

»Seit wann praktizierst du als Strafverteidiger?«, fragte Alec ehrlich interessiert.

»Gar nicht. Aber fürs Erste wird es reichen. Falls und wenn der Zeitpunkt kommt…« Blake sah sich in der überwiegend kargen Landschaft um, in der Ferne schimmerten die Berge. »Wo zum Teufel bin ich?«

»An der nächsten Kreuzung links«, sagte Melanie.

Es entstand ein kurzes Schweigen, bevor alle auf einmal losredeten.

»Danke, dass du das machst.« Alec.

»Du musst erschöpft sein.« Robin.

»Was ist mit deinem Wagen passiert?« Blake.

»Und, warst du es?« Melanie.

»Wow«, sagte Alec und beantwortete ihre Fragen nacheinander. »Ja, ich bin erschöpft. Mein Wagen wurde von der

Polizei in San Francisco beschlagnahmt. Und nein, ich war es nicht. Danke, dass du gefragt hast.«

»Aber du warst an dem Abend des Überfalls hier in Red Bluff«, sagte Melanie.

»Ich glaube nicht, dass ich das beantworten muss, oder, Herr Anwalt?«

»Was hast du hier gemacht?«, bohrte Melanie nach.

»Wie geht es Landon?«, fragte Alec zurück, ohne auf ihre Frage einzugehen.

Robin spürte, wie Melanie neben ihr sich versteifte.

»Lass das«, sagte Robin, genauso verzweifelt wie ihre Schwester. »Unser Vater liegt im Koma, Tara ist tot, und ein zwölfjähriges Mädchen steht ohne Mutter da. Die Polizei hat Beweise, dass du in der Nacht des Überfalls in Red Bluff warst. Dies ist nicht die Zeit für Ausflüchte und Verschleierungen.«

»Wow – Ausflüchte und Verschleierungen. Imposante Wörter.«

»Wie wär's mit ›aalglatt‹? Gefällt dir das besser?«, fragte Melanie.

Alec setzte sich zurecht und sah sich über die Schultern um. »Hört mal, ich verstehe eure Sorge und bin euch auch dankbar.«

»Wir brauchen dein Verständnis und deine Dankbarkeit nicht«, sagte Melanie.

»Und ich muss mich nicht ins Kreuzverhör nehmen lassen.« Alec wandte sich wieder nach vorn.

»Herrgott, Alec«, sagte Robin, deren Verzweiflung langsam in Angst umschlug. *Warum stellte er sich so verdammt schwierig an? War es möglich, dass er schuldig war?* »Wir sind deine Familie. Wir wollen bloß helfen.«

»Das könnt ihr nicht. Glaubt mir, je weniger ihr wisst, desto besser für uns alle.«

»Was soll das heißen?«, fragten Robin und Melanie mit sich überschlagenden Stimmen im Chor.

»Ich denke, wir haben alle oft genug *Law & Order* gesehen, um zu wissen, dass alles, was ich euch erzähle, vor Gericht gegen mich verwendet werden *kann* und *wird*. Wenn ich verhaftet werde und es in dieser Sache tatsächlich zum Prozess kommt, könnte man euch vorladen, damit ihr unter Eid gegen mich aussagt. Das stimmt doch, oder?«, fragte er Blake.

»Ja, das stimmt. Andererseits bin ich dein Anwalt«, sagte Blake. »Zumindest fürs Erste. Und alles, was du *mir* erzählst, ist streng vertraulich.«

Alec seufzte vernehmlich, massierte nervös sein Kinn, ließ sich gegen die Kopfstütze sinken und schloss die Augen. »Dann reden wir später«, sagte er.

# KAPITEL 22

»Okay, wer braucht einen Drink?«, fragte Melanie, sobald sie das Haus betraten.

»Bier für mich.« Alec marschierte schnurstracks in die Küche, als wären seit seinem letzten Besuch nicht fast sechs Jahre vergangen und er hier immer noch zu Hause.

»Für mich auch«, ließ Blake sich vernehmen und warf den Smart Key seines Wagens auf den Beistelltisch neben der Haustür.

»Für mich nichts. Mir geht es gut«, sagte Robin.

Aber es ging ihr nicht gut. Sie steckte mitten in einer ausgewachsenen Panikattacke, Messer der Angst stachen bei jedem Schritt in ihre Brust und malträtierten ihre Halsschlagader. Wenn sie nicht vorsichtig war, würde sie vor aller Augen verbluten. »Entschuldigt mich, ich muss mal auf die Toilette.«

»Alles in Ordnung?«, fragte Blake.

»Alles okay. Das chinesische Essen …« Robin hastete die Treppe hinauf und hörte Landon hinter seiner geschlossenen Zimmertür schaukeln, als sie ins Bad rannte. »Verdammt«, murmelte sie und schloss die Tür hinter sich ab. *Verdammt, verdammt, verdammt.* »Okay. Setz dich. Atme ein paarmal tief durch. Dann geht es schon wieder.«

Aber mit jedem versuchten Atemzug bohrten sich frisch geschliffene Dolche tiefer in ihr Fleisch.

»Beruhige dich. Beruhige dich.«

Aber wie konnte sie sich beruhigen, wenn Alec sich rundweg weigerte, jede Frage dazu zu beantworten, was er in der Nacht in Red Bluff gemacht hatte, als Tara ermordet und ihr Vater und Cassidy angeschossen worden waren? Ließ das nicht zumindest vermuten, dass er etwas zu verbergen hatte? Wie konnte sie sich beruhigen, wenn der einzige Tom Richards aus Red Bluff, der nach San Francisco gezogen war, seit zwei Jahren tot war, was bedeutete, dass ihr Bruder und Tom Richards wahrscheinlich ein und dieselbe Person waren? Wie konnte sie sich beruhigen, wenn es durchaus im Bereich des Möglichen lag, dass er einer der Schützen gewesen war?

*War das denkbar?*

*Nein, das konnte nicht sein.*

*Scheiße. Scheiße. Scheiße.*

Sie spritzte sich kaltes Wasser ins Gesicht und starrte ihr Spiegelbild über dem Waschbecken an. »Verdammtes Knittergesicht«, murmelte sie und versuchte, die verräterischen Spuren ihrer Angst mit den Fingern glattzustreichen. »Alec war es nicht«, erklärte sie ihrem Spiegelbild. Er war es nicht.

Es musste eine rationale Erklärung dafür geben, dass er sich weigerte, sein Handeln zu erklären. »Welche? Welche rationale Erklärung kann es geben?«

*Scheiße. Scheiße. Scheiße.*

»Scheiße! Verdammter Mist noch mal!«

Es klopfte.

Robin erstarrte.

Es klopfte noch einmal, kräftiger. »Tante Robin?«

»Landon?« Landon? Sie entriegelte und öffnete die Tür, und der Schock, unvermittelt ihrem Neffen gegenüberzustehen, nahm ihre Panik vorübergehend in den Würgegriff.

Er trug ein hellorangefarbenes T-Shirt mit Harley-Davidson-Logo, sein ungekämmtes schulterlanges Haar fiel ihm in die Augen, die er sofort niederschlug. »Ich habe dich schreien hören«, murmelte er und starrte auf seine nackten Füße, die unter dem ausgefransten Saum seiner zu langen Jeans hervorragten.

»Oh, tut mir leid«, sagte Robin und folgte seinem Blick. »Ich wollte dich nicht erschrecken. Ich … hab mir den Zeh gestoßen.«

»Autsch«, sagte Landon, ohne aufzublicken. »Das tut weh.«

»Ja.«

Er wandte sich zum Gehen.

»Dein T-Shirt gefällt mir«, sagte sie eilig.

Landon klopfte lächelnd auf das Logo.

»Du magst Motorräder wirklich gern, was?«

Keine Antwort.

»Darf ich dich etwas fragen?«

Er zuckte die Achseln und blickte zur Treppe.

»Ich habe gesehen, wie du neulich nachts mit dem Motorrad weggefahren bist.«

Landons Kopf schnellte nach oben, eine halbe Sekunde lang traf sein brennender Blick ihren, bevor er ihn wieder zu Boden wandte. Er begann, von einem Fuß auf den anderen zu wippen.

»Wen kennst du, der ein Motorrad fährt?«

Schweigen.

»Kenne ich ihn auch?«

»Er heißt Donny.«

»Donny Warren?«

»Er ist mein Freund«, sagte Landon, das Kinn auf die Brust gedrückt.

»Dein Freund«, wiederholte Robin.

»Er lässt mich auf seinem Motorrad mitfahren.«

*Nach Mitternacht?*

»Meine Mom sagt, es ist okay.«

»Klingt cool. Wohin fahrt ihr?«

»Zu seiner Ranch. Er hat Pferde. Ich mag Pferde.«

Robin nickte. Es war die längste Unterhaltung, die sie je mit ihrem Neffen geführt hatte. »Darf ich dich noch was fragen?«

Landon blickte wieder zur Treppe.

»Mir ist aufgefallen, dass du oft an deinem Fenster stehst und rausguckst.«

Er begann, auf den Fersen zu wippen.

»Und ich hab überlegt … ob du vielleicht zufällig auch aus dem Fenster geguckt hast … in der Nacht … von dem Überfall …«

»Landon?«, rief Melanie von unten. »Bist du das da oben? Was machst du? Komm runter. Dein Onkel Alec ist hier.«

»Landon, hast du in der Nacht irgendwas gesehen?«

Aber er hatte ihr bereits den Rücken zugewandt und war in der nächsten Sekunde schon halb die Treppe hinunter.

Robin blieb noch ein Weilchen auf der Schwelle stehen, bevor sie in ihr Schlafzimmer ging und die Tür schloss. Sie legte sich aufs Bett und starrte auf den Ventilator an der Decke, während die Fragen in ihrem Kopf kreisten wie Fliegen. *Hatte Alec Tara getötet? Hatte er versucht, ihren Vater und Cassidy zu töten? War es Landon gewesen? Vielleicht hatten Alec und Landon es gemeinsam getan. Oder Landon und Donny Warren. Oder Melanie* hatte *die ganze Sache geplant.*

»Scheiße.«

*Was für eine Familie.*

*Was für ein Schlamassel.*

Warum war sie nicht tauglicher und besser vorbereitet, mit einem derartigen Schlamassel umzugehen? Begegnete sie in ihrer Arbeit nicht täglich dysfunktionalen Familien? War ihre eigene Familiengeschichte nicht zumindest einer der Beweggründe gewesen, Therapeutin zu werden?

Sie überlegte, was sie einer Klientin raten würde.

»*Machen Sie einen Schritt nach dem anderen*«, würde sie sagen. »*Bearbeiten Sie ein Thema nach dem anderen.*«

Es gab keinen Mangel an Themen: ihr Zorn, ihre Enttäuschung, ihre Verteidigungshaltung gegenüber Melanies beinahe ständigen Angriffen. Aber vielleicht waren diese Themen ein Resultat eines noch größeren Themas: Schuld.

*Weil sie ihrer Mutter nichts von der Untreue ihres Vaters erzählt hatte.*

*Weil sie ihre Mutter während deren Krankheit alleingelassen hatte.*

*Weil sie ihre beste Freundin im Stich gelassen hatte.*

*Weil sie Melanie einen Mord zutraute.*

*Weil sie Landon einen Mord zutraute.*

*Weil sie Alec einen Mord zutraute.*

»Das ist aber ein verdammt großer Haufen Schuld«, sagte sie laut.

Robin schüttelte den Kopf. Erklärte sie ihren Klienten nicht immer, dass Schuld ein nutzloses Gefühl sei, das nur dem Zweck diente, einen in der Vergangenheit festzuhalten und daran zu hindern vorwärtszugehen? Dass es leichter – weniger beängstigend – war, sich schuldig zu fühlen, als positive Veränderungen in seinem Leben in Angriff zu nehmen? Dass Schuld ein Ausweg für Feiglinge war. »Bin ich wirklich so ein beschissener Feigling?«, fragte sie laut.

Jemand klopfte sanft an der Tür. »Robin?«, rief Blake leise.

Und was war mit ihm, fragte sie sich und richtete sich im Bett auf. War er der Mann, der er zu sein behauptete, oder nur eine jüngere, glänzendere Version ihres Vaters? Konnte sie ihm wirklich vertrauen?

»Robin?«, rief Blake noch einmal, öffnete die Tür einen Spalt und betrat das Zimmer. »Tut mir leid. Hast du geschlafen?«

»Nein.«

Er setzte sich neben sie aufs Bett, die Matratze gab unter seinem Gewicht leicht nach. »Wie geht's deinem Magen?«

»Besser. Was passiert unten?«

»Nicht viel. Dein Bruder hat beschlossen, dass er im Abstellraum schlafen will.«

»Im Abstellraum? Der ist vollgestellt mit Krempel.«

»Er sagt, es gefällt ihm so.«

Robin blickte zum Fenster, sah ihrer beider Spiegelbild in der Scheibe und fand, dass sie gut zueinanderpassten. »Glaubst du, dass Schuld ein Ausweg für Feiglinge ist?«, fragte sie.

Die Frage schien ihn zu verwirren. »Ich weiß nicht mal so richtig, was das heißen soll.«

Sie lächelte. Ihr Vater hätte nie zugegeben, etwas nicht zu verstehen. »Mit meinem Bauch ist alles in Ordnung«, erklärte sie ihm. »Es war eine Panikattacke.«

»Das dachte ich mir schon«, sagte er und drückte ihre Hand.

»Tut mir leid.«

»Was?«

»Dass ich dir nicht gleich die Wahrheit gesagt habe.«

»Ich bin derjenige, der sich bei dir entschuldigen muss.«

»Und ich bin dran, zu fragen, wofür.«

»Dass ich gedacht habe, du übertreibst, wenn du von deiner Schwester gesprochen hast.«

Sie lachte. »Danke, dass du ihr vorhin gesagt hast, sie könne dich mal.«

»Es war mir ein Vergnügen.«

»Zu ihrer Verteidigung, sie hatte es nicht leicht…«

»Du musst sie nicht verteidigen.« Er zuckte die Schultern. »Jeder hat wohl sein Päckchen mit sich herumzutragen.«

»Ja, wahrscheinlich.« Sie zögerte. »Was ist deins?«

Sie wartete, dass er lächeln und ihr erklären würde, dass sie seine Geschichte schon kannte, dass er alles in allem ein Leben relativer Sorglosigkeit und seltener Privilegien geführt hatte. Er war intelligent und gutaussehend. Seine Familie war wohlhabend und hatte gute Beziehungen. Seine Eltern waren zwar geschieden, doch die Scheidung war freundschaftlich verlaufen, beide hatten wieder geheiratet und sich an der Ostküste komfortabel niedergelassen, seine Mutter in New York, sein Vater in Connecticut. Sie wusste, dass er einen älteren Bruder hatte, der in China Englisch unterrichtete, und einen jüngeren Bruder, der mit Anfang zwanzig an einem Asthmaanfall gestorben war. Sie hatte angenommen, dass er nur selten über seine Familie sprach, weil es nicht viel mehr zu sagen gab.

Sie hätte es besser wissen müssen.

»Mein Bruder ist nicht gestorben, weil er Asthmatiker war«, sagte Blake jetzt.

»Was?«

»Er ist an einer Überdosis von Kokain und Heroin gestorben. Der Gerichtsmediziner meinte sogar, er hätte so viele Drogen im Körper gehabt, dass es ein Wunder sei, dass er so lange überlebt hat.«

»Oh mein Gott. Das tut mir so leid. Warum hast du mir das nicht schon früher erzählt?«

Er fuhr sich durchs Haar. »Ich weiß nicht. Vielleicht dachte ich, du hättest schon zu viel zu bewältigen. Vielleicht dachte ich, eine weitere verkorkste Familie würde dich abschrecken. Vielleicht wollte ich mich auch einfach nicht damit auseinandersetzen.«

»Du hast mir nicht vertraut«, stellte Robin leise fest.

»Nein. Ich …«

»Es ist okay. Ich hab dir auch nicht vertraut.«

Er lächelte traurig. »Und was machen wir jetzt?«

Robin atmete lange aus. »Wir beschließen, uns gegenseitig zu vertrauen. Welchen Sinn hat es sonst?«

»Du glaubst, es ist so einfach?«

»Ich glaube, es muss so einfach sein.«

Er nickte.

»Erzähl mir von deinem Bruder«, sagte sie.

»Es war eine elende, sinnlose Verschwendung«, sagte er, und die Worte kamen ihm mühelos über die Lippen, als hätten sie schon Jahre auf seiner Zungenspitze gelegen und nur auf einen sanften Anstoß gewartet. »Er war unglaublich charmant, unangestrengt charismatisch, was vermutlich Teil des Problems war. Alles fiel ihm leicht. Er musste sich nie besonders bemühen, nie über sich hinauswachsen. In der Schule, für Jobangebote, bei Frauen. Alles, was er tun musste, war lächeln. Ein Filmproduzent hat ihn eines Nachmittags auf der Straße gesehen und ihm tatsächlich eine Nebenrolle in einem Film angeboten. In einer Szene sollte die Hauptdarstellerin auf eine Party kommen, sich wahllos einen Typen schnappen und mit ihm rummachen. Natürlich haben sie meinen Bruder ausgewählt. Er hat mir erzählt, dass sie den ganzen Tag auf dem Set rumgemacht und die ganze Nacht in ihrer Villa mit Blick auf den Ozean gevögelt hätten.« Bei der Erinnerung schüttelte

Blake den Kopf. »Der blöde Film läuft immer noch manchmal im Fernsehen. Frag mich nicht, wie er heißt. *Hausparty? Poolparty? Sexparty?* Irgendwas in der Richtung.«

»Guckst du ihn dir manchmal an?«

»Ich hab es einmal gemacht. Aber es war zu schmerzhaft. Man sieht, dass er völlig zugedröhnt war. Die verdammten Drogen.«

*Deshalb nimmst du nicht mal Aspirin und bist so besorgt, wenn ich Valium schlucke.*

»Er war vierundzwanzig, als er gestorben ist. Als Kind hatte er Asthma gehabt, deshalb beschlossen meine Eltern, allen zu erzählen, er hätte einen tödlichen Anfall gehabt. Ich hab die Geschichte dann ziemlich schnell für mich übernommen. Es war leichter so.« Blake legte die Hände zusammen, wie um anzuzeigen, dass sich die Geschichte ihrem Ende näherte. »Jedenfalls haben sich meine Eltern kurz darauf scheiden lassen, mein Bruder ist nach China verschwunden, und ich habe mich in meiner Karriere vergraben.« Er sah Robin direkt in die Augen. »Bis ich mich eines Abends widerwillig habe überreden lassen, einen Kollegen auf eine Party zu begleiten, und wer kommt zur Tür rein … die Liebe meines Lebens.«

Robin legte ihre Hände auf seine.

Es klopfte. Robin fuhr herum und sah Melanie in der Tür stehen.

»Tut mir leid, wenn ich störe, aber …« Melanie atmete tief ein.

Robin stand langsam auf. »Was ist los?«

»Alec ist verschwunden.«

»Wie meinst du das, er ist verschwunden?«

»Ich meine, er ist mit dem Wagen deines Verlobten abgehauen.«

»Bitte sag mir, dass das ein Scherz ist, der deinem kranken Humor entsprungen ist.«

»Tut mir leid, kleine Schwester«, sagte Melanie ernst. »Aber es sieht so aus, als würde der Witz auf unsere Kosten gehen.«

# KAPITEL 23

Sie warteten bis kurz vor Mitternacht, bevor sie aufgaben und ins Bett gingen.

»Warum macht Alec etwas so Dummes?« Robin wusste nicht mehr, wie oft sie die Frage gestellt hatte. »Was zum Teufel hat er sich dabei gedacht?«

»Er hat offensichtlich gar nicht gedacht.« Melanie drückte sich am Küchentisch hoch, an dem sie alle drei seit dem Abendessen gehockt hatten. Niemand hatte großen Hunger gehabt, bis auf Landon, der zwei Hotdogs und drei Portionen Bohnen verputzt hatte, bevor er sich wieder zum Schaukeln in sein Zimmer zurückgezogen hatte. »Immerhin hat der Sheriff noch nicht angerufen, um uns mitzuteilen, dass man ihn aufgegriffen hat, was bedeutet, dass sie wahrscheinlich nicht wissen, dass er verschwunden ist. Vielleicht ist er ja so schlau und kommt zurück, bevor es zu spät ist.«

Morgen früh würde Sheriff Prescott garantiert vorbeischauen, und es würde nicht lange dauern, bis er mitkriegte, dass Alec sich unerlaubt entfernt hatte.

»Es sei denn, er ist schuldig«, sagte Melanie.

»Ist er nicht«, beharrte Robin.

»Bleibt das kleine Problem mit dem Wagen deines Verlobten.«

»Sieht so aus, als würde dein Bruder schneller als gedacht einen guten Strafverteidiger brauchen«, sagte Blake.

»Kennst du einen?«, fragte Robin ihn.

»Keinen von hier.«

»Ich habe gehört, Jeff McAllister ist ziemlich gut. Ich ruf ihn morgen Vormittag an. Wie dem auch sei, ich geh jetzt schlafen, und ich schlage vor, dass ihr das auch macht. Der morgige Tag verspricht wieder ungemein ereignisreich zu werden.«

Robin lauschte den Schritten ihrer Schwester auf der Treppe. »Glaubst du, sie könnte recht haben?«, wollte sie von Blake wissen und verabscheute es, die Möglichkeit zuzugeben, dass Melanie überhaupt bei irgendetwas recht haben könnte.

»Ich weiß nicht«, sagte Blake ehrlich. »Aber wenn er bis morgen früh nicht wieder da ist, melde ich meinen Wagen als gestohlen, sonst laufe ich Gefahr, als Komplize angeklagt zu werden.«

»Ich weiß.«

»Es tut mir wirklich leid.«

»Es gibt nichts, was dir leidtun müsste. Das ist Alecs Schuld. Nicht deine.«

Sie gingen nach oben und legten sich aufs Bett, ohne sich auszuziehen oder unter die Decke zu schlüpfen. Robin spürte das Gewicht von Blakes Arm um ihre Hüfte, seinen gleichmäßigen und beruhigenden Atem im Nacken. *Gott sei Dank, dass du hier bist,* dachte sie. Und dann: *Wo zum Teufel ist mein Bruder? Warum geht er nicht ans Telefon? Raste er in diesem Moment über einen dunklen Highway in Richtung kanadischer Grenze?*

*Warst du es, Alec? Hast du auf unseren Vater und Cassidy geschossen? Hast du Tara ermordet?*

Sie versuchte, sich ihren Bruder mit einer Waffe in der Hand und einer Skimaske vorzustellen, die seine vollen Lippen bedeckte und sein schmales Gesicht bis auf die schönen grauen Augen verbarg.

*Hast du es getan, Alec? Warst du auch nach all der Zeit so zerfressen von Bitterkeit, dass du einen Menschen ermordet und versucht hast, zwei weitere zu töten, darunter dein eigener Vater? Hast du ihn so sehr gehasst?*

Ihr Vater und Alec hatten immer eine konfliktreiche Beziehung gehabt, schon vor Gregs Hochzeit mit Tara. Alec hatte nie den stereotypen Erwartungen ihres Vaters entsprochen, wie ein Mann, wie *sein Sohn* zu sein hatte.

»Musst du so streng mit dem Jungen sein?«, erinnerte Robin sich an die wiederholte Klage ihrer Mutter während Alecs gesamter Kindheit.

»Musst du so nachsichtig sein?«, hatte die automatische Antwort ihres Vaters gelautet. »Du darfst ihn nicht so verhätscheln. Er muss härter werden. Willst du, dass die Kinder in der Schule auf ihm rumtrampeln?«

*Aber wer braucht schon Fremde, wenn der eigene Vater bereits seine Fußabdrücke hinterlassen hat?*

Und bei den wenigen Gelegenheiten, bei denen Alec ihm die Stirn geboten hatte, war es noch schlimmer gewesen.

Robin erinnerte sich an den Unwillen ihres Vaters, als Alec seinen Ratschlag zu einem Schulprojekt zurückgewiesen hatte. Man hatte den Erstklässlern aufgetragen, einen Park zu entwerfen, und Alec war voller Enthusiasmus nach Hause gekommen. Damals war er … wie alt … sechs, vielleicht sieben gewesen. In seinem Park sollte es Schaukeln und einen Sandkasten aus Bastelpapier geben, hatte er verkündet, und einen Lego-Jungen, der an einem Klettergerüst aus Stroh hing. Dazu zwei Bäume aus Pappe.

»Zwei Bäume?«, hatte ihr Vater gebrüllt. »Was für ein Park hat nur zwei Bäume? Du brauchst mehr Bäume, verdammt.«

Alec hatte seinen Vater angestarrt. »Wessen Projekt ist es?«, hatte er gefragt. »Deins oder meins?«

Ihre Mutter hatte mit stillem Stolz in sich hineingelächelt, doch Greg Davis hatte die berechtigte Frage seines Sohnes als Bedrohung seiner Autorität empfunden, war wütend aus dem Zimmer gestürmt und hatte gelobt, ihm nie wieder zu helfen. Seine Wut war erneut zutage getreten, als Alec eine Woche später strahlend mit einer Zwei plus nach Hause gekommen war. »Ich wette, alle anderen Kinder haben eine Eins bekommen«, hatte sein Vater abschätzig gesagt. »Es waren die verdammten Bäume. Ich hab es dir ja gesagt. Was für ein bescheuerter Park hat nur zwei Bäume?«

Das nächste Mal sah Robin Alecs Bastelarbeit in dem Abfalleimer unter der Spüle, das Klettergerüst demontiert, die Kartonbäume umgestoßen und bis zur Unkenntlichkeit zerfetzt.

In Alecs Teenagerjahren war es nicht besser geworden. Wenn er in einem Test neun von zehn Fragen richtig beantwortet hatte, ritt sein Vater auf der einen herum, die er nicht gewusst hatte. Wenn er bei einem Laufwettbewerb Zweiter wurde, tadelte ihr Vater ihn, weil er nicht als Erster ins Ziel gekommen war. Alecs Leistungen wurden konsequent durch die Linse des Versagens betrachtet, und egal, wie sehr er sich anstrengte, es reichte nie. Er war immer eine Enttäuschung.

Irgendwann hörte er auf, sich Mühe zu geben. Wozu auch, wenn man nie gut genug sein konnte? Seine Noten sackten ab, und er musste das letzte Schuljahr wiederholen. Er bewarb sich gar nicht erst an einer Universität. »Und was willst du jetzt machen?«, hatte sein Vater gefragt. »Deine eigene Firma gründen?« Ohne eine Antwort abzuwarten, war er fortgefahren: »Ich sag dir, was man für ein eigenes Unternehmen braucht – man braucht Kapital, und man braucht Eier. Als ich angefangen habe, hatte ich keinen Cent, aber Rieseneier. Du hast weder das eine noch das andere. Sieht so aus, als würdest du ab jetzt in Vollzeit für mich arbeiten. Und erwarte keine Gefälligkeiten, weil du mein Sohn bist.«

Dabei war es unwahrscheinlich, dass Alec von seinem Vater etwas anderes erwartete als Beschimpfungen. Und wenn er sich irgendwelche Hoffnungen gemacht hatte, dass Greg Davis sich wundersamerweise in eine Art Mentor verwandeln würde, war er von solchen Illusionen schnell geheilt worden, weil sein Vater keine Neigung zeigte, etwas von seinem über die Jahre erworbenen Wissen zu teilen. Alec wurde rasch zu einem besseren Laufburschen degradiert, der die Wünsche seines Vaters zu erfüllen und sich den Großteil seiner täglichen Tiraden anzuhören hatte.

Robin erinnerte sich an einen Tag, als sie ins Büro gekommen war, weil sie die Unterschrift ihres Vaters auf einem Bewerbungsformular für ein Stipendium brauchte, und gehört hatte, wie er Alec hinter der geschlossenen Bürotür laut beschimpft hatte, ohne sich darum zu scheren, dass in seinem Vorzimmer zwei Kunden warteten. »Manche Männer sollten keine Söhne haben«, flüsterte die Frau ihrem Kollegen zu.

Der Mann nickte. »Ich habe gehört, dass er seine Jungen frisst.«

*Mein Vater, der Kannibale*, dachte Robin jetzt und spürte, wie Blakes Arm von ihrer Hüfte rutschte, als er sich auf den Rücken drehte und dem Schlaf ergab.

Der einzige Lichtblick in Alecs Leben war Tara gewesen.

Wegen Robins Freundschaft mit ihr kannten die beiden

sich schon seit Jahren, und obwohl Tara ein paar Jahre älter als Alec war, blickte sie nie auf ihn herab. Sie schien im Gegenteil Wert auf seine Meinung zu legen, die sie zu allem Möglichen einholte, von den Jungen, mit denen sie ausging, bis zu den Kleidern, die sie tragen sollte.

»Wozu fragst du ihn?«, hatte ihr Vater einmal im Vorbeigehen gespottet. »Er hat von nichts eine Ahnung.«

»Und ob«, hatte Tara locker erwidert. »Er weiß eine Menge. Seien Sie nicht so tyrannisch, Mr. D.«

Robin hatte mit angehaltenem Atem darauf gewartet, dass ihr Vater einen Wutanfall bekommen und Tara aus dem Haus werfen würde. Aber stattdessen hatte er laut gelacht.

»Das Mädchen ist ein kleiner Knallfrosch«, hatte er beim Abendessen verkündet.

Robin wusste schon vor ihrem Bruder, dass er in Tara verliebt war. Die wenigen Mädchen, mit denen er zusammen war, sahen ihr alle ein wenig ähnlich – blaue Augen, lange braune Haare, gertenschlank und sportlich. Aber diese Romanzen hielten nie lange. »Woran hat es denn gelegen?«, hatte Tara ihn nach einer seiner Trennungen gefragt.

Alec hatte die Schultern gezuckt. »Ich weiß nicht. Sie war einfach nicht … ich weiß nicht.«

*Sie war nicht du*, hatte Robin stumm geantwortet und ihre Freundin angestarrt. Wenn Tara wusste, dass ihr Bruder in sie verknallt war, erwähnte sie es zumindest Robin gegenüber nie. Aber wie konnte sie es nicht merken?

»Und, Alec, wie findest du Dylan Campbell?«, hatte Tara ihn gefragt, als sie mit Dylan zusammengekommen war.

»Ich mag ihn nicht besonders«, kam Alecs schnelle Antwort. »Er scheint mir ein bisschen grob.«

»Ich weiß«, erwiderte Tara lachend. »Das mag ich ja an ihm.«

Alec sagte nie wieder ein Wort über Dylan, bis Tara eines Tages von Blutergüssen übersät mit ihrem Säugling im Arm vor ihrer Tür gestanden hatte. »Du musst ihn verlassen«, hatte er schlicht erklärt. »Er wird dich umbringen.«

Und jetzt war Tara tot.

Aber Dylan Campbell hatte sie nicht ermordet.

*War es Alec gewesen?*

»Kann ich dich mal einen Moment sprechen?«, hatte er Robin eines Abends gefragt. Sie war für eine Woche Ferien im März aus Berkeley nach Hause gefahren. Sie hatten im Garten gesessen und auf die Tausende von Sternen gestarrt, die den Mond umgaben wie Sommersprossen. »Es geht um Tara.«

»Was ist mit ihr?«

»Glaubst du, sie würde …?«

»Sie würde was?«, hatte Robin nachgebohrt, obwohl sie den Rest der Frage gar nicht zu hören brauchte, um zu wissen, worum es ging.

»Glaubst du … ich meine, jetzt, wo Dylan endgültig von der Bildfläche verschwunden ist … wenn ich …«

»Sie fragen würde, ob sie mit dir ausgehen will?«

»Glaubst du, sie würde zusagen?«

Robin hatte gelächelt. »Ich glaube, sie wäre dumm, wenn sie es nicht tun würde.«

Und Tara war nicht dumm gewesen.

»Das verstehe ich nicht«, hatte Greg Davis gehöhnt. »Ein Mädchen wie sie. Was sieht sie in einem Fliegengewicht wie Alec?«

»Alec ist kein Fliegengewicht«, hatte Robins Mutter protestiert. »Er ist nett und sensibel …«

»Er ist ein verdammtes Weichei. Was das Mädchen braucht, ist ein Mann.«

Robin fragte sich, ob ihr Vater Tara schon damals ins Visier genommen hatte, ob er die Beziehung seines Sohnes vorsätzlich sabotiert hatte.

*Manche Männer sollten keine Söhne haben.*

*Ich habe gehört, dass er seine Jungen frisst.*

Vorsichtig, um Blake nicht zu wecken, richtete sie sich im Bett auf. Sie betrachtete sein attraktives Gesicht, den im Schlaf halb geöffneten Mund, den Bartschatten auf Wangen und Kinn. Wenn er sich darüber geärgert hatte, dass Alec mit seinem Wagen abgehauen war – und wie könnte er sich nicht ärgern? –, dann hatte er es zumindest nicht an ihr ausgelassen. Im Gegensatz zu ihrem Vater, der immer einen Weg gefunden hatte, allen anderen die Schuld zu geben, wenn etwas nicht exakt nach Plan lief, hatte Blake schnell zumindest einen Teil der Verantwortung für Alecs Tat auf sich genommen. »Ich hätte meinen Smart Key nie irgendwo liegen lassen dürfen, wo er ihn einfach nehmen konnte«, hatte er großzügig eingeräumt.

»Du konntest nicht wissen, dass er so etwas tun würde.«

»Ich hätte zumindest die Möglichkeit in Betracht ziehen müssen. Es war unachtsam.«

Sanft strich sie ein paar Haarsträhnen aus seinen Augen. Er hatte recht – er war nicht ihr Vater. Sie waren sich überhaupt nicht ähnlich.

Aber sie konnte ihrem Vater auch nicht für alles die Schuld geben, trotz der Versuchung, genau das zu tun. Sie war kein Kind mehr. Irgendwann musste sie erwachsen werden und die Verantwortung für ihr eigenes Leben übernehmen. Man konnte seinen Eltern nicht ewig die Schuld geben.

Riet sie das ihren Klienten nicht auch immer?

Vielleicht war sie doch keine so schlechte Therapeutin.

*Versuche, dich morgen an diesen Vorsatz zu erinnern*, nahm

sie sich vor und wollte sich gerade wieder hinlegen, als sie Reifen über den Kies knirschen hörte. Sie stand auf, öffnete die Schlafzimmertür und spitzte die Ohren.

Hatte sie überhaupt etwas gehört?

Es dauerte ein paar Sekunden, bevor eine Wagentür zugeschlagen wurde. Im nächsten Moment war sie im Erdgeschoss und an der Haustür. Kurz darauf stand sie vor dem Haus und spähte angestrengt in die Dunkelheit.

Aus der sich langsam eine Gestalt schälte.

Ihr Bruder.

*Gott sei Dank.*

Eine Menge widerstreitender Emotionen stürzten auf sie ein – Zorn, Dankbarkeit, dunkle Vorahnungen. Vor allem Erleichterung. Sie brach in Tränen aus. »Alec, was zum Teufel …?«

Er blieb ein paar Meter vor ihr stehen, und sein Seufzen kräuselte die feuchtwarme Luft. »Komm mit«, sagte er.

# KAPITEL 24

»Wohin gehen wir?«, wollte Robin wissen. »Und wo in Gottes Namen bist du gewesen?«.

Alec war bereits den Weg zur Straße hochgelaufen, sodass Robin fast rennen musste, um Schritt zu halten.

»Wo bist du gewesen?«, fragte sie noch einmal. »Wir waren krank vor Sorge. Warum bist du nicht ans Telefon gegangen?«

»Ich hab keins.« Er schob die Hände in die Taschen seiner Jeans und mied ihren Blick.

»Was soll das heißen, du hast keins?«

»Ich hab es in San Francisco in den Müll geworfen.«

»Du hast es in den Müll geworfen?«

»Ja. Willst du jetzt alles wiederholen, was ich sage?«

»Warum hast du dein Handy weggeworfen?«, bemühte sich Robin, die Frage umzuformulieren.

»Ich wollte nicht, dass die Polizei die Daten ausliest«, sagte er, als ob das offenkundig wäre.

»Du wolltest nicht, dass die Polizei …« Robin bremste sich, bevor sie den Satz beenden konnte. »Warum nicht? Was hätten sie finden können, wovor du Angst hast?«

Er zuckte mit den Schultern, legte einen Finger auf die Lippen und blickte in die Dunkelheit. »Psst«, sagte er.

»Was soll das heißen, psst? Sag mir nicht, dass ich still sein soll.«

»Ohren sind überall.«

»Es ist fast ein Uhr nachts. Was glaubst du, wer hier draußen zuhört?«

»Oh, du wärst überrascht.«

»Wo zum Teufel bist du gewesen? Und wohin zum Teufel gehen wir?«, fragte Robin, als er an der Straße links abbog.

»Nirgendwohin.«

»Wir laufen also nur zufällig in Richtung des neuen Hauses von unserem Vater?«

»Im Dunkeln wirkt es gar nicht so imposant, oder?«, meinte Alec.

Nun war es an ihr, unvermittelt stehen zu bleiben. »Du hast es das größte verdammte Haus in Red Bluff genannt.«

»Genau.«

»Woher wusstest du das, wenn du es noch nie gesehen hattest?«

»Gut geraten?«

»Alec…«

»Komm schon«, drängte er. »Genug Fragen. Können wir nicht einfach einen gemütlichen Abendspaziergang machen?«

»Abend war vor sechs Stunden. Erzählst du mir, wo du seitdem gewesen bist? Wieso du einfach mit Blakes Wagen abgehauen bist?«, fuhr sie ohne Pause fort. »Weißt du, wie…«

»… dumm das war?«, beendete Alec ihre Frage.

Robin verspürte ein stechendes Schuldgefühl. »Dumm« war die Lieblingsbeleidigung ihres Vaters in Bezug auf seinen Sohn gewesen. »Es war rücksichtslos, Alec«, sagte sie. »Was, wenn Sheriff Prescott dich gesehen hätte…«

»Oh, er hat mich gesehen.«

»Er hat dich gesehen?«

»Du machst es schon wieder.«

»Verdammt, Alec, was soll das heißen, er hat dich gesehen?«

»Okay, okay. Geht's auch ein bisschen leiser? Guck mal da drüben.« Er wies die Straße hinunter.

»Wonach soll ich gucken? Ich sehe nichts.«

»Unter dem großen Baum dahinten.«

Robin strengte sich an, in der Dunkelheit irgendwas zu erkennen. »Ich sehe immer noch nichts … Ist das ein Wagen?«

»Ein Streifenwagen, wenn ich mich nicht irre.«

»Sheriff Prescott?«

»Oder einer seiner Deputys. Er klebt mir schon an den Fersen, seit ich heute Nachmittag das Haus verlassen habe.«

»Du wusstest, dass er dich beobachtet hat, als du Blakes Wagen genommen hast?«

»Nicht direkt, nein. Aber wir sind hier ziemlich am Arsch der Welt. Da merkt man schnell, wenn einem jemand folgt.«

Robin ließ sich auf die Wiese neben der Straße sinken. »Ich gehe keinen Schritt weiter, bis du mir erzählt hast, was los ist.«

Alec setzte sich im Schneidersitz neben sie auf den Boden und rupfte Grashalme aus der Erde. »Tut mir leid. Ich hatte ehrlich nicht vor, den Wagen deines Verlobten zu nehmen.«

»Und warum hast du es dann getan?«

»Ich weiß nicht. Ich war müde und durcheinander. Zurück in diesem Haus zu sein, den alten Abstellraum zu sehen, Melanies Gegenwart und Landons Geschaukel. Vermutlich hab ich Panik gekriegt.«

Robin nickte. Panik war ein Gefühl, das sie nur allzu gut verstand.

»Ich habe Blakes Smart Key auf dem Beistelltisch neben der Haustür gesehen, und ehe ich mich's versah, saß ich schon hinterm Steuer – der Wagen fährt sich übrigens echt gut – und war auf dem Weg Richtung Highway. Bis ich im Rückspiegel den Streifenwagen gesehen und entschieden habe, dass das vielleicht doch keine so gute Idee war.«

»Aber du bist nicht nach Hause gekommen.«

»Dies ist nicht mein Zuhause«, sagte er.

Robin seufzte frustriert. »Du weißt, was ich meine.«

»Ja, weiß ich. Und es tut mir leid, dass ich Blakes Wagen genommen habe, und es tut mir auch leid, dass ich mich nicht gemeldet habe. Es war achtlos, gelinde gesagt.«

»Ja, es gelinde zu sagen ist überhaupt eine große Stärke von dir. Das war alles? Du hast nur eine kleine Ausfahrt gemacht?«

Er seufzte. »Ich war bei Wal-Mart.«

»Du warst bei Wal-Mart?«, wiederholte sie. Die Frage war über ihre Lippen, bevor sie sich bremsen konnte.

»Ich brauchte neue Kleidung, frische Unterwäsche, eine Zahnbürste und so weiter. Ich dachte mir, ich könnte sie genauso gut jetzt kaufen, falls ich länger hier bin. Und um ehrlich zu sein, habe ich wahrscheinlich auch gehofft, diesen verdammten Deputy abzuschütteln oder ihn wenigstens zu Tode zu langweilen. Ich habe Stunden in dem Scheißladen zugebracht. Ich wette, ich könnte dir den Preis jedes verdammten Artikels in den Regalen nennen.«

»Wal-Mart hat nicht die ganze Nacht offen. Wohin bist du gefahren, als sie geschlossen haben? Dad besuchen?«

»Soll das ein Witz sein?« Alec wirkte ehrlich schockiert. Er begann, sein Kinn zu reiben. »Dorthin würde ich als Allerletztes gehen.«

»Und wohin *bist* du gegangen?«

»Na ja, mittlerweile war ich ziemlich hungrig und habe überlegt, nach Hause zu kommen. Aber dann ist mir eingefallen, dass Melanie irgendwas von Hotdog und Bohnen gesagt hatte, also bin ich in das neue Sushi-Restaurant in der Aloha Street gefahren. Warst du schon mal da?«

*Du bist zu einem Sushi-Restaurant gefahren*, wiederholte Robin stumm und biss sich auf die Unterlippe, um es nicht laut zu sagen.

»Es ist ziemlich gut. Ich war überrascht.« Er warf eine Handvoll Grashalme in die Luft, die in der Dunkelheit verschwanden. »Als ich wieder rauskam, parkte der Streifenwagen ein Stück die Straße runter, und obwohl ich meine Pläne einer großen Flucht mehr oder weniger aufgegeben hatte, wollte ich immer noch nicht nach Hause kommen. Also bin ich ins Kino gegangen. Ich hab mir den neuen Film mit Melissa McCarthy angeschaut, der ziemlich witzig war. Sie ist super. Ich hab ihn mir zweimal hintereinander angeguckt. Ich bin sogar extra wieder rausgegangen und hab eine neue Karte gekauft. Ich wollte ja nicht, dass der Sheriff mich verhaftet, weil ich mich, ohne zu bezahlen, reingeschlichen hatte.«

»Ich nehme an, sie haben immer noch gewartet, als du aus dem Kino kamst.«

»Wahrscheinlich haben sie auf eine rasante Verfolgungsjagd auf dem Highway 5 gehofft. Etwas, wovon sie noch ihren Enkeln erzählen können. Aber ich war nicht mit dem Herzen bei der Sache, also bin ich rumgefahren, bis ich dachte, dass alle zu Bett gegangen sind. Dann bin ich zurückgefahren. Okay? Zufrieden?« Er stemmte sich hoch und strich Gras vom Hintern seiner Hose. »Erinnere mich daran, meine Einkäufe aus dem Wagen zu holen, wenn wir zum Haus zurückkommen.«

Robin rappelte sich auf. »Warst du wirklich auf dem Weg nach Kanada, als die Polizei dich angehalten hat?«, fragte sie, als sie den Rückweg zum Haus antraten.

»British Columbia ist eine meiner Lieblingsgegenden«, antwortete Alec. »Tara und ich haben manchmal darüber gesprochen, eines Tages dort hinzuziehen.«

Bei der Erwähnung von Taras Namen hielt Robin den Atem an und wartete, dass er mehr sagen würde.

»Und wie verstehst du dich jetzt so mit Melanie?«, fragte er stattdessen.

»Geht so, nehme ich an«, antwortete sie. »Sie hat sich nicht sehr verändert.«

»Die Menschen verändern sich nicht, Robin. Du bist Therapeutin. Du solltest das wissen.«

»Um fair zu sein…«

»Oh nein, bitte. Sei nicht fair. Unsere Schwester ist eine Fotze, und du weißt es.«

Bei dem Wort »Fotze« musste Robin schlucken. Es war Taras Lieblingswort zur Beschreibung von Melanie gewesen.

»Tara hat immer gesagt, Melanie wäre Dad im Kleid«, fuhr Alec fort. »Du weißt, was sie braucht, oder?«

»Bitte erzähl mir nicht, sie müsste mal wieder flachgelegt werden.«

Alec lachte, trat unabsichtlich gegen einen Kieselstein, bückte sich und warf ihn zurück in die Dunkelheit. »Was glaubst du, wie lange es her ist?«

»Ich kann nicht behaupten, dass ich schon darüber nachgedacht hätte.«

»Du glaubst aber nicht, dass es seit ihrer Schwangerschaft mit Landon sein könnte, oder? Ich meine, du würdest auch ziemlich verschroben werden, wenn du seit fast zwei Jahrzehnten keinen Sex gehabt hättest.«

»Ich kann mir nicht vorstellen…«

»Was? Dass sie Sex hat? Oder dass nicht?«

»Weder noch«, sagte Robin und bog in ihre Einfahrt. »Außerdem war sie schon so, bevor sie schwanger geworden ist.«

»Wie?«

»Du weißt schon.«

»Ich will hören, wie du es sagst.«

»Nein.«

»Warum nicht?«

»Weil es nicht nett ist, seine Schwester …«

»… eine Fotze zu nennen? Komm schon, du kannst es.«

»Nein, mach ich nicht.«

»Du traust dich nicht. Du traust dich nicht.«

Mittlerweile lachte Robin laut. »Du bist verrückt.«

Die Haustür ging auf, und Melanie trat umschienen von Flurlicht auf die Schwelle. Sie hatte einen blauen Baumwollschlafanzug an und einen Ausdruck erschöpfter Wut im Gesicht. »Was zum Teufel ist hier draußen los?«

»Alec ist zurück«, sagte Robin und versuchte, ihr Lachen zu unterdrücken.

»Das sehe ich. Nett, dass du nach Hause gekommen bist. Hast du vor, deine Anwesenheit in der ganzen Nachbarschaft bekannt zu machen?«

»Tut mir leid«, sagte Alec und fügte leise murmelnd hinzu. »Ich hab dir ja gesagt, sie ist eine Fotze.«

»Hör auf.«

Die beiden brachen in einen erneuten Kicheranfall aus.

»Was ist los mit euch?«, fragte Melanie. »Ihr benehmt euch wie kleine Kinder.«

»Tut mir leid«, brachte Robin noch heraus, bevor Melanie auf dem Absatz kehrtmachte und im Haus verschwand.

»Super, Robin«, sagte Alec. »Jetzt hast du sie wütend gemacht.«

Robin wies auf Blakes Wagen. »Vergiss deine Sachen nicht.«

Alec öffnete mit dem Smart Key die hintere Tür auf der Beifahrerseite und nahm ein Dutzend großer Einkaufstüten heraus, von denen er die Hälfte Robin gab. Dabei blickte er zu Landons Zimmer hinauf. »Sieht so aus, als hätten wir ihn geweckt.«

Robin schüttelte den Kopf. »Nein. Er steht immer da.«

Alec winkte seinem Neffen. Sofort verschwand Landon aus ihrem Blickfeld. »Glaubst du, er hat in der Nacht des Überfalls auch dort gestanden? Könnte er etwas gesehen haben?«

*War Alec neugierig oder hatte er Angst?*, fragte Robin sich unwillkürlich. »Ich weiß nicht. Ich habe einmal versucht, mit ihm darüber zu sprechen, aber ohne Erfolg.«

»Vielleicht versuch ich es noch mal.«

»Alec …« Sie wollte ihn fragen, ob sich seine und Taras Wege in San Francisco gekreuzt hatten, ob das Wiedersehen alte Wunden aufgerissen hatte. *Hast du es getan*, fragte sie ihn mit ihren Blicken. *Bist du schuldig?*

»Was denn?«

Sie schüttelte den Kopf. »Nichts.« Es war spät. Sie war erschöpft. Und wenn sie ganz ehrlich war, hatte sie auch Angst davor, was Alec sagen könnte.

# KAPITEL 25

Die Kanzlei von McAllister und Partner lag im ersten Stock eines roten Backsteingebäudes an der Ecke Main und Criffenden Street, einen halben Block von dem hellblauen zweistöckigen Betonbau entfernt, in dem die Baufirma von Greg Davis ihren Sitz hatte.

Robin blickte zum Büro ihres Vaters. »Was glaubt ihr, was mit Dads Unternehmen passiert, wenn …« Sie ließ den Satz unvollendet in der Luft hängen.

»… wenn er abkratzt?«, beendete Alec ihn für sie. »Ich glaube, du meinst *nachdem*, nicht *wenn*.«

»Ich denke, darüber können wir uns Sorgen machen, *wenn* und *nachdem* es so weit ist«, sagte Melanie und öffnete die Eingangstür des Backsteingebäudes.

»Ich glaube, ich kann mich an Jeff McAllister erinnern«, sagte Alec, als sie den steilen Treppenabsatz zur Kanzlei des Mannes hinaufstiegen. »Ein kleiner Mann, stimmt's?«

»Winzig. Dad hat immer gesagt, seine Eier wären größer als der Typ selbst.«

»Der Mann ist ein Dichter«, erwiderte Alec.

Melanie stieß die eingefasste Glastür mit dem Schild McAllister und Partner auf, ohne zu klopfen. »Wir möchten Jeff McAllister sprechen«, erklärte sie einer jungen Frau hinter einem großen altmodischen Holzschreibtisch. »Ich bin Melanie Davis. Ich habe heute früh angerufen. Das sind mein Bruder Alec und meine Schwester Robin.«

Die junge Frau lächelte und zeigte dabei zwei Grübchen und einen markanten Oberkiefer. »Ich sage Mr. McAllister, dass Sie hier sind. Wenn Sie Platz nehmen möchten …« Sie wies auf vier Plastikstühle, die jeweils zu zweit im rechten Winkel zueinander vor einer naturfarbenen Wand mit gerahmten Zitaten standen. *Am dunkelsten ist es immer vor der Morgenröte*, lautete eins. *Jeder hat das Recht auf mindestens einen guten Tag*, begann ein anderes, *dies ist keiner von deinen*. Nicht gerade vertrauenseinflößend, dachte Robin.

»Wir bleiben stehen«, sagte Melanie, die vielleicht genauso empfand.

»Bist du sicher, dass er ein richtiger Anwalt ist?«

»Das ist hier nicht L. A.«, erinnerte Melanie sie.

Robin hätte sich liebend gern hingesetzt. Sie war erschöpft, nachdem sie sich, unfähig, wieder einzuschlafen, die halbe Nacht hin und her gewälzt und Sorgen gemacht hatte, um Alec, ihren Vater und Cassidy, um alles, was geschehen war, und alles, was noch geschehen könnte. So dringend sie aus Red Bluff wegwollte, wie konnte sie irgendwohin fahren, bevor sie wusste, was geschehen war? Sie musste wenigstens wissen, wie weit ihr Bruder in die Sache verstrickt war.

Am Morgen hatte Melanie gleich als Erstes Jeff McAllister angerufen, der um ein Uhr einen Termin für sie frei hatte. Blake hatte ab zwei Uhr eine Telefonkonferenz geplant und konnte sie nicht begleiten.

»Du schaffst das schon«, hatte er Robin versichert, als sie losgefahren waren. »Denk bloß dran zu atmen.«

Gar nicht so leicht, dachte sie jetzt, während ihr Blick über sechs Schwarzweißfotografien von Rodeoszenen an der gegenüberliegenden Wand schweiften. Sie atmete viermal kurz hintereinander ein.

»Du wirst doch nicht wieder ohnmächtig?«, fragte Melanie.

»Nein, tut mir leid.« *Tut mir leid, dass ich atme.*

»Sie sind hier«, hörte sie die Empfangssekretärin ins Telefon flüstern, ohne dass sie ihre Namen nannte.

Kurz darauf stand Jeff McAllister mit ausgestreckter rechter Hand vor ihnen. Er hatte einen stahlharten Händedruck, wie um seine fehlende Körpergröße zu kompensieren, aber ein sympathisches Gesicht, fand Robin, rund und beruhigend. Und immer noch volles Haar. Dabei schätzte sie ihn auf Mitte sechzig. »Freut mich sehr, Sie zu sehen«, sagte er. »Wir waren alle schockiert, als wir von dem Überfall gehört haben. Wie geht es Ihrem Vater?«

»Nicht so toll«, sagte Melanie. »Und wie es aussieht, braucht mein Bruder juristischen Rat.«

Die Empfangssekretärin lächelte Alec schüchtern an.

Melanie warf ihr einen Blick zu, der sagte: *Das ist nicht dein Ernst.*

Sofort begann die junge Frau, die Papiere auf ihrem Schreibtisch zu ordnen, als wäre ihr gerade etwas Wichtiges eingefallen.

»Hier entlang, bitte.« McAllister führte sie zu den drei Büros auf der Rückseite des Hauses. Seins war das Eckbüro am Ende des Flures.

»Ihr kommt nur bis hierhin mit«, erklärte Alec seinen Schwestern, als sie McAllisters Tür erreichten.

»Das ist nicht dein Ernst«, sagte Melanie dieses Mal laut. Als sie und Robin wenig später zappelnd auf den unbequemen Plastikstühlen im Empfangsbereich herumsaßen, schäumte sie immer noch.

»Wir sollten einen Kaffee trinken gehen«, schlug Robin vor.

»Ich hab keinen Durst.«

»Es könnte eine Weile dauern.«

»Geh du, wenn du willst.«

»Nein. Ich …«

Melanies Handy klingelte. Sie zog es aus ihrer Handtasche und hielt es ans Ohr. »Hallo?« Sofort wurden ihre Gesichtszüge weicher, sie wandte sich ab und senkte die Stimme. »Hi. Ja, mir geht's gut. Es war alles ein bisschen stressig.« Sie stand auf und entfernte sich ein paar Schritte von Robin. »Hm-hm. Ja. Das wäre super. Okay. Klar. Das ist wirklich nett. Okay. Bis später dann.« Sie kehrte zu ihrem Platz zurück, ließ ihr Handy in die Handtasche fallen und lehnte den Kopf an die Wand.

»Wer war das?«, fragte Robin.

»Niemand.«

»Es war offensichtlich irgendjemand.«

»Bloß jemand, mit dem ich befreundet bin.«

»Wer denn?« Soweit Robin wusste, hatte ihre Schwester weder Freunde noch Freundinnen, eine der wenigen Gemeinsamkeiten, die sie hatten.

»Halt jemand, den ich kenne. Was ist daran eine große Sache?«

»Es ist keine große Sache. Ich bin bloß neugierig.«

»Da gibt's nichts neugierig zu sein.«

»War es ein Mann?«, bohrte Robin nach, als ihr die Unterhaltung mit Alec in der Nacht zuvor wieder einfiel. »Triffst du dich mit jemandem?«

»Im Ernst?«, fragte Melanie. »Das beschäftigt dich? Bei allem anderen, was passiert, fragst du mich, ob ich mich mit jemandem treffe?«

»Machst du es?«

Melanie verdrehte die Augen zu der abgehängten Decke. »Nein, natürlich nicht. Sei nicht albern.«

»Wieso ist das albern? Du bist noch jung und attraktiv.«

»Und mein Sohn ist immer noch autistisch.«

»Das bedeutet doch nicht, dass du kein Sozialleben haben kannst. Komm schon. Es muss doch im Laufe der Jahre ein paar Männer gegeben haben.«

»Was ist die Frage? Ob ich Liebhaber hatte?«

»Hattest du?«

Melanie ließ sich auf ihrem Stuhl tiefer rutschen und streckte ihre langen Beine aus. Ihr Jeansrock rutschte über ihre Schenkel hoch.

*Dad im Kleid*, hörte Robin ihren Bruder sagen.

»Es gab ein paar«, gab Melanie überraschend zu.

»Wirklich? Wen denn?«

»Im Ernst?«, fragte Melanie noch einmal.

»Jemand, den ich kenne?«

Es entstand eine so lange Pause, dass Robin vermutete, Melanie hätte sie entweder nicht gehört oder würde die Frage absichtlich ignorieren. »Erinnerst du dich an Steve Clark?«, fragte sie, als Robin gerade jede Hoffnung auf eine Antwort aufgegeben hatte und ernsthaft erwog, den erwähnten Kaffee trinken zu gehen.

»Steve Clark?« Robin ließ den Namen über ihre Zunge rollen. »Du meinst, der fette Junge mit der schlechten Haut, der dir in der Highschool immer hinterhergerannt ist?«

»Er hat abgenommen, und seine Haut ist auch besser geworden. Er sieht jetzt eigentlich ziemlich gut aus.«

»Schläfst du mit ihm?«

»Nein, nicht mehr. Das ist Jahre her. Er hat Pamela Haggar geheiratet. Erinnerst du dich an sie?«

Robin schüttelte den Kopf.

»Sie war auch fett. Ist sie ehrlich gesagt noch immer. Sie haben drei Kinder, einen Jungen und Zwillingsmädchen, alle noch keine fünf.«

»Wer noch?«, fragte Robin. »Du hast gesagt, das ist Jahre her.«

»O Gott. Lass mich überlegen.« Melanie seufzte, obwohl sie offensichtlich Gefallen an dem Thema fand. »Mark Best… an den erinnerst du dich bestimmt.«

Robin kniff die Augen zusammen, und in ihrem Kopf nahm ein Bild Gestalt an. »Groß, dunkles Haar, grüne Augen? Hat Basketball gespielt?«

»Genau der.«

»War er tatsächlich? Der Beste, meine ich?«

Melanie kicherte. »Leider nicht.« Sie schüttelte den Kopf. »Nein. Die Ehre würde Ronnie Simon gebühren.« Nickend bestätigte sie ihre eigene Einschätzung. »Ja. Er war schon besonders.«

»Ich glaube nicht, dass ich ihn kenne.«

»Nein, wohl kaum. Du warst schon lange weg, als sie hergezogen sind.«

»Sie?«

»Er und seine Frau samt Kindern.«

»Er war verheiratet?«

»Ist er immer noch.«

»Das wusstest du?«

»Natürlich.«

»War er das gerade am Telefon?«

»Nein. Das ist schon seit Monaten vorbei.«

»Was ist passiert?«

»Das, was meistens passiert. Es ist eben zu Ende gegangen.

Und komm mir jetzt bloß nicht moralisch. Hattest du nie was mit einem verheirateten Mann?«

Robin schüttelte den Kopf. Sie hatte den Schaden, den die zahlreichen Affären ihres Vaters in ihrer Familie angerichtet hatten, nicht vergessen und feierlich gelobt, dass sie niemals wissentlich mit einem verheirateten Mann etwas anfangen würde.

»Kann ich den Damen irgendwas anbieten? Etwas zu trinken vielleicht?«, fragte die Empfangssekretärin.

»Nein, danke«, sagten die Schwestern im Chor.

»Warst du in ihn verliebt?«, hakte Robin nach einem Weilchen nach.

»In wen? In Ronnie Simon? Sei nicht verrückt.«

Wieder schwiegen sie einen Moment.

»Warst du jemals verliebt?«

»Als ob ich Zeit für den Unsinn hätte.«

»Liebe ist kein Unsinn.«

»Nicht?«

»Was ist mit Landons Vater?«

»Das Arschloch? Der größte Fehler meines Lebens.«

»Hörst du irgendwas von ihm?«

»Nie. Sind wir jetzt mit dem Verhör fertig?«

»Ich fand nicht, dass es ein Verhör war.«

»Wie würdest du es denn nennen?«, fragte Melanie.

»Eine Unterhaltung?«, fragte Robin zurück. Sie hatte die letzten Minuten tatsächlich genossen.

»Unterhaltungen verlaufen normalerweise zweiseitig«, sagte Melanie. »Wie fändest du es, wenn ich dich mit Fragen zu deinem Sexleben bombardieren würde?«

»Nur zu«, sagte Robin, und ihr Rücken versteifte sich, wie um sich körperlich für das Kommende zu wappnen. »Frag mich, was du willst.«

Melanie zuckte die Achseln. »Ich hab keine Fragen.«

»Du bist überhaupt nicht neugierig auf mein Leben?«

»Nicht besonders. Ich denke, ich weiß so ziemlich alles, was ich wissen muss.«

»Und das wäre?«

Melanie drehte sich auf ihrem Stuhl zu ihr, schlug ein Bein über das andere und sah Robin direkt an. »Ich glaube nicht, dass du jetzt wirklich damit anfangen willst.«

»Warum nicht?«, erwiderte Robin und spürte ein Kribbeln der Angst unter der Haut. »Wir haben ja sonst nichts zu tun.«

*Atme*, hörte sie Blake sagen.

»Na gut. Ich finde, du bist ein verwöhntes Gör, das glaubt, es wäre der Mittelpunkt der Welt, und alles würde sich um es drehen …«

Der Atem stockte in Robins Lunge. »Aber ich glaube nicht …«

»Sorry. Ich dachte, du wärst daran interessiert, was ich denke«, sagte Melanie.

»Bin ich auch, aber …« Unsichtbare Hände schlossen sich um ihren Hals.

»Ich denke, ihr fühlt euch privilegiert und überlegen. Sowohl du als auch Alec. Ständig verbündet ihr beiden euch und lacht hinter meinem Rücken über mich. Oder mir auch direkt ins Gesicht wie gestern Nacht …«

»Wir haben nicht …« Unsichtbare Finger drückten auf ihre Luftröhre.

»Du denkst, du bist was Besseres. Du denkst, du wüsstest alle Antworten, weil du ein blödes Diplom hast, und du glaubst, dass es dir das Recht gibt, mein Leben zu beurteilen, mein Muttersein, meine Beziehungen …«

»Ich wollte dich bloß besser kennenlernen.«

*Atmen. Einfach atmen.*

»Wozu? Welchen Sinn soll das haben? Hast du vor, noch zu bleiben, wenn das Ganze vorbei ist?«

Robin sagte nichts.

Melanie grinste verächtlich. »Ja, das dachte ich mir.«

»Das heißt aber nicht, dass wir …«

»Was? Keine Freundinnen sein können? Hallo – wir waren noch nie Freundinnen.«

»Weil du mir nie eine Chance gegeben hast«, stieß Robin hervor. »Du hast mich vom Tag meiner Geburt an gehasst.«

Melanie blickte zur Decke, als würde sie ernsthaft darüber nachdenken, was Robin gesagt hatte. »Weißt du, da hast du vielleicht endlich einmal recht.« Sie zuckte mit den Schultern, eine mittlerweile allzu vertraute Geste. »Aber so oder so, du warst Moms Liebling, also welche Rolle spielt das noch? Wie lautet die blöde Redensart – ›es ist, wie es ist‹? Wenn das hier vorbei ist, wenn unser Vater stirbt und Alec entweder im Gefängnis oder wieder in San Francisco ist, wirst du nach L. A. zurückkehren und die Ken-Puppe deiner Träume heiraten. Vielleicht geht es gut, vielleicht auch nicht, aber eins ist sicher: Ich werde hier in Red Bluff festsitzen.«

»Du musst nicht hier festsitzen«, sagte Robin.

Melanie zog beide Augenbrauen hoch.

»Du wirst Geld haben«, sagte Robin. »Du wirst dir professionelle Hilfe für Landon leisten können. Du kannst ihn in eine geeignete Schule geben …«

»Du meinst, in ein Heim.«

»Nein«, sagte Robin. »Ich habe zum Beispiel an eine Kunstschule gedacht.« Dann: »Ich weiß nicht.«

»Wirklich? Es gibt etwas, das du nicht weißt?«

Robin sank auf ihrem Stuhl zurück, die Angst fegte durch

ihren Kopf wie eine steife Brise; ihre Kraft war verbraucht. »Okay. Du hast gewonnen. Ich gebe auf.«

»Und Cassidy? Willst du die auch aufgeben?«

»Ich werde Cassidy nicht im Stich lassen.«

»Nicht? Wie edel. Und was bedeutet das praktisch?«

Plötzlich stand die Empfangssekretärin vor ihnen. »Sind Sie sicher, dass ich Ihnen nichts anbieten kann?«

Robin stand auf. »Ich glaube, ich mache einen Spaziergang.« Sie ging zur Tür und öffnete sie. »Ich könnte ein bisschen frische Luft brauchen.«

»Du brauchst dich mit dem Wiederkommen nicht zu beeilen«, hörte sie Melanie sagen, als die Tür hinter ihr zufiel.

# KAPITEL 26

*Atmen. Einfach atmen.*

Robin stand auf dem Bürgersteig vor Jeff McAllisters Kanzlei und schluckte die Luft wie Wasser. »Verdammt«, flüsterte sie. Als sie gerade gedacht hatte, sie und ihre Schwester würden Fortschritte machen, vielleicht sogar kurz vor einem echten Durchbruch stehen und eine Beziehung aufbauen, hatte die Wirklichkeit ihr hässliches Haupt erhoben wie eine Klapperschlange am Straßenrand, die von einem unvorsichtigen Wanderer gestört worden war.

*Wie oft musste sie mit dem Kopf gegen dieselbe Mauer schlagen?*

»Das war's«, sagte sie laut. »Die kann mich mal.«

»Verzeihung«, sagte jemand. »Meinen Sie mich?«

Robin blickte auf und sah eine Frau vor sich stehen, vielleicht zehn Jahre älter als sie selbst, die sie mit einem fragenden Blick aus einem breiten Gesicht betrachtete. »Oh nein. Tut mir leid. Ich führe bloß Selbstgespräche, fürchte ich.«

Die Frau lachte. »Das mache ich ständig. Keine Sorge.«

*Leider habe ich nichts als Sorgen*, dachte Robin, während die Frau ihres Weges ging.

Robin blickte die lange Main Street hinunter und wurde angezogen von dem hellblauen Gebäude, in dem das Bauunternehmen von Greg Davis seinen Sitz hatte. Seit Jahren hatte sie keinen Fuß mehr in den attraktiven zweistöckigen Bau gesetzt, weil ihr Vater ungeplante Spontanbesuche missbilligte. In ihrer Erinnerung ging es dort zu wie in einem geschäftigen Bienenstock: Angestellte eilten zwischen Büros hin und her, Telefone klingelten ununterbrochen, Architekten tüftelten an der Entwicklung neuer und innovativer Projekte, Zeichner nahmen letzte Änderungen an Bauplänen vor, Marketingleute brüteten über frischen Kampagnen, und Verkäufer versuchten, neue Kunden an Bord zu holen. Darüber hinaus gab es einen kaufmännischen Geschäftsführer, zwei Buchhalter, eine Büroleiterin und mindestens ein Dutzend Sekretärinnen und Assistentinnen.

Trotzdem zählte nur ein einziger Mann, der Mann, dem alle dienten.

Die Firma war Greg Davis' Unternehmen, sein Baby und seine Geliebte, dachte Robin, neben sich selbst wahrscheinlich das Einzige, was er je wirklich geliebt hatte. Nichts anderes kam dem auch nur nahe. Weder seine Ehefrau noch seine anderen Frauen. Schon gar nicht seine Kinder.

*»Cassidy«*, hörte sie ihn flüstern, während sein Blick durch das Krankenzimmer geschweift war, auf der Suche nach dem Kind, das nicht seins war, das es jedoch irgendwie geschafft hatte, die Mauer seiner Selbstbezogenheit zu überwinden, etwas, was keinem seiner leiblichen Kinder gelungen war. *Ich werde dich nicht im Stich lassen*, dachte sie jetzt, als sie sich an Melanies skeptischen Blick erinnerte. Sie fragte sich, wie Blake auf die Idee reagieren würde, dass Cassidy mit ihnen nach L. A. kommen sollte, und hoffte, dass sie nicht gezwungen sein würde, sich zwischen den beiden zu entscheiden.

*Also erzählen Sie mir nicht, ich hätte keine Sorgen*, rief sie der Frau stumm nach, die weiter die Straße hinunter aus ihrem Blickfeld verschwunden war.

Robin atmete noch einmal tief durch, öffnete die kunstvoll geschnitzte Eingangstür der Firma ihres Vaters und betrat die kleine Lobby. Drinnen schlug ihr eine Kombination aus Stille und kühler Luft entgegen.

»Es ist eiskalt hier«, sagte sie mehr zu sich selbst als zu der attraktiven Blondine mit den rosigen Wangen hinter dem Empfangstisch aus Glas und Marmor. Das Namensschild auf der schwarzen Platte wies sie als Shannon Leacock aus. Sie trug einen dicken weißen Pullover über einem gelben Sommerkleid.

»Ich weiß. Die Temperatur ist so niedrig eingestellt«, erwiderte Shannon mitfühlend. »Kann ich Ihnen helfen?«

»Es ist so still«, sagte Robin, die nicht recht wusste, was sie eigentlich hier machte. »Ich hatte nicht erwartet, dass es so still ist.«

»Nun, wir arbeiten zurzeit mit Rumpfbesetzung. Bis wir wissen … tut mir leid. Haben Sie einen Termin?«

»Nein«, sagte Robin hastig. »Ich bin … Robin Davis.«

»Robin Davis? Robin *Davis*?«, wiederholte Shannon. »Sind Sie verwandt mit Mr. Davis?«

»Ich bin seine Tochter.«

Shannon hätte beim Aufspringen fast ihren schwarzen Lederstuhl umgestoßen. »Es tut mir so leid. Ihr Vater … ist irgendetwas passiert? Ist er …«

»Er hält weiter durch.«

»Oh, Gott sei Dank. Einen Moment, ich rufe Jackie. Sie ist unsere Büroleiterin.« Shannon schnappte ihr Telefon und tippte die Durchwahl von Jackie Ingrams Büro, ehe Robin sie aufhalten konnte.

Jackie Ingram war wahrscheinlich der letzte Mensch, mit dem Robin gerade sprechen wollte. »Es ist nicht nötig …«

»Oh, keine Sorge«, sagte Shannon.

*Gütiger Gott.*

»Sie wird sofort hier sein«, erklärte die Empfangssekretärin, nachdem sie aufgelegt hatte. »Wie geht es dem kleinen Mädchen? Cassidy, oder?«

»Ja, Cassidy«, bestätigte Robin. »Sieht so aus, als würde sie wieder gesund.«

»Gott sei Dank. Ah, da ist Jackie.«

Als Robin sich umdrehte, kam Jackie Ingram gerade um die Ecke. Ein Ausdruck der Erleichterung machte sich in ihrem Gesicht breit. Offensichtlich hatte sie Melanie erwartet. *Keine Sorge*, dachte Robin lächelnd. *Diese Wirkung hat sie auf alle.*

»Ist ... hat sich irgendetwas ... Ihr Vater ...?«, begann Jackie, ohne einen Satz oder Gedanken zu Ende zu bringen.

»Alles unverändert.«

Jackie nickte und tippte mit einer Hand sanft auf ihre Brust. Sie trug ein dunkelblaues Kostüm; ihr Haar war zu demselben lockeren Dutt im Nacken gebunden wie an dem Tag ihrer Begegnung in Greg Davis' Krankenhauszimmer. Sie war nicht ganz so attraktiv, wie Robin sie in Erinnerung hatte, ihre Gesichtszüge waren einen Hauch zu teigig, und man sah ihr jedes ihrer gut fünfzig Jahre an. Schwer vorstellbar, dass ihr Vater sie als Geliebte erwählt hatte. Vor allem, wenn zu Hause Tara auf ihn gewartet hatte.

Es sei denn natürlich, Tara hatte gar nicht gewartet, weder zu Hause noch sonst wo.

*Was dem einen recht ist ...*

Jackie Ingram sah sie fragend an. »Kann ich irgendetwas für Sie tun?«

»Ich weiß nicht«, setzte Robin an. *Warum war sie hier?* »Ich weiß nicht.« Tränen schossen ihr in die Augen und strömten über ihre Wangen.

»Wir gehen in mein Büro. Okay?« Jackie Ingram legte einen Arm um Robin und führte sie, ohne eine Antwort abzuwarten, den Flur hinunter.

»Es tut mir leid. Das ist mir wirklich peinlich«, sagte Robin, als Jackie sie in das erste Büro auf der linken Seite schob und ihr einen von zwei hellbraunen Clubsesseln gegenüber dem Schreibtisch anwies. In ihrer Hand tauchte wie aus dem Ärmel gezaubert ein Papiertaschentuch auf, das sie Robin anbot, bevor sie auf dem Sessel neben ihr Platz nahm.

»Das muss Ihnen nicht peinlich sein.«

Robin schnäuzte ihre Nase und tupfte sich die Augen ab, was jedoch auch nicht half. Die Tränen flossen weiter. »Es tut mir leid«, sagte sie noch einmal. »Offenbar kann ich nicht aufhören.«

»Das ist okay«, sagte Jackie. »Es ist bestimmt eine schwere Zeit für Sie.«

»Sie sind sehr freundlich.« Robin sah sich in dem beengten Büro um. Die Wand hinter Jackies Schreibtisch wurde von einem großen Fenster eingenommen, hinter dem über den Dächern der umliegenden Gebäude in der Ferne Berggipfel aufragten. Ganze Jahrgänge von Architectural Digest und andere Architektur- und Designmagazine stapelten sich auf dem hellbraunen Teppich und kletterten an den hellblauen Wänden hoch wie Ranken. »Sind das Ihre Enkelkinder?« fragte Robin, als sie die drei gerahmten Fotos an der Wand zu ihrer Rechten sah, eins von zwei Jungen mit stolzem zahnlosem Grinsen, das zweite von drei Mädchen in Spitzenkleidern, das dritte von einem lächelnden Baby in den Armen seiner Mutter.

*Hat mein Vater wirklich mit einer Großmutter geschlafen?*

»Sind sie nicht süß? Drei Mädchen und drei Jungen. Aber Sie sind bestimmt nicht hergekommen, um über meine Enkel zu sprechen.«

»Um ehrlich zu sein, habe ich keine Ahnung, warum ich hier bin.«

»Sie wollen über Ihren Vater und mich sprechen«, stellte Jackie Ingram ohne jeden Groll fest.

»Die Bemerkungen meiner Schwester neulich waren unangemessen«, sagte Robin. »Das tut mir leid.«

»Sie waren unangemessen«, stimmte Jackie ihr zu. »Aber sie waren auch zutreffend.«

»Sie haben mit meinem Vater geschlafen?«

»Wir hatten eine Affäre, ja«, stellte Jackie subtil richtig.

»Wann? Wie lange? Wenn ich fragen darf.«

»Sie dürfen«, sagte Jackie. »Lassen Sie mich überlegen. Ich habe vor zwei Jahren hier angefangen, nachdem Lisa Holt gekündigt hatte, und wahrscheinlich hat es etwa sechs Monate später angefangen. Kannten Sie Lisa?«

Robin schüttelte den Kopf. »Hatte mein Vater auch mit ihr eine Affäre?«

»Das kann ich nicht mit Sicherheit sagen. Aber es würde mich nicht überraschen. Es tut mir leid. Ich wollte Sie nicht aufregen.«

»Das tun Sie auch nicht. Ich weiß schon seit Jahren von den außerehelichen Aktivitäten meines Vaters. Ich dachte bloß, er hätte sich geändert, nachdem er Tara geheiratet hatte.«

»Sie meinen, weil sie so viel jünger war als er?«

»Ja«, gab Robin zu. »Ich habe wohl gedacht, dass sie mehr als genug für ihn sein würde.«

»Ich glaube ehrlich gesagt, dass das Teil des Problems war.«

»Das verstehe ich nicht.«

»Darf ich ungeschminkt reden?« Robin hätte beinahe gelacht. Tara war tot, ihr Vater schwer verletzt, und sie saß in einem Büro und wurde von seiner letzten bekannten Geliebten getröstet. Einer Großmutter noch dazu. »Unbedingt«, sagte sie und warf die Hände in die Luft. »Reden Sie ungeschminkt.«

»Ich glaube, Ihr Vater war sich nicht ganz bewusst, worauf er sich eingelassen hat, als er Tara heiratete. Sie war nicht nur viel jünger, sondern hatte dazu ein noch sehr kleines Kind. Er hatte vergessen, wie es war, den ganzen Tag, *jeden* Tag ein junges Mädchen zu bändigen. Nicht dass er Cassidy nicht geliebt hat. Das hat er. Aber als sie älter wurde … na ja, Sie wissen ja, wie Mädchen in Cassidys Alter sind, nicht unbedingt leicht zu verstehen. Sie und ihre Mutter haben oft gestritten. Ihr Vater hat das gehasst. Und Tara hat es verabscheut, ein Haus mit Ihrer Schwester und deren armem Jungen zu teilen. Sie hat Ihrem Vater ständig zugesetzt, dass sie in ein eigenes Haus ziehen sollten. Und es gab auch Probleme … im Schlafzimmer.«

»Probleme?«

»Anstatt ihm das Gefühl zu geben, wieder jung zu sein, hat Ihr Vater sich neben Tara verdammt schnell ziemlich alt gefühlt. Das war im Grunde nicht ihre Schuld. Aber sie hatte eine Menge Energie. Und Ihr Vater hatte seine liebe Mühe mitzuhalten, wenn Sie wissen, was ich meine.«

Robin nickte und versuchte, das Bild von ihrem Vater und Tara im Bett auszuradieren, das in ihrem Kopf Gestalt annahm.

»Er hat mir mal erzählt, dass er vergessen hatte, wie ihr Dreißigjährigen im Bett seid«, erinnerte Jackie sich kichernd. »Er hat sich Sorgen um sein Herz gemacht, hat gesagt, er hätte

Angst, sie würde ihn umbringen. Nicht absichtlich natürlich.« Sie atmete tief durch. »Möchten Sie etwas trinken? Wasser vielleicht? Sie sehen ein wenig …«

Robin unternahm eine bewusste Anstrengung, ihre Gesichtsmuskeln zu entspannen. »Nein, nichts, vielen Dank. Mir geht es gut. Sie sagten …«

»Sind Sie sicher, dass Sie das hören wollen?«

»Ziemlich.« *Überhaupt nicht eigentlich.*

»Es war einfach so, dass Ihr Vater sich selbst für einen großen Liebhaber hielt, und verstehen Sie mich nicht falsch, das *war* er auch. Für einen Mann seines Alters und eine Frau *meines* Alters. Frauen Ihres Alters erwarten mehr … Durchhaltevermögen. Und heutzutage wollen sie, nein, sie *verlangen* Orgasmen. Frauen in meinem Alter, nun ja, wir freuen uns schon, dass der Mann überhaupt auftaucht. Wir erwarten, verdammt, wir *wollen* keine Liebesnächte bis zum Morgengrauen. Sie sind schmerzhaft und ehrlich gesagt auch ein bisschen langweilig. Vorspiel hatten wir jahrelang. Wir wissen, was funktioniert und was nicht. Wir wollen einfach zur Sache kommen. Schockiere ich Sie?«

»Nein.« *Ja.*

»Jedenfalls, worauf ich hinauswill, ich glaube, Ihr Vater mochte das mit mir, er musste sich nicht anstrengen. Ihr Vater … er *brauchte* es, bewundert zu werden. Ich habe ihn bewundert. So einfach ist das.«

»Und Ihr Mann?«, fragte Robin. »Was ist mit seinen Bedürfnissen?«

»Oh, mein Mann hat schon vor Jahren das Interesse an Sex verloren. Zumindest mit mir.«

»Er hat andere Frauen getroffen?«

»Andere Männer, wie sich herausstellte«, erwiderte Jackie

achselzuckend. »Erstaunlich, dass man jahrelang mit einem Menschen zusammenleben kann, ohne eine Ahnung zu haben, wer er wirklich ist.«

»Was ist mit den Drohungen, die er geäußert hat, als er von Ihrer Affäre erfahren hat?«

»Das war bloß Show. Eine Möglichkeit, seine Fassade zu wahren. Nicht viele Menschen wissen von seinen anderen … Interessen.«

»Sie glauben also nicht …«

»… dass er Ihren Vater erschossen hat? Absolut ausgeschlossen. Warum sollte er? Ich glaube, er war sogar erleichtert, als er das von mir und Greg erfahren hat. Es bedeutete, dass er sich nicht mehr schuldig fühlen musste. Und vergessen Sie nicht, Ihr Vater war nicht nur mein Liebhaber, sondern auch ein sehr großzügiger Arbeitgeber. Weiß Gott, was jetzt passieren wird, ob ich noch einen Job habe …« Sie brach ab. »Aber das ist nicht Ihre Sorge.«

»Fällt Ihnen sonst irgendjemand ein, der es getan haben könnte?«, fragte Robin, erleichtert, nicht mehr über das Sexleben ihres Vaters sprechen zu müssen. »Ein verbitterter Angestellter, ein unzufriedener Kunde …«

Jackie Ingram schüttelte so vehement den Kopf, dass der Dutt in ihrem Nacken sich löste und Strähnen des dunklen Haars auf ihre Schultern fielen. »Ihr Vater konnte stur und gebieterisch sein, manchmal auch rücksichtslos, und es stimmt, nicht jeder war sein größter Fan, aber eine solche Tat, Menschen zu töten, *auf ein Kind zu schießen*, nein, ich kann mir nicht vorstellen, dass einer unserer Angestellten oder Kunden je so unzufrieden sein könnte.« Sie machte eine Pause. »Ihr Vater wird nicht überleben, oder?«

»Es sieht nicht gut aus.« Robin stand auf. »Ich sollte gehen.«

Jackie Ingram war sofort auf den Beinen. »Werden Sie ihm ausrichten, dass wir alle für ihn beten, dass wir … dass *ich* ihn vermisse.«

»Das mache ich.«

»Vielen Dank.«

»Ich danke *Ihnen.*« Robin ließ sich von der anderen Frau in den Arm nehmen und fest drücken. »Ich finde selbst hinaus.«

»Geben Sie gut auf sich acht«, rief Jackie ihr nach.

Ihre Schwester und ihr Bruder warteten bereits beim Wagen, als Robin ins helle Sonnenlicht trat. »Ich hab dir ja gesagt, dass sie dort ist«, sagte Melanie zu Alec.

»Tut mir leid«, entschuldigte Robin sich, während die Hitze sich wie eine Decke über ihren Kopf legte. »Wartet ihr schon lange?«

»Lange genug.« Melanie schloss den Wagen auf und setzte sich ans Steuer. »Steigt ein.«

»Wohin fahren wir?«, fragte Robin und setzte sich neben sie.

Melanie war schon angefahren, noch bevor Robin ihren Sicherheitsgurt angelegt hatte. »Einen Freund von mir besuchen.«

# KAPITEL 27

»Erzählst du mir auch, wer dieser Freund ist?«, fragte Robin, als Melanie dem nichts weiter hinzufügte.

»Ich glaube nicht«, sagte ihre Schwester.

»Ist es derselbe Freund, mit dem du vorhin gesprochen hast?«

»Könnte sein.«

»Spielen wir 20 Questions?«

»Nur wenn du darauf bestehst, mir so viele Hinweise zu entlocken.«

Robin drehte sich zu ihrem Bruder um. »Und was ist bei McAllister passiert?«

»Vertraulich«, sagte er.

»Ist das euer Ernst?«, fragte sie. »Niemand erzählt mir irgendwas?« Robin drehte sich wieder nach vorn und starrte aus dem Seitenfenster. Die Landschaft ging erstaunlich schnell von städtisch in ländlich über, karge Felder statt Bürgersteige und Büros. Die einzige Konstante war die Hitze, die wabernd vom Asphalt abstrahlte. »Will niemand wissen, wie mein Besuch in Dads Büro war?«, fragte sie nach einer Weile.

»Nicht dringend«, sagte Alec.

»Überhaupt nicht«, sagte Melanie.

Ihre Geschwister waren offensichtlich nicht in der Stimmung für eine Unterhaltung oder Ratespiele, also konnte sie es auch lassen. Gut fünf Minuten sagte niemand ein Wort; nur die Countrymusik aus dem Autoradio füllte die Stille. Irgendwas von Verlust und gebrochenen Herzen. *Willkommen im Club.*

Ihr Handy klingelte.

*Gott sei Dank. Zumindest ein Mensch, der mit ihr reden wollte.* Robin las Blakes Namen auf dem Display und hielt das Telefon ans Ohr. »Wie läuft's?«

»Zäh. Wir machen gerade eine Viertelstunde Pause«, erklärte er ihr. »Sieht so aus, als wäre ich hier noch den Rest des Nachmittags beschäftigt.«

»Das ist okay. Wir kommen sowieso noch nicht nach Hause.«

»Ist Alec immer noch bei seinem Anwalt?«

»Nein. Er ist fertig.«

»Gibt es irgendwas zu berichten?«

»Offenbar nicht.«

»Okay, hör mal. Da ist etwas, was du wissen solltest.«

»Was denn?«

»Landon – er hat das Haus verlassen, kurz nachdem ihr gefahren seid. Und er ist noch nicht zurückgekommen.«

Robins Blick schoss zu ihrer Schwester.

»Was ist?«, fragte Melanie, ohne sie anzusehen.

»Okay, danke«, sagte Robin zu Blake. »Bis später.« Sie steckte das Handy zurück in ihre Handtasche, überlegte, ob sie Melanie von Landon erzählen sollte, und stellte sich den nachfolgenden Dialog vor.

*»Blake sagt, Landon ist nicht zu Hause.«*

*»Na und? Er darf das Haus verlassen. Er ist kein Gefangener.«*

*»Ich dachte ja bloß.«*

*»Denk lieber nichts.«*

Sie spürte, wie der Wagen beschleunigte, bremste und wieder beschleunigte. »Was ist los?«

»Ich glaube, wir werden verfolgt.«

Robin und ihr Bruder drehten sich um.

»Ist es der Sheriff?«, fragte Robin.

»Sieht nicht aus wie ein Streifenwagen«, sagte Alec.

»Kannst du den Fahrer erkennen?«

»Nein.«

»Vielleicht verfolgt er uns auch gar nicht.«

»Er ist hinter uns, seit wir die Main Street verlassen haben. Ich fahr rechts ran.«

»Das ist vielleicht keine so gute Idee«, wandte Robin ein.

»Hast du eine bessere?«

»Mom hat immer gesagt, man soll keinen Ärger suchen«, erinnerte Robin ihre Schwester, als Melanie am Straßenrand hielt.

»Ja, und wohin ist sie mit ihrer Philosophie gekommen? Vielleicht würde sie noch leben, wenn sie ein bisschen eher Ärger gemacht hätte.« Der Wagen hinter ihnen fuhr vorbei. »Okay. Gut. Sieht aus, als hätte ich mich geirrt.«

»Nein«, sagte Alec. »Guck mal. Er hält an.«

»Scheiße«, sagte Robin, als der dunkelblaue Buick etwa fünfzig Meter vor ihnen ebenfalls am Straßenrand stehen blieb.

»Wer zum Teufel ist das?«, fragte Melanie, als der Fahrer ausstieg und auf sie zukam.

Obwohl die Sonne sie blendete, erkannte Robin Dylan Campbell sofort. Sein großspuriger Gang und der wie zu einer unausgesprochenen Drohung leicht zur Seite gelegte Kopf waren unverkennbar. »Scheiße«, sagte sie noch einmal.

»Vermute ich richtig, wer das ist?«, fragte Melanie.

»Das kann nicht euer Ernst sein«, sagte Alec und stieß die Wagentür auf.

»Alec, nicht ...«, setzte Robin an, doch Alec war schon ausgestiegen. »Verdammt.« Sie und Melanie öffneten gleichzeitig die Wagentüren, und die Hitze traf Robin wie ein Faustschlag, der sie beinahe umgehauen hätte.

»Na, hallo, hallo«, sagte Dylan. »Sieht so aus, als wäre die ganze Sippe versammelt.«

»Warum folgst du uns?«, fragte Robin.

Dylans Gesichtszüge entspannten sich zu einem breiten Grinsen. Er war ganz in Schwarz gekleidet, trotz der Hitze, die ihm nicht das Geringste auszumachen schien. »Genau mein Geschmack, Mädchen. Keine Zeit verschwenden mit Vorspiel. Hi, Melanie. Gut siehst du aus. Alec, wie geht's, Kumpel? Ich hab dich seit einer Ewigkeit nicht mehr gesehen.«

»Eine Ewigkeit ist nicht lang genug, du Stück Scheiße.«

»Wenigstens war dieses Stück Scheiße in der Nacht, als jemand seiner geliebten Exfrau das Gesicht weggeschossen hat, nicht in Red Bluff. Was man, wie ich höre, von dir nicht behaupten kann.«

»Okay«, sagte Robin. »Das reicht.«

»Hast du sie erschossen, Alec?«, fuhr Dylan fort, ohne sie zu beachten, und sprach die Frage aus, die sie fürchtete. »Hast du Tara ermordet? Hast du meiner Kleinen die Mutter genommen?«

»An deiner Stelle würde ich nicht zu große Töne spucken«, sagte Robin mutiger, als sie sich fühlte. »So wasserdicht ist dein Alibi auch nicht. Du hättest jemanden anheuern können ...«

»Da solltest du mich besser kennen, Robin, ich bin der strikte Do-it-yourself-Typ. Ich würde nie jemanden engagieren, um Tara etwas anzutun. Wenn ich gewollt hätte, dass die

Schlampe stirbt, hätte ich es selbst erledigt und nicht einem anderen den Spaß überlassen.« Er schüttelte den Kopf. »Und es hätte ganz bestimmt keine überlebenden Zeugen gegeben.« Er strich eine Haarsträhne aus seinem Gesicht und lächelte, als sie gleich wieder in seine Stirn fiel. »Außerdem bin ich ein geläuterter Mensch. Das macht das Gefängnis mit einem. Und ich hätte gedacht, dass gerade du daran glauben würdest, dass jeder eine zweite Chance verdient hat. Ich muss sagen, ich bin ein wenig enttäuscht.«

»Ich muss sagen, das ist mir scheißegal.«

»Was willst du, Dylan?«, fragte Melanie.

»Was ich will?«, wiederholte er. »Nun, mal überlegen. Für den Anfang wäre es nett, Zugang zu meiner Tochter zu bekommen.«

»Sie will dich nicht sehen«, sagte Robin.

»Ich bin sicher, sie ließe sich überzeugen, wenn *du* mit ihr sprechen und sie zur Einsicht bewegen würdest.«

»Und die wäre?«

»Nun, ich bin ihr Daddy. Ihr *richtiger* Daddy. Und ich möchte mich um sie kümmern und all die Zeit wiedergutmachen, die wir verloren haben.«

»Das wird nicht passieren.«

»Wir reden mit ihr«, sagte Melanie. »Und sehen, was wir tun können.«

»Was?« Robin stockte der Atem. »Wir werden nichts dergleichen tun.«

»Der Mann hat ein Recht, seine Tochter zu sehen«, erwiderte Melanie.

»Endlich. Die Stimme der Vernunft.« Dylan wandte sich Melanie zu und tippte an die Krempe seines nicht existenten Hutes.

»Auf gar keinen Fall werde ich dich auch nur in die Nähe der Kleinen lassen«, beharrte Robin.

»Wir reden mit Cassidy«, sagte Melanie noch einmal, als ein weiterer Wagen hinter ihrem hielt.

Robin sah, wie die Tür geöffnet wurde und ein Paar abgewetzter Cowboystiefel auf die bekieste Böschung gesetzt wurde.

»Gibt es ein Problem?«, fragte Sheriff Prescott, der hinterm Steuer sitzen blieb.

»Hallo, Sheriff«, sagte Dylan. »Was für ein Zufall! Wir alle hier versammelt.«

»Probleme?«, fragte der Sheriff noch einmal.

»Nichts, was wir nicht selbst regeln könnten«, erwiderte Melanie.

»Dylan wollte gerade fahren«, sagte Robin.

Dylan wies mit dem Kopf auf Alec. »Wann werden Sie diesen Mann verhaften, Sheriff?«

»Wenn mir verdammt noch mal danach ist.«

Dylan lachte leise. »Okay. Offenbar sind heute alle ein bisschen sensibel. Muss an der Hitze liegen. Tja, ich fahr dann mal und lass euch machen. Ich wohne im Red Rooster Motel, wenn ihr mich erreichen wollt. Und du redest mit Cassidy?«, fragte er Melanie.

»Ich werde sehen, was ich tun kann.«

»Du wirst nichts dergleichen tun«, sagte Robin, als Dylan zu seinem Wagen zurückschlenderte.

»Bitte sag mir nicht, was ich tun kann und was nicht.«

»Nun, von mir darfst du jedenfalls keine Hilfe erwarten«, sagte Robin.

»Wann hatte ich von dir *jemals* Hilfe zu erwarten?«

Robin biss sich auf die Zunge, um nicht nach dem Köder zu

schnappen, während sie beobachtete, wie Dylan in seinen Wagen stieg und wegfuhr.

»Der Mann ist Cassidys leiblicher Vater«, sagte Melanie. »Wenn er mir die Sorge für Cassidy abnehmen will, ist er, was mich betrifft, mehr als willkommen.«

»Auf keinen Fall werde ich zulassen, dass er Cassidy in die Finger kriegt«, sagte Robin.

»Womöglich kannst du ihn nicht aufhalten. Er hat Rechte, ob dir das gefällt oder nicht. Und ob es Cassidy gefällt oder nicht. Sie ist minderjährig. Er ist ihr Vater. Was sagt unser Sheriff dazu?«

»Ich sage, das müsstet ihr wahrscheinlich mit einem Anwalt besprechen«, sagte Prescott. »Jeff McAllister zum Beispiel. Wie ich höre, habt ihr ihm bereits einen Besuch abgestattet. Möchten Sie uns davon erzählen, Alec?«

Alec lachte. »Ich fürchte, ich bin heute nicht so gesprächig.«

»Was machen Sie hier, Sheriff?«, fragte Robin. »Sie haben doch bestimmt etwas Besseres zu tun, als uns den ganzen Tag hinterherzufahren.«

»Ich mache bloß meinen Job. Halte die guten Bürger von Red Bluff im Blick. Hoffe, dass sie keinen Ärger machen oder bekommen. Sie wissen doch, dass nur ein paar Meilen weiter die Stadtgrenze verläuft. Ich möchte schließlich nicht, dass Ihr Bruder ins Gefängnis geworfen wird, weil er die Grenzen unserer Kommune nicht genau im Kopf hatte. Oder Sie, weil Sie seine Flucht versehentlich begünstigt haben.«

»Mein Bruder hat nicht die Absicht, Red Bluff zu verlassen.«

»Freut mich zu hören.«

»Warum lassen Sie uns dann nicht in Ruhe und kümmern sich darum, die Täter zu finden, die meine Familie niedergeschossen haben?«, sagte Robin, als der Sheriff offensichtlich Vorbereitungen zur Abfahrt traf.

»Genau das versuche ich zu tun, Robin. Ich melde mich.« Er startete den Wagen und fuhr davon.

»Wow«, sagte Alec zu Robin. »Seit wann bist so resolut?«

Robin fuhr zu ihrem Bruder herum. »Und du halt deine verdammte Klappe.«

»Boah. Was?«

»Hast du es getan, Alec?«

»Was?«, wiederholte er und wandte sich hilflos an Melanie.

Melanie zuckte die Achseln, als wollte sie sagen: *Guck nicht mich an.*

»Denn eins sag ich dir«, fuhr Robin fort und wischte sich Schweißtropfen aus dem Nacken, »ich hab echt die Schnauze voll von dem ganzen Mist.«

»Welchem Mist?«

»Ich will, dass du aufhörst, Ausflüchte und schlaue Sprüche zu machen, und mir die Wahrheit sagst.«

»Ich habe dir die Wahrheit gesagt.«

»Du hast auf niemanden geschossen«, stellte Robin fest.

»Ich habe auf niemanden geschossen«, bestätigte Alec.

»Und was zum Teufel hast du dann in der Nacht in Red Bluff gemacht? Ich muss es wissen, sofort. Hast du mich verstanden?«

»Das kann ich dir nicht erzählen. Wenn du als Zeugin vor Gericht aufgerufen wirst …«

»Dann berufe ich mich auf das Auskunftsverweigerungsrecht oder ich lüge oder ich sage – Gott behüte – die Wahrheit. Irgendjemand hier muss ja mal damit anfangen.«

»Scheiße«, sagte Alec.

»Sofort, Alec. Sonst fahre ich zurück nach L.A., und du

kannst allein mit dem ganzen Mist klarkommen. Ich schwör's dir. Willst du das wirklich?«

Es entstand eine lange Pause. Alec wischte sich in einer unbewussten Imitation von Dylan Campbells Geste eine Strähne aus der Stirn und blickte die staubige verlassene Straße hinauf und hinunter, als hoffte er, jemand würde zu seiner Rettung eilen. »Ich war hier, um Tara zu sehen«, sagte er schließlich so leise, dass Robin sich anstrengen musste, ihn zu verstehen.

Es dauerte einen weiteren Moment, bis die Worte gesackt waren. »Du warst hier, um Tara zu sehen?«

»Was soll das heißen, du bist gekommen, um Tara zu sehen?«, fragte Melanie. »Warst du in der Nacht in ihrem Haus?«

»Nein«, antwortete Alec schnell. »Ich habe es nicht betreten. Tara und ich wollten uns im Riverbank Inn treffen. Gegen neun hat sie angerufen und gesagt, es gebe Probleme und sie könne nicht weg.«

»Warte – noch mal zurück«, sagte Melanie. »Was soll das heißen, ihr wolltet euch treffen?«

Robin lehnte sich an den Wagen ihrer Schwester; das heiße Blech brannte durch ihre Kleider. *Ihr Verdacht bezüglich Alec und Tara war also begründet.*

»Du hattest eine Affäre mit Tara.«

»Es war mehr als eine Affäre«, sagte Alec. »Wir haben uns geliebt. Wie schon immer. Sie wusste, dass die Heirat mit Daddy ein Riesenfehler gewesen war. Sie wollte ihn verlassen.«

»Ach du Scheiße«, sagte Melanie.

Mit Tränen in den Augen starrte Robin ihren Bruder an. »Ich schlage vor, du erzählst uns das lieber von Anfang an.«

# KAPITEL 28

»Können wir nicht wenigstens in den Wagen steigen, damit ich die Klimaanlage anmachen kann?«, bat Melanie.

Die drei Geschwister stiegen wieder in den alten Impala, Melanie vorn, Robin und Alec hinten, wo Robin die Hand ihres Bruders fest gedrückt hielt. Melanie startete den Motor, und ein schwacher Strom lauwarmer Luft wurde nach hinten gepustet.

»Angefangen hat es vor etwa einem Jahr«, begann Alec ohne weitere Aufforderung. »Tara hat mir eine E-Mail geschickt und geschrieben, dass sie unglücklich sei, dass Daddy wieder in sein altes Muster verfallen sei, dass sie niemanden zum Reden habe, dass sie mich vermissen würde und so weiter. Ich wollte eigentlich nicht antworten, aber wenn es um Tara geht, war es mit meiner Willenskraft noch nie weit her, und schon bald haben wir uns praktisch täglich gemailt.

Ich nehme an, Dad hat mitgekriegt, dass irgendwas im Busch war, dass Tara unglücklich war und vielleicht auch rastlos wurde«, fuhr Alec fort, »weil er plötzlich eingewilligt hat, in ein neues Haus zu ziehen. Tara hatte ihm damit seit Jahren in den Ohren gelegen, aber ihr wisst ja, wie stur Daddy sein konnte. Und dann beschließt er plötzlich aus heiterem Himmel, dass sie recht hat – sie brauchen ihr eigenes Haus. Er wird ihr das Haus ihrer Träume bauen, blablabla. Aber weil Dad

Dad ist, ist es eigentlich das Haus *seiner* Träume. Er entscheidet alles – wo es gebaut und wie es eingerichtet werden soll. Er kennt sich schließlich aus.

Was er allerdings nicht wusste, war, dass die renommierten Inneneinrichter McMillan und Loftus, die er engagiert hatte, keine zehn Blocks von meiner Wohnung entfernt sind, was es Tara und mir sehr leicht gemacht hat, uns zu treffen.

Zuerst ist gar nichts passiert. Wir haben uns auf einen Kaffee getroffen. Wir haben geredet. Beim ersten Mal hat sie sogar Cassidy mitgebracht. Wir haben so getan, als wären wir alte Freunde, die sich zufällig auf der Straße begegnet sind. Tara hat mich Cassidy als Tom Richards vorgestellt, einen ehemaligen Mitschüler von ihr. Zum Glück konnte Cassidy sich nicht an mich erinnern, und ich hätte sie wahrscheinlich auch nicht erkannt, so erwachsen war sie geworden. Wir sind in meine Wohnung gegangen, ich habe dem Mädchen einen heißen Kakao gemacht, und Tara und ich haben so getan, als würden wir über alte Zeiten reden und was aus allen geworden ist. Jedenfalls kam Tara danach meistens allein. Und wenn Cassidy sie doch mal begleitete, hat Tara vorgegeben, sie müsste sich Muster ansehen, weil sie wusste, dass das die Kleine tödlich langweilte. Sie hat sie ein paar Stunden in einem Kino abgesetzt und ist in meine Wohnung gekommen. Es hat nicht lange gedauert, bis die Sache sich aufgeheizt hat. Bald fuhr ich mehr oder weniger regelmäßig nach Red Bluff, wo wir uns in verschiedenen Motels am Stadtrand getroffen haben.«

»Und Dad hat keinen Verdacht geschöpft?«, fragte Melanie.

»Wenn er den Verdacht hatte, dass Tara eine Affäre hat, was sein Ego meines Erachtens ohnehin nicht zulassen würde, hätte er bestimmt nie vermutet, dass ich derjenige war.«

»Okay«, sagte Robin, die trotz der mittlerweile kühleren Luft schwitzte. »Du hattest also eine Affäre mit Tara …«

»Wir haben uns geliebt«, verbesserte Alec zum zweiten Mal.

»Ihr habt euch geliebt«, wiederholte Robin. »Wollte sie es Dad erzählen?«

»Sie wollte, aber dann kam der Umzug in das neue Haus und die Einweihungsparty. Sie wollte Dad nicht in Verlegenheit bringen und Cassidy nicht beunruhigen, die unseren Vater aus irgendeinem unerklärlichen Grund wirklich zu lieben scheint. Es war irgendwie immer der falsche Zeitpunkt. Außerdem hatte Tara Angst davor, wie Dad reagieren würde. Ich habe angeboten, dabei zu sein, wenn sie es ihm erzählt, aber sie hielt das für keine gute Idee. Wir wollten an dem Abend darüber sprechen und konkrete Pläne machen, doch dann hat sie angerufen und gesagt, es gebe Probleme, sie würde es nicht schaffen und sich später melden.«

Alec blickte auf das Fenster, als würde die Szene sich in der Scheibe spiegeln.

»Als sie nach Mitternacht immer noch nicht angerufen hatte, hab ich mir allmählich Sorgen gemacht und sie angerufen, doch sie ist nicht drangegangen. Also bin ich zu dem Haus gefahren. Sobald ich zu der Straße kam, habe ich die Polizeiautos und den Krankenwagen gesehen. Ich dachte, Daddy hätte vielleicht einen Herzinfarkt gehabt, als sie ihm erklärt hat, dass sie ihn verlässt, oder er hätte irgendwas Verrücktes getan, sie vielleicht bedroht, sodass sie die Polizei gerufen hatte. Ich weiß ehrlich gesagt nicht, *was* ich gedacht habe. Ich habe immer wieder angerufen, wurde jedoch jedes Mal direkt auf die Mailbox umgeleitet. Also bin ich noch eine Weile rumgefahren, hab überlegt, was ich machen sollte, und mich schließlich auf den Rückweg nach San Francisco gemacht. Und das Nächste, was ich mitgekriegt habe, war, dass ihr beiden panische Nachrichten auf meiner Mailbox hinterlassen habt.«

»Aber weshalb hast du uns nicht einfach die Wahrheit erzählt?«

»Am Anfang war ich ehrlich gesagt zu perplex. Als ihr mir erzählt habt, dass man auf Dad geschossen hatte, war mein erster Gedanke, es war Tara. Als ich gehört habe, dass auch Tara niedergeschossen worden war, dachte ich, er hätte sie erschossen und die Waffe dann gegen sich selbst gerichtet. Aber dann habt ihr berichtet, dass auch auf Cassidy geschossen wurde, was einfach unvorstellbar war, und dass das Ganze womöglich ein bewaffneter Überfall gewesen sei.«

Er sackte auf der Rückbank in sich zusammen und vergrub das Gesicht in den Händen.

»Ich konnte es nicht glauben. Ich wusste nicht, was ich machen sollte. Es schien niemandem irgendetwas zu nutzen, wenn ich allen von Tara und mir erzählte. Ich dachte, es würde die Sache nur verkomplizieren, die ja sowieso schon verworren genug war. Und dann hast du ein paar Tage später nach meinem Wagen gefragt, was nur heißen konnte, dass der Sheriff irgendwie herausgefunden hatte, dass ich in Red Bluff war. Mir war klar, was für einen Eindruck das machen würde. Niemand würde mir glauben. Es gibt nur mein Wort, dass Tara Dad verlassen wollte. Der Sheriff hätte wahrscheinlich angenommen, dass ich Tara ermordet und Dad angeschossen habe, weil Tara beschlossen hatte, ihn *doch nicht* zu verlassen. Er hätte behauptet, dass ich wütend war, ein zweites Mal zum Narren gehalten worden zu sein, und dass ich Tara nicht noch einmal davonkommen lassen wollte.«

»Hätte er recht gehabt?«, fragte Melanie von vorn.

»Verdammt«, sagte Alec und sah Robin beschwörend an. »Siehst du.«

»Ich frag ja bloß«, sagte Melanie.

Alec wandte sich wieder an Robin. »Was ein Motiv betrifft, ist es ziemlich weit hergeholt, dass ich mehr als fünf Jahre später immer noch einen Groll hege, vor allem wenn ich Tara in all der Zeit nicht gesehen habe. Aber sobald ich die aktuelle Affäre zugebe, ist das etwas ganz anderes. Zusammen mit meiner Anwesenheit in Red Bluff in jener Nacht hat die Polizei sowohl ein Motiv als auch die Gelegenheit, und mehr brauchen sie nicht, um mich zu verhaften.«

»Was hat McAllister gesagt?«

»Er ist meiner Meinung. Er sagt, es bleibt immer noch reichlich Zeit für die Wahrheit, falls und wenn es zu einer Verhaftung kommt. Derweil ist es nicht nötig, dass ich den Job für die Polizei erledige.«

Robin sank auf den Sitz zurück. »Scheiße«, sagte sie. Was gab es auch sonst zu sagen?

»Tut mir leid«, sagte Alec. »Ich hab Mist gebaut.«

»Das ist noch milde ausgedrückt.« Melanie legte einen Gang ein und fuhr los.

»Ich habe sie nicht erschossen. Ich schwöre es.«

»Ich glaube dir«, sagte Robin und beobachtete, wie Melanies Augen sich im Rückspiegel verengten.

»Danke.«

»Wohin fahren wir?«, fragte Robin.

»Immer noch dahin, wohin wir vor unserer kleinen Beichtstunde schon wollten«, sagte sie mit Betty-Davis-Stimme. »Könnte ein bisschen holprig werden.«

Keine zehn Minuten später erreichten sie ein entlegenes Stück Land am Stadtrand von Red Bluff. Melanie bog in einen breiten unasphaltierten Weg hinter einem Maschendrahtzaun ein, der das Grundstück begrenzte. Die Landschaft war das Gegenteil von dem üppigen Farmland entlang des Sacramento River. *Wir könnten ebenso gut auf dem Mond sein*, dachte Robin, obwohl sie begriff, warum Touristen es möglicherweise faszinierend finden könnten. *Dieser Ort gab dem Begriff von den »weiten, offenen Ebenen« eine völlig neue Bedeutung.* Auf der rechten Seite der Zufahrt stand eine orangefarbene Scheune, auf der linken ein kleines Holzhaus, ansonsten verdorrtes Gras, wohin das Auge blickte. Links neben dem Holzhaus parkte ein verrosteter alter Chevy, rechts davon eine glänzende Harley Davidson, womit es für Robin keinen Zweifel mehr am Besitzer des Anwesens gab.

»Alle aussteigen.« Melanie stellte den Motor ab und stieß die Tür auf.

Sofort stieg Robin der Geruch von Pferden in die Nase, und sie musste dreimal kurz hintereinander niesen.

»Hier entlang.« Melanie schritt entschlossen auf die Scheune zu.

»Erzählst du uns, warum wir hier sind?«, fragte Alec, während er und Robin ihr folgten.

Als Antwort wies Melanie auf das Land jenseits der Scheune.

Robin schirmte mit beiden Händen die Augen ab. Selbst mit Sonnenbrille war das Licht beinahe blendend, und es gab keinen Schatten, der auch nur minimalen Schutz vor den sengenden Strahlen geboten hätte. In der Ferne sah sie zwei Männer auf Pferden, die in absolutem Gleichschritt nebeneinandertrabten. »Ist das Landon?«, fragte Robin und bemühte sich, in den dunklen Umrissen der Männer vertraute Züge auszumachen.

»Ja, das ist er«, sagte Melanie mit einer überraschenden, aber unverkennbaren Spur von Stolz in der Stimme.

»Und der Mann neben ihm ist Donny Warren?«

»Ja, das ist er«, sagte Melanie noch einmal und immer noch stolz.

»Was ist hier los?«, fragte Alec. »Wer ist Donny Warren?«

Die Reiter wendeten die Pferde in ihre Richtung, und einer der beiden winkte. »Ein Freund von Landon«, sagte Melanie. »Er bringt ihm das Reiten bei.«

Robin hatte Berichte gelesen, dass Tiere – Hunde und vor allem Pferde – bei der Behandlung von Autismus erwiesenermaßen sehr effektiv waren.

»Er hat angerufen, als du bei McAllister drinnen warst, und gesagt, dass Landon bei ihm ist und ich mir keine Sorgen machen soll.«

»Sehr interessant«, sagte Alec.

Robin hörte einen Unterton in der Stimme ihres Bruders, der ihr Unbehagen bereitete.

»Korrigiert mich, wenn ich mich irre«, fuhr er, ihre schlimmsten Befürchtungen bestätigend, fort, »aber hat Cassidy dem Sheriff nicht erzählt, dass am Abend, als die Schüsse abgegeben wurden, zwei Männer in Daddys Haus eingedrungen sind, beide groß und muskulös …«

»Alec …«, warnte Robin ihn, als ob die Frage unangemessen sei.

»Ich frag ja bloß«, sagte er mit einem listigen Lächeln.

Die Männer auf den Pferden kamen näher, ihre Gesichter tauchten aus dem Schatten. Unter seinem breitkrempigen Hut strahlte Landon von einem Ohr zum anderen.

Robin fiel auf, dass sie ihren Neffen zum ersten Mal lächeln sah.

Auch Melanie lächelte, wenn auch nur schwach, ein beinahe ebenso seltener Anblick.

»Moment mal«, sagte Alec und kniff die Augen zusammen. »Vögelst du diesen Typen?«

Melanies Kopf schnellte zu ihrem Bruder herum.

»Ja, tust du«, sagte Alec. »Du vögelst ihn.«

»Halt die Klappe«, sagte Melanie.

»Melanie hat einen Freund; Melanie hat einen Freund«, neckte er sie.

»Ich warne dich …«

»Versteh mich nicht falsch, ich finde es toll«, sagte Alec, als Donny Warren von seinem dunkelbraunen Pferd sprang, seinen Hut abnahm und auf sie zukam. »Aber wenn eine Person – rein hypothetisch natürlich – ihren Vater und Tara genug gehasst hätte, könnte sie ihren Sohn und ihren Liebhaber angeheuert haben …«

»Halt verdammt noch mal deine Klappe.«

Robin nieste.

»Gesundheit«, sagte Donny Warren, zog ein Taschentuch aus seiner Jeanstasche und bot es Robin an.

»Danke.«

»Ich bin Donny. Sie müssen Robin sein. Ich glaube, ich habe Sie neulich an der Straße gesehen.«

Robin nickte. »Nett, Sie kennenzulernen.«

»Und ich bin Melanies Bruder Alec«, drängte sich Alec dazwischen, streckte die Hand aus und verzog das Gesicht, als Donny sie schüttelte. »Hossa, Cowboy. Sie haben ja einen ganz schönen Händedruck.«

»Entschuldigen Sie.« Donny machte einen Schritt zurück, und Robin sah, dass sein Gesicht im Profil nicht so furchteinflößend war, wie es von vorn wirkte. In seinen kohlschwarzen Augen lag eine Weichheit, sogar ein Zwinkern. Und er sah trotz der Hitze so aus, als würde er sich absolut wohl in seiner tiefgebräunten Haut fühlen. Sein kariertes Hemd war nicht verschwitzt. Ein Mann, der mit sich und seiner Umgebung im Reinen war, dachte Robin. Sie konnte sich nicht vorstellen, dass er irgendjemanden umbringen würde.

Bis ihr einfiel, dass er zwei Einsätze in Afghanistan absolviert hatte.

»Ich habe gerade erzählt, dass du Landon beibringst zu reiten«, sagte Melanie und beobachtete, wie ihr Sohn von seinem Apfelschimmel stieg.

»Ja, er lernt schnell. Er hat sich heute großartig geschlagen. Nicht wahr, Landon?«

Landon blickte auf seine Füße, die Zügel noch in der Hand.

»Es ist sehr großzügig von Ihnen«, sagte Alec, »so viel Zeit mit Landon zu verbringen.«

»Nun, ich mag den Jungen. Und wir mögen beide Pferde und Motorräder«, sagte Donny. »Außerdem bin ich mit einem Bruder aufgewachsen, der eine Lernschwäche hatte, also ist es für mich nichts Besonderes. Wollen Sie reinkommen und was trinken?«

»Ich glaube, wir sollten lieber zurückfahren«, sagte Melanie.

»Klar«, sagte Donny. »Jederzeit.« Er blickte zu Landon. »Ich mach das hier, Partner«, sagte er und nahm Landon die Zügel aus der Hand.

»Komm, Landon«, sagte Melanie.

»War nett, Sie kennenzulernen«, sagte Donny zu Robin und Alec, als sie sich zum Gehen wandten. »Morgen um die gleiche Zeit, Landon? Das gilt auch für Sie«, sagte er zu Alec, »wenn Ihnen nach einem Ritt ist.«

»Könnte sein, dass ich darauf zurückkomme«, sagte Alec und grinste Melanie an.

»Wenn dich nicht vorher jemand erschießt«, kam ihre prompte Antwort.

# KAPITEL 29

Der Anruf kam am nächsten Morgen.

»Robin?«, fragte eine dünne Stimme mit hörbarem Enthusiasmus.

»Cassidy?«, fragte Robin zurück.

»Du glaubst es nicht, der Arzt sagt, ich könnte entlassen werden.«

Robin blickte zu Blake, der mit seinem Laptop am Küchentisch saß und eine E-Mail beantwortete.

*Was ist?*, fragte sein Blick.

»Der Arzt sagt, dass Cassidy nach Hause kommen kann«, flüsterte sie, bevor sie ins Telefon sagte: »Das ist fantastisch. Hat er gesagt, wann genau?«

»Er meint, ihr könntet mich jederzeit abholen. Sofort sogar. Also, wenn es nicht zu viele Umstände macht.«

*Was soll ich machen*, überlegte Robin. Dies war nicht mehr ihr Zuhause, und Melanie würde verärgert reagieren, wenn Robin eine derartige Entscheidung allein traf. Aber Melanie war nicht da, und sie konnte dem Kind schlecht erklären, dass sie erst überlegen müsse und sie dann zurückrufen würde. »Es macht natürlich keine Umstände«, sagte sie. »Wir kommen, so schnell wir können.«

»Robin …«

»Ja?«

»Kannst du mir etwas anzuziehen mitbringen? Ich hatte einen Schlafanzug an, als … du weißt schon. Und der ist ziemlich ruiniert.«

Robin stellte sich das kugelzerfetzte blutige Pyjamaoberteil des Mädchens vor. »Klar. Wir holen etwas aus dem Haus.« Das polizeiliche Absperrband um die Villa ihres Vaters war zwar entfernt worden, doch bei dem Gedanken, dorthin zurückzukehren und Cassidys blutgetränktes Bett zu sehen, drehte sich ihr der Magen um. »Weißt du was? Dies ist die erste gute Neuigkeit seit einer ganzen Weile, und du hast etwas Besonderes verdient. Wir halten unterwegs bei einem Laden und kaufen dir etwas Neues.«

»Wirklich? Auf der Main Street gibt es einen wirklich tollen Shop, Trendsetters. Ich liebe die Sachen dort.«

»Irgendwas Spezielles?«

»Nein. Wähl du aus.«

»Okay, ich tue mein Bestes. Bis gleich.« Robin legte auf, als Blake gerade seinen Laptop zuklappte. »Melanie wird nicht glücklich sein.«

»Ist sie das überhaupt je?«

»Sie hasst Überraschungen.«

»Sie hasst Überraschungen. Willst du sie anrufen?«

»Nein«, erwiderte Robin. »Der Tag ist noch jung. Warum sollte ich ihn mir schon so früh verderben?«

Melanie war mit schlechter Laune aufgewacht, die sich im Laufe des Vormittags weiter verfinstert und ihren Tiefpunkt erreicht hatte, als Alec entschieden hatte, mit ihr und Landon zu Donny Warrens Ranch zu fahren. »Was denn?«, hatte er gefragt. »Ich mag Pferde. Und dein Liebhaber hat mich eingeladen.« Ihre Reaktion war ein eisiges Schweigen gewesen.

Melanie hatte jeden weiteren Kommentar über ihre Beziehung zu Donny verweigert und nur gesagt, dass er Landon angeboten hatte, er könne ihn jederzeit anrufen, wenn er aufgewühlt war und Lust auf einen Ritt entweder auf einem Pferd oder seinem Motorrad hatte. Als Folge seiner Zeit in Afghanistan litt Donny offenbar an Schlaflosigkeit, sodass Landon ihn zu jeder Tages- und Nachtzeit anrufen durfte. »Woher weißt du, dass er unter Schlaflosigkeit leidet, wenn du nicht schon mal bei ihm übernachtet hast?«, hatte Alec gefragt. Das mordlustige Blitzen in Melanies Augen hatte der Phrase »Wenn Blicke töten könnten« eine völlig neue Bedeutung gegeben.

»Du musst nicht mit ins Krankenhaus kommen«, erklärte Robin Blake jetzt.

»Du willst nicht, dass ich mitkomme?«

»Das habe ich nicht gesagt.«

»Und was meinst du?«

Robin atmete tief ein. »Ich möchte, dass du mitkommst.«

Trendsetters war eine kleine Edelboutique in der Main Street zwischen einem altmodischen Eisenwarenladen und einem modernen Frisör direkt gegenüber dem Uhrenturm mit der goldenen Kuppel. Das Geschäft hatte irgendwann in den letzten fünf Jahren eröffnet. »Ich weiß nicht«, sagte Robin, als sie die schulterfreien Tops und Miniröcke sah, die die Puppen im Schaufenster trugen. »Die Sachen kommen mir ein bisschen sehr erwachsen vor.«

»Lass uns mal gucken.« Blake hielt ihr die Tür auf.

Noch bevor sie ganz wieder zugefallen war, trat eine junge Frau auf sie zu. Sie war Anfang zwanzig, groß und schlank, mit wallendem, schulterlangem, braunem Haar und Make-up, das ein paar Schattierungen zu rötlich für ihre Hautfarbe war. Ihre Wimpern waren so schwer von Mascara, dass Robin sich fragte, wie sie es schaffte, die Augen offen zu halten. »Hi, ich bin Miranda«, begrüßte sie sie. »Kann ich Ihnen helfen?«

Robin sah sich rasch in der hell erleuchteten Boutique um. Sie war nett eingerichtet, zu beiden Seiten des breiten Raumes hingen Kleider an Stangen, in der Mitte standen drei Tische mit gefalteten Sachen. Im hinteren Teil des Ladens lachte eine Verkäuferin mit einer Kundin, deren von einem Haarband gehaltene Hochfrisur an *Alice im Wunderland* erinnerte. »Ich weiß nicht«, sagte Robin. »Wir suchen Sachen für ein junges Mädchen. Ihr Angebot scheint sich, ich weiß nicht, vielleicht eher an erwachsene Kundinnen zu richten.« Sie bemerkte, dass Miranda ein locker sitzendes hellgrünes Top und eine gelb-grün gemusterte Shorts trug, wie sie auf dem ersten Tisch zum Verkauf angeboten wurden.

»Oh nein«, widersprach Miranda eilig. »Zu uns kommen eine Menge Teenager.«

»Sie ist zwölf.«

Miranda wirkte unbekümmert. »Welche Größe hat sie?«

»Ich weiß nicht genau.«

»Ist sie groß, dünn, kräftig …?«

»Sie ist etwas kleiner als ich, vielleicht knapp ein Meter sechzig, eher zierlich. Sie wiegt vielleicht vierzig, höchstens fünfundvierzig Kilo. Sie ist zwölf«, wiederholte Robin, als ob damit alles gesagt wäre.

»Klingt wie XS, Größe zweiunddreißig oder vierunddreißig. Welchen Stil mag sie?«

»Ich habe keine Ahnung. Sie hat bloß gesagt, dass sie Ihre Sachen mag.«

»Wirklich? Um wen geht es denn? Wenn sie hier einkauft, kenne ich sie wahrscheinlich.«

Robin zögerte. »Ihr Name ist Cassidy.«

Trotz der zahlreichen Mascaraschichten riss Miranda die Augen auf. »Sprechen Sie von Cassidy Davis?«

Einen Moment lang überlegte Robin zu lügen. Aber wie viele Cassidys konnte es in einer Stadt der Größe von Red Bluff geben? »Ja.«

»Natürlich kenne ich Cassidy. Sie ist dauernd hier. Sie mag unsere Klamotten sehr. Wie geht es ihr?«

»Viel besser. Sie soll sogar entlassen …«

»Das ist so toll«, sagte Miranda, ohne das Ende von Robins Satz abzuwarten. Sie fuhr herum und rief in den hinteren Teil des Ladens. »Tiffany, hast du das gehört? Cassidy Davis kommt aus dem Krankenhaus.«

»Ist das dein Ernst?«, quiekte Tiffany.

»Das kleine Mädchen, das angeschossen wurde?«, fragte ihre Kundin und drehte sich um, sodass Robin ihr Gesicht sehen konnte.

*Nicht Alice im Wunderland.*

*Scheiße.*

»Terri Glover«, sagte sie mit sinkendem Mut, als die Frau auf sie zukam. Terri Glover war eine ehemalige Klassenkameradin und die größte Wichtigtuerin von Red Bluff. »Nett, dich wiederzusehen. Es ist eine Weile her.«

»Ja, gleichfalls. Und Glover habe ich vor zwei Jahren zugunsten von Norris abgelegt. Ich heiße jetzt Terri Norris. Wie geht es *dir*?«

»Ganz gut.«

»Nun, unter den Umständen«, sagte Terri. »Ich kann nicht fassen, was passiert ist. Die ganze Stadt steht unter Schock.« Terri zog ein Handy aus der Handtasche und tippte, während sie sprach, eine Nummer ein. »Aber das sind fantastische Neuigkeiten über Cassidy. Du musst so erleichtert sein.«

»Bin ich. Warte. Was machst du?«

»Ich will es nur kurz Grant erzählen, meinem Mann. Er arbeitet als Reporter für den *Tehama-Today*-Teil des *Redding Record Searchlight*. Das ist eine Beilage für die Sonntagsausgabe der Zeitung. Daran musst du dich doch noch erinnern. Ja, hallo«, sagte sie in ihr Telefon. »Kann ich bitte mit Grant Norris sprechen. Es ist wichtig.«

»Nein. Bitte tu das nicht.«

»Stecken Sie Ihr Handy ein«, sagte Blake.

»Wer sind Sie?« Terri machte ein paar Schritte zurück und hielt ihr Handy an die Brust gepresst.

»Das ist Blake Upton, mein Verlobter.«

»Nun, freut mich, Sie kennenzulernen, Blake. Aber dies ist ein freies Land.«

»Bitte, Terri«, begann Robin. »Du verstehst bestimmt, dass dies eine sehr schwierige Zeit …«

»Und *du* verstehst sicher, dass dies das größte Ereignis in Red Bluff seit Jahren ist. Die Leute haben ein Recht, es zu erfahren.«

»Hör mal, Terri«, sagte Robin um Fassung bemüht, weil sie der Frau eigentlich am liebsten in ihr blödes *Alice-im-Wunderland*-Gesicht geschlagen hätte. »Du würdest mir einen großen Gefallen tun, wenn du es zumindest noch ein paar Stunden für dich behalten könntest, bis wir Cassidy nach Hause gebracht haben. Von einem Rudel Reporter gejagt zu werden, hat ihr gerade noch gefehlt …«

Terri blickte von Robin zu Blake und wieder zu Robin. Dann hielt sie ihr Handy ans Ohr. »Grant«, sagte sie. »Ich muss dich später noch mal anrufen.«

»Danke, das ist wirklich nett von dir.«

»Ich nehme an, ein paar Stunden machen keinen großen

Unterschied. *Tehama Today* erscheint ja sowieso erst am Sonntag.«

»Danke«, sagte Robin noch einmal und wollte den Laden nur noch möglichst schnell verlassen. Sie wandte sich wieder an Miranda, die die Augen so weit aufgerissen hatte, dass ihre Wimpern an ihren Augenbrauen zu kleben schienen. »Glauben Sie, Cassidy würde das Ensemble gefallen, das Sie tragen?«

»Soll das ein Witz sein? Cassidy würde es lieben. Und ich bin ziemlich sicher, dass wir es auch in ihrer Größe haben. Ja«, bestätigte sie, als sie sowohl das Top als auch die Hose auf dem Verkaufstisch gefunden hatte. »Hier sind sie.«

»Super.«

Blake bestand darauf, die Kleidungsstücke zu bezahlen, und sie hasteten nach draußen. Als Robin sich noch einmal kurz umdrehte, sah sie, dass Terri schon ihr Mobiltelefon zückte.

Eine halbe Stunde später trafen sie beim Krankenhaus ein, nachdem sie vorher bei Wal-Mart noch Unterwäsche und ein Paar Crocs gekauft hatten.

»Das ist so cool«, rief Cassidy auf ihrem Bett und hielt das hellgrüne Oberteil und die gemusterte Shorts an ihren blauen Krankenhauskittel. Ihr Haar war aus ihrem blassen Gesicht gebürstet und mit identischen Schmetterlingsklammern hinter die Ohren gesteckt, die sie noch jünger aussehen ließen als zwölf. »Ich finde alles wunderschön, was ihr gekauft habt.«

»Das freut uns«, sagte Robin. »Ich hatte Angst, die Sachen wären vielleicht ein bisschen zu … ich weiß nicht …«

»Oh nein. Sie sind perfekt. Hast du sie ausgesucht, Blake?«

»Nein, das war Robins Wahl.«

»Die Verkäuferin hatte die gleichen Sachen an«, erklärte Robin. »Miranda.«

»Oh, Miranda. Ich mag sie. Fandest du sie nicht toll?«

»Sie war sehr hilfsbereit.« Robin gab Cassidy die Tüte von Wal-Mart. »Unterwäsche und ein Paar grüne Crocs. Ich hoffe, sie passen.«

Cassidy zog die Slips aus der Tüte und wendete sie lachend in den Händen. »Sie sind irgendwie altmodisch.«

»Altmodisch?«

»Mommy hat mir immer Stringtangas gekauft.«

*Natürlich*, dachte Robin. »Oh. Nun, ich schätze, wir können noch mal kurz anhalten und welche kaufen.«

»Das ist schon okay. Zu Hause habe ich jede Menge. Ich kann sie später holen.«

Robin und Blake wechselten besorgte Blicke.

»Nein, das ist okay«, sagte Cassidy. »Sheriff Prescott war heute Morgen hier. Er hat gesagt, er würde mich dorthin begleiten, sobald ich mich bereit fühle.«

»Dafür ist noch reichlich Zeit«, sagte Robin. »Ich würde nichts überstürzen.«

»Nein, es ist wichtig«, beharrte Cassidy. »Sheriff Prescott hat gesagt, je eher, desto besser. Er meint, wenn ich wieder in dem Haus bin, würde ich mich vielleicht an etwas erinnern. Etwas Wichtiges.« Sie lächelte, wie um sie zu beruhigen. »Und wenn ich da bin, kann ich auch meine Kleidung mitnehmen.«

»Nun, das können wir ja später besprechen«, sagte Blake. »Wie wär's, wenn wir dich erst mal nach Hause bringen?«

»Okay.« Cassidy schlug die Decke zurück und schwang behutsam ihre nackten Beine über die Bettkante. Sie machte eine kurze Pause, atmete tief ein und sah dann zu Blake auf. »Könntest du mir helfen?«

»Klar doch.« Er war sofort an ihrer Seite und stützte ihre Hüfte, als ihre Füße den Boden berührten.

»Brauchst du Hilfe beim Anziehen?«, fragte Robin.

»Vielleicht.«

»Ich warte in der Halle.«

Robin löste die Bänder auf der Rückseite von Cassidys Krankenhauskittel, streifte ihn ab und sah den großen Verband um den Oberleib des Kindes. Gütiger Gott. »In der Tüte ist ein BH. Nichts Schickes«, sagte sie und hörte Melanies Stimme hinter den Worten durchklingen. »Ich wusste nicht, welche Größe du hast.«

»Ich trag normalerweise keinen BH«, sagte Cassidy. »Ich hatte überhaupt keinen Busen, bis ich meine Periode gekriegt habe. Und er könnte auch gegen die Wunde drücken.«

»Natürlich. Wie dumm von mir.«

»Du bist nicht dumm«, sagte Cassidy. »Du bist die Beste.« Sie wirbelte herum, vergrub ihren Kopf an Robins Brust und schlang die Arme fest um ihre Hüfte.

Robin schossen Tränen in die Augen. »Lass uns nach Hause fahren.«

# KAPITEL 30

Auf dem Parkplatz warteten drei Reporter und ein Fotograf, als Robin und Blake, flankiert von zwei Deputys, mit Cassidy in einem Rollstuhl den Eingang des Krankenhauses erreichten.

»Terri Glover soll verflucht sein«, sagte Robin.

»Norris«, verbesserte Blake. »Sie hat das Glover abgelegt, schon vergessen?«

»Was machen wir jetzt?«

»Ich hol den Wagen«, sagte Blake, »und komme direkt zum Eingang.«

»Was wollen die?«, fragte Cassidy.

»Irgendeinen Kommentar, nehme ich an. Fotos.«

»Von mir?«

»Du musst mit niemandem reden«, erklärte Blake ihr. »Bleibt einfach, wo ihr seid. Ich bin sofort wieder da.«

»Wer sind *Sie*?«, rief einer der Reporter, als Blake die Tür aufstieß.

»Cassidy«, rief ein anderer. »Cassidy, hier.«

»Wie fühlst du dich, Cassidy?«, rief der dritte. »Kannst du uns erzählen, was passiert ist?«

»Wer hat auf dich geschossen?«

»O Gott«, sagte Cassidy, als die Tür wieder zufiel.

»Schon gut, Liebes.« Robin blickte von einem Deputy zum anderen. »Können Sie nicht irgendwas machen?«

»Sie sind angewiesen, Abstand zu halten«, erwiderte der eine. »Der Sheriff ist auf dem Weg.«

»Ich habe Angst«, sagte Cassidy.

»Das musst du nicht«, sagte Robin und dann: »Verdammt. Ich hab auch Angst.«

»Wirklich? Du hast vor irgendwas Angst?«

*So ziemlich jeden Tag meines Lebens*, dachte Robin. »Uns wird schon nichts passieren.«

»Was ist mit Daddy?«, fragte Cassidy. »Wird *ihm* auch nichts passieren?«

»Ich weiß nicht, Liebes.«

Cassidy hatte darauf bestanden, ihren Vater zu sehen, bevor sie das Krankenhaus verließen. Robin hatte sie mit dem Rollstuhl in sein Zimmer gebracht, und das Kind hatte zehn lange Minuten an seinem Bett gesessen, seine Hand gehalten und still geweint. »Bitte wach auf, Daddy«, hatte sie immer wieder gesagt. »Bitte wach auf.«

Aber Greg Davis wachte nicht auf, und mit jeder Stunde wurde die Hoffnung kleiner, dass er je wieder aufwachen würde. Er hatte in der Nacht zuvor einen weiteren Schlaganfall erlitten. Der nächste würde ihn wahrscheinlich töten, hatte die Ärztin Robin anvertraut. Trotzdem, wenn irgendjemand sie Lügen strafen konnte, dann war es ihr Vater.

»Cassidy?«, sagte eine Frau, die von hinten an sie herantrat.

Robin erster Gedanke war, dass eine Journalistin es irgendwie geschafft hatte, sich an dem Wachmann vorbeizudrücken, doch als sie sich umdrehte, erkannte sie, dass es eine der Schwestern war, die Cassidy gepflegt hatten. »Wir wollten dir die hier geben«, sagte sie und nickte zwei älteren Schwestern zu, die Cassidy einen Blumenstrauß überreichten.

»Vielen Dank«, sagte Cassidy. »Sie sind wunderschön.«

»Du bist unser kleines Wunderkind«, sagte die Schwester.

»Gib gut auf dich acht«, sagte die andere.

»Und du kannst immer gern vorbeikommen, um uns zu besuchen.«

»Das ist wirklich nett von ihnen«, sagte Cassidy, als sie weg waren.

»Ja, stimmt.«

»Kann ich dir etwas Schlimmes gestehen?«

»Etwas Schlimmes?«

Cassidy machte Robin ein Zeichen, sich näher herabzubeugen. »Ich mag keine Tulpen«, flüsterte sie.

»Nicht?« Robin lächelte erleichtert. »Ich dachte, jeder mag Tulpen.«

»Mommy hat immer gesagt, sie duften nicht, lassen die Köpfe hängen und sterben.«

Robin fand, dass das eine ziemlich treffende Einschätzung war.

»Rosen gefallen mir besser.«

»Das merke ich mir«, sagte Robin, als Blake mit dem Wagen vorfuhr.

»Bereit?«, fragte einer der Deputys.

Robin nickte, und der Deputy stieß die Tür auf. Sofort brach ein Schwall von Stimmen über sie herein.

»Weißt du, wer auf dich geschossen hat, Cassidy?«

»Hast du die Person erkannt, die deine Mutter getötet hat?«

»War es jemand, den du kennst?«

»Cassidy, guck mal hierher.«

»Bitte einmal lächeln.«

Und immer mehr Stimmen, körperlos, die auf sie eintrommelten wie wütende Fäuste, während Robin die Arme vors

Gesicht hob, um die gierigen Blicke der Kamera abzuwehren. »Robin, stimmt es, dass Sie und Ihr Vater seit fünf Jahren nicht miteinander gesprochen haben?«

»Ist Ihr Bruder ein Verdächtiger?«

»Was glauben Sie, wer es war?«

Der Sheriff bog auf den Parkplatz, als Blake Cassidy gerade aus dem Rollstuhl auf die Rückbank des Wagens half. »Okay, Leute, zurücktreten. Sofort«, befahl er. »Ihr habt eure Fotos. Heute wird niemand irgendwelche Fragen beantworten. Das Kind ist verängstigt. Und jetzt verschwindet, verdammt noch mal.«

Die Reporter gehorchten wundersamerweise und zerstreuten sich so schnell, als hätte der Sheriff eine Rauchbombe in ihre Mitte geworfen, selbst wenn die Kameras gnadenlos weiterklickten. Robin setzte sich neben Cassidy auf die Rückbank, Blake nahm hinter dem Steuer Platz und wollte gerade losfahren, als der Sheriff ans Seitenfenster klopfte.

»Ich stelle Ihnen für die Heimfahrt eine Polizeieskorte«, sagte er.

»Sehr aufmerksam.«

»Ich kann allerdings nicht versprechen, dass die Geier uns nicht folgen.« Prescott blickte zum Rücksitz. »Wie geht's, Kleine?«

»Gut. Ich habe Blumen bekommen«, sagte Cassidy und hielt ihren Strauß hoch.

Robin legte die Arme um das Kind und drückte sie behutsam an sich. »Wenn ich erwachsen bin, will ich genauso sein wie du«, sagte Cassidy zu ihr.

Eine Viertelstunde später trafen sie zu Hause ein, der Sheriff parkte in der Einfahrt und ließ Blake vorbeifahren, damit er direkt vor der Haustür halten konnte.

Melanies Wagen war nirgends zu sehen. Was gut war, entschied Robin. Melanie würde alles andere als begeistert sein, Cassidy zu sehen, und noch weniger, den Sheriff zu treffen.

»Sieht so aus, als wär keiner zu Hause«, sagte Prescott und half Blake und Robin, Cassidy aus dem Wagen zu heben. »Wahrscheinlich sind sie noch auf Donnys Ranch.«

»Das heißt wohl, Sie beschatten uns immer noch«, erwiderte Robin aufbrausend.

»Ich geh nur sicher, dass niemand auf dumme Ideen kommt.«

»Wie meinen Sie das?«, fragte Cassidy. »Was für dumme Ideen?«

»Nichts, worüber du dir Sorgen machen musst, Schätzchen«, antwortete er. »Glaubst du, du bist kräftig genug, allein bis zur Haustür zu laufen?«

»Wie wär's, wenn ich dich trage?«, bot Blake an, bevor Cassidy antworten konnte.

In Cassidys rehbraunen Augen leuchtete Erleichterung auf. »Danke.« Sie legte ihren Kopf an Blakes Schulter, als er sie hochnahm und zum Haus trug.

Robin blickte zur Straße, wo schon drei Fahrzeuge gehalten und Fotografen mit Teleobjektiven abgesetzt hatten. Kurz darauf fuhr ein kleiner Transporter mit dem Logo von FOX-News vor, und ein Mann mit einer Kamera auf der Schulter sprang heraus. »Scheiße«, sagte Robin. *Melanie flippt aus, wenn sie den Medienzirkus sieht.* Nicht einmal in einer Kleinstadt wie Red Bluff war man sicher. »Können Sie nicht irgendwas dagegen tun?«, fragte sie den Sheriff.

»Solange sie auf der Straße bleiben, sind mir die Hände gebunden. Aber wenn Sie möchten, kann ich einen Deputy am Ende der Einfahrt postieren, der aufpasst, dass niemand das Grundstück betritt. Aber das sollten Sie vorher wohl lieber mit Ihrer Schwester absprechen.«

*Was für ein Spaß das werden wird*, dachte Robin, ließ ihn stehen, schloss die Haustür auf und trat einen Schritt zurück, während Blake Cassidy durch die Diele ins Wohnzimmer trug, wo er sie sanft auf dem Sofa absetzte und neben ihr Platz nahm, während das Kind sich weiter an ihn klammerte.

»Nun, vielen Dank, Sheriff«, sagte Robin, als sie überrascht bemerkte, dass er immer noch herumlungerte, »dass Sie für unsere sichere Heimkehr gesorgt haben. Ab hier kommen wir klar.«

»Sie haben nicht vielleicht einen Schluck zu trinken für mich, oder?«, fragte er.

»Ich hol es«, bot Blake an. »Ich habe auch Durst.«

»Nein«, sagte Cassidy und klammerte sich an seinen Arm. »Lass mich nicht allein.«

»Wie wär's, wenn ich die Blumen in die Vase stelle?«, sagte Robin und nahm Cassidy den Strauß ab. »Sheriff, würden Sie mir vielleicht helfen?«

Prescott sah sie fragend an. »Wäre mir ein Vergnügen.« Er folgte ihr durch den Flur. »Ich nehme an, Sie wollen mir etwas mitteilen«, sagte er, als sie in der Küche waren.

»Was zum Teufel haben Sie mit dem Kind vor?«, wollte Robin wütend wissen und legte die Blumen auf die Arbeitsplatte.

»Ich weiß nicht, ob ich verste …«

»Von wegen. Was erhoffen Sie sich davon, Cassidy in das Haus meines Vaters zurückzubringen?«

»Das ist keine unzumutbare Idee.«

»Sie ist zwölf Jahre alt! Ihre Mutter wurde ermordet. Sie hat ein schreckliches Trauma erlitten. Und Sie wollen, dass sie alles noch einmal durchlebt?«

Sheriff Prescott senkte die Stimme, vielleicht in der Hoffnung, dass Robin das Gleiche tun würde. »Ich leite die Ermittlung in einem Mordfall, Robin. Cassidy ist unsere einzige Zeugin.«

»Sie ist auch ein Opfer. Und sie hat Ihnen bereits erklärt, dass sie die Männer, die in der Nacht in dem Haus waren, nicht erkannt hat.«

»Sie glaubt, sie hätte sie nicht erkannt, aber wenn sie an den Tatort zurückkehrt ...«

»Nein. Das werde ich nicht zulassen.«

»Ich glaube nicht, dass Sie das zu entscheiden haben. Cassidy scheint bereit zu sein ...«

»Cassidy ist minderjährig«, erinnerte Robin ihn. »Und wenn ich einen Anwalt engagieren und eine gerichtliche Verfügung erwirken muss, um Sie davon abzuhalten, werde ich genau das tun.«

»Sonst noch was?«

»In der Tat, ja.«

Der Sheriff legte den Kopf zur Seite wie eine neugierige Bulldogge.

»Hören Sie auf, meinen Bruder zu belästigen. Sie können ihn nicht unendlich in Red Bluff festhalten und hoffen, derweil genug Beweise zu finden, um ihn zu verhaften. Meiner Ansicht nach haben Sie zwei Möglichkeiten: Entweder Sie verhaften ihn, oder Sie lassen ihn in Ruhe. Nur entscheiden Sie sich verdammt noch mal endlich, wie mein Vater zu sagen pflegte.« Robin war verblüfft über ihren Ausbruch. Noch erstaunter war sie zu hören, dass sie ihren Vater zitierte.

»Alles in Ordnung da drinnen?«, rief Blake aus dem Wohnzimmer.

»Alles bestens«, rief Robin zurück, holte eine Glasvase aus dem Schrank über der Spüle, füllte sie mit Wasser und steckte die Tulpen hinein, die sich sofort über den Rand neigten. »Hier«, sagte sie zu dem Sheriff, holte einen Krug aus demselben Schrank und drückte ihm das Gefäß beinahe in den Bauch. »Sie können den mit Eis füllen.«

Als sie nach den Gläsern griff, hörte sie, wie die Haustür geöffnet wurde.

»Robin«, rief Melanie in der Diele und knallte die Tür hinter sich zu. »Was ist hier los? Was wollen all die Reporter da draußen? Was macht der Wagen des Sheriffs hier?«

Robin stellte die Gläser auf den Küchentresen und ging, gefolgt vom Sheriff, in die Diele. Melanie, Alec und Landon standen an der Haustür. Der Geruch von Pferden hätte Robin beinahe umgehauen. Sie musste zweimal niesen.

»Gesundheit«, sagte der Sheriff.

»Danke«, erwiderte Robin und fügte, als sie Melanies verwirrten Gesichtsausdruck sah, hinzu: »Warum gehst du nicht ins Wohnzimmer und siehst selbst…«

»Warum erzählst du mir nicht einfach, was los ist?«

»Melanie«, sagte Robin. »Geh ins Wohnzimmer.«

»Gut«, sagte Melanie und marschierte, gefolgt von Alec, Landon und Robin los. Der Sheriff bildete die Nachhut.

»Hi, Melanie«, begrüßte Cassidy sie, bevor ihr Blick zu den beiden Männern hinter ihr wanderte. »Hi, Landon.« Sie stutzte. »Tom? Bist du das? Was machst du denn hier?«

Alec wurde aschfahl, seine Kinnlade klappte nach unten. Robin verspürte einen heftigen Stoß der Angst, der in ihrem ganzen Körper nachbebte.

»O Gott«, murmelte sie, als ihr klar wurde, dass der Sheriff nicht lange brauchen würde, um zwei und zwei zusammenzuzählen. *Motiv und Gelegenheit*, hörte sie Alec sagen. Und das würde reichen, um Alec zu verhaften.

»Wer ist Tom?«, fragte der Sheriff.

»Tom«, wiederholte Cassidy. »Der Freund meiner Mutter in San Francisco.«

»Du bist verwirrt«, erklärte Melanie ihr. »Das ist Alec, mein Bruder.«

»Alec? Nein. Es ist Tom. Tom Richards. Wir haben ihn immer besucht.«

Mit einer Hand auf dem Holster trat der Sheriff vor, als das gerade Gehörte bei ihm sackte. Sein Blick war mit einem Mal hellwach. »Okay, alle schön ruhig bleiben. Alec, wir gehen zusammen raus, würde ich sagen.«

»Sheriff …«, begann Robin.

»Machen wir es nicht unangenehmer als nötig für alle Beteiligten«, schnitt Prescott ihr das Wort ab. Er legte eine Hand auf Alecs Arm und führte ihn aus dem Zimmer.

»Das verstehe ich nicht. Was passiert hier?«, fragte Cassidy.

Robin folgte den beiden Männern nach draußen. »Was machen Sie?«, fragte sie, als der Sheriff ihrem Bruder Handschellen anlegte.

»Sie haben mir doch eben geraten, mich verdammt noch mal zu entscheiden«, sagte Prescott. »Alec Davis«, begann er, als er ihn über die Kiesauffahrt zu seinem Streifenwagen führte, wo die Meute der wartenden Reporter und Fotografen sie umringte, »Sie haben das Recht zu schweigen …«

# KAPITEL 31

Das Gerichtsgebäude von Red Bluff liegt in der Pine Street 445, ein paar Blocks von der Main Street und einen Block vom Tehama County Jail entfernt. Anders als das unscheinbare niedrige Backsteingebäude des Gefängnisses ist es ein imposanter zweistöckiger Bau aus weißem Beton und Marmor, dessen Vordereingang von zwei dekorativen Säulen und hohen immergrünen Pflanzen gerahmt ist.

Innen ist das Gebäude nicht minder beeindruckend – eine große offene Halle aus weißem und hellbraunem Marmor, weitere dekorative Säulen, Oberlichter und eine geschwungene Treppe zu einer umlaufenden Galerie mit Blick auf die Halle. In seiner Leitlinie verpflichtet sich das Gericht, »für eine schnelle und gerechte Verhandlung aller Fälle zu sorgen und das Vertrauen der Öffentlichkeit in die Gerichtsbarkeit durch Zugänglichkeit, Kommunikation und Weiterbildung zu stärken«. Insgesamt gibt es fünf Gerichtssäle, in denen die Kammern unter dem Vorsitz der Richter von Tehama County tagen.

Robin und Blake standen in dem Flur vor Verhandlungssaal Nummer eins und warteten darauf, dass der Gerichtsdiener die Türen öffnete. Es war kurz vor halb zehn, Alecs Anhörung war um zehn Uhr angesetzt. »Was vermutest du, was passieren wird?«, fragte sie.

»Ich weiß es nicht.«

»Glaubst du, man wird Alec gegen Kaution freilassen?«

»Ich weiß es nicht.«

»Meinst du, es geht ihm einigermaßen? Und bitte sag nicht, dass du es nicht weißt.«

»Ich glaub schon, dass es ihm einigermaßen geht«, antwortete Blake pflichtschuldig, obwohl sein Blick sagte: »Ich weiß es nicht.«

»Der arme Alec.« Robin vergewisserte sich unnötigerweise, dass ihre weiße Bluse sicher im Bund ihres blauen Rocks steckte. »Glaubst du, er hat in der letzten Nacht überhaupt geschlafen?«

»Wahrscheinlich mehr als du.«

»Tut mir leid. Hab ich dich wachgehalten?«

»Mach dir meinetwegen keine Sorgen.«

»Tut mir leid«, entschuldigte Robin sich erneut. »Ich komme mir bloß so hilflos vor. Was glaubst du, was passieren wird?«, fragte sie noch einmal.

»McAllister muss bald hier sein. Er sollte uns mehr sagen können.«

Robin hielt in dem breiten Flur Ausschau nach dem Anwalt ihres Bruders. Das Gebäude füllte sich langsam mit Menschen, aber Jeff McAllister war nicht darunter.

Sie hatte ihn unmittelbar nach Alecs Verhaftung angerufen und berichtet, was vorgefallen war. Der Anwalt hatte versprochen herauszufinden, was los war, und sich dann wieder zu melden. Als Robin eine Stunde später immer noch nichts von ihm gehört hatte, waren sie und Blake selbst zum Büro des Sheriffs gefahren, wo sie jedoch nur erfahren hatten, dass Alec ins Bezirksgefängnis verlegt worden war.

»Er ist im Gefängnis«, hatte Robin Melanie berichtet, die mit Landon und Cassidy zu Hause geblieben war. Das Gefängnis war mehr als vierzig Jahre alt und hatte Platz für zweihundertsiebenundzwanzig Insassen, sowohl verurteilte Straftäter als auch Untersuchungsgefangene. Zu letzterer Kategorie gehörte nun Alec. »Man lässt uns nicht zu ihm. Und die Kautionsanhörung findet erst morgen Vormittag statt. Das bedeutet, er muss die Nacht an diesem furchtbaren Ort verbringen.«

»Was wahrscheinlich gut so ist«, sagte Melanie. »Hierher kann er jedenfalls nicht zurückkommen. Cassidy ist auch so schon völlig aufgewühlt. Sie hat mich immer wieder gefragt, ob ich glaube, dass Alec ihre Mutter getötet hat.«

»Ich hoffe, du hast ihr erklärt, dass er das nicht getan hat.«

»Was macht dich so sicher?«

Robin beendete das Gespräch abrupt.

Cassidy hatte noch geschlafen, als Robin und Blake am Morgen das Haus verlassen hatten. *Was wahrscheinlich gut so ist*, entschied sie mit den Worten ihrer Schwester. Dem Kind Alecs Beziehung zu Tara zu erklären und irgendwie zu rechtfertigen war schwierig genug gewesen. »Ihr meint, sie hatten eine Affäre?«, hatte Cassidy mit ungläubig aufgerissenen Augen gefragt. »Sie hat Daddy betrogen?«

»Sie war unglücklich, Liebes.«

»Nein, du irrst dich«, hatte Cassidy beharrt. »Sie hat Daddy geliebt. Sie waren so glücklich miteinander.«

Jetzt starrte Robin auf die hellbraunen Marmorfliesen zu ihren Füßen und fragte sich, ob Alec absolut ehrlich zu ihr gewesen war. Sie bezweifelte nicht, dass Tara und ihr Bruder eine Affäre gehabt hatten, aber was, wenn Tara nur mit ihm gespielt hatte? Wenn sie nie die Absicht gehabt hatte, ihren Mann zu verlassen? Wenn sie das Alec an jenem Abend erklärt hatte und er ausgerastet war?

Nein, das war nicht möglich. Sie kannte ihren Bruder. Er

war genauso wenig in der Lage, jemanden zu erschießen, wie sie. *Aber wenn er nicht geschossen hatte, wer dann?* Eine junge Frau mit einem ausgeprägten Schmollmund und welligem, langem, blondem Haar kam auf sie zu. Sie trug enge weiße Jeans und ein noch engeres rotes Tanktop. *Offensichtlich nicht die Staatsanwältin*, dachte Robin, als die Frau direkt vor Blake stehen blieb.

»Hi«, sagte sie zu ihm, als wäre Robin gar nicht da.

»Können wir Ihnen helfen?«

Die junge Frau würdigte sie keines Blickes. »Ich würde nur gern wissen, wo man hier seinen Strafzettel bezahlen muss?« Am Ende des Satzes hob sie die Stimme zu einem koketten Schnörkel.

»Tut mir leid«, sagte Blake. »Keine Ahnung.«

»Ich glaube, das Büro ist da entlang.« Robin wies in den Flur zu ihrer Rechten.

»Dann bin ich wohl direkt daran vorbeigelaufen.« Die Frau zögerte und lächelte Blake erwartungsvoll an, als wäre er an der Reihe, etwas zu sagen. »Okay. Also, danke«, sagte sie, als er weiterhin schwieg, und stöckelte hüftschwenkend davon.

»Passiert dir so was öfter?«, fragte Robin ihn, beinahe dankbar für die Ablenkung.

»Was?«

*Ich liebe dich*, dachte Robin.

Zwei Männer liefen den Flur entlang, einer trug eine Kamera.

»Halt den Kopf gesenkt, und nicht aufblicken«, warnte Blake Robin, führte sie zu einer Bank und setzte sich neben sie. »Tu so, als wären sie gar nicht da.«

Sie saßen schweigend nebeneinander. Blake scrollte durch die Nachrichten in seinem Handy, Robin starrte auf ihre Füße. Als sie ein paar Minuten später aufblickte, sah sie Jeff McAllister. »Da ist er«, rief sie und sprang auf, als der Anwalt mit dem Reporter und seinem Fotografen an den Fersen nahte.

»Verzeihen Sie, Mr. McAllister«, rief der Reporter, während der Fotograf begann, Bilder zu schießen.

»Ich muss Sie bitten, Abstand zu halten«, sagte McAllister. »Ich werde später eine Erklärung abgeben.«

»Glauben Sie, es besteht eine Chance, dass Ihr Mandant gegen Kaution auf freien Fuß gesetzt wird?«, fragte der Reporter, ohne die Bitte des Anwalts zu beachten.

»Ich werde wie gesagt später eine Erklärung abgeben. Wenn Sie mich dann jetzt entschuldigen …«

Widerwillig traten der Reporter und sein Fotograf den Rückzug an. Vor dem Gerichtssaal eins hatte sich mittlerweile eine kleine Menschenmenge versammelt.

»Mein Bruder wird gegen Kaution auf freien Fuß gesetzt, oder?«, griff Robin die Frage des Reporters auf.

»Das ist sehr zweifelhaft«, antwortete McAllister. »Aber ich werde mein Bestes tun.« Er sah Blake an. »Und Sie sind?«

Robin machte die beiden Anwälte miteinander bekannt. Blake überragte den kleineren Mann deutlich, der trotz der Hitze draußen einen dreiteiligen dunkelblauen Anzug, ein weißes Hemd mit Manschettenknöpfen und eine Paisleykrawatte trug.

»Wie geht es Alec?«, fragte Robin. »Haben Sie ihn gesehen?«

»Heute Morgen noch nicht, nein. Aber er wird in Kürze aus dem Gefängnis hergebracht.«

»Was für ein Gefängnis hat eine Kapazität von zweihundertsiebenundzwanzig Insassen?«, fragte sie in der Hoffnung, sie könnte ihre Panik in Schach halten, wenn sie ihre eigene Stimme hörte. »Ich meine, wer ist auf diese Zahl gekommen?

Warum nicht zweihundertfünfundzwanzig oder zweihundertdreißig? Welches Genie hat sich das ausgedacht?«

»Robin«, fragte Blake. »Geht es dir gut?«

»Es kommt mir nur dumm vor.«

»Vielleicht sollten Sie hier warten«, sagte McAllister, als der Gerichtsdiener die Türen des Verhandlungssaals öffnete.

»Nein«, beharrte Robin. »Es ist wichtig, dass Alec sieht, dass wir hier sind, dass wir an seine Unschuld glauben. Mein Bruder ist unschuldig«, erklärte sie den Reportern, die sich vor der Tür drängelten.

»Wussten Sie von der Beziehung Ihres Bruders zu Tara?«

»Stimmt es, dass die beiden eine Affäre hatten?«

»Hat Cassidy Ihren Bruder als den Mann identifiziert, der auf sie geschossen hat?«

»Mein Bruder ist unschuldig«, wiederholte Robin eine Oktave höher und etliche Dezibel lauter als zuvor.

»Okay, das reicht«, mahnte McAllister, wobei Robin sich nicht sicher war, ob er sie oder die Reporter meinte.

Blake führte sie zu einer der vorderen Zuschauerbänke. Robins Blick wanderte vom Richtertisch zum Zeugenstand, zu den langen Tischen für die Teams der Anklage und der Verteidigung und den fünf oder sechs Reihen mit Zuschauerplätzen. *Genau wie im Fernsehen*, dachte sie. Vielleicht ein bisschen heller, weil gegenüber der Geschworenenbank eine Reihe von großen Fenstern war. Es gab eine Menge imposantes Holz, bis auf die große amerikanische Flagge jedoch wenig Farbe. Die Wände waren so hellbraun wie der Boden. Einen Teppich gab es nicht. Und der Rest des Raumes verschwamm vor ihren Augen wie ein verwackeltes Foto.

»Bist du sicher, dass alles okay ist?«, fragte Blake.

»Ich bin mir über gar nichts mehr sicher.«

Blake fasste ihre Hand und hielt sie fest, als der Gerichtsdiener die Eröffnung der Sitzung verkündete und alle Anwesenden anwies, sich für den vorsitzenden Richter zu erheben. Der Mann hieß Robert West und war angemessen ehrwürdig und grauhaarig. Die tief auf seiner Nase sitzende Nickelbrille vervollständigte das Bild des umgänglichen wohlmeinenden Großvaters.

»Er sieht nett aus«, sagte Robin hoffnungsvoll.

Der Richter wies den Gerichtsdiener an, den ersten Angeklagten hereinzuführen, dem der Überfall auf einen Seven-Eleven-Supermarkt vorgeworfen wurde. Der Angeklagte plädierte auf nicht schuldig und wurde bis zum Prozess gegen Kaution freigelassen.

»Das ist gut«, sagte Robin, während sie verfolgte, wie der zweite Angeklagte hereingeführt wurde. Der Vorwurf lautete auf minderschwere Körperverletzung, und auch er wurde gegen Kaution auf freien Fuß gesetzt. »Gut«, sagte Robin wieder. *Zwei von zwei.*

Als Nächstes wurde ihr Bruder hereingeführt. Er trug den gleichen orangefarbenen Trainingsanzug wie die beiden Angeklagten vor ihm. *Und das, nachdem er so viel Geld bei Wal-Mart ausgegeben hat*, dachte Robin und bemerkte seine resigniert hängenden Schultern – genau wie Melanies. Sie erhob sich ein Stück von ihrem Platz und versuchte, mit flatternden Fingern winkend seine Aufmerksamkeit zu erregen. Erst als Blake sanft auf ihren Arm drückte, ließ sie sich zurück auf ihren Platz sinken.

Wenn Alec sie gesehen hatte, zeigte er keine Reaktion. Er hatte ihr den Rücken zugewandt und starrte stur geradeaus, als Jeff McAllister neben ihn vor den Richter trat. Die Anklage wurde verlesen, und Alec wurde aufgerufen, sich zu bekennen.

»Nicht schuldig, Euer Ehren«, erklärte er.

*Genau wie im Fernsehen*, dachte Robin wieder und sann darüber nach, ob das Ganze vielleicht ein weiterer jener seltsamen Träume war, die sie seit ihrer Ankunft in Red Bluff hatte. *Bitte lass mich aufwachen. Bitte lass mich aufwachen.*

Aber natürlich träumte sie nicht, und das wusste sie auch. Dieser Albtraum war real und würde nicht enden, bis Alec rehabilitiert war und die Männer, die Tara ermordet und ihren Vater und Cassidy niedergeschossen hatten, gefasst und der Justiz übergeben worden waren.

»Die Staatsanwaltschaft beantragt, dass der Angeklagte in Untersuchungshaft bleibt«, erklärte die Anklägerin, eine Frau von etwa vierzig mit kurzem braunem Haar, das die tiefen Ringe unter ihren Augen noch betonte. Sie trug einen schwarzen wadenlangen Rock und eine hellgelbe Bluse, an die Robin sich vom Titelbild eines Brooks-Brothers-Katalogs erinnerte. Bis auf ihren korallenroten Lippenstift war sie kaum geschminkt, und ihre Stimme bebte förmlich vor rechtschaffener Empörung. »Dem Angeklagten wird Mord und versuchter Mord, Einbruch, Raub und Vandalismus vorgeworfen. Er hat kaltblütig seine ehemalige Geliebte ermordet; er hat ihren Mann, eine Säule unserer Gemeinde, so schwer verletzt, dass er weiter in kritischem Zustand im Krankenhaus liegt und kaum Hoffnung hat zu überleben. Und schließlich hat er auf ein hilfloses Kind geschossen. Wir haben keinen Zweifel, dass er bei einer Freilassung gegen Kaution versuchen würde, außer Landes zu fliehen, wie er es bereits einmal getan hat.«

»Euer Ehren«, begann Jeff McAllister, »bei dem Angeklagten besteht durchaus keine Fluchtgefahr. Er hat langjährige Beziehungen in dieser Gemeinde und den Großteil seines Lebens hier zugebracht. Zurzeit wohnt er bei seiner Schwester, und sein Auto sowie Reisepass wurden bereits beschlagnahmt.«

»Sein Auto und sein Reisepass wurden beschlagnahmt, als er versucht hat, nach Kanada zu fliehen«, unterbrach die Staatsanwältin ihn, »und er hat Red Bluff vor mehr als fünf Jahren verlassen, nachdem sein Vater, den angeschossen zu haben ihm jetzt vorgeworfen wird, seine damalige Verlobte geheiratet hatte, für deren Ermordung er ebenfalls angeklagt ist. Er weigert sich, auf irgendeine Weise mit der Justiz zu kooperieren …«

»Der Antrag auf Freilassung gegen Kaution ist abgelehnt«, verkündete der Richter, bevor die Staatsanwältin fertig war. »Der Angeklagte bleibt bis zum Prozess in Untersuchungshaft.« Er schlug mit seinem Hammer auf den Tisch, und Alec wurde aus dem Raum geführt.

»Oh nein«, schrie Robin auf – und leiser: »Armer Alec.«

»Freilassung gegen Kaution war von Anfang an eher unwahrscheinlich«, erinnerte McAllister Robin. Im Hintergrund lauerten Reporter, die auf die von McAllister angekündigte Erklärung warteten.

»Und was passiert jetzt?«

»Wir setzen uns in der kommenden Woche zusammen, legen einen Prozesstermin fest und bekommen Einsicht in die Beweise der Staatsanwaltschaft. Nach meinem ersten Eindruck steht die Anklage gegen Ihren Bruder auf eher schwachen Füßen und beruht ausschließlich auf Indizien. Es gibt keinen Beweis für seine Anwesenheit am Tatort, keine DNA, keine Augenzeugen bis auf ein traumatisiertes zwölfjähriges Mädchen, das sich nicht mal sicher ist, wie viele Männer insgesamt im Haus waren. Ihr Vater hatte eine Menge Feinde. Ich denke, daraus lässt sich ein begründeter Zweifel konstruieren.«

Die gleichen Empfindungen wiederholte er im Wesentlichen auch für die Presse, wobei er sowohl das Motiv als auch die Gelegenheit herunterspielte, während er die fehlenden konkreten Beweise der Anklage betonte. Da man Alec eine Freilassung gegen Kaution verweigert hatte, würde er auf dem Recht seines Mandanten auf einen zügigen Prozess bestehen.

»Was genau heißt das?«, fragte Robin Blake. »Sprechen wir von Wochen … Monaten?«

»Ich würde vermuten, dass vor dem Herbst nichts passiert.«

»Bis zum Herbst?«

»Mindestens.«

»O Gott. Wir dürfen das nicht hinnehmen. Er stirbt da drin. Wir müssen rausfinden, wer es getan hat.«

Blake fasste ihren Arm und führte sie zum Eingang des Gerichtsgebäudes, wo der Sheriff auf sie wartete. »Robin … Blake«, sagte er und tippte an seinen Hut. »Ich hatte gehofft, ich könnte heute Nachmittag vorbeikommen …«

Robin verlangsamte weder ihre Schritte noch sah sie ihn an. »Fahren Sie zur Hölle«, sagte sie.

# KAPITEL 32

Um kurz nach zwei stand der Sheriff auf ihrer Schwelle.

»Wir brauchen nichts«, erklärte Melanie und wollte ihm die Tür gerade vor der Nase zuschlagen.

»Ich bin gekommen, um Cassidy zu sehen.«

»Sie will Sie aber nicht sehen«, sagte Robin, die neben ihre Schwester getreten war und mit ihr eine menschliche Barrikade bildete.

»Ich habe das Recht, das Mädchen zu befragen.«

»Sie hat Ihnen nichts zu sagen.«

»Ist das Sheriff Prescott?«, rief Cassidy aus dem Haus.

»Schon gut, Liebes«, rief Robin zurück. »Du musst nicht mit ihm sprechen.«

»Nein, das ist okay. Ich will ihn sehen.«

»Ich glaube, das ist mein Stichwort.« Der Sheriff wartete, bis Robin und ihre Schwester zur Seite getreten waren, nahm den Hut ab und betrat das Haus.

»Ich bin hier drinnen«, sagte Cassidy.

Robin und Melanie folgten dem Sheriff ins Wohnzimmer, wo Cassidy neben Blake auf dem Sofa saß und eine Nachmittagssoap im Fernsehen guckte. Sie trug das Outfit, das Robin und Blake ihr bei Trendsetters gekauft hatten. Ihre Füße waren nackt.

»Entschuldige, dass ich dich behellige«, sagte der Sheriff.

»Ich hoffe, ich störe nicht bei etwas allzu Wichtigem.« Er wies auf die vollbrüstige Schauspielerin mit wallender Mähne, die bildschirmfüllend Tränen vergoss, wobei Linien von schwarzem Mascara ihre Wangen hinunterliefen.

»Das ist meine Lieblingsserie, *Blutende Herzen*«, erklärte Cassidy ihm. »Das ist Penny. Sie hat ihrer Zwillingsschwester Emily gerade erzählt, dass ihr Vater sie schon seit Jahren missbraucht, und nun weiß die arme Emily nicht, was sie glauben soll.«

*Ich weiß genau, wie sie sich fühlt*, dachte Robin, die ebenfalls neben Cassidy Platz nahm und die Hand des Kindes fasste.

»Wie geht es dir heute?«, fragte Prescott und trat verlegen von einem Fuß auf den anderen.

»Ziemlich gut.« Cassidy schaltete den Fernseher mit der Fernbedienung in ihrem Schoß aus.

»Ich hab dir dein Handy mitgebracht.« Der Sheriff zog es aus der Tasche und gab es ihr.

Cassidy drückte das Mobiltelefon an die Brust wie ein lange vermisstes Stofftier. »Vielen herzlichen Dank. Ich hatte mich schon gefragt, was damit passiert ist.«

»Du hattest es in der Hand, als der Notarzt dich gefunden hat. Wir haben es saubergemacht …« Er ließ den Satz unbeendet. »Behandeln sie dich gut hier?«

»Nein«, sagte Melanie von der Tür. »Wir foltern sie. Kurz bevor du gekommen bist, hatten wie sie gerade an den Daumen von der Decke gehängt.«

»Vielleicht sprechen Cassidy und ich lieber unter vier Augen miteinander«, sagte der Sheriff.

»Das kommt nicht infrage.« Robin sah Blake an, damit er sie unterstützte.

»Ich fürchte, Sie werden uns nicht los, Sheriff«, sagte er. »Das Mädchen ist minderjährig.«

»Ja, das ist sie«, bestätigte Prescott. »Und ich könnte vermutlich auch das Jugendamt einschalten. Ich hatte gehofft, dass das nicht notwendig sein würde, aber …«

»Was soll das heißen, das Jugendamt?«, fragte Cassidy und blickte sich panisch um. »Warum wollen Sie das Jugendamt einschalten?«

»Wenn man mich daran hindert, meinen Job zu machen, dich in irgendeiner Form unter Druck setzt oder auf dich einwirkt, damit du nicht mir redest …«

»Ich werde nicht unter Druck gesetzt«, sagte Cassidy. »Ich erzähl Ihnen, was Sie wollen. Bitte rufen Sie nicht das Jugendamt an. Ich will nicht, dass sie mich wegbringen.«

»Fühlst du dich hier sicher?«

»Wieso nicht?«

»Nun, Alec wurde verhaftet.«

»Er war es nicht.«

»Hat jemand dich aufgefordert, das zu sagen?« Der Sheriff blickte von Robin zu Melanie und zurück zu Cassidy.

»Nein. *Nein.*«

»Was *hat* man dir über Alecs Verhaftung erzählt?«

Cassidy überlegte einen Moment. »Sie haben gesagt, dass Sie glauben, Mommy und Alec hätten eine Affäre gehabt, und dass Alec sie umgebracht und mich und meinen Daddy angeschossen hätte. Aber das ist nicht wahr.«

»Wie kannst du dir sicher sein? Auf ihn passt die Beschreibung der Männer, die du uns gegeben hast – groß, muskulös …«

»Ja, aber …«

»Aber was?«

»Ich weiß einfach, dass er es nicht war. Er ist Robins Bruder«, sagte sie, als ob es keines weiteren Beweises bedurfte.

*Er ist auch Melanies Bruder*, dachte Robin und wusste, dass der Sheriff das Gleiche dachte.

»Und selbst *wenn* er es war«, fügte Cassidy hinzu, und Robin hatte das Gefühl, das Herz würde ihr in die Magengrube rutschen, »bin ich hier sicher, weil er im Gefängnis ist. Aber er war es nicht«, wiederholte sie rasch, als sie Robins Gesichtsausdruck sah. Sie blickte zur Decke, von wo man ein leises Rumpeln hörte. »Auf Landon passt die Beschreibung auch. Er ist groß und muskulös. Aber er war es auch nicht.«

»Warum sprechen wir über Landon?«, fragte Melanie, die Stimme angespannt wie ein Gummiband.

»Ich hab bloß gesagt, dass die Beschreibung auf ihn passt«, sagte Cassidy. »Genau wie auf Alec.«

»Genau wie auf viele andere«, sagte Robin, die spürte, dass Cassidy, indem sie eine Verbindung zwischen Alec und Landon hergestellt hatte, trotz bester Absichten alles noch schlimmer gemacht hatte. In jener Nacht waren mindestens zwei Männer in dem Haus gewesen, zwei Männer, die der oberflächlichen Beschreibung ihres Bruders und ihres Neffen entsprachen. »Haben Sie noch weitere Fragen, Sheriff?«

Er lächelte Cassidy an. »Ich habe mich gefragt, ob du dich kräftig genug fühlst, mich zu dem Haus zu begleiten …«

»Das haben wir doch schon besprochen«, sagte Robin. »Sie geht nicht mal in die Nähe dieses Hauses.«

»Nein, ich will hingehen«, sagte Cassidy. »Meine ganzen Sachen, meine Kleidung …«

»Wir kaufen dir neue.«

»Aber vielleicht erinnere ich mich an irgendwas«, beharrte Cassidy. »Irgendwas, was Alec helfen könnte.«

*Oder ihm schaden*, dachte Robin. »Ich glaube einfach nicht, dass es eine gute Idee ist.«

Cassidy atmete tief ein und wieder aus. »Was ist mit Mommy?«

»Was soll mit ihr sein?«, fragte Melanie.

»Wo ist sie?«, fragte Cassidy den Sheriff. »Darf ich sie sehen?«

»In ein oder zwei Tagen geben wir ihren Leichnam zur Beisetzung frei«, sagte Prescott.

»Dann brauche ich etwas, was ich dann anziehen kann.« Cassidy nickte mehrmals, wie um anzudeuten, dass sie entschlossen war. »Wir sollten es bald besorgen.«

»Wie wär's mit morgen Vormittag?«, fragte der Sheriff.

»Morgen Vormittag ist gut.«

»Du willst das wirklich machen?«, fragte Robin.

»Ja, will ich.«

Als der Sheriff am nächsten Tag um Punkt neun Uhr eintraf, wartete Cassidy zwischen Robin und Blake in der Diele. »Wie geht es dir heute, Kleine?«, fragte Prescott. »Bist du bereit?«

Cassidy nickte und fasste sowohl Robins als auch Blakes Hand.

»Ich nehme an, Sie begleiten uns.« Prescotts Ton deutete an, dass er sich mit ihrer Anwesenheit abgefunden hatte.

»So ist es«, sagte Robin.

»Dann muss ich Sie anweisen, sich in keiner Weise einzumischen.«

»Das würde mir im Traum nicht einfallen.«

»Und Melanie?«

»Ich bleibe hier«, rief sie aus der Küche.

»Mein Glückstag«, murmelte Prescott nicht ganz leise. »Wollen wir?« Er öffnete die Haustür und trat in die warme Morgenluft. »Wir können laufen oder meinen Wagen nehmen.« Er wies zum Ende der Einfahrt, wo sein Streifenwagen parkte.

»Die Ärzte sagen, ich soll mich so viel wie möglich bewegen«, erwiderte Cassidy.

»Gut. Wenn du meinst, dass du kräftig genug bist.«

»Ich bin kräftig genug.«

Robin lächelte stolz. Cassidy musste einer der stärksten Menschen sein, die sie je getroffen hatte. Sie fragte sich, woher sie diese Kraft hatte. Von Tara wahrscheinlich. *Ich hatte sie jedenfalls weiß Gott nie*, dachte sie und drückte Cassidys Hand, während sie langsam die Einfahrt hinunter und am Straßenrand bis zum Nachbarhaus liefen.

»Wollen wir?«, fragte der Sheriff, als sie die Haustür erreichten, wo ein Deputy wartete.

Cassidy nickte, und der Deputy schloss auf. Die Tür schwang auf, und sie betraten die große runde Eingangshalle. Robin folgte Blakes Blick zu der hohen Decke, dem riesigen Kronleuchter und den beiden Treppen links und rechts. Sie hörte ein unausgesprochenes »Wow« von seinen geschlossenen Lippen.

»Wie geht es dir soweit?«, fragte der Sheriff Cassidy.

»Gut«, antwortete sie, obwohl das Zittern in ihrer Stimme etwas anderes sagte. Ihre Fingernägel gruben sich in Robins Hand.

»Ich dachte, wir könnten damit anfangen, dass wir die Ereignisse jener Nacht noch einmal durchgehen«, sagte Prescott und machte eine Pause, um die Worte sacken zu lassen. »Du bist von lauten Stimmen geweckt worden und die Treppe runtergegangen, um zu sehen, was los war …«

Cassidys Blick wurde glasig, als würde die Szene vor ihrem

inneren Auge noch einmal ablaufen. Sie ließ Robins Hand los und ging, dicht gefolgt von den anderen, wie schlafwandelnd zu der Treppe auf der linken Seite der Halle. »Es klang wie ein Streit«, sagte sie und blieb am Fuß der Treppe stehen, »also bin ich aufgestanden und auf Zehenspitzen runtergeschlichen, um zu sehen, was los war. Die Stimmen wurden lauter.« Sie ging in Trippelschritten Richtung Wohnzimmer. »Der eine Typ hat gebrüllt. Er war wirklich wütend.«

»Kannst du ihn jetzt hören?«, fragte der Sheriff. »Erkennst du seine Stimme?«

Cassidy legte den Kopf zur Seite, wie um zu lauschen. »Nein.« An der Tür zum Wohnzimmer stockte ihr der Atem, als sie das Blut auf dem Teppich und den Möbeln sah. »O Gott.«

»Geh nicht da rein«, sagte Robin. Der Sheriff warf ihr einen warnenden Blick zu.

Cassidy blieb stehen. »Ich habe zwei Männer gesehen. Einer schwenkte eine Pistole und brüllte: ›*Hör auf, mich zu verarschen, du Dreckskerl, sonst erschieß ich die Schlampe, das schwör ich dir. Ich erschieß die Schlampe gleich jetzt.*‹«

Robin schloss die Augen. Diese Worte klangen aus dem Mund des Kindes genauso schrill und disharmonisch wie beim ersten Mal.

»Und der andere Mann? Was hat er gesagt?«, fragte der Sheriff.

»Er hat gar nichts gesagt.«

Robin versuchte, die Gedanken des Sheriffs zu lesen. Zwei Männer, beide groß und muskulös, einer brüllte Befehle mit einer Stimme, die Cassidy nicht erkannt hatte, der andere blieb stumm.

*Alec und Landon?*

Cassidy holte kurz und scharf Atem, als eine weitere Vision vor ihrem inneren Auge Gestalt annahm. »Daddy hat sich auf ihn geworfen, und der Mann hat ihm mit der Waffe gegen den Kopf geschlagen. Daddy ist zu Boden gestürzt, und Mommy hat angefangen zu schreien.«

»Welcher der Männer hat deinen Vater geschlagen?«, fragte Prescott. »Der, der gebrüllt hat, oder der Stumme?«

»Der, der gebrüllt hat.«

»Und wo genau hast du gestanden?«

Cassidy klammerte sich an den Rahmen der Wohnzimmertür. »Hier.«

»Und niemand hat dich gesehen?«

»Nein. Noch nicht.«

»Und was ist dann passiert?«

»Der Typ hat Mommy erschossen.«

»Welcher Typ?«, bohrte der Sheriff nach. »Der, der gebrüllt hat, oder der andere?«

»Der andere.«

»Der Stumme?«

»Ja.«

Wieder versuchte Robin, den Gedankengang des Sheriffs nachzuvollziehen. Sollten Alec und Landon tatsächlich die beiden Männer gewesen sein, die in der Nacht im Haus waren, dann war Alec zweifelsohne derjenige gewesen, der gebrüllt hatte. Landons Stimme hätte Cassidy auf jeden Fall erkannt.

Aber während es auf eine perverse Art schlüssig klang, dass Alec seinen Vater so sehr hasste, dass er auf ihn geschossen hatte, ergab es überhaupt keinen Sinn, dass Landon Tara getötet haben sollte. Wenn es sich nicht um einen bewaffneten Überfall gehandelt hatte, sondern Rache das Motiv gewesen war, hätte Alec Tara dann nicht selbst erschossen? Sie erinnerte sich an Dylan Campbells Worte, die ihr das Blut in den Adern hatte gefrieren lassen: *Wenn ich gewollt hätte, dass die Schlampe stirbt, hätte ich es selbst erledigt und nicht einem anderen den Spaß überlassen.*

Es sei denn, natürlich, Landon war in Panik geraten und hatte einfach losgeschossen.

Aber der Schütze hatte Tara ins Gesicht geschossen. Das war persönlich. Keine Panik.

Und eine weitere nagende Frage: Wenn Alec wie behauptet nach Red Bluff gekommen war, um sich mit Tara zu treffen, wo sie ihm erklärt hatte, dass sie es sich anders überlegt hatte, was ihn so in Rage brachte, dass er sie getötet hatte, wie der Sheriff vermutete, wann hatte er Zeit gehabt, Kontakt mit Landon aufzunehmen?

Wenn Tara nicht schon vorher Schluss gemacht und ihrem Bruder genug Zeit gegeben hatte, seinen Groll zu pflegen, mit Landon Kontakt aufzunehmen und sich seiner Hilfe zu vergewissern …

*Wenn. Wenn. Wenn.*

»Weißt du genau, dass es der Stumme war, der deine Mutter erschossen hat?«, fragte Robin, während sich in ihrem Kopf vor lauter *wenn* alles drehte.

»Robin, bitte«, warnte der Sheriff sie.

»Ja«, sagte Cassidy. Ihr Blick schoss zwischen Robin und Blake hin und her. »Nein, warten Sie. Ich weiß nicht. Vielleicht war es auch der andere Typ. Es könnte auch der andere gewesen sein.« Ihr kamen die Tränen. »Ich weiß nicht.«

Prescott blickte auf seine Notizen. »Im Krankenhaus hast du gesagt, dass es der zweite, der stumme Mann gewesen sei, der deine Mutter erschossen hat. Da warst du ganz eindeutig und sehr sicher.«

»Ja«, sagte Cassidy. »Aber jetzt bin ich es nicht mehr. Es könnte auch der andere Typ gewesen sein. Es ging alles so schnell, und ich hatte solche Angst.«

»Ist schon gut, Liebes«, sagte Robin.

»Es ist im Grunde auch nicht wichtig, wer auf wen geschossen hat«, sagte Prescott mit einer Barschheit, die seine Ungeduld verriet. »Beide Männer waren anwesend. Beide Männer sind vor dem Gesetz gleichermaßen schuldig.«

Aber selbst wenn beide Männer, unabhängig davon, wer abgedrückt hatte, gleichermaßen schuldig waren, kam es in einem Fall wie diesem auf jedes Detail an, wusste Robin. Wenn Cassidy sich nicht sicher war, wer ihre Mutter erschossen hatte, wenn sie sich nicht einmal sicher war, ob zwei oder drei Männer im Haus gewesen waren, worüber irrte sie womöglich noch?

»Was ist als Nächstes passiert?«, fragte der Sheriff.

»Ich habe geschrien«, sagte Cassidy, »und dann haben die beiden Männer mich gesehen und sind mir hinterhergerannt.«

»Sie sind dir beide hinterhergerannt?«

»Nein. Nur einer.«

»Und welcher?«

»Ich weiß nicht. Sie hatten Skimasken an. Sie sahen beide gleich aus.« Cassidy weinte jetzt und brachte die Worte nur stoßweise hervor. »Ich bin nach oben in mein Zimmer gerannt, hab mein Handy genommen und den Notruf gewählt. Dann kam der Mann durch die Tür und hat auf meine Brust gezielt. O Gott.«

»Das reicht«, ging Robin dazwischen. »Sie hat Ihnen alles erzählt. Wir verschwinden hier.«

»Okay«, stimmte der Sheriff widerwillig zu. »Machen wir für heute Schluss.«

»Ich brauche trotzdem noch meine Sachen«, flüsterte Cassidy.

»Ich hol sie«, sagte Robin.

»In meinem Kleiderschrank ist ein Koffer«, erklärte Cassidy ihr. »Da kannst du einfach alles reinschmeißen. Und eine braune Ledertasche für meine Schuhe … irgendwo …«

»Die finde ich schon.«

»Ich helfe dir«, sagte Blake.

»Nein«, rief Cassidy und packte seinen Arm. »Bleib bei mir.«

»Ist schon okay«, sagte Robin. »Ich schaff es allein.«

Sheriff Prescott machte dem Deputy ein Zeichen, Robin nach oben zu begleiten. Er blieb in der Tür stehen, während sie direkt zu dem Kleiderschrank in Cassidys Zimmer ging, ohne zu den Blutflecken auf dem Bett zu blicken. Sie fand den blauen Stoffkoffer auf dem Boden des Kleiderschranks, zerrte Cassidys Kleider von den Bügeln und stopfte sie hinein, bevor sie die Schubladen der Kommode herauszog und nacheinander leerte. Zum Glück bestand Cassidys Garderobe hauptsächlich aus Jeans und T-Shirts. Und Stringtangas, stellte Robin fest und zählte einen für jeden Tag der Woche. Einige Kleidungsstücke trugen das Trendsetterslabel, darunter ein hübsches weißes Kleid, das Cassidy zur Beerdigung ihrer Mutter tragen konnte.

*Gütiger Gott, Taras Beerdigung. Nahm dieser Albtraum nie ein Ende?*

Sie machte den Koffer zu und warf ein halbes Dutzend Paar Sandalen und Sneaker in eine braune Ledertasche, die sie hinten im Kleiderschrank fand. Der Deputy nahm ihr Koffer und Tasche ab und trug sie nach unten. »Okay«, sagte Robin in der Halle. »Lass uns verdammt noch mal hier verschwinden.«

# KAPITEL 33

Der Oak-Hill-Friedhof liegt in der Cemetery Lane 735, einer Seitenstraße der West Walnut Street, nicht weit von der Larie Lane entfernt. Er ist mehr als anderthalb Jahrhunderte alt, gegründet 1859 von der Freimaurerloge und der Odd-Fellows-Loge von Red Bluff, fertiggestellt 1861. Der kunstvoll geschmiedete gusseiserne Torbogen mit dem Schriftzug OAK HILL CEMETERY wurde hingegen erst vor einigen Jahrzehnten errichtet. Überall auf der sanft hügeligen Anlage spenden große Bäume Schatten.

»Ich hatte vergessen, wie schön es hier ist«, sagte Robin, als Blakes Lexus dem Leichenwagen mit Taras Sarg über den malerischen Weg zum Grab folgte. Robin saß auf der Rückbank und hielt Cassidys Hand. Melanie saß vorn neben Blake, nachdem sie entschieden hatte, dass es für alle besser sein würde, wenn Landon zu Hause blieb. Die Nachricht von Alecs Verhaftung war mittlerweile öffentlich bekannt, und es grassierten Spekulationen, Landon könne sein Komplize gewesen sein.

»Wirklich wunderschön«, stimmte Melanie zu und warf ihrer Schwester über die Schulter einen wissenden Blick zu, und Robin erinnerte sich an einen Witz aus ihrer Kindheit, den Melanie gern zitierte. *»So schön, dass die Leute sterben, um hierherzukommen.«* Zum Glück gab Melanie ihn diesmal nicht zum Besten.

Robin drehte sich um und blickte aus dem Rückfenster. Der Sheriff und mehrere seiner Deputys bildeten eine kleine Kolonne hinter ihnen. Trotz aller Geheimhaltungsbemühungen und ungeachtet eines Appells an die Presse, ihre Privatsphäre zu wahren, war der Termin von Taras Beerdigung durchgesickert, und man konnte nicht wissen, wie viele Schaulustige auftauchen würden. Robin überlegte, ob darunter auch die Männer sein würden, die Tara getötet hatten.

Seit ihrem Besuch in dem Haus waren zwei Tage vergangen, zwei Tage, die Alec hinter Gittern geschmachtet hatte. Die Polizei war offenbar zuversichtlich, dass sie ihren Mann geschnappt hatte. Sie interessierte sich nur noch dafür, die Identität seines Komplizen in Erfahrung zu bringen.

»Liegt deine Mom hier begraben?«, fragte Cassidy.

»Ja«, sagte Robin.

Cassidy starrte aus dem Fenster auf die Gräber, die durch kleine, im Boden eingelassene, rechteckige weiße Steinblöcke markiert waren. Plastikblumensträuße lagen auf der trockenen Erde. »Wo denn?«

»Ich weiß gar nicht genau.« Robin hatte zwar eine ungefähre Vorstellung, in welchem Teil des Friedhofs ihre Mutter zur Ruhe gebettet worden war, hätte aber die genaue Position nicht benennen können. Sie war seit der Beerdigung nicht mehr auf dem Oak Hill gewesen.

»Da drüben«, sagte Melanie und wies in die entgegengesetzte Richtung. *»Es wäre unpassend, die Ehefrauen unseres Vaters für alle Ewigkeit zu nahe nebeneinanderzubetten«*, hatte sie gemeint, als sie die Grabstätte ausgesucht hatte. Und auch wenn Robin es vielleicht nicht exakt so ausgedrückt hätte, war sie absolut einverstanden.

Unter einer Gruppe imposanter Trauerweiden kam der Leichenwagen zum Stehen. Blake hielt direkt dahinter, und die Streifenwagen bildeten eine Barriere hinter seinem Wagen.

Robin drückte behutsam Cassidys Hand. »Bereit?«

Cassidy nickte und strich beim Aussteigen die Falten aus dem ärmellosen weißen Kleid und ihr frisch gewaschenes Haar hinter die Ohren. Sofort rannte ein Mann mit Kamera auf sie zu.

»Zurück«, rief der Sheriff und drohte mit der Faust. »Sofort zurück.«

»Dies ist ein öffentliches Grundstück«, erwiderte der Kameramann.

»Und dies ist eine private Beerdigung. Wenn Sie sich uns auf weniger als zwanzig Meter nähern, lass ich Sie ins Gefängnis werfen.«

»Das können Sie nicht machen.«

»Doch, kann ich. Sie können mich ja hinterher verklagen.«

Der Journalist zog sich grummelnd zurück, die Kamera jedoch weiter aufnahmebereit erhoben. »Er hat mich bedroht«, sagte er zu dem Reporter neben ihm. »Hast du das gehört?«

»Tut mir leid«, sagte der Sheriff zu niemand Bestimmtem und baute seinen massigen Körper zwischen den Schaulustigen und Cassidy auf. Robin und Blake, beide in Schwarz, bildeten rasch einen schützenden Halbkreis um das Mädchen, Melanie stand im Jeansrock und blauer Baumwollbluse verlegen daneben und wartete, dass Taras Sarg aus dem Leichenwagen gehoben wurde.

»Oh, arme Mommy«, flüsterte Cassidy und blickte flüchtig auf den schlicht eleganten Sarg aus hellem Walnussholz, den Robin ausgewählt hatte.

Die kleine Gruppe versammelte sich um das frisch ausgehobene Grab, in das Taras Sarg herabgelassen wurde. Robin kamen die Tränen, als sie daran dachte, dass darin leblos der lebhafteste Mensch lag, den sie je gekannt hatte. Trotz ihrer widersprüchlichen Gefühle für ihre frühere Freundin konnte Robin nicht verhehlen, dass Tara eine Naturgewalt gewesen war.

»Sollten wir nicht irgendwas sagen?«, fragte Cassidy. Sie hatten sich gegen einen Trauergottesdienst entschieden, weil Tara absolut antireligiös eingestellt gewesen war, seit ihre Mutter alles zurückgelassen hatte, um sich einer Sekte anzuschließen.

»Was denn?«

»Ich weiß nicht. Irgendwas.« Cassidy wandte sich an Robin. »Vielleicht könntest du …«

Robin nahm sich ein paar Sekunden Zeit, um ihre Gedanken zu sammeln. »Ich habe deine Mutter geliebt«, sagte sie schließlich und sah Melanie herausfordernd an. »Sie hat mich gerettet, als wir in der Grundschule waren und ich keine Menschenseele kannte, keine Freundin hatte und keine Ahnung, wie man eine findet. Sie hat meine Hand genommen und gesagt, dass sie für immer meine beste Freundin sein würde.« Sie hielt inne. »Ganz so ist es nicht gekommen, aber trotz allem habe ich sie nach wie vor aus tiefstem Herzen geliebt. Und ich habe sie vermisst. Ich habe ihren Mumm und ihren Elan vermisst. Sie war ein echter kleiner Knallfrosch.« Robin schluckte ein tränenerSticktes Lachen herunter. »So hat mein Vater sie immer genannt. Und auch wenn er sich in vielen Dingen geirrt hat, hatte er damit bestimmt recht. Tara war furchtlos; einige würden vielleicht sogar sagen rücksichtslos. Sie stürmte, wohin nicht nur Engel, sondern der Teufel selbst sich nicht trauten. Und auch wenn ich weiß, dass sie einige ihrer eher überstürzten Entscheidungen später bereut hat, dann hat sie eins ganz bestimmt nie bedauert, nämlich Mutter zu sein.« Sie sah Cassidy direkt an. »Ich sehe sie noch vor mir, wie sie dich nach deiner Geburt in den Armen gewiegt hat. Ich sehe die Liebe in ihren Augen und spüre den Stolz in ihrem Herzen, als du deine ersten Schritte gemacht und deine ersten Worte gesprochen hast. Ich weiß noch, was für Sorgen sie sich gemacht hat, als du zum ersten Mal zur Schule gegangen bist. ›Bitte, lass sie eine Freundin finden wie Robin‹, sagte sie.« Ein leises Schluchzen drang über Robins Lippen, und Cassidy griff nach ihrer Hand. »Ich habe deine Mutter geliebt. Ich vermisse sie. Und meine ›beste Freundin‹ wird mir immer fehlen.«

Einen Moment lang war es vollkommen still. Robin wartete, dass Melanie eine ihrer giftigen Bemerkungen beizusteuern hatte, doch sie sagte nichts, und Robin entwich ein leiser Seufzer der Erleichterung.

»Danke«, sagte Cassidy.

»Deine Mutter hat dich mehr geliebt als alles andere auf der Welt«, erklärte Robin ihr. »Ich hoffe, dass du das nie vergisst, egal was passiert.«

»Bestimmt nicht.«

Sie fielen sich in die Arme.

»O Scheiße«, sagte Melanie. Sie fasste Robins Arm und drehte sie um.

»Scheiße«, wiederholte Robin, als Dylan Campbell sich aus der immer noch wartenden kleinen Gruppe von Schaulustigen löste. Er trug ein weißes T-Shirt, schwarze Jeans und eine blaue Baseballkappe mit dem Logo der Yankees.

»Ich werde ihn Ihnen vom Hals schaffen«, bot der Sheriff an, ehe Robin fragen konnte.

»Wer ist das?«, fragte Cassidy und weitete die Augen, als Dylan einen Schritt auf sie zumachte.

»Dein Vater«, sagte Melanie.

»Mein Vater ist im Krankenhaus«, verbesserte Cassidy sie. »Ich kenne diese Person nicht.«

Robin strengte sich an, den Wortwechsel zwischen Dylan und dem Sheriff mitzubekommen, doch sie schnappte nur ein paar Fetzen auf.

»Was glauben Sie, was Sie …?«

»Ich habe genauso das Recht wie …«

»Wie ich eben schon dem Reporter erklärt habe …«

»… bloß mein Kind sehen.«

»Blake«, sagte Robin, »kannst du Cassidy zurück zum Wagen bringen? Ich regele das hier.«

»Nein«, erklärte Cassidy entschieden. »Ich möchte mit ihm reden.«

»Liebes, ich glaube nicht …«

»Es ist okay, Robin.« Cassidys Blick war auf Dylan gerichtet, als er um den Sheriff herum und ein halbes Dutzend Schritte auf sie zuging. »Ich kann das.«

»Das ist mein Mädchen.« Dylan Campbell nahm seine Baseballkappe ab und breitete die Arme aus.

»Ich bin nicht dein Mädchen«, sagte Cassidy, und er blieb wie angewurzelt stehen.

Er lächelte, und auf seinen Wangen zeigten sich Grübchen. »Du bist mein Fleisch und Blut.«

»Keinen Schritt weiter«, warnte Robin, als Dylan genau den machen wollte.

»Was willst du?«, fragte Cassidy.

»Ich möchte dich sehen.«

»Warum? Du hast mich vor zwölf Jahren gesehen. Das war dir damals offenbar mehr als genug.«

»Die Zeiten ändern sich.«

»Die Menschen nicht.«

Dylan wies mit dem Daumen auf Robin. »Hat sie dir das erzählt?«

»Das brauchte sie nicht. Ein Blick, und ich weiß alles, was ich wissen muss.«

Er lachte. »Du klingst so erwachsen.«

»Was willst du, Dylan?«, fragte Robin.

»Hör mal«, sagte er, ohne sie zu beachten. »Ich kann mir nur vorstellen, was deine Mutter dir über mich erzählt hat, aber …«

»Sie hat gesagt, du bist ein Nichtsnutz.«

»Ähm …«

»Sie hat gesagt, du wärst ein Gauner, Lügner und Dieb.«

Dylan grinste. »Deine Mutter konnte schon immer gut mit Worten umgehen.«

»Sie hat gesagt, dass du den gerichtlich festgelegten Unterhalt nicht bezahlt hast.«

»Weil sie verhindert hat, dass ich dich sehe.«

»Hast du es jemals versucht?«

»Ich wusste, dass es zwecklos war.«

»Und jetzt ist es auch zwecklos.«

»Ach, komm schon, Cassie. Ich bin dein Daddy. Dein einziger echter Verwandter.«

Cassidy packte Robins Hand. »Das ist nicht wahr. Ich habe Daddy, und Robin. Und Melanie. Und Blake.«

»Und ich habe Rechte.« Dylan trat von einem Fuß auf den anderen. »Komm schon, Cassie. Sei nicht so.« Er sah Sheriff Prescott an. »Können Sie das Mädchen nicht zur Vernunft bringen, Sheriff?«

»Für mich klingt sie ganz vernünftig«, erwiderte Prescott.

»Hör zu, ich sag dir was«, wandte Dylan sich wieder an Cassidy und setzte seine Baseballkappe auf. »Sieht so aus, als wäre es ein Fehler gewesen, heute hierherzukommen. Ich wollte meinen Respekt erweisen – dir, deiner Mutter und diesen freundlichen Menschen, die sich um dich gekümmert haben. Aber ich erkenne jetzt, dass dies weder die Zeit noch der Ort ist, um sich neu kennenzulernen und verlorene Zeit gutzumachen. Du bist in Trauer und denkst nicht klar. Also werde ich mich zurückziehen, dir ein paar Tage Zeit geben, alles sacken zu lassen, und es dann noch einmal versuchen. Okay?«

»Wie viel willst du, Dylan?«, fragte Cassidy.

»Wie meinst du das?«

»Für wie viel würdest du endgültig abhauen?«

»Ach, Schätzchen. Da verstehst du mich ganz falsch. Es geht mir nicht um Geld.«

»Nicht? Wenn das so ist, gibt es nichts mehr zu sagen.«

»Na ja, ich meine, sicher«, sagte Dylan rasch. »Es ist nicht der Grund, warum ich gekommen bin, aber wenn meine Tochter mir finanziell unter die Arme greifen möchte, also, dann würde ich das nicht ablehnen.«

»Wie viel?«, fragte Cassidy.

»Einhunderttausend?« Er warf einen Blick zu dem Sheriff. »Das ist keine Erpressung oder so. Sie haben sie gehört. Sie hat es von sich aus angeboten.«

»Einhunderttausend?«, wiederholte Cassidy. »Was würdest du denn mit so viel Geld anfangen?«

»Ich hatte daran gedacht, vielleicht mein eigenes Unternehmen zu gründen.«

»Cool. Und was für ein Unternehmen?«

»Na ja, so weit im Voraus habe ich noch nicht gedacht.« Dylan bemühte sich um sein charmantestes Lächeln, brachte jedoch nur ein Zucken zustande.

Lange Zeit sagte niemand etwas.

»Das wird wohl nichts«, meinte Cassidy dann. Sie wandte sich an Robin. »Wir können jetzt gehen.«

»Okay, warte«, rief Dylan. »Vielleicht war das ein bisschen happig. Fünfzigtausend würden mir wahrscheinlich auch reichen.«

»Nein«, sagte Cassidy und fasste sowohl Robins als auch Blakes Hand. »Mommy hatte recht. Du bist Abschaum.«

»Du kleine Schlampe«, sagte Dylan wütend, aber auch ein wenig bewundernd. »Du hast bloß mit mir gespielt, oder?«

»Sheriff«, sagte Cassidy, »bitte sorgen Sie dafür, dass dieser Mann uns nicht mehr belästigt.«

»Zeit zu gehen«, sagte der Sheriff.

»Ich besorg mir einen Anwalt«, sagte Dylan.

Cassidy lächelte. »Na, dann streng dich an und gib dein Bestes.«

# KAPITEL 34

»Alle Achtung, Kleines«, sagte Melanie, als Blakes Wagen von dem Grab wegfuhr. »Das war verdammt beeindruckend. Den Gesichtsausdruck von Dylan, als er kapiert hat, dass er verarscht worden ist, vergesse ich bestimmt nie.«

»Kann ich euch was sagen?«, sagte Cassidy kleinlaut.

»Natürlich«, sagte Robin.

»Die Sachen, die ich gesagt habe … die hab ich mir sozusagen von *Blutende Herzen* geborgt.«

»*Blutende Herzen*?«

»Die Fernsehserie, die wir neulich geguckt haben?«, fragte Blake.

Cassidy nickte. »Es war vor ein paar Monaten. Penny wurde von Jason erpresst. Er ist ihr dritter, nein … ihr vierter Ehemann. Er ist aufgekreuzt, als sie gerade Reed heiraten wollte, und hat beteuert, dass er sich geändert hätte. Er hat sie angefleht, ihm noch eine Chance zu geben. Und sie hat gesagt, ein Blick, und sie wüsste alles, was sie wissen müsste, und dann hat sie ihn gefragt, für wie viel er für immer abhauen würde. Und hinterher hat sie gesagt, dass er sich anstrengen und sein Bestes geben soll.«

»Wow«, sagte Melanie. »Klingt nach einer guten Sendung.«

»Glaubt ihr, dass er sich wirklich einen Anwalt nimmt?«, fragte Cassidy.

»Bei Dylan Campbell ist alles möglich«, sagte Robin.

In Cassidys Blick flackerte Panik auf. »Aber er wird doch nicht das Sorgerecht bekommen, oder? Ich meine, wenn er vor Gericht geht, besteht doch nicht die Gefahr, dass er …«

»Nein«, sagte Robin. »Das würden wir nie zulassen.«

»Wie könntet ihr ihn aufhalten?«

»Wir werden ihn aufhalten«, sagte Blake von vorn.

»Versprichst du das?«

»Ich verspreche es«, sagte Blake.

Cassidy atmete erleichtert aus und sank in Robins Arme, während Blake Richtung Ausgang fuhr.

»Warte«, sagte Robin und beugte sich unvermittelt vor.

»Irgendwas nicht in Ordnung?«

»Nein. Ich dachte bloß …«

»Oh je«, sagte Melanie. »Sie denkt wieder.«

»Könnten wir kurz bei Moms Grab anhalten?« Robin wandte sich an Cassidy. »Ich habe den Grabstein noch nie gesehen und … es wird nicht lange dauern, versprochen. Ich dachte bloß … wo wir schon hier sind …«

»Klar«, sagte Cassidy. »Es ist da entlang, oder?« Sie zeigte in die Richtung, in die Melanie zuvor gewiesen hatte.

»Warum nicht?«, meinte Melanie. »Hier kannst du halten«, sagte sie eine Minute später zu Blake und zeigte dann nach links. »Es ist die vorletzte Reihe, das dritte Grab von hinten.«

»Möchtest du, dass ich mitkomme?«, fragte Blake, als Robin die hintere Tür öffnete.

»Nein. Ich finde es schon.«

»Warte. *Ich* komme mit«, sagte Melanie, stieg vorn aus und schloss zu ihrer Schwester auf.

»Ist schon gut. Du musst nicht …«

»Ich weiß, dass ich nicht muss. Vielleicht möchte ich. Ist das ein Problem?«

»Nein, natürlich nicht.«

»Gut. Das ist es – da drüben.« Sie wies auf einen Grabstein aus rosafarbenem Marmor.

Robin ging langsam darauf zu und las stumm die schlichte Inschrift: *Sarah Davis. Ehefrau. Mutter, Großmutter. In unseren Herzen lebst du für immer weiter.*

»Kitschig, ich weiß, aber was will man machen?«, sagte Melanie.

»Er ist wunderschön.«

»Na ja, ich bin sicher, dir wäre etwas Tiefsinnigeres eingefallen, aber …«

»… ich war nicht da«, räumte Robin ein. Sie atmete tief ein. »Hör mal, es tut mir leid, dass ich dich enttäuscht habe, dass ich nicht öfter hier war. Ich weiß, es war nicht leicht für dich, Mom zu pflegen …«

Melanie tat Robins Mitleid mit einem Achselzucken ab. »War es auch nicht. Aber hey, was geschehen ist, ist geschehen. Ich habe ja auch nicht gerade einen Willkommensteppich ausgerollt.«

»Du hast mich nie besonders gemocht«, stellte Robin fest.

»Tja nun, es ist schwer, seine Schwester zu mögen, wenn sie der offensichtliche Liebling der eigenen Mutter ist.«

»Ich war nicht ihr …«, protestierte Robin.

»Klar warst du das. Ich wusste es von dem Moment an, als sie dich aus dem Krankenhaus mit nach Hause gebracht hat, und das war Jahre, bevor ich gehört habe, wie sie es dir selbst gesagt hat.«

»Du hast gehört, wie sie …?«

»… wie sie gesagt hat, dass du ihr Liebling bist? Oh ja.

Die Erinnerung hat sich mir ins Gehirn eingebrannt. Sie saß auf dem Sofa, und du lagst niedlich und gemütlich auf ihrem Schoß. Ich habe euch aus dem Schatten beobachtet.« Sie zuckte erneut mit den Schultern, wie um anzudeuten, dass es keine Rolle mehr spielte. Ihr Blick sagte etwas anderes.

»Tut mir leid«, entschuldigte Robin sich noch einmal.

»Damals hast du jedenfalls nicht so ausgesehen, als täte es dir leid. Du sahst so zufrieden aus, wie ein kleines Mädchen nur sein konnte.«

Mit einem Nicken und einem langen Seufzer gestand Robin die Wahrheit ein. »Ja, ich wusste, dass du da warst.«

Melanie verzog das Gesicht zu einem Ausdruck irgendwo zwischen einem resignierten Lächeln und frischem Zorn. »Das dachte ich mir. Ich wette, es hat den Moment doppelt süß gemacht.«

»Stimmt«, gab Robin zu. Sie blickte über die Reihe der Grabsteine. »Wie alt war ich damals, zehn? Ich hatte mein ganzes Leben lang versucht, die Anerkennung meiner großen Schwester zu erringen. Aber bekommen hab ich nur eine kalte Schulter und eine gebrochene Nase.«

Melanie kicherte. »Und selbst das ist noch zu deinem Vorteil ausgegangen. Es hat deinem Gesicht den dringend benötigten Charakter gegeben.«

Beide Schwestern starrten abwesend auf den Horizont.

»Hast du Mom je zur Rede gestellt?«, fragte Robin.

»Einmal habe ich darüber nachgedacht«, sagte Melanie, »als sie die üblichen Entschuldigungen dafür fand, warum du nicht nach Hause kommen konntest. Aber da war sie schon ziemlich krank, und was sollte ich ihr sagen, ohne zu klingen wie das eifersüchtige Gör, das ich war?«

Robin starrte auf das Grab ihrer Mutter. »Du könntest es ihr jetzt sagen.«

Melanie verengte die Augen und verzog höhnisch die Mundwinkel. »Was? Bist du jetzt meine Therapeutin?«

»Ich bin deine Schwester«, antwortete Robin. »Los. Sag es ihr.«

»Glaubst du, sie hört zu?«, schnaubte Melanie.

»Ich finde, das spielt keine Rolle.«

Nach einer langen Pause begann Melanie: »Von mir aus. Warum nicht? Also, los geht's.« Sie atmete tief ein. »Ich weiß nicht genau, was ich sagen soll, aber …« Eine weitere Pause, so lang, dass Robin schon dachte, ihre Schwester hätte es sich doch anders überlegt. »Okay. Also, die Sache ist die, Mom. Du hättest niemanden bevorzugen dürfen. Es war nicht fair. Ich weiß, ich war kein einfaches Kind. Aber ich *war* dein Kind. Ich habe dich geliebt. Und du hast meine Gefühle verletzt. Ja, Überraschung! Ich habe auch Gefühle.« Sie wandte sich mit vor Verlegenheit roten Wangen an Robin. »Okay, das war's. Bist du jetzt glücklich?«

Robin trat ein paar Zentimeter vor, und ihre Schuhe sanken in die weiche Erde um das Grab ihrer Mutter, sodass sie wie festgewurzelt dastand. »Glaubst du, sie wusste von Dads Affären?«, fragte sie zu ihrer eigenen Überraschung.

»Soll das ein Witz sein? Natürlich wusste sie es«, sagte Melanie. »Glaubst du, die ganze Stadt hat es gewusst, und sie nicht?«

»Ich hab all die Jahre gedacht, ich würde sie schützen«, sagte Robin. »All die Jahre habe ich mich schuldig gefühlt, weil ich Dads Geheimnis bewahrt habe. Und sie wusste es die ganze Zeit.«

»Was wusste sie?«, fragte eine leise Stimme irgendwo hinter ihnen.

Die Schwestern drehten sich um und sahen, dass Blake und Cassidy sie aus ein paar Metern Entfernung beobachteten.

»Tut mir leid«, sagte Blake. »Wir wollten uns nicht anschleichen. Aber wir haben angefangen, uns Sorgen zu machen.«

»Das ist schon okay«, sagte Melanie und ging auf sie zu. »Wir waren hier eh fertig.«

Ein paar Minuten später bogen sie in die Larie Lane. Hinter Melanies Wagen parkte ein schwarzer Honda Civic in der Einfahrt. »Wessen Auto ist das?«

Cassidy beugte sich vor. »Sieht aus wie Kennys.«

»Wer ist Kenny?«, fragte Blake.

»Der Junge, der Cassidy im Krankenhaus besucht hat«, erinnerte Robin ihn.

»Landons Freund«, stellte Cassidy klar.

Blake achtete darauf, Kenny nicht zuzuparken, und stieg eilig aus, um Cassidy von der Rückbank zu helfen. Sie ließ sich gegen ihn sinken. »Hossa«, sagte Blake. »Alles in Ordnung?«

»Mir ist nur ein bisschen schwindlig«, sagte Cassidy.

Blake hob sie in seine Arme. »Ich trag dich rein.«

»Nein, ich kann laufen.«

»Keine Widerrede«, sagte Robin, die neben ihnen ging, während Melanie vorauslief, um die Haustür aufzuschließen.

»Landon«, rief sie, als sie den Flur betrat. »Wir sind zurück.«

Sie erhielt keine Antwort.

»Ich guck mal, was wir zu Mittag essen können.« Melanie ging in die Küche, während Blake Cassidy ins Wohnzimmer trug und auf der Couch absetzte.

Sein Handy klingelte. Er zog es aus der Tasche und blickte

auf das Display. »Tut mir leid. Die Kanzlei. Da muss ich rangehen.« Er ging in den Flur.

In Cassidys Augen standen Tränen. »Was geschieht mit mir, wenn Daddy nicht wieder gesund wird?«, fragte sie Robin.

»Bitte hör auf, dir deshalb Sorgen zu machen. Wir finden schon eine Lösung.«

»Welche?«

»Ich weiß nicht. Du hast Blake doch gehört. Er wird nicht zulassen, dass etwas Schlimmes passiert.«

»Glaubst du, dass alles aus einem Grund geschieht?«, fragte Cassidy.

Robin überlegte einen Moment. »Nein«, antwortete sie dann, weil sie fand, dass das Kind Ehrlichkeit und keine Plattitüden verdient hatte. »Ich weiß, für viele Menschen ist es ein tröstender Gedanke, aber ich glaube es einfach nicht. Dinge geschehen, weil sie geschehen. Ich finde es sogar tröstlicher zu glauben, dass sie wahllos geschehen, als dahinter irgendeinen göttlichen Plan zu vermuten, der es rechtfertigt, dass ein Kind an Krebs stirbt oder Menschen verhungern.« *Oder Freundinnen fürs Leben kaltblütig niedergeschossen werden.* »Aber selbst wenn es keinen Grund dafür gibt, warum Dinge geschehen«, versuchte sie, ihre Worte abzuschwächen, »glaube ich, dass am Ende trotzdem alles irgendwie hinhaut.«

»Ist das nicht das Gleiche?«

»Ich glaube, es gibt einen feinen Unterschied.«

»Einen feinen Unterschied zwischen was?«, fragte Blake, als er zurück ins Zimmer kam.

»Glaubst du, dass alles aus einem Grund geschieht?«, fragte Cassidy ihn.

»Ich glaube, es gibt Gründe dafür, warum Dinge passieren«,

sagte Blake. »Aber glaube ich an einen größeren Plan? Nein. Ich halte es mit Thomas Hardys Theorie von der ›befreienden Gleichgültigkeit des Universums‹.«

»Was bedeutet das?«, fragte Cassidy.

»Es bedeutet, dass ich Hunger habe«, erwiderte Blake lachend. »Ich zitiere immer Thomas Hardy, wenn ich Hunger habe.«

Robin wäre am liebsten aufgesprungen und hätte ihn umarmt. »Was wollte die Kanzlei?«

Blake ließ sich neben Cassidy auf das Sofa sinken. »Leider scheint sich der Deal, den wir schon in trockenen Tüchern geglaubt hatten, an den Nähten wieder aufzulösen, und am Montag ist ein Meeting angesetzt, um die kritischen Punkte zu besprechen. Sieht also so aus, als müsste ich am Sonntag zurück nach L. A. fahren.«

»Nein!«, jammerte Cassidy. »Das sind ja nur noch ein paar Tage.«

»Es ist okay, Liebes«, sagte Robin. »Ich bin ja noch hier.« Wie konnte sie aufbrechen, solange alles in der Schwebe war? Sie konnte schlecht Melanie wieder alles aufladen.

»Wie lange?«, fragte Cassidy. »Du wirst bestimmt auch nicht mehr ewig hier rumhängen, wenn Blake weg ist. Was wird mit mir, wenn ihr nach Hause fahrt? Was wird mit mir, wenn Daddy stirbt?«

Robin sah Blake an.

»Wir finden eine Lösung«, sagte er.

»Welche?«, drängte Cassidy. »Kann ich mit euch fahren? Nach L. A.?«

Sie hörten schlurfende Schritte, und als sie sich umdrehten, stand Kenny Stapleton in der Tür, hinter ihm Landon. »Geht jemand nach L. A.?«, fragte Kenny. Er strich sich eine Strähne aus der Stirn und vergrub seine Hände in den Taschen seiner engen Jeans.

»Wir haben bloß geredet«, sagte Cassidy.

»Darüber, nach L. A. zu gehen?«

»Noch ist nichts entschieden«, erklärte Cassidy ihm.

»Ich finde, du solltest nicht weggehen.«

»Na, das sehen wir dann. Du weißt doch, dass ich schon immer dort leben wollte.«

»Dein Dad könnte wieder gesund werden.«

»Dann bleib ich natürlich hier.«

»Aber wenn nicht, gehst du weg?«

Kennys Ton hatte eine Schärfe angenommen, die Robin unangenehm war.

»Heute fährt niemand mehr irgendwohin«, versuchte sie, die plötzliche Spannung im Raum abzubauen. »Melanie«, rief sie. »Kann ich dir helfen?«

»Dafür ist es ein bisschen spät«, antwortete Melanie und tauchte mit einem großen Tablett beladen mit Sandwiches hinter Landon auf.

»Was für Sandwiches hast du gemacht?«, fragte Cassidy.

»Bloß Thunfisch. Nichts Schickes.« Melanie stellte das Tablett auf den Couchtisch und machte einen Schritt zurück. »Haut rein.«

Sofort fischte Kenny ein Sandwich von der Spitze des Stapels und biss ab. »Die sind gut«, sagte er zu niemand Bestimmtem.

Demonstrativ nahm Blake das Tablett und hielt es Cassidy hin.

»Danke.« Sie lächelte ihn an, während sie ein Sandwich zum Mund führte.

Auch Robin nahm ein Sandwich und bemerkte Kennys wütenden Blick, als Blake Landon das Tablett hinhielt.

Landon schüttelte den Kopf.

»Du musst essen, großer Mann«, sagte Kenny, nahm noch ein Sandwich von dem Tablett und drückte es Landon an die Brust.

»Wann bist du denn gekommen, Kenny?«, fragte Melanie.

»Vor ungefähr einer Stunde. Landon hat gesagt, ich hätte Sie knapp verpasst. Ich wäre auch zur Beerdigung gekommen, wenn mir jemand Bescheid gesagt hätte.«

»Wir wollten es in möglichst kleinem Kreis halten«, erklärte Robin.

Kenny schob sich den letzten Bissen von seinem Sandwich in den Mund und nahm ein neues. »Weil Ihr Bruder verhaftet worden ist?«

»Deswegen auch.«

»Glauben Sie, er war es?«, fragte Kenny.

»Nein. Ich glaube nicht, dass er es war.«

»Wer war es dann?«

»Nicht Robins Bruder.« Cassidy zappelte aufgeregt auf dem Sofa. »Was hast du für ein Problem, Kenny? Du benimmst dich seltsam.«

»Gar nicht.«

»Doch.«

Kenny wandte sich an Melanie. »Wussten Sie, dass Cassidy überlegt, nach L. A. zu ziehen?«

»Wirklich?« Melanie wirkte überrascht, aber nicht unglücklich. »Das sind Neuigkeiten für mich.«

»Ja. Für mich auch«, sagte Kenny. »Was ist mit dir, Landon? Hat sie dir gegenüber je irgendwas davon gesagt, dass sie in L. A. leben will?«

Statt zu antworten, drehte Landon sich um und rannte aus dem Zimmer.

»Nun sieh, was du getan hast«, sagte Cassidy, als Landon die Treppe hochtrampelte. »Er ist total aufgewühlt.«

»Ihm geht es gut.«

»Ihm geht es nicht gut. Du weißt doch, wie sensibel er ist.«

»Er will eben nicht, dass du nach L. A. ziehst.«

»Ich finde, das ist gar keine so schlechte Idee.« Melanie nahm ein Sandwich von dem Tablett. »Nach allem, was passiert ist, könnte ein Neuanfang genau das sein, was der Arzt empfiehlt. Und wenn Robin und Blake bereit sind …«

»Ich denke, wir greifen den Ereignissen etwas voraus«, sagte Blake. »Im Moment bin ich der Einzige, der irgendwohin fährt.«

»Du verlässt uns?«, fragte Melanie.

»Am Sonntag.«

Die Tür von Landons Zimmer wurde zugeknallt.

»Ich finde, du solltest zu ihm hochgehen«, sagte Cassidy zu Kenny. »Nachsehen, ob es ihm gut geht.«

»Nur wenn du mitkommst«, erwiderte Kenny. »Deinetwegen ist er ja aufgewühlt.«

Cassidy seufzte. Sie versuchte, sich vom Sofa hochzustemmen, sank jedoch erschöpft auf das Polster zurück.

»Warte«, sagte Blake. »Ich helfe dir.«

»Ich mach es«, sagte Kenny, drängte sich vor und fasste Cassidys Arm.

»Geh weg«, sagte sie zu Kenny. »Du bist seltsam.« Sie ließ sich von Blake auf die Füße helfen und langsam die Treppe hinaufbringen. Kenny folgte ihnen auf dem Fuße.

Robin stand auf. »Nun, das war …«

»Seltsam?« Melanie verzog das Gesicht zu einer Hab-ich-dir-ja-gesagt-Miene. »Aber du weißt schon, dass du verrückt wärst, wenn du ernsthaft überlegst, das Mädchen mit nach L. A. zu nehmen, oder?«

»Hast du nicht gerade gesagt, du hältst es für eine gute Idee?«

»Oh, versteh mich nicht falsch. Ich wäre begeistert. Ich dachte bloß, du wärst schlauer.«

»Wovon redest du?«

»Ich rede davon, dass Cassidy offensichtlich in deinen Freund verknallt ist, was dir jetzt nicht besonders bedrohlich erscheinen mag, aber sie bleibt nicht immer zwölf. Und wenn sie auch nur ein bisschen so ist wie ihre Mutter mit achtzehn …«

»Jetzt bist du einfach nur gemein.«

»Und du bist beschränkt.«

Als Blake ins Wohnzimmer zurückkehrte, starrten die beiden Schwestern sich von den gegenüberliegenden Enden des Sofas immer noch wütend an. »Was ist passiert?«

Das Telefon klingelte. Melanie machte auf dem Absatz kehrt und marschierte wortlos in die Küche. Sekunden später war sie zurück. »Das war der Sheriff. Offenbar hat die Polizei von San Francisco einen Durchsuchungsbeschluss für Alecs Wohnung erwirkt, und ratet mal, was sie gefunden haben?«

Robin ging im Kopf blitzschnell belastende Möglichkeiten durch: die Mordwaffe, der Inhalt des Safes ihres Vaters. »Den Schmuck unserer Mutter?«, fragte sie laut.

»Knapp daneben ist auch vorbei.«

»Erzählst du es uns, oder müssen wir weiter raten?«

»Eine Skimaske. Genau wie die, die Cassidy beschrieben hat.«

»Scheiße.«

»Immer noch von seiner Unschuld überzeugt?«

Robin ließ sich zurück auf das Sofa sinken und stützte ihren Kopf in beide Hände. »Es muss irgendeine Erklärung geben.«

»Gibt es auch«, sagte Melanie. »Er ist schuldig.«

# KAPITEL 35

Das Gefängnis von Tehama County ist eine Haftanstalt mittlerer Sicherheitsstufe für Insassen beiderlei Geschlechts und auf die relativ kurze Unterbringung von Häftlingen ausgelegt, die auf ihren Prozess warten oder vor Gericht stehen. Es ist ein ebenso fantasieloses wie unattraktives Gebäude aus dem Jahr 1974 mit einigen Neuerungen, die gut zwanzig Jahre später hinzugefügt wurden, darunter ein verstärkter Sicherheitszaun und ein elektronisches Überwachungssystem, das dafür sorgt, dass die Insassen bis zu ihrer Entlassung oder Verlegung innerhalb der hässlichen braunen Backsteinmauern bleiben.

»O Gott«, sagte Robin, als Blake auf den Parkplatz fuhr und den Motor abstellte. Es war der Vormittag nach der Beerdigung, der vierte Tag von Alecs Haft und das erste Mal, dass sie ihn besuchen durfte.

»Du musst das nicht machen«, sagte Blake und wandte sich ihr zu.

»Doch, muss ich. Schuldig oder nicht, er ist immer noch mein Bruder.« Sie schloss die Augen und atmete lange und tief ein.

»Hast du eine Panikattacke?«

Robin spürte den diversen vertrauten Symptomen ihrer Angst nach. Zu ihrer Überraschung fand sie keine – keine in ihrem Brustkorb eingesperrten, wild flatternden Vögel, keine rasierklingenscharfen Messer, die in ihre Haut schnitten, kein überwältigender Drang zu fliehen. »Nein«, sagte sie und öffnete die Augen. »Mir geht es gut.«

»Ich wünschte, ich könnte mitkommen.«

»Das wünschte ich auch.«

Jeff McAllister hatte sie über die Vollzugsregeln informiert: Die Insassen durften zweimal pro Woche dreißig Minuten Besuch von jeweils einer Person empfangen; jeder Körperkontakt war verboten; Besucher mussten mindestens achtzehn Jahre alt sein, einen Ausweis mit Foto präsentieren und sich durchsuchen lassen.

»Vergiss nicht, dass du keine Privatsphäre erwarten darfst und dass eure Unterhaltung wahrscheinlich aufgezeichnet wird.«

Robin nickte, atmete tief ein, strich ihr Haar glatt und spielte mit dem obersten Knopf ihres ärmellosen malvenfarbenen Sommerkleids.

»Du siehst fantastisch aus.«

»Mein Gesicht ist nicht zerknittert?«

»Dein Gesicht ist wunderschön.«

Lächelnd öffnete Robin die Wagentür.

»Warte«, sagte Blake.

Sie drehte sich um.

»Ich liebe dich«, sagte er.

Robin beugte sich über den Vordersitz und küsste ihn sanft auf den Mund. »Ich liebe dich auch.«

Sie ging über den Betonweg bis zur Eingangstür und atmete tief ein, bevor sie die Tür aufmachte. Ein unfreundlicher Beamter forderte sie auf, ihren Ausweis zu zeigen, dann wurde sie von einer Beamtin gründlich abgetastet, und ihre

Handtasche wurde durch einen Metalldetektor geschoben. Anschließend wurde sie in einen Raum mit grauen Plastikstühlen geführt und angewiesen zu warten, bis ihr Name aufgerufen wurde.

Drei Personen warteten bereits, ein Mann mittleren Alters und zwei Frauen. Als Robin hereinkam, blickten sie kurz auf, und die jüngere der beiden nickte ihr fast unmerklich zu. Robin setzte sich auf einen Stuhl in der Ecke des Raumes und bemerkte die langen grellen Neonröhren an der abgehängten Decke, die ihr Licht auf matte weiße Wände warfen. Eine Vielzahl von Schildern warnte Besucher davor, Gegenstände wie Pistolen, Sprengkörper und Kaugummi mit ins Gefängnis zu bringen.

»Zum ersten Mal hier?«, fragte eine Stimme irgendwo neben ihr, und Robin fuhr zusammen. »Tut mir leid. Ich wollte Sie nicht erschrecken. Darf ich mich setzen?«

Robin drehte sich um und sah die Frau, die ihr beim Reinkommen kurz zugenickt hatte. Sie war Mitte zwanzig und hatte rotbraunes Haar. Sie trug eine Jeans und einen roten Pulli mit V-Ausschnitt, der ihre üppige Brust betonte. Sie nahm lächelnd Platz, bevor Robin etwas einwenden konnte. »Tja, das erste Mal«, wiederholte sie ihre Frage als Feststellung.

»Ist das so offensichtlich?«

»Das Kleid verrät Sie sofort. Ich habe bei meinem ersten Besuch hier auch ein Kleid getragen. Aber dann begreift man, dass es irgendwie sinnlos ist. Kenne ich Sie? Sie kommen mir irgendwie bekannt vor.«

»Nein, ich glaube nicht.«

»Ich heiße Brenda. Ich besuche meinen Freund. Er hat seine Kündigung nicht so gut aufgenommen und ist am nächsten Tag zurück zu dem Laden und hat alles in Klump geschossen.

Er hat niemanden verletzt, aber das war eher blindes Glück. Offenbar ist es nicht so leicht, ein Ziel zu treffen, wie es im Fernsehen immer aussieht. Der Vollidiot. Hat sechs Jahre gekriegt.« Sie zuckte mit den Schultern. »Und wofür sitzt Ihr Typ?«

Robin zögerte und überlegte, ob die Frau ein Spitzel war und ihre Unterhaltung abgehört wurde. »Es ist ein Irrtum ...«

Brenda lachte. »Das hat er Ihnen erzählt?«

»Das musste er gar nicht.«

»Na, viel Glück damit. Wie heißen Sie noch mal?«

Robin erwog kurz, Brenda einen falschen Namen zu nennen, entschied sich dann aber dagegen. »Robin.«

»Wirklich? Sie haben irgendwie gezögert.«

»Ich heiße so.«

»Robin«, wiederholte die Frau und blinzelte, sodass ihre kleinen haselnussbraunen Augen fast in den Falten ihrer vollen Wangen versanken. »Sie kommen mir auf jeden Fall bekannt vor.«

Die Tür am anderen Ende des Raumes wurde geöffnet, und ein Deputy verkündete: »Robin Davis.«

»Davis?«, wiederholte Brenda, als Robin sich von ihrem Stuhl erhob. »Robin *Davis*? Ohne Scheiß? Sind Sie verwandt mit den Leuten, die erschossen wurden? Ich hab Ihr Foto in der Zeitung gesehen. Verdammt, ich wusste gleich, dass Sie mir bekannt vorkamen.«

»Hier entlang«, sagte der Deputy, und Robin folgte ihm hastig in den kleinen angrenzenden Raum. »Leeren Sie Ihre Handtasche bitte.« Er wies auf einen angestoßenen Metalltisch, das einzige Möbelstück in dem Raum.

Robin leerte den Inhalt ihrer braunen Stofftasche auf den Tisch: eine minzgrüne Lederbrieftasche, eine knallorangefarbene Börse für Kleingeld, ihr Handy, ein Scheckbuch in einer eingerissenen schwarzen Plastikhülle, drei Kugelschreiber, ein kleines Notizbuch, eine Sonnenbrille in einem roten Etui aus künstlichem Straußenleder und ein paar zerknüllte Papiertaschentücher. »Kein Kaugummi«, sagte sie in der Hoffnung, dem Beamten ein Lächeln zu entlocken, erntete jedoch nur die Andeutung eines ärgerlichen Stirnrunzelns. Wahrscheinlich hatte der arme Mann den Spruch schon mindestens hundert Mal gehört. »Entschuldigen Sie.«

Das Stirnrunzeln verfestigte sich. »Was?«

»War ein schlechter Witz«, murmelte sie und beschloss, von nun an nur noch auf Fragen zu antworten. Wenn sie nicht aufpasste, würde man sie auch noch einsperren.

»Okay«, sagte der Deputy und griff in die Tasche, um sich zu vergewissern, dass sie auch wirklich leer war, bevor er sie ihr zurückgab und ein Zeichen machte, dass sie ihre Sachen wieder einpacken konnte. Dann wies er auf eine Tür gegenüber von der, durch die sie den Raum betreten hatte. »Ihr Bruder wird gleich hier sein. Sie haben dreißig Minuten.«

»Danke.« Robin betrat einen langen schmalen Raum, der in der Mitte durch eine Trennwand mit einzelnen Fenstern geteilt war. An der Wand waren mit Metallstreben zehn runde Holzhocker befestigt, der Betonboden war in einem hässlichen Karamellton gestrichen. Am anderen Ende des Raumes saß eine Frau auf einem Hocker und weinte in das Wandtelefon neben ihr, während sie mit einem Gefangenen auf der anderen Seite der Scheibe sprach. Robin ließ sich auf den nächstbesten Hocker fallen und starrte auf das Spiegelbild ihrer düsteren Miene in der Trennscheibe und den leeren Platz vor ihr. *Wie muss es sich erst auf der anderen Seite anfühlen?*

Eine Minute später wurde ihr Bruder in seine Hälfte des

Raumes geführt und zu dem Hocker ihr gegenüber gewiesen. Er trug denselben orangefarbenen Trainingsanzug, den er vor Gericht angehabt hatte, und sein Haar war aus dem Gesicht gekämmt. Er sah hager aus und zehn Jahre älter als bei ihrer letzten Begegnung. Er nahm Platz und hob im selben Moment den Telefonhörer ans Ohr wie Robin.

»Hi«, sagte sie.

»Hi.«

»Wie geht's?«

»Nicht schlecht.«

»Nicht gut«, korrigierte Robin.

»Es ging mir schon besser.«

»Isst du?«

»Ein bisschen. Das Essen hier ist nicht gerade Feinkost. Und wie geht es dir?«

»Mir geht es gut.«

»Und den anderen?«

»Auch gut.«

»Cassidy?«

»Den Umständen entsprechend wirklich prima.«

»Muss ein ziemlicher Schock für sie gewesen sein, mich zu sehen«, sagte Alec, »und zu begreifen, dass ich nicht der war, für den sie mich gehalten hat.«

»Ja, der Moment war ein Schock für uns alle.«

Alec wirkte verlegen. »Das tut mir leid.«

Robin fragte sich, wie er sich das Wiedersehen mit Cassidy vorgestellt hatte, sagte jedoch nichts für den Fall, dass ihr Gespräch überwacht wurde.

»Ich dachte wohl, ich würde längst weg sein, wenn sie aus dem Krankenhaus entlassen wird, sodass wir uns gar nicht begegnen würden«, sagte er, als hätte er Robins Gedanken gelesen.

Seufzend suchte sie nach einem unverfänglichen Thema.

»Ich war es nicht, Robin«, erklärte er ihr.

*So viel dazu.* »Das weiß ich.«

»Alles, was ich euch erzählt habe, ist die Wahrheit.«

»Ich weiß. Ich glaube dir«, sagte Robin und wusste im Grunde ihres Herzens, dass Alec, egal wie übel es aussah und wie belastend die Beweise gegen ihn sein mochten, unfähig war, einem anderen Menschen etwas zuleide zu tun. Sie begriff auch, dass es nun auf sie ankam, dass sie genauso hart dafür arbeiten musste, die Unschuld ihres Bruders zu beweisen, wie die polizeilichen Ermittler daran arbeiteten, seine Schuld zu beweisen.

»Ich habe Tara geliebt. Sie hat mich geliebt. Wir wollten ein gemeinsames Leben beginnen.«

»Es tut mir so leid.«

»Bitte, sag Cassidy, dass ich unschuldig bin, dass ich ihrer Mutter nie etwas hätte antun können.«

»Das mache ich. Das *habe* ich schon.«

»Hat sie dir geglaubt?«

»Ich weiß nicht.«

Die Tür ging auf, Brenda kam herein und blickte demonstrativ zu Alec, während sie an Robin vorbeiging und sich auf den Hocker neben sie setzte. »Ihr Bruder ist scharf«, sagte sie aus dem Mundwinkel, als ihr Freund neben Alec Platz nahm und seinen Telefonhörer abnahm.

»Guck nicht hin«, hörte Robin sie flüstern. »Aber du sitzt neben einem echten Promi. Der Typ, der seinen Vater niedergeschossen und seine Exfreundin ermordet hat. Oh, und ihr Kind hat er auch angeschossen. Nein, ich will dich *nicht* verarschen.«

»Robin?«, fragte Alec. »Was ist los?«

»Nichts. Ich finde es nur schrecklich, dich an diesem furchtbaren Ort zu sehen.«

»Uns beide.« Er rieb sich das Kinn. »Habt ihr mit Prescott gesprochen?«

»Ja.«

»Dann weißt du von der Skimaske, die man in meiner Wohnung gefunden hat.«

»Vielleicht sollten wir nicht darüber sprechen«, sagte Robin.

»Warum nicht? Es ist eine schwarze Skimaske, verdammt noch mal. Nicht irgendein rares Kunstwerk. Es muss Millionen davon geben.«

»Warum besitzt du eine?«

»Warum ich eine besitze?«, wiederholte er und blickte sichtlich frustriert zur Decke. »Ich laufe Ski, Herrgott noch mal. Die Polizei hat auch Skistiefel gefunden. Hat der Sheriff dir das nicht erzählt?«

Robin spürte neue Hoffnung. »Seit wann läufst du Ski?«

»Ich hab damit angefangen, nachdem ich Red Bluff verlassen hatte. Ich war depressiv. Verdammt, ich hatte Selbstmordgedanken. Ich dachte, Ski laufen wäre eine ebenso gute Art, sich umzubringen, wie jede andere. Dann hab ich zu meinem Erstaunen festgestellt, dass ich offenbar talentiert bin. Und es hat mir einen Riesenspaß gemacht. Es war sehr therapeutisch. Du solltest es mal probieren.«

Sie lächelte. »Vielleicht bringst du es mir bei, wenn du rauskommst.«

»Das könnte noch dreißig Jahre dauern.«

Das Lächeln auf Robins Lippen gefror. »Bitte rede nicht so.«

»Entschuldige. Ein bisschen Knasthumor.«

»Das ist nicht komisch.«

»Es gibt da noch etwas, das du wissen solltest.«

Robin hielt den Atem an. Hatte die Durchsuchung von Alecs Wohnung weitere potenziell belastende Beweise zutage gefördert? »Was denn?«

»McAllister glaubt, die Staatsanwaltschaft wäre womöglich bereit, sich auf einen Deal einzulassen.«

»Was für einen Deal?«

»Er glaubt, man könnte die Anklage auf Totschlag reduzieren, wenn ich den Namen meines Komplizen nenne.«

»Aber du hast es nicht getan. Du hast keinen Komplizen.«

Alec lächelte. »Ja, das ist der Haken.«

Sie saßen sich eine Weile schweigend gegenüber. »Und was wollen wir machen?«, fragte Robin schließlich.

»Hier gibt es kein wir. Nur mich. Pack deine Sachen, schnapp dir deinen Verlobten und sieh zu, dass du aus der Stadt rauskommst.«

»Auf keinen Fall. Ich fahre nicht, ehe du hier nicht raus bist.«

»Doch, das tust du«, erwiderte er und stand auf, sodass das Telefonkabel spannte, als er dem Deputy an der Tür winkte.

»Was machst du? Wir haben noch ganz viel Zeit.«

»Komm nicht noch mal hierher, Robin. Verschwinde, solange du noch atmen kannst.«

»Alec …«, rief Robin, als der Deputy ihren Bruder aus dem Raum führte. Aber er blieb nicht stehen und drehte sich auch nicht noch einmal um. Sie legte den Hörer auf, senkte das Kinn auf die Brust und fing an zu weinen.

»Es wird leichter«, sagte Brenda und beugte sich zu ihr. »Sie werden schon sehen. In ein paar Wochen fühlen Sie sich hier wie zu Hause.«

# KAPITEL 36

Um kurz nach sechs am selben Abend klingelte es an der Haustür.

»Die Pizza ist da«, rief Melanie aus der Küche. »Kann bitte jemand aufmachen?«

»Ich geh schon.« Robin deckte den letzten Platz am Esstisch und ging in den Flur. Cassidy und Blake guckten im Wohnzimmer Fernsehen, und Robin winkte ihnen im Vorbeigehen zu. Sie hörte, wie Landons Zimmertür geöffnet wurde, und seine Schritte auf der Treppe, als sie die Haustür aufmachte. Der Anblick der Frau, die draußen stand, traf sie unvorbereitet. »Oh mein Gott.«

»Robin«, sagte sie. »Es ist lange her, aber ich würde dich überall erkennen. Du siehst gut aus. Darf ich reinkommen?«

Robin machte einen Schritt zurück, um die Frau hereinzulassen. Sie sah sich zu Landon um, der sie vom Fuße der Treppe aus beobachtete.

»Was ist mit der Pizza?«, rief Melanie, kam aus der Küche und blieb wie angewurzelt stehen. »Ach du Scheiße.«

Bei dem Schimpfwort versteifte die Frau die Schultern. »Melanie«, sagte sie. »Meine Güte, ihr Mädchen habt euch überhaupt nicht verändert.«

»Sie aber schon«, sagte Melanie. »Was ist mit Ihren Haaren?«

Robin warf ihrer Schwester einen missbilligenden Blick zu,

obwohl sie genau das Gleiche gedacht hatte. Die einst schwarzen vollen Haare der Frau waren jetzt dünn und grau und hingen in langen ungekämmten Strähnen herab. Ihr Kleid war ein formloser beigefarbener Sack, die nackten Füße steckten in Birkenstocksandalen. Sie sah aus wie das Klischee eines alternden Hippies, dachte Robin, eine wandelnde Erinnerung an eine Zeit, die nie so schlicht und liebevoll gewesen war, wie sie einst schien.

»Was machen Sie hier?«, fragte Melanie.

»Wo sollte ich sonst sein?«

»Wo immer Sie in den letzten zehn Jahren auch gewesen sind, würde ich sagen.«

»Ist die Pizza da?«, fragte Blake und kam in den Flur. »Oh, Verzeihung.« Er sah die grauhaarige Frau an. »Wer ist das?«

»Blake«, sagte Robin, »das ist Holly Bishop.« Sie atmete tief ein. »Taras Mutter.«

»Oh, gütiger Gott.« Die Frau brach in Tränen aus. »Meine arme Kleine.« Sie warf sich in Robins Arme und schluchzte an ihrer Schulter. »Wie konnte das passieren?«

Widerwillig legte Robin die Arme um die breiten Hüften der Frau. »Es tut mir so leid, Mrs. Bishop.«

»Sie haben ja lange genug gebraucht herzukommen«, sagte Melanie kalt. »Tara ist schon vor fast zwei Wochen gestorben.«

»Ich habe es gerade erst erfahren.« Holly Bishop löste sich aus Robins Umarmung. »Ich bin in Oregon aufgebrochen, sobald ich es gehört habe.«

Robin konnte nicht umhin zu bemerken, dass die Augen der Frau trotz des Schluchzens, das ihren Körper noch kurz vorher erschüttert hatte, trocken waren.

»Ich lebe in einer einsamen Gegend. Wir haben keine Fernseher oder Computer.«

»Und wie haben Sie es erfahren?«

»Reverend Sampson, unser Anführer, hat es mir erzählt.«

»Ihr Anführer hat einen Computer?«, fragte Robin.

»Einen alten. Ja, natürlich. Irgendjemand muss schließlich mitbekommen, was in der Welt passiert. Er gibt alle relevanten Informationen an uns weiter.«

»An seine Herde«, sagte Melanie.

»An seine Anhänger, ja«, verbesserte Holly sie. »Er hat von dem Überfall und den Schüssen gehört und ist zu mir gekommen, weil er sich daran erinnert hat, dass ich früher in Red Bluff gelebt habe.«

»Und sich gedacht hat, dass Ihre Enkeltochter zu einer Menge Geld kommen wird, mit dem er seine Ausstattung upgraden kann«, sagte Melanie. »Ein Geschenk Gottes sozusagen.«

»Deswegen bin ich nicht hier.«

»Und warum *sind* Sie hier?«, fragte Robin.

»Ich bin gekommen, um Cassidy zu sehen. Das arme Kind.« Hollys Stimme bebte, doch wieder flossen keine echten Tränen.

»Was ist los?«

Robin drehte sich um und sah Cassidy in der Wohnzimmertür stehen.

»Hallo«, sagte Cassidy zu der Frau.

»Oh je«, sagte Holly. »Ist das meine teure Kleine?«

»Wer sind Sie?«

Holly Bishop kreuzte beide Hände über dem Herzen. »Ich bin deine Großmutter, Liebling.«

»Meine Großmutter?«

»Die Mutter deiner Mutter«, erklärte Holly und ging langsam auf das Mädchen zu.

»Die deine Mutter enterbt hat, nachdem sie Dylan geheiratet hatte«, stellte Melanie klar.

Holly blieb abrupt stehen und machte den Mund auf, doch es dauerte ein paar Sekunden, bis ein Laut herausdrang. »Nun, ich habe die Ehe missbilligt, das ist wahr«, stotterte sie, »aber ich habe Tara nie offiziell enterbt.«

»Sie haben nicht mit ihr gesprochen. Sie haben ihr nicht geholfen«, sagte Robin.

»Sie wollte meine Hilfe nicht.«

»Sie haben sich einer Sekte angeschlossen ...«

»Es ist keine Sekte, Liebes. Es ist ein religiöser Orden.«

»Wirklich? Von welcher Kirche?«

»Nun, nicht direkt von einer Kirche, aber ...«

»Aber Sie haben sich ihm trotzdem angeschlossen. Und Sie sind weggegangen und haben Tara sich selbst überlassen.«

»Sie wollte es so.«

»Nein, *Sie* wollten es so«, verbesserte Melanie.

»Der Herr wollte es so«, sagte Holly.

»Wollte der Herr auch, dass Tara ermordet wurde?«, fragte Robin. »Haben Sie alles zurückgelassen, um einem solchen Gott zu dienen?«

»Die Wege des Herrn sind unergründlich«, begann Holly. »Wir dürfen nicht hoffen zu verstehen ...«

»Glaubst du, dass die Dinge aus einem Grund geschehen?«, unterbrach Cassidy sie und sah Robin an.

»Ja.«

»Du glaubst also, es gibt einen guten Grund dafür, dass irgendein Schwachkopf Mommy das Gesicht weggeschossen hat? Dafür, dass Daddy Greg im Koma liegt? Dafür, dass *ich* fast gestorben wäre? Du glaubst, Gott hat geplant, dass all das geschieht?«

»Ich muss glauben, dass es einen Grund dafür gibt, den wir Sterblichen nicht begreifen, ja.«

»Warum?«

»Warum?«, wiederholte Holly. »Weil …«

»Weil du zu dumm bist, um selber zu denken?«, forderte Cassidy sie heraus. »Das hat Mommy nämlich immer über dich gesagt, weißt du. Dass du zu dumm bist, um selber zu denken, und dass du dich einer Sekte angeschlossen hättest, damit es dir jemand abnimmt.«

Holly stand da wie eine Salzsäule.

»Sie hat mir erzählt, wie gemein du zu ihr warst«, fuhr Cassidy fort. »Dass du sie immer runtergemacht und ihr erklärt hast, dass sie es nie zu etwas bringen würde. Sie hat gesagt, dass mein Großvater so ausgehungert nach Liebe war, dass er mit der ersten Frau durchgebrannt ist, die nett zu ihm war …«

»Oh ja, sie hat sich immer auf seine Seite geschlagen. Sogar nachdem er uns wegen dieser Hure verlassen hat, gab sie mir die Schuld und erfand Ausreden für ihn. Und wo ist dieser arme, unter Liebesentzug leidende Mann jetzt?«, fragte Holly. »Hat er sich blicken lassen, um dich zu trösten? Ist er hier?«

»Noch nicht«, sagte Melanie. »Aber ich gehe davon aus, dass er demnächst hier aufkreuzen wird.«

»Cassidy ist mit einem Mal sehr beliebt«, stimmte Robin ein. »Wieso nur, frage ich mich.«

»Zu den anderen kann ich nichts sagen«, wandte Holly sich direkt an Cassidy, ohne die beiden Schwestern zu beachten. »Aber trotz allem und egal, was du vielleicht denkst, bin ich hier, weil ich deine Mutter geliebt habe. Und ich liebe dich. Du bist alles, was ich noch von ihr habe. Meine Kleine ist tot …«

»Und du hast mich nicht mehr gesehen, seit ich klein war. Ich hätte dich nicht erkannt, wenn wir uns auf der Straße in die Arme gelaufen wären. Und plötzlich tauchst du hier auf und willst meine Oma sein? Also echt. Du bist aus demselben Grund hier wie Dylan Campbell.«

»Dylan ist hier?«

»Er wohnt im Red Rooster«, informierte Melanie sie.

»Vielleicht wollen Sie sich mit ihm in Verbindung setzen«, schlug Robin vor.

»Dylan Campbell ist vielleicht hier, weil er das große Geld wittert, aber ich nicht.« Holly Bishop blickte an ihrem schlichten beigefarbenen Kleid hinunter. »Materielle Güter sind mir nie wichtig gewesen. Ich bin hier …«

»… weil du Mommy geliebt hast und mich liebst, weil ich das Einzige bin, was du noch hast, weil deine Kleine tot ist, und das ist der Plan des Herrn. Habe ich irgendwas vergessen?«, sagte Cassidy. »Ich bin müde. Ich will nicht mehr mit dir reden.« Sie ging auf Landon zu. »Komm, Landon. Gehen wir nach oben.« Sie nahm seine Hand und ging mit ihm die Treppe hoch.

»Cassidy, warte«, rief Holly ihnen nach.

»Sagt mir Bescheid, wenn die Pizza da ist«, erwiderte Cassidy, ohne sich umzublicken.

Robin sah die beiden die Treppe hinauf verschwinden.

»Wow«, sagte Melanie. »Ich weiß nicht, wie es dir geht, aber irgendwie mag ich das Mädchen von Tag zu Tag mehr.«

»Sie ist fürwahr die Tochter ihrer Mutter«, sagte Holly. »Gott schütze uns.«

»Was haben Sie denn gedacht, was genau passieren wird?«, wollte Robin wissen. »Haben Sie wirklich geglaubt, dass Cassidy Sie nach all der Zeit und allem, was geschehen ist, einfach so mit offenen Armen in ihrem Leben willkommen heißen würde?«

»Ich weiß nicht, was ich gedacht habe«, gestand Holly. »Vielleicht, dass sie mit mir nach Oregon kommen will.« Eine einsame Träne kullerte über ihre Wange und verschwand in ihrem Mundwinkel. »Aber das war wohl Wunschdenken. Und jetzt sollte ich gehen.« Sie zog eine kleine weiße Karte aus ihrer Kleidertasche. »Das ist Reverend Sampsons Privatnummer«, sagte sie und gab Robin die Karte. »Falls Cassidy es sich anders überlegt.«

»Fahren Sie vorsichtig«, erwiderte Robin, öffnete die Haustür und beobachtete, wie Holly Bishop sich hinter das Steuer eines gemieteten Fords setzte und wegfuhr. »Ich glaube nicht, dass wir die noch brauchen«, sagte sie und zerknüllte die Karte.

»Warte«, widersprach Melanie, nahm Robin die Karte ab und strich sie wieder glatt.

»Was machst du?«

»Wir wollen nicht voreilig sein. Man kann nie wissen.«

»Ich weiß, dass Cassidy ihre Gefühle ihrer Großmutter gegenüber sehr deutlich gemacht hat.«

»Cassidy ist ein Kind. Die Gefühle von Kindern ändern sich stündlich.«

»Wow«, sagte Robin. »Und ich dachte, dass wir uns endlich mal über etwas einig wären.«

»Also, ich bin bestimmt auch kein Fan Hollys, aber sie *ist* Cassidys Großmutter. Und irgendwann muss entschieden werden, wer sich bis auf Weiteres um das Kind kümmert. Denn ich werde es ganz bestimmt nicht machen. Nicht wenn es einen Vater und eine Großmutter gibt, die beide ganz erpicht darauf sind.«

»Du weißt genauso gut wie ich, dass sie nur an ihrem Erbe interessiert sind«, widersprach Robin.

»Das ist nicht mein Problem. *Cassidy* ist nicht mein Problem. Und wenn du schlau bist, lässt du dich auch nicht von Schuldgefühlen oder fehlgeleiteter Loyalität in eine Lage bringen, in der es deins wird.«

»Und was schlägst du vor? Dass wir sie einfach im Stich lassen?«

»Ich schlage gar nichts vor. Ich sage nur ganz offen, dass ich nicht die Absicht habe, das Kind zu bemuttern. Ich für meinen Teil habe meine Zeit als Mutter abgedient. Glaub mir, es ist längst nicht so toll, wie alle sagen. Sieht also so aus, als würde sie entweder bei ihrem Vater oder bei ihrer Großmutter leben, unter amtliche Vormundschaft gestellt oder du nimmst sie mit nach L. A. Das sind die Alternativen.« Melanie sah Blake herausfordernd an. »Was sagst du dazu, Blake? Bist du bereit, Vater eines Mädchens im Teenageralter zu werden, das du kaum kennst?«

»Das will gut überlegt sein«, gab er nach längerem Schweigen zu.

»Ja, und leider haben wir nicht viel Zeit. Selbst wenn unser Vater das Wochenende überlebt, ist die Wahrscheinlichkeit groß, dass er für den Rest seines Lebens, solange es denn dauert, ohne Bewusstsein vor sich hin vegetiert; und sosehr ich unsere gemeinsame Zeit genossen habe, kann ich nicht ewig Gastgeberin spielen. Ich muss wieder arbeiten. Tillie's wird meinen Job nicht endlos frei halten. Und ich finde ehrlich gesagt, du bist lange genug hier gewesen. Noch viel länger rumzuhängen bringt auch nichts.«

»Unser Bruder …«

»… sitzt im Gefängnis. Daran kannst du auch nichts ändern,

sondern ihn bis zu seinem Prozess bestenfalls zweimal die Woche für volle dreißig Minuten besuchen. Erstens will er das nicht, und zweitens könnte das noch ein halbes Jahr so gehen. Wenn er zustimmt, dich zu sehen. Willst du dein Leben wirklich so lange zurückstellen? Ich glaube nicht. Nein. Die Party ist vorbei. Dein Verlobter fährt am Sonntag zurück nach L. A., und ich rate dir dringend, mit ihm zu fahren. Was du mit Cassidy machst, ist deine Sache. Aber sei ehrlich, Robin. Du willst sie im Grunde genauso wenig wie ich.«

Robin senkte den Kopf, das Gewicht der Worte ihrer Schwester lastete schwer auf ihren Schultern. Und so ungern sie diese Worte hörte, konnte sie sie nicht kurzerhand abtun. Wollte sie wirklich die Verantwortung auf sich nehmen, Cassidy mit nach L. A. zu nehmen, wo sie bei ihr und Blake leben sollte? War sie bereit, die Mutter eines Mädchens im Teenageralter zu werden und Taras Kind als ihr eigenes großzuziehen?

»Wir finden eine Lösung«, sagte Blake, legte die Arme um sie und drehte sie in Richtung Wohnzimmer.

Und in dem Moment sahen sie sie.

Cassidy stand mit offenem Mund und Tränen in den Augen am Fuß der Treppe.

»Cassidy …«, sagte Robin und streckte die Hand aus. *Wie lange hatte sie schon dort gestanden? Wie viel hatte sie gehört?*

Cassidy drehte sich auf dem Absatz um und rannte die Treppe hoch. Kurz darauf hörte man ihre Zimmertür zuschlagen.

»Ich wusste ehrlich nicht, dass sie da war«, sagte Melanie.

»Ich rede mit ihr«, sagte Robin.

»Und was willst du ihr sagen?«

Robin schüttelte den Kopf. »Ich habe keine Ahnung.«

# KAPITEL 37

»Und was machen wir jetzt?«, fragte Robin, die neben Blake im Bett lag und ein Flattern der Angst zwischen ihren Herzschlägen spürte.

»Was willst *du* machen? Letztendlich ist es deine Entscheidung.«

»Nein. Es betrifft dich genauso wie mich. Das ist etwas, was wir gemeinsam beschließen müssen.«

»Und wenn ich sage, dass ich noch nicht bereit bin?«

»Ist es das, was du sagst?«

»Ich weiß es nicht.«

Es war fast Mitternacht, und sie diskutierten schon seit dem Abendessen in dieser Weise hin und her, erwogen ihre Optionen, listeten Vor- und Nachteile auf. Außer Melanie hatte niemand viel Hunger gehabt, und das meiste der extragroßen Pizza war im Karton übrig geblieben. Irgendwann war Landon nach unten gekommen und hatte ein paar Stücke gegessen, aber Cassidy hatte sich trotz wiederholter Appelle von Robin und Blake geweigert, ihr abgeschlossenes Zimmer zu verlassen.

»Okay«, sagte Blake jetzt. »Wie wäre es mit einem Kompromiss? Wir bieten an, Cassidy einen Teil der Zeit zu übernehmen.«

Robin richtete sich neben ihm im Bett auf und dachte einen

Moment lang über den Vorschlag nach. »Es würde nicht gut gehen, selbst wenn Melanie sich darauf einlässt, was sie nicht tun wird. Cassidy braucht Stabilität. Sie braucht Liebe.« Robin schloss die Augen und atmete tief ein. »Sie braucht *uns*.«

Es entstand eine lange Pause. »Dann ist das wohl geklärt«, sagte Blake. »Entscheidung getroffen.«

»Ist es die richtige?«

»Das werden wir sehen.«

»Und was ist mit uns?«, fragte sie.

»Was soll mit uns sein?«

»Ich möchte dich nicht verlieren.«

Eine weitere lange Pause. »Du wirst mich nicht verlieren«, sagte Blake. »Weißt du das nicht mittlerweile?«

Robin drehte sich zu ihm. »Ich liebe dich so sehr.«

»Ich liebe dich auch.«

Sie sanken auf die Kissen zurück und umarmten sich.

»Sollte ich Cassidy wecken und es ihr sagen?«, fragte sie.

»Klar. Warum nicht?«

Robin stand auf, zog einen Morgenmantel über ihr Nachthemd, schlich auf Zehenspitzen über den Flur zu Cassidys Zimmer und wollte gerade klopfen, als hinter ihr eine Tür aufging. Robin wandte sich um und erwartete, Blake zu sehen. Stattdessen erblickte sie Landon in Pyjamahose und mit nacktem Oberkörper. Er war noch kräftiger, als sie gedacht hatte, mit einem dicken Hals und muskulöser Brust.

»Landon«, sagte sie. »Tut mir leid. Hab ich dich geweckt?«

»Lass Cassidy in Ruhe.«

»Ich wollte bloß ...«

»Lass sie in Ruhe.« Er ballte die Fäuste.

»Es sind gute Neuigkeiten, Landon. Ich glaube, sie würde sie gern hören ...«

»Lass sie in Ruhe.« Obwohl seine Stimme kaum lauter als ein Flüstern war, hatte sie die Intensität eines Schreis.

Blake tauchte in der Tür auf, blickte von Robin zu Landon und zurück. »Gibt es ein Problem?«

»Landon findet, ich sollte Cassidy nicht wecken.«

Landon machte drohend einen Schritt nach vorn.

»Okay«, sagte Blake. »Vielleicht hat Landon recht. Es ist schon spät. Cassidy braucht Ruhe. Wir können morgen früh mit ihr reden.«

»Lasst uns versuchen, ein bisschen zu schlafen«, stimmte Robin ihm zu und ging zurück zu ihrem Zimmer. »Du auch, Landon«, sagte sie, als er sich nicht rührte. »Ich verspreche dir, heute Nacht werde ich nicht noch mal versuchen, mit Cassidy zu sprechen.«

Landon zögerte, doch dann kehrte er in sein Zimmer zurück und schloss die Tür hinter sich.

»Das war unheimlich«, sagte Robin, als sie wieder ins Bett krabbelte.

Blake schmiegte sich an sie. »Deine Schwester hat recht«, sagte er und legte seine Arme um sie. »Es wird Zeit, dass wir hier verschwinden.«

»Ihr habt den Verstand verloren«, erklärte Melanie, als Robin und Blake ihr die Entscheidung beim Frühstück mitteilten.

»Ich dachte, du wärst froh.« Robin trank ihren letzten Schluck Kaffee und lächelte Blake über den Tisch hinweg an. »Wenn Dads Zustand unverändert bleibt und Cassidy einverstanden ist, bist du uns Sonntagfrüh los.«

»Was wollt ihr dem Sheriff erzählen?«

»Die Wahrheit. Dass wir Cassidy mit nach L. A. nehmen, wo er uns jederzeit erreichen kann, wenn er mit ihr sprechen muss.«

»Und Alec?«

»Ich werde so oft herkommen wie möglich und tun, was ich kann.«

»Was zum Beispiel?«

*Ich wünschte, ich wüsste es*, dachte Robin. »Es ist schon ziemlich spät«, sagte sie mit einem Blick auf die Uhr. »Meint ihr, mit Cassidy ist alles okay?«

»Natürlich«, sagte Melanie. »Das Mädchen hat eine Kugel überlebt, da werden sie ein paar harsche Worte nicht umbringen.«

Robin erhob sich. »Vielleicht sollte ich mal nachsehen.«

»Wie du willst.«

Robin ging die Treppe hoch, blieb auf dem Absatz stehen und lauschte auf Landons Schaukeln. Aber es war still. Dann stand er wahrscheinlich am Fenster, entschied sie und schlich auf Zehenspitzen zu Cassidys Zimmer. Sie hatte keine Lust auf eine Wiederholung der Konfrontation vom vergangenen Abend.

»Cassidy«, sagte sie und klopfte leise. »Cassidy, ich bin's, Robin. Ich habe Neuigkeiten. Cassidy?« Sie klopfte lauter. »Wach auf, Liebes, ich muss dir etwas sagen.«

Sie drehte den Knauf, die Tür ging auf.

Noch bevor Robin das Zimmer betrat, wusste sie, dass es leer war. Sie zog die Vorhänge auf, und der Raum wurde von Sonnenlicht geflutet, das wie ein Scheinwerfer auf Cassidys leeres, ungemachtes Bett fiel. »O Gott. Wo bist du?«

Robin rannte die Treppe hinunter in die Küche. »Sie ist weg.«

»Wie meinst du das, sie ist weg?«, fragte Melanie.

»Ich meine, sie ist weg.«

»Dann ist sie ausgegangen. Weshalb die Aufregung?«

»Weil Cassidy gestern Abend sehr aufgewühlt war. Weil sie glaubt, dass niemand sie haben will.«

»Vielleicht weiß Landon, wo sie ist«, schlug Melanie vor.

Robin drehte sich um und rannte, dicht gefolgt von Blake, wieder nach oben. »Landon!« Sie pochte laut an seine Tür. »Landon, ich muss mit dir reden!« Sie stieß die Tür auf.

Er war nicht da.

»Scheiße.«

»Entspann dich«, sagte Melanie, als Robin in die Küche zurückkehrte. »Sie sind offensichtlich zusammen weggegangen, und wenn Landon bei ihr ist, passiert ihr nichts.«

Robin dachte an die Konfrontation in der vergangenen Nacht. »Vielleicht sollten wir den Sheriff anrufen.«

»Ein bisschen früh, um die Truppen zu alarmieren, oder?«

Es klingelte, gefolgt von einem lauten Klopfen.

»Da. Siehst du«, sagte Melanie. »Die verlorene Tochter kehrt zurück.«

Robin ging, um aufzumachen.

Vor der Haustür stand der Sheriff.

»O Gott. Cassidy …«

Sheriff Prescott wirkte verwirrt, seine Augenbrauen verknoteten sich über seiner Nase. »Gibt es ein Problem?«

»Was machen Sie hier?«

»Ist Ihre Schwester zu Hause?«

»Meine Schwester?« Robin drehte sich zur Küche um. »Melanie«, rief sie. »Sheriff Prescott ist hier.« Sie wandte sich wieder dem Sheriff zu und bemerkte erst jetzt, dass er nicht allein gekommen war. Zwei Streifenwagen parkten hinter seinem in der Auffahrt.

»Ist irgendetwas passiert?«, fragte Blake, der neben Robin in die Tür getreten war.

»Ich habe einen Durchsuchungsbeschluss«, sagte der Sheriff und präsentierte das Schriftstück in seiner rechten Hand.

»Einen Durchsuchungsbeschluss?«, wiederholte Robin. »Was soll das heißen?«

»Ein Durchsuchungsbeschluss gibt mir das Recht, das Haus zu durchsuchen.« Er machte den wartenden Deputys ein Zeichen.

»Darf ich das mal sehen?« Blake streckte die Hand aus.

Melanie erschien, die Hände in die Hüften gestemmt und die Stirn gerunzelt. »Was ist los?«

»Sie haben einen Durchsuchungsbeschluss für das Haus«, sagte Robin.

»Lass mal gucken.« Melanie riss Blake das Blatt aus der Hand.

»Sieht aus, als wäre es in Ordnung«, sagte Blake.

»Ist mir egal, ob es in Ordnung ist«, sagte Melanie. »Ihr setzt keinen Fuß in mein Haus.«

»Komm schon, Melanie«, sagte Prescott. »Bitte mach es nicht noch unangenehmer als nötig. Ich möchte dich nicht festnehmen.«

»Das verstehe ich nicht«, sagte Robin. »Warum wollen Sie dieses Haus durchsuchen?«

»Sie suchen offensichtlich nach Beweisen«, sagte Melanie. »Sie glauben, dass Landon Alecs Komplize war.«

»Aber Alec hat nichts getan.«

»Genauso wenig wie Landon.«

»Ist Landon zu Hause?«, fragte Prescott.

»Nein«, sagte Robin.

»Und Cassidy?«

»Ist auch nicht da.« Robin hielt es für klüger, das im Moment nicht weiter auszuführen.

»Gut. Dann lass uns rein, damit wir unsere Arbeit machen können«, sagte Prescott. »Hoffentlich sind wir wieder weg, bevor sie zurückkommen. Wir versuchen, nicht allzu viel Unordnung zu machen.« Er winkte die Deputys ins Haus.

»Du mieses Stück Scheiße«, murmelte Melanie, als er den Hausflur betrat. »Du wirst nichts finden.«

»Wir fangen oben an«, sagte der Sheriff und blieb am Fuß der Treppe stehen. »Wenn du so nett wärst, mich zu Landons Zimmer zu führen.«

»Du bist der Mann mit dem Durchsuchungsbeschluss«, erwiderte Melanie. »Finde es allein.«

# KAPITEL 38

Ein Deputy blieb im Erdgeschoss, während der Sheriff und die anderen Beamten die Treppe zu den Zimmern im ersten Stock hinaufstiegen. Prescott schickte einen Deputy in Melanies Zimmer, einen in das Zimmer, das Robin sich mit Blake teilte, und den dritten in Cassidys Zimmer, während er selbst zu Landons Zimmer ging. »Wir arbeiten so schnell und behutsam wie möglich«, erklärte er Robin und Blake, streifte ein Paar Latexhandschuhe über, zog die Vorhänge in Landons Zimmer auf und machte das Deckenlicht an.

»Wenn du irgendwas kaputtmachst, wirst du es bezahlen«, warnte Melanie ihn.

»Ich muss alle bitten zurückzutreten«, sagte Prescott. »Zugucken gerne, aber in keiner Weise stören.«

»Du bist ein elender Mistkerl«, erklärte Melanie ihm.

»Melanie …«, warnte Robin.

»Was? Willst du mir erklären, dass er nur seinen Job macht? Dass das nichts Persönliches ist?«

»Wieso sollte es persönlich sein?« Robins Blick schoss zwischen ihrer Schwester und dem Sheriff hin und her, und plötzlich begriff sie deren Feindseligkeit. »Wow«, hauchte sie. »Im Ernst? Du und der Sheriff?«

»Das habe ich wohl vergessen, zu erwähnen«, räumte Melanie ein. »Ich nehme an, er war nicht allzu denkwürdig.«

»Okay. Können wir das jetzt bitte lassen?«, fragte der Sheriff.

»Ja, ich glaube, das hast du auch zu mir gesagt, als du beschlossen hast, dich mit deiner Frau auszusöhnen.«

»Und es tut mir sehr leid, dass ich dich verletzt habe. Es war nie meine …«

»Du hast mich nicht verletzt«, unterbrach Melanie ihn. »Scheiße. Bilde dir bloß nichts ein. Aber erzähl mir nicht, es wäre nicht persönlich.«

»Es tut mir leid«, entschuldigte er sich noch einmal und sah Robin verlegen an. »Aber das hat alles nichts mit meiner Ermittlung zu tun. Glauben Sie mir, ich wäre überall lieber als hier.«

*Ich glaube Ihnen*, dachte Robin.

»Und jetzt haben wir genug Zeit verschwendet.«

»Das kannst du laut sagen«, meinte Melanie.

Der Sheriff seufzte resigniert, zog die oberste Schublade der Kommode auf, strich mit seiner behandschuhten Hand über Landons Unterwäsche, bevor er sich der Schublade darunter zuwandte, die T-Shirts und Socken enthielt.

Die dritte Schublade quoll über von Sweatshirts und -pants, die Prescott alle ausschüttelte, bevor er sie aufs Bett warf.

»So viel zu dem Versprechen, keine Unordnung zu machen«, sagte Melanie.

»Komm schon, Melanie«, versuchte Robin, sie zu beruhigen, selbst immer noch wie benommen von der Enthüllung der Affäre ihrer Schwester mit dem Sheriff. »Du machst es nur schlimmer.«

In der untersten Schublade lagen weitere Sweater und eine zusammengeknüllte schwarze Regenjacke. Der Sheriff überprüfte die Taschen, bevor er die Jacke in die Schublade zurücklegte und vor dem Bett auf die Knie ging.

»Vorsichtig«, warnte Melanie ihn. »Wenn ich mich richtig erinnere, ist es mit deiner Kondition nicht zum Besten bestellt.«

Prescott biss die Zähne aufeinander, legte sich flach auf den Boden und leuchtete mit einer Taschenlampe unter das Bett.

»Und schön langsam wieder aufstehen«, ermahnte Melanie ihn, als der Sheriff sich wieder auf die Knie hochzog. »Sonst holst du dir noch einen Leistenbruch.«

»Okay«, sagte Prescott und ließ sich schwer atmend aufs Bett sinken, ob vor Erschöpfung oder Ungeduld, ließ sich schwer sagen. »Ich glaube, mir reicht es jetzt mit deinem Sarkasmus, du kannst dir also entweder deine schlauen Bemerkungen verkneifen oder in meinem Streifenwagen warten. Das liegt ganz bei dir.«

Melanie erhob spöttisch kapitulierend die Hände und strich mit dem Finger über ihre Lippen, als würde sie sie versiegeln.

»Danke.« Prescott zog die oberste Schublade des Nachttischs auf.

*Dort werden Sie nichts weiter als Stifte und Büroklammern finden*, dachte Robin eingedenk ihrer eigenen Durchsuchung von Landons Habseligkeiten.

Der Sheriff zog das große Knäuel von Gummibändern heraus und wendete es mehrmals in der Hand, bevor er es zurück in die Schublade warf. Dann blätterte er den Stapel Comics in der Schublade darunter durch. »Das ist ja eine stattliche Sammlung«, sagte er und ging um das Bett zu dem Nachttisch auf der anderen Seite. Noch mehr Büroklammern, noch mehr Stifte, ein paar lose Zettel, darunter die Zeichnungen von Cassidy.

Aber Cassidy war nicht mehr erkennbar, ihr Gesicht war vollständig mit wütenden schwarzen Strichen übermalt.

»Da war wohl jemand nicht glücklich mit seiner Arbeit«, sagte der Sheriff und legte die Zeichnungen zurück in die Schublade. Robin stockte der Atem, was sie so gut wie möglich zu verbergen versuchte.

*Was hatte das zu bedeuten? Warum hatte Landon seine Zeichnungen von Cassidy entstellt?*

»Moment«, sagte Prescott plötzlich. »Was ist das?«

Robin beugte sich vor und erwartete, dass er eine Glaskugel mit einer Plastikballerina im Schneetreiben herauszog. Stattdessen sah sie etwas Schwarzes, Geknülltes aus Wolle, das der Sheriff demonstrativ behutsam entfaltete.

Eine Skimaske.

Robin biss sich auf die Lippe, während Melanie neben ihr mit offenem Mund erstarrte und kreidebleich wurde. *Wie konnte ich das übersehen?*

»Brian!«, rief der Sheriff. »Peter! Kommt hierher.«

Sofort eilten die beiden Deputys herbei und drängten sich an Robin und Melanie vorbei.

»Packt das ein«, sagte Prescott.

»Die hast du ihm untergeschoben«, sagte Melanie mit zitternder Stimme.

»Das ist Blödsinn, und das weißt du auch.« Der Sheriff ließ die Skimaske in einen Plastikbeutel fallen, den der Deputy ihm hinhielt. »Habt ihr etwas gefunden?«

»Bisher nicht.«

»Bringt das zum Wagen und sucht weiter.«

Die Deputys verließen das Zimmer.

»Willst du mir erzählen, dass Landon jetzt Skifahren lernt?«, fragte Prescott Melanie.

Sie blieb ausnahmsweise einmal stumm.

Der Sheriff ging zum Kleiderschrank, nahm jedes Kleidungsstück vom Bügel, griff in die Taschen jeder Jeans und jedes Hemdes, bevor er sie aufs Bett warf.

*Die habe ich schon gefilzt*, dachte Robin. *Da war nichts.*

Auch wenn ihre Durchsuchung bestenfalls flüchtig gewesen war, seufzte sie erleichtert, als auch Prescott in Landons Kleidern nichts fand.

Mit laut knackenden Gelenken kniete er sich auf den Boden.

Diesmal blieb Melanies spitzer Kommentar aus. Robin strich über den Arm ihrer Schwester, doch sie riss ihn weg, als hätte sie sich verbrannt.

Mit angehaltenem Atem beobachtete Robin, wie der Sheriff mit der Taschenlampe in jede Ecke des langen schmalen Schrankes leuchtete und in jeden Schuh griff. *Bitte lass ihn nicht noch etwas finden*, betete sie, als ihr plötzlich bewusst wurde, dass der Sheriff innegehalten hatte. »Was ist?«

Prescott kam ächzend wieder hoch, eine Anstrengung, die man auch an seinem Gesicht ablesen konnte, das einen beängstigenden neonrosafarbenen Ton angenommen hatte. Er streckte die Hand aus, öffnete langsam die Faust und enthüllte ein zerknülltes Taschentuch, in dessen Falten sich eine kleine Schmetterlingsbrosche mit Smaragden und Rubinen verbarg, daneben ein Verlobungsring mit einem Diamanten sowie ein passender Memoirering.

»O Gott.« Robin ließ sich gegen Blake sinken.

»Ich glaube, die haben Tara gehört«, sagte Prescott und rief erneut nach seinen Deputys, damit sie die Beweisstücke eintüteten.

Melanie glitt an der Wand zu Boden wie eine Stoffpuppe.

Robin kniete neben ihrer Schwester. »Kann bitte jemand ein Glas Wasser holen?«

Kurz darauf brachte einer der Deputys einen Plastikbecher, den Robin an die Lippen ihrer Schwester führte. Melanie schlug ihn wütend beiseite; der Becher flog durch den Raum und landete vor den Füßen des Sheriffs, wo er ein dünnes Rinnsal hinterließ.

»Wo ist Landon jetzt?«, fragte Prescott.

Melanie sagte nichts.

Der Sheriff sah Robin an. »Wo ist er?«

Robin schüttelte den Kopf. »Wir wissen es nicht.«

»Ihnen ist doch klar, dass Sie dem Jungen mit Ihrer Weigerung, mit uns zusammenzuarbeiten, keinen Gefallen tun. Wir werden ihn finden, und ich bin sicher, wir wollen alle nicht, dass noch jemand verletzt wird.«

»Wir wissen nicht, wo er ist«, sagte Robin. »Er ist schon den ganzen Vormittag weg.«

»Zusammen mit Cassidy?«

»Sie waren beide nicht mehr da, als wir aufgewacht sind. Wir vermuten, dass sie zusammen sind.«

Prescott atmete tief ein. »Das bedeutet, Cassidy könnte in Gefahr sein.«

»O Gott«, sagte Robin und dachte an die Skizzen. Cassidys hübsches Gesicht – vollkommen ausgemerzt. *Genau wie das ihrer Mutter.* »O Gott«, sagte sie zum dritten Mal.

»Es ist mir egal, was du gefunden hast«, sagte Melanie mit einer Stimme, die so flach klang, als wäre sie von einer Dampfwalze überrollt worden. »Aber Landon würde Cassidy niemals etwas antun. Er hat sie immer beschützt.«

»Ich finde, es wird Zeit, dass du uns die Wahrheit sagst, meinst du nicht?«, erwiderte der Sheriff.

»Wovon reden Sie?«, fragte Robin.

»Melanie«, sagte Prescott mit einem ungewöhnlichen

Hauch von Zärtlichkeit in der Stimme. »Du kannst nicht bezeugen, wo Landon in der Nacht des Überfalls war, oder?«

Melanie sagte nichts. Das musste sie auch nicht. Ihre Miene sprach Bände.

»Ein Mensch ist tot«, fuhr Prescott fort, »und dein Vater und ein zwölfjähriges Mädchen wurden schwer verletzt. Ich verstehe, dass du deinen Sohn beschützen willst, aber wenn du uns weiter anlügst, schützt du ihn nicht nur *nicht*, du bringst ihn in Lebensgefahr.«

Melanie blickte starr geradeaus. Es dauerte lange, bis sie sprach. »Er hatte keinen guten Tag«, begann sie mit einer Stimme, die nicht wie ihre eigene klang. »Er hat geschaukelt, ist auf und ab gelaufen. Er wollte nicht mit mir reden. Er wollte weder zeichnen noch in seine Comics schauen. Ich konnte ihn nicht beruhigen. Ich habe Donny angerufen …«

»Donny Warren?«, fragte der Sheriff und zog die Augenbrauen zusammen.

»Donny kann immer sehr gut mit ihm. Sie fahren zusammen auf seinem Motorrad rum oder reiten. Er schafft es, Landon auf eine Weise zu erreichen, die mir abgeht. Also habe ich ihn angerufen und ihm gesagt, dass ich mir Sorgen mache. Er ist sofort gekommen und hat Landon mit auf seine Ranch genommen.«

»Du sagst, Landon wäre in der Nacht bei Donny Warren gewesen?«

»Ja.«

»Die ganze Nacht?«

»Das weiß ich nicht. Ich war erschöpft, also habe ich eine Schlaftablette genommen und bin ins Bett gegangen.«

»Du hast also keine Ahnung, wann Landon nach Hause gekommen ist?«

Melanie schüttelte den Kopf.

Robin versuchte, die Ereignisse zu begreifen. Taras Schmuck war in Landons Zimmer gefunden worden, was ihn als deren Mörder verdächtig machte. Ihre Schwester hatte gerade zugegeben, dass Landon zumindest für einen Teil der Nacht bei Donny Warren gewesen war, womit auch Donny verdächtig war. Was bedeutete das? »Was ist mit Alec?«, fragte sie. *Wenn Landon in der Nacht bei Donny gewesen war, entlastete das doch ihren Bruder.*

»Sie könnten es alle gemeinsam getan haben«, zertrat der Sheriff ihre Hoffnungen wie ein lästiges Insekt. »Cassidy konnte nicht mit Sicherheit sagen, wie viele Männer in der Nacht in dem Haus waren. Und vergessen Sie nicht die Skimaske, die die Polizei von San Francisco in der Wohnung Ihres Bruders gefunden hat.«

»Was auch ein Zufall sein könnte.«

»Bei Mordermittlungen hab ich noch nie viel auf Zufälle gegeben«, sagte der Sheriff und ging zur Tür.

»Aber Donny kannte Alec nicht mal«, protestierte Melanie. »Es ergibt keinen Sinn. Welches Motiv sollte er gehabt haben? Welches Motiv soll Landon gehabt haben?«

Der Sheriff antwortete nicht, aber Robin vermutete, dass er für Alec wahrscheinlich an ein persönliches und für Donny an ein finanzielles dachte. Und soweit es Landon betraf, vielleicht eine Mischung aus beidem. Vielleicht war Landon auch nur ein bequemer Mitläufer gewesen, jemand, den sie eingesetzt hatten, um in das Haus zu kommen, ohne Verdacht zu erregen.

»Was passiert jetzt?«, fragte Blake.

»Wir statten Donny einen Besuch ab. Er hat keine Ahnung, was wir hier entdeckt haben. Hoffentlich finden wir Landon und Cassidy. Drücken wir die Daumen, dass niemand eine Dummheit begangen hat und dass es dem Mädchen gut geht.«

*O Gott, Cassidy…*

»Ich komme mit«, sagte Melanie und rappelte sich auf.

»Nein, tust du nicht.«

»Du wirst Landon erschrecken. Er neigt zu Panik… Ich will nicht, dass ihm etwas zustößt. Bitte. Vielleicht kann ich helfen.«

Robin dachte, dass sie ihre Schwester zum ersten Mal um etwas betteln hörte. »Wir kommen auch mit«, sagte sie, als Blake nickte.

Prescott seufzte. »Also gut. Aber Sie halten sich zurück und tun genau, was ich sage. Versprochen?«

Robin und Blake nickten gleichzeitig, Melanie eine halbe Sekunde später.

Der Sheriff stellte einen der Deputys am Haus ab, falls Landon und Cassidy dorthin zurückkehren würden, und schickte einen weiteren zum Gericht, um einen Durchsuchungsbeschluss für Donnys Haus und Grundstück zu besorgen, bevor er und die übrigen Deputys zu den Wagen gingen. Blake setzte sich ans Steuer des Lexus, während Robin auf der Rückbank neben ihrer Schwester Platz nahm.

Tränen strömten über Melanies Wangen; Robin fasste instinktiv ihre Hand.

Und war schockiert, als Melanie sie nicht wegzog.

# KAPITEL 39

Donny Warrens Harley stand auf dem gewohnten Platz neben dem Holzhaus, als die kleine Kolonne auf sein Grundstück fuhr. Sein alter Chevy parkte ein Stück den Weg hinunter bei der Scheune.

»Sieht so aus, als wäre er zu Hause«, sagte Melanie, als Blake hinter dem Wagen des Sheriffs hielt.

Sobald Robin die Tür öffnete, schlug ihr der Geruch von Pferden entgegen, und sie musste viermal kurz hintereinander niesen.

»Gesundheit«, sagte Melanie, als sie ausstiegen.

»Ich muss alle auffordern zurückzubleiben«, erklärte der Sheriff.

»Was ist mit Landon?«

»Wenn ich dich brauche, rufe ich dich.«

»Bitte tu ihm nicht weh«, flehte Melanie.

Robin beobachtete, wie Prescott sich der kleinen Holzhütte zuwandte und auf die Haustür zuging, hinter ihm seine Deputys, die Hand auf dem Holster. Sie suchte den Horizont ab, sah jedoch nichts außer einer endlosen Weite von verdorrtem Gras. Keine Reiter in der Ferne, die fröhlich über die karge Ebene galoppierten. Wenn Landon und Cassidy hier waren, dann entweder im Haus oder in der Scheune, dachte sie und ging langsam auf die Gebäude zu.

Der Sheriff klopfte an Donny Warrens Tür, die Sekunden später geöffnet wurde. Donny trat ins Freie. Er trug Jeans und ein T-Shirt, das seinen Bizeps betonte. Sein Haar war ungekämmt, Strähnen fielen in seine Stirn. »Sheriff«, sagte er und winkte ihnen zu, bevor die Hand in der Luft stockte. »Was kann ich für Sie tun?«

»Ist Landon hier?«

»Landon? Nein? Warum? Ist etwas passiert?«

»Wir versuchen bloß, den Jungen zu finden. Wir dachten, er wäre vielleicht hier.«

»Ist er nicht.«

»Sind Sie sicher?«

»Natürlich bin ich mir sicher.«

»Könnte er vielleicht in der Scheune sein?«

»Nicht dass ich wüsste. Aber Sie können gern nachsehen, wenn Sie wollen.«

Der Sheriff nickte einem seiner Deputys zu.

»Was ist los?«, fragte Donny noch einmal, und sein Blick schwenkte wieder zu Melanie.

»Wann haben Sie Landon zum letzten Mal gesehen?«

»Vor ein paar Tagen. Warum?«

»Was ist mit Cassidy?«

»Cassidy? Was soll mit ihr sein?«

»Haben Sie sie gesehen?«

»Nein, ich habe Cassidy nicht mehr gesehen, seit …«

»… sie angeschossen wurde?«

»Genau«, sagte Donny.

»Damit hatten Sie nicht zufällig etwas zu tun, oder?«, fragte Prescott beinahe beiläufig, als wäre es ihm gerade eingefallen.

Donnys Miene erstarrte, bevor er breit grinste. »Soll das ein Witz sein? Irgendwas mit versteckter Kamera oder so?«

»Das ist kein Witz, Donny.«

»Moment mal. Sie denken, ich hätte etwas mit dem Überfall zu tun?« Er starrte Melanie an. »Du glaubst, ich hätte deinen Vater niedergeschossen.«

Melanie trat einen Schritt vor. »Nein, das glaube ich nicht. Ehrlich.«

»Bleib zurück«, warnte der Sheriff.

Robin wollte Melanies Arm fassen, um sie zurückzuhalten, doch Melanie schüttelte ihre Hand ab und ging weiter.

»Ich glaube keine Sekunde lang, dass du irgendetwas mit den Geschehnissen zu tun hattest«, erklärte Melanie Donny, »genauso wenig wie ich glaube, dass Landon etwas damit zu tun hatte.«

Der zweite Deputy stellte sich Melanie in den Weg.

»Landon?« Donny wandte sich wieder dem Sheriff zu. »Sie glauben, Landon wäre beteiligt gewesen?«

»Sie glauben, ihr wärt es zusammen gewesen«, sagte Melanie. »Mit Alec.«

»Mit deinem Bruder. Das ist absurd. Ich habe den Mann gerade erst kennengelernt.«

»Ich habe versucht, ihnen zu erklären ...«

»Du hast jetzt schon mehr als genug gesagt«, ermahnte der Sheriff Melanie. »Geh zurück zu eurem Wagen, bevor ich dich wegen Behinderung einer polizeilichen Ermittlung festnehme.«

»Sie besorgen sich einen Durchsuchungsbeschluss für dein Haus und dein Grundstück«, fuhr Melanie unbeirrt fort und ging um den Deputy herum.

»Sie brauchen keinen Durchsuchungsbeschluss«, sagte Donny und wies mit einladender Geste auf seine Hütte. »Schauen Sie sich um.«

»Vielleicht sollten Sie einen Anwalt konsultieren«, riet Blake ihm.

»Ich brauche keinen Anwalt. Ich habe nichts zu verbergen.«

»Okay. Wir machen das streng nach Vorschrift«, sagte Prescott, als der Deputy kopfschüttelnd aus der Scheune zurückkam, »und warten auf den Durchsuchungsbeschluss. Derweil gebe ich eine Fahndungsmeldung nach Landon raus, und ihr verschwindet verdammt noch mal hier und fahrt nach Hause, wo ihr bleibt, bis und falls ich nach euch schicken lasse. Habe ich mich klar ausgedrückt?«

Robin nickte. »Komm, Melanie.«

Melanie trat von einem Fuß auf den anderen, als würde sie überlegen, den Deputy in einem Spurt abzuhängen, doch dann drehte sie sich um und ließ sich von Robin zum Wagen zurückführen. »Und was jetzt?«, fragte sie, als sie sich neben ihre Schwester auf die Rückbank setzte. »Wir fahren nach Hause und warten, dass der gute Sheriff meinen Sohn erschießt?«

»Nicht ganz«, sagte Robin. »Ich habe eine andere Idee.«

»Wie kommst du darauf, dass sie dort sind?«, fragte Melanie, als sie den heruntergekommenen Loma Vista Trailer Park am Vista Way erreichten.

»Etwas anderes fällt mir nicht mehr ein«, gab Robin zu. »Hattest du vor, mir das mit dir und dem Sheriff jemals zu erzählen?«

»Eher nicht. Warum?«

»Wäre bloß nett gewesen, es zu wissen.«

»Wieso?«, fragte Melanie. »Damit du noch einen Grund mehr hast, auf mich herabzublicken?«

»Ich blicke nicht auf dich herab.«

»Wirklich? Sag das mal deinem Gesicht. Es ist immer ganz …«

»… zerknittert?«

»Ist das ein psychologischer Fachbegriff?«

»Es ist bloß das, was mit meinem Gesicht passiert, wenn ich mir Sorgen mache.«

Melanie präsentierte ihre eigene Version eines Knittergesichts. »Tja, meinetwegen musst du dir keine Sorgen machen. Hier links. Du kannst den Wagen auf dem Parkplatz abstellen. Sein Trailer ist da entlang.«

»Hast du ihn geliebt?«, fragte Robin, als Blake den Wagen in eine schmale Lücke zwischen einem relativ neuen Toyota und einem verrosteten Dodge manövrierte.

»Reden wir immer noch vom Sheriff?«, fragte Melanie.

»Wie lange wart ihr beiden … zusammen?«

»Vier Monate, plus oder minus eine Woche oder zwei. Er hat mich eines Nachmittags angehalten, weil ich zu schnell gefahren war. Wir sind ins Plaudern gekommen. Er hat gefragt, wie es mit Dads Haus vorangeht und wie Landon sich macht. Er hat mir erzählt, dass er und seine Frau sich getrennt hätten. Eins führte zum anderen. Vier Monate später war er wieder mit seiner Frau zusammen. Ende der Affäre. Ende der Geschichte.«

»Und Donny?«

»Nach dem, was wir gerade erlebt haben, war das wahrscheinlich auch das Ende der Geschichte.« Melanie trat auf den mit Sand und Kies bedeckten kleinen Parkplatz. Vor ihnen erstreckte sich ein halbes Dutzend Reihen mit heruntergekommenen alten Wohnwagen. »Wenn mein Gedächtnis mich nicht im Stich lässt, steht sein Trailer in der Richtung.«

Robin fasste Blakes Hand. Sie folgten Melanie zum Ende der ersten Reihe, dann rechts und noch einmal rechts.

»Scheiße.« Melanie blieb abrupt stehen. »Ich weiß nicht. Es könnte doch da drüben sein. Wartet. Hier ist es. Magnolia Lane Nummer 24. Da drüben.« Sie marschierte zu dem zweiten von vier flachen, renovierungsbedürftigen Wohnwagen und klopfte an die Tür.

Niemand reagierte.

»Kenny?« Melanie klopfte noch einmal. »Kenny? Irgendjemand zu Hause?« Sie machte einen Schritt zurück, wartete kurz und stellte sich dann auf die Zehenspitzen, um durch das hohe Fenster zu spähen. »Es ist dunkel. Sieht leer aus.«

»Verdammt«, sagte Robin. »Ich hab wirklich geglaubt, Cassidy könnte hier sein.«

»Es war ein guter Gedanke«, räumte Melanie ein. »O Gott.« Sie sank auf die Stufe vor der Tür. »Was, wenn Prescott recht hat? Was, wenn Landon beteiligt *war*? Was, wenn er einer der Schützen war? Was, wenn Cassidy in Gefahr *ist*?« Sie stöhnte leise. »Was, wenn es zu spät ist?«

Plötzlich wurde die Tür von Kennys Trailer geöffnet und stieß gegen Melanies Rücken. Sie sprang auf und aus dem Weg. In der Tür stand Kenny mit nacktem Oberkörper und einer halb vollen Flasche Bier in der Hand. Der Geruch von Marihuana umwehte ihn wie Nebelschwaden.

»Miss Davis?«, fragte er. »Was machen Sie denn hier?«

»Ist Landon hier?«, fragte Melanie.

»Nein.« Er blickte um sich, als ob er prüfen wolle, ob es auch alle verstanden hatten.

»Und Cassidy?«

»Nein.«

»Verdammt. Okay. Entschuldige die Störung.«

»Sie sind vor einer Weile gegangen«, sagte er, als sie sich gerade zum Gehen wandten.

Melanie fuhr wieder herum. »Sie waren hier?«

»Wie lange ist das her?«, fragte Robin.

»Ein paar Stunden vielleicht.«

»Wie sind sie hierhergekommen?«, fragte Blake. »Sie werden ja wohl kaum gelaufen sein.«

»Cassidy hat gleich heute früh angerufen. Sie war ziemlich durch den Wind und hat gesagt, ich soll sie abholen kommen.«

»Und Landon?«

»Er ist wie ihr Schatten, Mann. Er wollte sie nirgendwohin gehen lassen ohne ihn. Sie wissen ja, wie er sein kann …«

»Was haben sie hier gemacht?«

Kenny zuckte die Achseln, seine Rippen zeichneten sich deutlich unter seiner Haut ab. »Sie wissen schon.«

»Wir wissen es *nicht*«, sagte Melanie. »Deshalb fragen wir ja.«

»Einfach abhängen, ein bisschen Gras rauchen.«

»Du hast meinem Sohn Marihuana gegeben?«

*Ganz zu schweigen von einem zwölfjährigen Mädchen*, dachte Robin.

»Ist schließlich nicht so, als ob es das erste Mal gewesen wäre«, verteidigte Kenny sich.

»Das glaube ich nicht«, sagte Melanie. »Fehlt nur noch, dass der Sheriff das auch erfährt.«

»Wieso der Sheriff?«, fragte Kenny und wirkte angespannt.

»Weißt du, wo Cassidy und Landon jetzt sind?«, fragte Robin.

Kenny zuckte mit den Schultern. »Zu Hause, nehme ich an. Einer meiner Nachbarn hat sie mitgenommen.«

»Wann sind sie weggefahren?«

Kenny wirkte verwirrt. »Wie spät ist es jetzt?«

Robin sah auf ihre Uhr. »Fast zwölf.«

»Mittags?«

»Nein, Mitternacht«, erwiderte Melanie. »Natürlich Mittag, du Idiot.«

»Hey«, sagte Kenny und schaffte es, gleichzeitig empört und halb bewusstlos auszusehen.

»Fahren wir«, sagte Blake.

»Warten Sie«, rief Kenny. »Ich komme mit.«

»Nein«, erklärte Robin ihm. »Du bleibst hier. Wenn Landon und Cassidy zurückkommen oder sich bei dir melden, rufst du uns sofort an. Okay? Hast du mich verstanden?«

Kenny salutierte spöttisch und verfehlte seinen Kopf dabei um etliche Zentimeter. »Aye, aye, Captain.«

Melanie hastete schon den Weg zum Parkplatz hinunter. »Los, Leute«, rief sie. »Wir haben nicht den ganzen Tag Zeit.«

# KAPITEL 40

Melanie war bereits ausgestiegen, bevor Blake ganz in ihrer Einfahrt gehalten hatte. Der Deputy, den Prescott beim Haus abgestellt hatte, war nirgends zu sehen, sein Wagen verschwunden.

»Landon?«, rief Melanie und öffnete die Haustür. Robin war unmittelbar hinter ihr. »Cassidy?«

Sie erhielt keine Antwort.

»Landon?«, rief Melanie noch einmal und rannte die Treppe hoch.

Robin blickte kurz in alle Räume im Erdgeschoss. »Cassidy?«, rief sie. Aber keine Spur von ihr.

»Hier oben«, schrie Melanie beinahe.

»O Gott«, sagte Robin und griff nach Blakes Hand, als er neben sie trat.

Melanie wartete mit zitternden Händen und aschfahl auf dem oberen Treppenabsatz. Die Tür zu Landons Zimmer stand offen, der Raum war leer.

»Was ist?«, fragte Robin.

Melanie zeigte auf Cassidys offene Zimmertür auf der anderen Seite des Flures.

»Was denn?«, fragte Robin. »Ist sie da? Ist sie …?«

»Sie liegt auf dem Bett. Sie bewegt sich nicht.«

Robin stürzte in Cassidys Zimmer und beugte sich über

die kleine Gestalt, die mit dem Gesicht nach unten auf dem Bett lag. »Cassidy«, sagte sie und berührte die Schulter des Mädchens, während sie auf der Bettdecke nach Blut suchte. »O Gott.« *Hatte Landon das Kind mit bloßen Händen erwürgt?*

»Robin?«

Ihr Atem stockte, als das Kind sich auf dem Bett umdrehte und sie ansah.

»Was ist los? Alles okay bei dir?«

»O Gott, o Gott«, schluchzte Robin, umarmte das Mädchen und machte den anderen ein Zeichen, ins Zimmer zu kommen. »Es geht ihr gut. Es geht ihr gut.«

»Scheiße!«, sagte Melanie. »Du hast uns einen Riesenschrecken eingejagt.«

»Das verstehe ich nicht«, sagte Cassidy.

Robin roch einen Hauch des Marihuanageruchs, der störrisch am Haar des Mädchens haftete.

»Wo ist Landon?«, fragte Melanie.

»Ich weiß nicht. Er ist mit dem Deputy weggefahren.«

»Was sagst du da?«

Cassidy rieb sich den Schlaf aus den Augen. »Als wir nach Hause gekommen sind, hat ein Deputy gewartet. Er hat Landon gesagt, er soll in den Streifenwagen steigen, und dann sind sie weggefahren. Ich hab mich nicht so toll gefühlt, deshalb bin ich nach oben gegangen und hab mich hingelegt.«

»Wie lange ist das her?«

Sie sah auf Robins Uhr. »Eine Stunde vielleicht.«

»Ich muss los«, sagte Melanie.

»Warte«, sagte Robin. »Wo willst du hin?«

»Zur Polizeiwache. Hoffentlich haben sie Landon noch nicht verhaftet.«

»Wieso sollten sie Landon verhaften?«, fragte Cassidy.

»Ruf McAllister an«, sagte Melanie. »Sag ihm, er soll dorthin kommen.«

»Ich bring dich«, bot Blake an. »Du bist nicht in der Verfassung zu fahren.«

Melanie widersprach ausnahmsweise einmal nicht.

»Ich bleibe bei Cassidy. Ruft mich an, sobald ihr etwas wisst«, rief Robin ihnen nach. Sie zog ihr Handy aus der Jeanstasche, rief die Kanzlei des Anwalts an und gab Melanies Anweisung an seine Assistentin weiter.

»Das verstehe ich nicht. Warum sollten sie Landon verhaften?«, fragte Cassidy noch einmal.

Robin berichtete ihr von dem Durchsuchungsbeschluss und dem, was diese Suche zutage gefördert hatte.

»Sie haben Mommys Schmuck in Landons Zimmer gefunden?«

»Ja.«

»Und eine Skimaske?«

»Ja.«

Cassidy schüttelte den Kopf. »Nein. Das glaube ich nicht.«

»Ich weiß. Es ist unvorstellbar.«

»Das heißt, sie glauben, dass Landon und dein Bruder ...«

»Und möglicherweise auch Donny Warren«, sagte Robin, entsetzt, dass ihr die Worte über die Lippen kamen.

»Sie haben Mommy umgebracht? Und auf mich und Daddy geschossen?«

Robin sagte nichts. So unvorstellbar es sein mochte, die Beweise gegen die drei Männer wurden mit jedem Tag erdrückender: Alec hatte sowohl ein Motiv als auch die Gelegenheit gehabt, die Tat durchzuführen; Landon war offensichtlich verhaltensauffällig, und einige von Taras gestohlenen Schmuckstücken waren in seinem Zimmer versteckt gewesen; Landon war in der Nacht des Überfalls mit Donny zusammen gewesen; in Alecs und Landons Zimmer hatte man identische Skimasken gefunden. Und wer wusste schon, was die Durchsuchung von Donnys Haus ergeben würde. »Es tut mir so leid«, sagte sie, weil ihr sonst nichts einfiel.

»Ich glaube, mir wird schlecht.« Cassidy sprang aus dem Bett und rannte aus dem Zimmer.

Robin blieb, wo sie war, unfähig, sich zu rühren. Die umwälzenden Ereignisse des Tages zogen sie nach unten wie ein Anker. Sie starrte ins Leere, und in ihrem Kopf drehte sich alles.

Allmählich wurden die Konturen des Zimmers um sie herum wieder klar: das kleine Fenster zum Garten, die nackten naturfarbenen Wände, der Ventilator, der träge an der Decke kreiste, das Doppelbett mit dem bauschigen hellbraunen Plumeau, ein Nachttisch mit Spiegel neben dem Bett, darauf ein kleiner Stapel Zeitschriften, daneben die vertraute Schneekugel.

Robin nahm sie, drehte sie um und beobachtete die künstlichen Schneeflocken, die um die winzige Ballerina in der Mitte trudelten.

Ein Splitter der Angst bohrte sich in ihre Seite.

»Das war grässlich«, sagte Cassidy, als sie ins Zimmer zurückkam.

»Alles okay?«

Cassidy ließ sich aufs Bett fallen. »Ja. Ich finde es widerlich, mich zu übergeben. Du nicht auch?«

»Ich glaube, niemand mag es.«

»Ich weiß noch, als ich ganz klein war«, sagte Cassidy, »hab ich einmal ganz viele Süßigkeiten gegessen, Schokoriegel, Gummibärchen und eine ganze Tüte rotes Lakritz. Mommy hat mich gewarnt, dass mir schlecht werden würde, aber ich hab sie trotzdem gegessen und musste mich danach die halbe Nacht übergeben. Seitdem kann ich kein rotes Lakritz mehr sehen.«

Robin staunte über die Fähigkeit des Kindes, die Ebenen zu wechseln – in einem Moment ging es um den Mord an ihrer Mutter, im nächsten um rotes Lakritz. Sie wünschte, sie könnte das auch.

»Danach habe ich jede Nacht vor dem Schlafengehen die Zähne zusammengebissen«, fuhr Cassidy fort, »weil ich dachte, das würde mich davor bewahren, mich noch mal zu übergeben. Das habe ich so lange gemacht, bis der Zahnarzt Mommy erklärt hat, ich würde meine Zähne ruinieren, wenn ich nicht damit aufhöre.« Sie wies auf den Stapel mit Modezeitschriften. »Einige von den Models haben Essstörungen. Sie übergeben sich mit Absicht.« Sie wirkte entsetzt. »Das ist echt eklig. Findest du nicht?«

»Widerlich«, stimmte Robin ihr zu, wendete die Schneekugel noch einmal und betrachtete die Flocken, die um den Kopf der Ballerina tanzten. »Vielleicht ist dir von dem Marihuana schlecht geworden.«

Cassidy erstarrte. »Welches Marihuana?«

Robin ließ die Schneekugel in ihren Schoß sinken. »Ich kann es an deinen Haaren riechen.«

Cassidy schwieg lange. »Es war, weil ich aufgewühlt darüber war, dass ihr wegfahren wollt«, sagte sie dann. »Und Kenny meinte, danach würde ich mich besser fühlen«, gab sie verlegen zu. »Ich hab nur ein paarmal gezogen. Ich schwöre. Es hat mir nicht gefallen, und ich verspreche, dass ich es nicht noch mal machen werde.«

»Okay. Das ist gut. Für so was bist du zu jung.« Robin hielt die Schneekugel hoch. »Woher hast du die?«

»Ich habe einen ganzen Haufen. Ich hab sie früher gesammelt. Das war immer meine Lieblingskugel.«

»Ich habe sie schon mal gesehen«, sagte Robin.

»Wahrscheinlich gibt es Hunderte davon.«

»Ich habe sie in Landons Zimmer gesehen.«

»Wirklich?«, fragte Cassidy. »Sie stand auf dem Nachttisch, als ich aus dem Krankenhaus nach Hause kam. Wahrscheinlich hat er sie da hingestellt. Damit ich sie habe.«

»Wahrscheinlich«, stimmte Robin ihr zu.

»Das heißt, er hätte niemals auf mich schießen können«, beharrte Cassidy. »Verstehst du nicht? Tief drinnen ist Landon sanft und sensibel, und er liebt mich. Er würde mir nie wehtun. Es ist mir egal, was man in seinem Zimmer gefunden hat.«

»Ich hoffe, du hast recht.«

»Ich habe recht. Glaube ich zumindest.« Cassidy sprang auf. »O Gott. Ich weiß nicht mehr, was ich denken soll. Ich bin so durcheinander.«

»Ich auch, Liebes«, sagte Robin und nahm das Mädchen in die Arme. »Ich wünschte, ich könnte etwas tun, um dich zu beruhigen.« *Um uns beide zu beruhigen.*

»Ich weiß nicht mehr, wem ich vertrauen kann.«

»Du kannst mir vertrauen.«

»Du fährst weg«, sagte Cassidy.

»Nicht bis wir wissen, was los ist«, erklärte Robin ihr. »Und nicht ohne dich.«

»Wie meinst du das?«

»Blake und ich haben darüber gesprochen. Wir haben uns entschieden. Wenn dein Vater nicht durchkommt, möchten wir, dass du mit uns nach L. A. kommst und bei uns lebst. Ich wollte dir das schon gestern Abend erzählen, aber …«

»Oh mein Gott. Oh mein Gott.« Cassidy tanzte aufgeregt durchs Zimmer. »Ich kann es nicht glauben. Das ist so wundervoll. Versprichst du es?«

»Ich verspreche es.«

»Können wir sofort losfahren? Bitte. Wir können Daddy in ein Krankenhaus in L. A. bringen lassen.«

»Nun, ich glaube nicht, dass das möglich ist.«

»Ich will nicht länger hierbleiben. Ich will sofort hier weg.«

»Wir fahren bald, versprochen, aber …«

Es klingelte.

Robin und Cassidy erstarrten. »Wer ist das?«, fragte Cassidy.

Robin ging zu dem großen Schlafzimmer auf der Vorderseite, blickte aus dem Fenster auf die Einfahrt und spürte, wie Cassidy neben sie trat und das Kinn auf ihre Schulter legte.

»Das ist Kenny«, sagte sie. »Das ist sein Auto.« Sie war schon aus Melanies Zimmer gelaufen, bevor Robin sich umgedreht hatte.

»Cassidy, warte«, rief sie, als sie die Schritte des Mädchens auf der Treppe hörte.

Eine Vielzahl von Gedanken schwärmte durch Robins Kopf wie eine Horde Heuschrecken, und ihr drängendes Summen wurde lauter und kräftiger. Laut Melanie hatte Tara Kennys Interesse an ihrer Tochter mit Sorge beobachtet. Hatte Tara dem jungen Mann verboten vorbeizukommen? War er wütend geworden? Wütend genug, um zu töten?

Es wäre so leicht gewesen für ihn, Landon irgendetwas anzuhängen, das ihn verdächtig machte. Kenny war seit dem Überfall etliche Male im Haus gewesen und hatte reichlich Gelegenheit gehabt, sowohl den Schmuck als auch die Skimaske zwischen Landons Sachen zu verstecken.

*Ich habe das Zimmer durchsucht*, dachte Robin und ging im Kopf jeden ihrer Schritte in jener Nacht durch. *Ich habe in alle Taschen und Schuhe gegriffen und nichts gefunden. Keine Skimaske hinten in einer Schublade, keinen Schmuck in einem Sneaker. Und selbst wenn ich eventuell entweder das eine oder das andere übersehen haben könnte, ist es praktisch unmöglich, dass mir beides entgangen ist. Da bin ich mir sicher.*

»Cassidy«, rief sie. »Warte. Mach nicht auf.«

Aber es war schon zu spät. Cassidy hatte die Haustür bereits geöffnet. Kenny Stapleton war schon im Haus.

# KAPITEL 41

Robin hörte sie in der Küche, als sie den oberen Treppenabsatz erreichte. Sie zog ihr Handy aus der Tasche und drückte Blakes Nummer. Sofort wurde sie auf die Mailbox umgeleitet. »Komm, so schnell du kannst, nach Hause«, flüsterte sie. »Und bring den Sheriff mit.«

Als sie langsam die Stufen hinunterging und auf Zehenspitzen durch die Diele schlich, konnte sie Cassidy und Kenny in der Küche streiten hören.

»Was soll das, verdammt noch mal, Cassidy?«

»Warum bist du so ein Arschloch? Du kannst mich doch besuchen kommen.«

»Ja klar. Mit *ihm* dabei?«

»Mit *ihm*? Du meinst Blake?«

»Ja, ich meine Blake. Alles lief super, bis er aufgekreuzt ist.«

»Alles lief super? Soll das ein Witz sein? Ich bin gerade aus dem Krankenhaus entlassen worden. Ich wäre beinahe gestorben!«

»Heute Morgen hast du mir erzählt, ich solle mir keine Sorgen machen, du würdest garantiert *nicht* nach L. A. gehen.«

»Das habe ich auch gedacht, aber dann hat Robin gesagt …«

»Es ist mir scheißegal, was Robin gesagt hat. Du gehst nicht.«

»Tue ich doch. Ich wollte schon immer in L. A. leben. Das weißt du. Das ist meine große Chance. Ich werde ein berühmtes Model wie Kendall Jenner.«

»Ja klar.«

»Jawohl, und du wirst mich nicht aufhalten.«

Man hörte, wie ein Stuhl umgestoßen wurde und polternd auf dem Boden landete. »Wetten doch?«

»Setz dich. Du bist betrunken.«

»Was ist hier los?«, fragte Robin, atmete tief ein, straffte die Schultern und betrat die Küche.

»Nichts«, sagte Cassidy angewidert. »Kenny ist bloß seltsam.«

Kenny stand neben dem Küchentisch, einen umgekippten Stuhl vor seinen Füßen, eine frisch geöffnete Flasche Bier in der Hand. Rasch richtete er den Stuhl auf und nahm gegenüber von Cassidy Platz. Robin fand, dass er noch derangierter aussah als bei ihrer Begegnung vor einer Stunde. Mit dem Cocktail von Drogen und Alkohol im Körper schaffte er es nicht, sich zu konzentrieren, seine Blicke schossen in alle Richtungen gleichzeitig. Cassidy hingegen wirkte völlig kühl und unbeeindruckt.

*Was stimmt nicht an diesem Bild?*, überlegte Robin unwillkürlich.

»Cassidy hat erzählt, es ist beschlossene Sache, dass sie mit Ihnen nach L. A. geht«, sagte er, schniefte und kratzte sich an der Nase. »Wann genau wollten Sie denn aufbrechen?«

»Das kommt drauf an«, antwortete Robin und fragte sich, welche Drogen er in der vergangenen Stunde noch zu sich genommen hatte.

»Worauf?«

»Darauf, was mit Daddy und Landon passiert«, erklärte

Cassidy und berichtete Kenny von der Durchsuchung von Landons Zimmer und seiner Verhaftung.

Kenny lachte schnaubend. »Ohne Scheiß. Landon war einer der Schützen?« Er trank einen großen Schluck von seinem Bier. »Ich muss gestehen, dass mich das nicht übermäßig überrascht.«

Robin wartete, dass er das weiter ausführte. »Wie meinst du das, es überrascht dich nicht?«, fragte sie, als er schwieg. »Ich dachte, ihr beiden wärt Freunde.«

»Sind wir auch. Aber na ja, er ist ziemlich jähzornig. Und Sie müssen zugeben, dass er sie nicht alle beieinanderhat.«

»Nur weil er autistisch ist, bedeutet das nicht, dass er ein Idiot ist«, sagte Robin und hörte die Stimme ihrer Schwester mitschwingen.

Kenny zuckte die Achseln und trank noch einen Schluck Bier.

*Was übersehe ich?*

»Noch ein bisschen früh für Alkohol, oder?«

Kenny lachte. »Nicht da, wo ich herkomme. Mein Dad hat immer schon angefangen zu trinken, bevor er morgens aufgestanden ist. Und meine Mama auch nicht viel später.« Er trank einen weiteren großen Schluck, wie um das Gesagte zu unterstreichen.

»Wo sind sie jetzt?«

»Meine Eltern?« Kenny blickte zu der kleinen Schmutzschleuse, als könnten sie vor der Hintertür stehen. »Weiß der Geier wo. Sie haben sich scheiden lassen, als ich neun war. Beide haben inzwischen noch ein paarmal geheiratet. Mein Vater hat eine Wohnung irgendwo in der Stadt. Der Kontakt zu meiner Mutter und meinem Stiefvater ist abgerissen, als sie mich rausgeworfen haben. Ich bin auf mich allein gestellt, seit ich sechzehn bin.«

»Das war bestimmt nicht leicht«, sagte Robin und warf einen verstohlenen Blick auf ihre Uhr.

»Ich komme zurecht.«

»Wie?«

»Was?«, fragte Kenny zurück.

»Wie kommst du zurecht? Offenbar hast du keinen Job …«

Er lächelte. »Sagen wir einfach, ich arbeite in Beschaffung und Bedarf.«

»Was heißt das?«

»Ganz einfach. Wenn es Bedarf gibt, beschaffe ich.«

»Du bist ein Drogendealer«, stellte Robin fest.

Das Lächeln wurde breiter. »Man tut, was man tun muss.« Er hob die Bierflasche zu einem ironischen Salut.

»Sag nicht solche Sachen«, ermahnte Cassidy ihn. »Er ist betrunken und redet Unsinn«, sagte sie zu Robin. »Er meint es nicht so.«

»Genau«, wiederholte Kenny. »Ich meine es nicht so.« Er trank noch einen Schluck aus der Flasche. »Sonst noch was, was Sie wissen wollen? Zum Beispiel, ob ich Brüder oder Schwestern habe oder so?«

»Hast du?« Robin wusste nicht, ob es sie ehrlich interessierte oder ob sie bloß Zeit schinden wollte, bis Blake und der Sheriff eintrafen.

»Ich hatte eine Schwester. Sie ist gestorben, als ich sieben war. An Menin … Menin … irgendwas.«

»Meningitis?«

»Ja, genau. Warum interessieren Sie sich plötzlich so dafür?«

»Robin ist Therapeutin«, erklärte Cassidy ihm.

»Ist das so was wie ein Seelenklempner?«

»So ähnlich«, sagte Robin.

»Versuchen Sie, in meinen Kopf zu gucken? Meine dunklen verborgenen Geheimnisse zu ergründen?«

»Hast du denn welche?«

»Oh, die haben wir alle«, sagte Kenny ein wenig stolz.

»Vielleicht versuche ich bloß, dich kennenzulernen.«

»Wozu? Sie fahren bald.«

Robin sagte nichts. *Wo bist du, Blake? Bitte hör deine Mailbox ab.*

»Was ist mit Ihnen?«, fragte Kenny.

»Mit mir?«

»Was sind Ihre dunklen verborgenen Geheimnisse?«

Robin zuckte mit den Schultern. »Ich bin mehr oder weniger ein offenes Buch.«

Kenny grinste höhnisch. »Ich finde, Sie reden mehr oder weniger einen Haufen Scheiße.«

»Kenny!«, stieß Cassidy keuchend hervor. »So kannst du nicht mit Robin reden.«

»Wieso nicht? Meinst du, bloß weil sie Therapeutin ist, darf sie als Einzige Sachen fragen?«

»Willst du mich etwas fragen?« Robin blickte erneut verstohlen auf ihre Uhr. »Nur zu.«

Kenny zögerte, als würde er verschiedene Optionen erwägen. »Warum wollen Sie Cassidy mit nach L. A. nehmen? Was haben Sie davon?«

»Ich habe gar nichts davon. Ich halte es bloß für das Beste.«

»Woher wissen Sie, was das Beste für Cassidy ist? Sie kennen sie kaum.«

»Ich kannte ihre Mutter. Ich glaube, sie hätte es so gewollt.«

»Ihre Mutter war eine beschissene Schlampe. Wen kümmert es, was sie wollte.«

»Kenny!«, rief Cassidy.

»Okay«, sagte Robin, die das Gefühl hatte, dass ihr die Kontrolle über die Situation allmählich entglitt. »Ich denke, das reicht jetzt durchaus.«

»Oh, Sie denken, es reicht jetzt *durchaus*?«

»Hör auf, Kenny«, sagte Cassidy. »Warum bist du so gemein?«

»Ich? Gemein?«

»Du solltest nicht so über meine Mutter sprechen.«

»Wie denn dann? Du hast die Schlampe gehasst!«

»Hab ich nicht.«

»Wie oft hast du mir erzählt, dass sie dein Leben ruiniert?«

»Vielleicht wenn ich wütend auf sie war. Ich hab es nicht so gemeint!«

»Von wegen.«

»Okay. Lassen wir das Thema, bitte, ja?«, sagte Robin.

»*Bitte, ja*?«, wiederholte Kenny.

»Du bist offensichtlich sehr wütend.« Sie musste die Lage beruhigen, bevor die Situation komplett eskalierte.

»Verdammt richtig, ja, ich bin wütend«, erwiderte Kenny. »Cassidy gehört hierher. Dies ist ihr Zuhause.«

»Es *war* mein Zuhause«, sagte Cassidy.

»Ist es immer noch.«

»Melanie will mich nicht hier haben.«

»Dann wohnst du eben bei mir. Ich kümmer mich um dich.«

»Das ist unmöglich«, sagte Robin.

»Warum? Weil Sie denken, ich wäre ein Dealer?«

»Nein, nun ja, deshalb natürlich auch, aber …« Diese Unterhaltung wurde zunehmend surreal.

»Was noch?«

»Du bist wie alt, Kenny … achtzehn?«

»Neunzehn«, korrigierte er.

»Cassidy ist *zwölf.*« Robin blickte wieder auf ihre Uhr und betete, dass Blake und der Sheriff auf dem Weg waren.

»Und? Im Juli wird sie dreizehn«, sagte Kenny. »Sechs Jahre sind kein so großer Altersunterschied.«

»Wenn man dreizehn ist, schon.«

»Mein Dad hat immer von diesem Countrysänger erzählt, der seine Cousine geheiratet hat, als sie dreizehn war.«

Robin spürte, wie ihre Knie weich wurden, und lehnte sich haltsuchend an die Wand. »Willst du damit sagen, dass du Cassidy heiraten möchtest?«

»Na ja, natürlich nicht sofort«, sagte Kenny. »Aber in ein paar Jahren vielleicht, wenn der Staat es erlaubt.«

»Das wird nicht passieren, Kenny.«

»Nicht wenn Sie sie mit nach L. A. nehmen, nein.« Er sah Cassidy an, und sein Ton wurde wieder erregter. »Es ist wegen *ihm*, oder? Deshalb willst du plötzlich so unbedingt nach L. A.«

»Du redest schon wieder wirres Zeug, Kenny«, sagte Cassidy.

»Du gehst nirgendwohin ohne mich, Cassidy. Wir hatten Pläne.«

»Pläne?«, fragte Robin. *Was für Pläne?*

»Pläne ändern sich.«

»Das ist alles so scheiße«, meinte Kenny kopfschüttelnd. »Du hast gesagt, du liebst mich. Du hast gesagt, du willst, dass wir zusammen sind. ›*Oh, Kenny, das fühlt sich so gut an. Ich liebe es, wenn du mich so berührst*‹«, imitierte er Cassidys kindliche Stimme. »›*Ich will, dass wir für immer und ewig zusammen sind.*‹«

»Er lügt. Das habe ich nie gesagt.«

»Du hast mir erklärt, es gibt nur eine Möglichkeit, wie das je passieren könnte.«

Cassidy stand langsam von ihrem Stuhl auf, die Augen entsetzt aufgerissen. »Was willst du damit sagen? Dass du Daddy Greg niedergeschossen hast? Dass du Mommy ermordet hast?«

Kennys Blicke zuckten durch den Raum wie die Plastiksplitter in einem Kinderkaleidoskop. Er schüttelte den Kopf, als würde er verzweifelt versuchen, sie zu einem stimmigen Muster zusammenzusetzen. »Warte«, sagte er. »Was passiert hier? Was machst du?«

»Wie konntest du?«

»Du stößt mich die Klippe runter?« Er blickte von Cassidy zu Robin und zurück zu Cassidy. »Nein. Niemals. Wenn ich untergehe, gehst du mit unter.«

»Du bist verrückt«, sagte Cassidy. »Er ist verrückt«, sagte sie zu Robin.

»*Ich* bin verrückt?«, brüllte Kenny, sprang auf und knallte die Bierflasche mit solcher Wucht auf den Tisch, dass sie zerbarst. Bier und Blut tropften aus seiner offenen Hand. »Ich war nicht derjenige, der das Gesicht ihrer Mutter weggeschossen hat!«

»O Gott«, schrie Robin.

»Er lügt«, kreischte Cassidy. »Du bist ein verdammter Lügner, Kenny Stapleton.«

»Das Ganze war ihre Idee.«

»Nein!«

»Wollen Sie wissen, wie es gelaufen ist?«, fragte Kenny Robin. »Ich erzähl Ihnen ganz genau, wie es gelaufen ist.«

»Hör nicht auf ihn, Robin. Er ist betrunken und auf Koks.«

»Ihre Mutter mochte es nicht, dass ich ständig da war«, fuhr Kenny fort, ohne sie zu beachten. »Sie schöpfte Verdacht, dass irgendwas im Busch war. Und sie hatte recht. Wir haben es getrieben wie die Karnickel. Schon seit fast einem Jahr.«

»Das denkt er sich aus«, schluchzte Cassidy. »Ich schwöre …«

»Ihre Mutter hat Cassidy verboten, mich zu treffen, und Cassidy war echt angepisst und hat gesagt, ihre Mutter hätte kein Recht, ihr irgendwas zu verbieten, und sie würde ihr Leben ruinieren. Sie hat gesagt, ihre Mutter würde ihren Dad betrügen und hätte vor, mit irgendeinem Exfreund durchzubrennen, was bedeutet hätte, kein großes Haus mehr, kein Geld mehr für schicke Klamotten, kein gar nichts mehr. Sie hat gesagt, ihre Mutter würde alles kaputtmachen, und wir müssten sie aufhalten.«

»Ich habe ihm erzählt, dass Mommy Daddy betrügt und dass ich Angst hatte, dass er es herausfinden und sich von ihr scheiden lassen würde und dass das alles kaputtmachen würde. Ja, das stimmt«, erklärte Cassidy und schluckte ihre Tränen herunter. »Ich war aufgewühlt und brauchte jemanden zum Reden. Ich dachte, Kenny wäre mein Freund. Ich dachte, ich könnte mich ihm anvertrauen.«

»An dem Abend hat Cassidy belauscht, wie ihre Mutter sich mit Ihrem Bruder verabredet hat«, fuhr Kenny fort, ohne Cassidy zu beachten. »Sie und ihre Mom hatten einen Riesenstreit, und Cassidy hat mich angerufen und gesagt, wir könnten nicht länger warten, weil in der Woche Sicherheitskameras installiert werden sollten, sodass wir es sofort machen müssten, und ich sollte meine Waffe mitbringen. Ich bin zu dem Haus gefahren. Cassidy hat mich reingelassen. Ihre Mutter hat mich gesehen und sofort angefangen zu schreien. Ihr Dad hat mir befohlen zu verschwinden. Ich hab meine Waffe gezogen und beiden erklärt, sie sollen die Schnauze halten. Cassidy hatte die Pistole geholt, die ihr Dad in seinem Schlafzimmer aufbewahrt. Scheiße, Sie hätten sie sehen sollen. Das verdammte Ding war größer als sie. Sie hat auf ihre Mom gezielt, während ich ihren Dad gezwungen hab, den Safe zu öffnen. Cassidy wusste, dass er darin einen Haufen Bargeld aufbewahrt, das wir für den Start in unser gemeinsames Leben brauchen würden, wenn sich alles wieder beruhigt hatte. Ihre Mom hat geweint und gebettelt, sie solle sich überlegen, was sie tut. Sie hat gesagt, dass sie sie liebt und so. Und dann hat Cassidy geschossen.« Er lachte. »Direkt in ihr beschissenes Gesicht. Und dann hat sie einfach immer weitergeschossen. Ich hatte praktisch keine andere Wahl, als Mr. Davis zu erledigen. Dann haben wir ein paar Sachen demoliert, damit es aussah wie ein Überfall.«

Cassidy schluchzte. »So ist es nicht gewesen. Bitte, Robin, kann ich dir erzählen, was wirklich passiert ist?«

Robin brachte keinen Laut heraus, sondern nickte nur.

»Es stimmt, ich war wütend auf Mommy. Ich wusste das mit ihr und Alec. Als ich ihn in San Francisco gesehen habe, habe ich ihn sofort erkannt, obwohl er behauptet hat, sein Name wäre Tom Richards. Ich wusste auch, dass sie sich nicht nur zufällig über den Weg gelaufen waren. Ich dachte mir, dass sie vielleicht eine Affäre hatten und sie vorhatte, Daddy zu verlassen. Und dass sie mich zwingen würde, mit ihr zu gehen und den einzigen Vater zu verlassen, den ich je gekannt habe. Und ich liebe ihn, Robin. Ich liebe ihn so. Er ist so gut zu mir gewesen.

An dem Abend habe ich gehört, wie Mommy mit Alec telefoniert und sich mit ihm verabredet hat. Ich war wütend, und wir hatten einen großen Streit, und ich habe Kenny angerufen und gebeten vorbeizukommen. Ich brauchte einfach jemanden zum Reden. Aber dann hat Mommy ihn gesehen und rastete aus. Daddy hat Kenny erklärt, er solle verschwinden, und dann hat Kenny eine Waffe gezogen. Ich wusste nicht mal, dass er eine Pistole hat. Pistolen machen mir Angst. Ich habe ihn angefleht, sie wegzustecken und zu gehen, bevor irgendwas Schlimmes passiert. Aber Kenny wollte nicht hören. Er hat Daddy gezwungen, den Safe zu öffnen, und Mommy hat angefangen zu schreien, und … und … dann hat er sie erschossen. Und dann hat er Daddy erschossen. Ich hab versucht wegzulaufen und den Notruf zu wählen, aber er war direkt hinter mir. Ich habe geschrien, er soll stehen bleiben, doch er hat bloß gegrinst, und dann hat er den Abzug gedrückt. Ich wäre beinahe gestorben, Robin. Hab ich das etwa auch geplant?«

In Robins Kopf drehte sich alles, ihr ganzer Körper kribbelte. »Aber warum hast du es niemandem erzählt?«

»Ich konnte nicht. Zuerst stand ich unter Schock. Ich hab mich an gar nichts erinnert. So wie im Fernsehen immer. Wie heißt das noch? Am …«

»Amnesie?«

»Ja, genau. Wegen dem Trauma und so. Und als die Erinnerung langsam zurückkam, war Kenny immer da. Er hat gedroht, wenn ich es jemandem sage, erzählt er der Polizei, das Ganze wäre meine Idee gewesen. Genau wie er es jetzt macht. Also habe ich nichts gesagt und dich angefleht, mich mit nach L. A. zu nehmen. Bitte, Robin. Das ist bei Gott die Wahrheit. Ich würde meine Mutter nie erschießen. Ich würde Daddy Greg nie etwas antun. Bitte, bitte, glaub mir.«

Robin schloss die Augen. Was Kenny andeutete, war unmöglich. Cassidy war zwölf Jahre alt. Sie war ein Kind, Herrgott noch mal.

»Nun, Sie können ja glauben, was Sie wollen«, sagte Kenny

und präsentierte den abgebrochenen Flaschenhals in seiner Hand, »aber ich verschwinde hier, und Cassidy kommt mit.«

»Nein«, sagte Cassidy. »Ich gehe nirgendwohin mit dir.«

»Und ob.« Er wollte ihre Hand packen.

Instinktiv warf Robin sich vor Cassidy. Das Kind schrie, als das gezackte Glas in Kennys Hand durch die Luft sauste. Robin spürte unvermittelt einen stechenden Schmerz im Unterleib, eine schmale Linie von Blut sickerte langsam durch ihre weiße Bluse und breitete sich aus wie in einem Schwamm.

Man hörte ein lautes Pochen an der Haustür. Sekunden bevor Blake und der Sheriff durch die Küche hereingestürmt kamen, verdrückte Kenny sich durch die Schmutzschleuse.

»Robin, mein Gott!«

Sie brach in Blakes Armen zusammen. Das Letzte, was sie hörte, bevor sie ohnmächtig wurde, war Cassidy, die ihren Namen schrie.

# KAPITEL 42

In ihrem Traum lag Robin in einem komplett weißen Zimmer. Eine Ärztin mit rotem Haar, Stupsnase und hellorangefarbenen Sommersprossen trat an ihr schmales Bett und richtete ihr Stethoskop auf Robins Brust wie eine Waffe. »Wie geht es uns?«

*Was stimmt nicht an diesem Bild?*

»Für eine Frau, die beinahe ermordet worden wäre, siehst du ziemlich gut aus«, fuhr die Ärztin fort und verwandelte sich in Brenda, die Frau, die sie im Warteraum des Gefängnisses kennengelernt hatte. »Gut, dass der Junge nicht besser gezielt hat. Offenbar ist es nicht so leicht, ein Ziel zu treffen, wie es im Fernsehen immer aussieht.«

*Was übersehe ich?*

In der nächsten Sekunde war sie in der Lobby des Tremont Hotels und kauerte neben Tara hinter einer großen Topfpflanze.

»Da kommt dein Vater«, sagte Tara, als Robin sich aufrichtete, um sich ihm in den Weg zu stellen. »Das Schwein hat mich mit seiner Büroleiterin betrogen.«

»Cassidy«, sagte ihr Vater, als Robin auf ihn zuging.

»Nein, Dad. Ich bin's, Robin.«

»Cassidy«, beharrte ihr Vater, als Kenny Stapleton mit einer zerbrochenen Bierflasche und blutender Faust ins Bild trat.

Robin stöhnte.

»Ich glaube, sie wacht auf«, sagte Blake irgendwo über ihrem Kopf.

»Robin?«, fragte Cassidy. »Robin, kannst du uns hören?«

Robin öffnete die Augen und sah ihre Schwester, den Sheriff, Blake und Cassidy um ihr Bett stehen und erwartungsvoll auf sie herabblicken.

»Du bist in der Notaufnahme«, erklärte Blake ihr, bevor sie etwas sagen konnte.

»Was ist passiert?«

»Du hast eine Schnittverletzung erlitten. Aber du wirst wieder gesund. Die Wunde ist zum Glück eher breit als tief. Keine lebenswichtigen Organe wurden getroffen. Die Ärzte haben dich mit sechsundzwanzig Stichen genäht. Außerdem haben sie dir ein ziemlich starkes Schmerzmittel gegeben, deshalb könntest du dich noch eine Weile ein bisschen schwummrig fühlen.«

»In der vergangenen Stunde bist du mehrmals aufgewacht und wieder weggedämmert«, sagte Melanie.

Die Ereignisse des Nachmittags flackerten in Robins Bewusstsein auf wie ein Stroboskop, das eine Folge von eingefrorenen superhellen Bildern beleuchtete. Ihr Atem stockte, als sich aus einem dieser Bilder Kenny Stapleton löste und auf sie stürzte.

»Was ist?«, fragte Blake.

»Kenny Stapleton«, sagte Robin. »Ist er entkommen?«

»Jeder verfügbare Beamte ist bei der Fahndung im Einsatz«, sagte Sheriff Prescott. »Und wir haben Deputys bei dem Haus postiert, bis er gefasst ist.«

»Das ist alles meine Schuld«, schluchzte Cassidy. »Ich hätte euch das von Kenny erzählen sollen.«

»Ja, das hättest du«, sagte Melanie. »Landon und Alec sitzen deinetwegen im Gefängnis. Und Donny Warren wäre fast mit ihnen dort gelandet. Du hast einer Menge Leuten eine Menge Kummer gemacht.«

»Es tut mir leid. Ich hatte solche Angst.«

»Entscheidend ist, dass wir jetzt alles wissen«, sagte der Sheriff.

»Alles?«, fragte Robin, als Kennys verwegene Beschuldigungen in ihrem Kopf widerhallten.

»Ich hab dem Sheriff all die schrecklichen Sachen erzählt, die Kenny gesagt hat«, erklärte Cassidy.

»Und da denkt man, man hätte schon alles gehört.« Prescott schüttelte den Kopf. »Ich komme später noch mal vorbei, um Ihre und Cassidys Aussage aufzunehmen.«

»Was ist mit meinem Bruder und meinem Neffen?«

»Sobald wir die Aussagen haben, können wir an ihrer Freilassung arbeiten.«

»Gott sei Dank.«

»Danken Sie Cassidy«, sagte Prescott.

*Nur dass es Cassidys Aussagen waren, die Alec und Landon überhaupt erst in Verdacht hatten geraten lassen,* dachte Robin. *Sie hatte eine Verbindung zwischen den beiden Männern hergestellt. Mit ihrer Beschreibung der Schützen als groß und muskulös hatte sie den Verdacht bewusst von Kenny abgelenkt. Hatte sie das, wie sie behauptete, aus Angst getan, oder war etwas Finstereres im Gange?*

*Was übersehe ich?*

Robin schob die beunruhigenden Fragen beiseite. Cassidy war zwölf Jahre alt, Herrgott noch mal. Ein Kind.

*Ein Kind, das in einem Atemzug über den Mord an ihrer Mutter und im nächsten über ihren Ekel vor rotem Lakritz sprechen konnte. Ein Kind, das sich gegen einen routinierten Verbrecher wie Dylan Campbell mehr als behauptet hatte, ein*

*Kind, das beinahe genüsslich brutal ihre unglückliche Großmutter abgewiesen hatte, ein Kind, das sogar noch mehr Gelegenheit gehabt hatte als Kenny Stapleton, die belastenden Beweise in Landons Zimmer zu deponieren.*

*Hatte Landon deshalb ihr Gesicht auf dem Bild zerstört? Hatte er herausgefunden, was in der Nacht geschehen war?*

Robin sah die Schneekugel mit der winzigen, wirbelnden Ballerina vor sich. *Vielleicht hatte Cassidy sie gesehen, als sie die Skimaske versteckt hatte, und in ihr Zimmer mitgenommen. Und sie war auch schon einmal in Alecs Wohnung in San Francisco gewesen. Womöglich hatte sie die Skimaske in seinem Kleiderschrank entdeckt und dann als Detail verwendet, als sie den Plan entwickelt hatte, ihre Mutter und ihren Stiefvater zu ermorden.*

*Aber sie war selbst auch angeschossen worden*, erinnerte Robin sich. *Es war ein Wunder, dass sie überlebt hatte.*

*Was für ein Monster schießt auf ein zwölfjähriges Mädchen?*

Und dann die noch beunruhigendere Frage:

*Was, wenn das Monster ein zwölfjähriges Mädchen ist?*

»Wann kann ich nach Hause?«, fragte Robin, um derlei Spekulationen ein weiteres Mal zum Verstummen zu bringen. Das Schmerzmittel trübte ihre Urteilskraft und verleitete sie zu Wahnvorstellungen.

»Sobald die Ärztin ihr Okay gibt.«

»Fühlst du dich denn kräftig genug, das Krankenhaus zu verlassen?«, fragte Blake.

»Ich glaube schon.«

Wie aufs Stichwort betrat Dr. Arla Simpson das Zimmer, um den Hals ein Stethoskop. »Na, da schau her, wer wach ist.«

»Hallo, Arlene.« Robin drückte ihre Fingernägel in die

Handflächen, weil sie einen Moment lang nicht wusste, ob sie nicht wieder in einem ihrer seltsamen Träume gelandet war.

»Ich heiße jetzt Arla«, sagte die Ärztin mit einem Lächeln. »Du hast uns einen ordentlichen Schrecken eingejagt. Zum Glück sah die Verletzung schlimmer aus, als sie ist. Die Wunde ist eigentlich recht oberflächlich, obwohl es bestimmt höllisch wehtut. Und es wird wahrscheinlich noch eine Weile wehtun. Aber immerhin behältst du eine interessante Narbe, von der du noch deinen Enkeln erzählen kannst.«

»Sie ist sogar ziemlich sexy«, sagte Blake.

Arla blickte von Robin zu Blake und zurück. »Das ist ein Mann, mit dem man alt werden kann«, flüsterte sie, als sie das Stethoskop vom Hals nahm und an Robins Brust hielt. »Ein schöner kräftiger Herzschlag.« Sie nahm das Blutdruckmessgerät von der Wand und wickelte die Plastikmanschette um Robins Oberarm.

Robin spürte den wachsenden Druck, als die Manschette enger wurde, sich wie eine Boa constrictor an ihrem Arm bis zu ihrem Hals hochschlängelte und anschickte, sie mit Haut und Haaren zu verschlingen.

»Der Blutdruck ist leicht erhöht, aber das ist unter den Umständen nicht ungewöhnlich.« Arla löste die Manschette von Robins Arm. »Ich schreibe dir ein Rezept für ein Antibiotikum und ein Schmerzmittel für später, wenn die Wirkung der Spritze nachlässt. Und morgen kommst du wieder, ich wechsele den Verband und schaue mir die Wunde noch mal an. Aber wenn du dich kräftig genug fühlst, kannst du jetzt nach Hause.« Arla tätschelte Robins Knie und ging aus dem Zimmer.

»Danke. Meine Bluse …?«

»Ein Beweisstück«, sagte der Sheriff.

»Ich habe dir ein paar Sachen von zu Hause mitgebracht«, sagte Melanie.

»Danke.«

»Können wir Daddy besuchen, bevor wir fahren?«, fragte Cassidy.

Robin nickte.

Cassidy lächelte, und Robin sah Tara in ihrem Gesicht.

*Jemand hat Tara ins Gesicht geschossen*, dachte sie. *Jemand hat das Gemälde an der Wand zerschlitzt, was darauf schließen lässt, dass die Tat persönlich und von Wut motiviert war. Cassidy hatte zugegeben, wütend auf ihre Mutter gewesen zu sein.*

*Wütend genug, um zu töten?*

»Robin?«, fragte Cassidy. »Irgendwas nicht in Ordnung?«

»Was?«

»Du bist irgendwie so starr.«

»Soll ich die Ärztin zurückholen?«, fragte Blake.

»Nein, mir geht es gut.«

»Ich lasse Ihnen ein wenig Privatsphäre«, sagte der Sheriff und ging zur Tür. »Ich komme in ein paar Stunden vorbei, um die Aussagen aufzunehmen, wenn das in Ordnung ist.«

»Je früher, desto besser«, sagte Melanie. »Hätte nie gedacht, das mal aus meinem Mund zu hören«, fügte sie hinzu, als der Sheriff weg war.

Robin ließ sich von Blake aus dem Bett und dem Krankenhauskittel in ein weites Sommerkleid helfen, das Melanie mitgebracht hatte.

»Ich hol einen Rollstuhl«, bot Cassidy an und lief in den Flur.

»Ein süßes Mädchen«, sagte Blake.

*War sie das wirklich? Oder war es möglich, dass alles, was Kenny gesagt hatte, wahr war?*

»Fühlst du dich auch wirklich fit genug?«, fragte Blake, als

Cassidy mit dem Rollstuhl zurückkam. »Dein Gesicht ist ein bisschen …«

»… zerknittert?«, fragte Robin resigniert.

Blake lachte. »Aber trotzdem niedlich.«

Robin ließ sich auf den schwarzen Ledersitz des Rollstuhls sinken, und Blake schob sie, flankiert von Melanie und Cassidy, aus der Notaufnahme den Flur hinunter in den Nachbarflügel.

»Na, wenn das nicht unser kleines Wundermädchen ist«, sagte eine Schwester und kam mit ausgebreiteten Armen auf Cassidy zu. »Wie geht es dir, mein Engel?«

»Gut«, antwortete Cassidy und erwiderte die Umarmung.

*»Unser kleines Wundermädchen«*, wiederholte Robin stumm. *Was übersehe ich?*

Cassidy war angeschossen und beinahe getötet worden. Es war ein Wunder, dass sie überlebt hatte, ein Wunder, dass die Kugel sowohl ihr Herz als auch die Lunge verfehlt hatte.

Das konnte unmöglich geplant gewesen sein. Niemand war ein so guter Schütze.

Es sei denn, Kenny war überhaupt kein guter Schütze.

*»Ist offenbar nicht so leicht, sein Ziel zu treffen, wie es im Fernsehen immer aussieht.«*

*»Gut, dass der Junge nicht besser gezielt hat.«*

»O Gott.«

»Was ist?«, fragte Melanie.

»Robin«, sagte Blake. »Alles okay?«

»Ich nehme an, Sie sind gekommen, um Ihren Vater zu sehen«, unterbrach die Krankenschwester ihre Gedanken.

»Wie geht es ihm?«

»Sehr schlecht«, antwortete die Schwester. »Es wird jetzt nicht mehr lange dauern.«

Cassidy fasste Robins Hand.

»Du musst da nicht reingehen«, erklärte Robin ihr.

»Doch. Ich muss ihn sehen. Mich von ihm verabschieden.«

»Dann wollen wir mal.« Melanie marschierte ins Zimmer ihres Vaters voran.

Blake schob Robins Rollstuhl durch die Tür. Das Gesicht ihres Vaters war aschfahl. Sein Mund war leicht geöffnet, seine Wangen waren eingefallen, als ob er an einer Zitrone lutschen würde.

»Sieht so aus, als wär's das wirklich«, sagte Melanie.

Cassidy trat ans Bett. Die Reling war heruntergeklappt, sodass sie ihren Kopf auf seine Brust legen konnte. »Oh, armer Daddy.«

*Was stimmt nicht an diesem Bild?*

Robin betrachtete das Gesicht ihres Vaters und erwartete beinahe, dass er die Augen aufschlug und Cassidys Namen sagte wie beim letzten Mal, als sie gemeinsam hier gewesen waren.

»*Cassidy*«, hatte er gerufen.

*So froh, sie zu sehen. So erleichtert, dass sie lebte und es ihr gut ging.*

*Es sei denn, er war gar nicht froh gewesen*, dachte Robin, während Cassidy sich vorbeugte, um ihn auf die Wange zu küssen. *Es sei denn, er war alles andere als erleichtert gewesen.*

*Hatte er sich etwa mitnichten gefreut, seine Stieftochter zu sehen, sondern vielmehr versucht, sie als Täterin zu benennen?*

»Wir sollten gehen«, sagte Melanie.

Sie verließen nacheinander das Zimmer.

»Glaubst du, er kommt an einen besseren Ort?«, fragte Cassidy.

»Besser als Red Bluff?«, fragte Melanie. »Schwer vorstellbar.«

Sie fuhren schweigend nach Hause, Robin versunken in einem wirbelnden Labyrinth widersprüchlicher Gedanken. Als Blake in Melanies Einfahrt bog, hatte sie sich fast davon überzeugt, dass ihre Zweifel lächerlich und unbegründet waren. Sobald die Medikamente in ihrem Kreislauf abgebaut waren, würde sie wieder klar denken.

Blake stellte den Motor ab und öffnete Robins Tür, während Melanie und Cassidy hinten ausstiegen.

Sofort drängte Cassidy sich zwischen Robin und Blake und schlang ihre Arme um ihre Hüften. »Können wir heute Abend Pizza essen?«, fragte sie.

# KAPITEL 43

Der Sheriff und der Deputy kamen, als sie gerade mit der Pizza fertig waren. »Das ist Deputy Reinhardt«, stellte Prescott den jüngeren Mann vor, und die beiden Beamten setzten sich zu Robin, Blake, Melanie und Cassidy an den Esszimmertisch. Der Sheriff nahm seinen Hut ab, legte ihn auf den Stuhl neben sich und zog ein kleines Aufnahmegerät aus der Tasche, während Deputy Reinhardt Papier und Kugelschreiber auspackte. »Bevor wir anfangen, habe ich gute Neuigkeiten«, erklärte der Sheriff. »Vor einer Stunde haben wir Kenny Stapleton verhaftet.«

»Das ist eine Erleichterung.« Blake drückte Robins Hand.

»Wo haben Sie ihn gefunden?«, fragte Cassidy.

»Bei seinem Vater. Am Ende hat ihn sein eigener Vater verraten und wollte dann wissen, ob es eine Belohnung gibt.«

»Familien«, murmelte Melanie, räumte den Tisch ab und brachte das Geschirr in die Küche.

»Wie fühlen Sie sich?«, fragte der Sheriff Robin.

»Müde. Und die Wunde tut weh.«

»Wir werden versuchen, das Ganze so schmerzlos wie möglich hinter uns zu bringen.«

»Hat Kenny irgendwas gesagt über … Sie wissen schon?«, fragte Cassidy.

»Im Augenblick sollten wir uns keine Gedanken um Kenny

machen. Mich interessiert viel mehr, was du zu erzählen hast. Und diesmal, junge Dame, bitte die Wahrheit.«

»Die volle Wahrheit und nichts als die Wahrheit«, sagte Cassidy mit einem schüchternen Lächeln.

Das Lächeln jagte Robin einen unangenehmen Schauer über den Rücken. Cassidy hatte schon so viele Geschichten über jene Nacht erzählt. Würden sie jemals erfahren, was wirklich passiert war? Oder würde die Wahrheit mit ihrem Vater sterben?

»Gut«, erklärte Prescott. »Dann können wir auch gleich loslegen, Cassidy.« Er sah Robin an. »Ich muss Sie bitten, in einem anderen Raum zu warten, wenn Sie nichts dagegen haben. Um sicherzugehen, dass Cassidys Aussage keinen Einfluss darauf hat, was Sie zu Protokoll geben.«

»Verstehe.« Robin stemmte sich, gestützt von Blake, vom Tisch hoch.

»Kann Blake nicht bleiben?«, fragte Cassidy. »Bitte? Zur Unterstützung. Ich würde mich dann viel besser fühlen.«

Blake sah Robin an.

»Wenn der Sheriff nichts dagegen hat.« Der Schauder wand sich von Robins Rücken in ihren Brustkorb wie eine in einem Labyrinth gefangene Schlange.

»Solange Sie die Befragung nicht unterbrechen oder sonst irgendwie stören«, erklärte Prescott Blake, »habe ich keine Einwände.«

»Dann bleibst du?«

»Kommst du zurecht?«, fragte Blake Robin.

»Ja klar.« Als sie langsam in die Küche ging, drehte sie sich noch einmal um und sah, wie Cassidy Blakes Hand ergriff.

»Was passiert da drinnen?«, fragte ihre Schwester Robin, als sie die Küche betrat.

»Der Sheriff nimmt Cassidys Aussage auf.«

»Was es wohl diesmal sein wird?« Melanie räumte die letzten Teller in die Spülmaschine und schaltete sie ein.

»Glaubst du …«, setzte Robin an und hielt inne. »Nein, das ist zu verrückt.«

»Verrückt ist hier eine relative Kategorie. Glaube ich was?«

Robin blickte schuldbewusst zum Wohnzimmer. »Glaubst du, es ist möglich, dass Kenny die Wahrheit über Cassidy gesagt hat?«

Die beiden Schwestern starrten sich eine ganze Weile an. Ihre Augen maßen die Kluft des Misstrauens zwischen ihnen aus.

»Glaubst du es?«, fragte Melanie.

Der Geschirrspüler schaltete in den zweiten Spülgang, und ein leises Rumpeln erfüllte den Raum.

»Du musst etwas für mich tun«, erklärte Robin ihrer Schwester. »Und du darfst keine Fragen stellen.« Mit angehaltenem Atem wartete sie auf Melanies Antwort.

»Was soll ich machen?«, fragte Melanie.

»Hier bist du«, sagte Blake, als er etwa vierzig Minuten später ins Wohnzimmer kam. »Wie fühlst du dich?«

Robin saß auf der Wohnzimmercouch und hatte irgendeine schwachsinnige Realityshow im Fernsehen eingeschaltet. Ihr Herz pochte so heftig, dass sie Angst hatte, die frische Naht an ihrem Unterleib könnte platzen. *Sah man ihr an, wie nervös sie war?* »Gut.«

»Du siehst echt müde aus«, sagte Cassidy.

»Es war ein langer Tag. Wie ist es da drinnen gelaufen?«

»Gut.«

»Sie hat sich großartig geschlagen«, sagte Blake, und Cassidy strahlte. »Wo ist Melanie?«

»Oben. Sie hat gesagt, sie hätte genug von dem ganzen Drama und würde ins Bett gehen.«

»Brav.« Blake setzte sich neben Robin und nahm ihre Hand.

»Der Sheriff hat gesagt, du sollst jetzt kommen«, sagte Cassidy und drängte sich neben Blake.

Im Nebenzimmer klingelte ein Telefon. Robin hörte, wie der Sheriff leise sprach. Sekunden später stand er mit einem leicht verdutzten Blick in der Tür zum Wohnzimmer.

»Was ist los?«, fragte Robin.

»Das war das Krankenhaus«, sagte Prescott. »Ihr Vater …«

»Daddy ist tot?«, rief Cassidy.

»Nein.« Der Sheriff warf die Hände in die Luft, eine Geste, die seinen ungläubigen Blick spiegelte. »Das ist es ja. Er ist aufgewacht.«

Robin schwang die Beine vom Sofa. Sie hatte Angst, sie könnte vor Schwindel ohnmächtig werden. »Das verstehe ich nicht. Wie kann das sein? Wir haben ihn eben erst gesehen. Die Ärzte waren sich sicher, dass er die Nacht nicht überlebt.«

»Die Ärzte können es sich auch nicht erklären. In einer Minute auf der Schwelle des Todes, in der nächsten ist er wach und spricht.«

»Er spricht?«, fragte Cassidy.

»Offenbar kann man ihn gar nicht bremsen. Ich muss natürlich sofort ins Krankenhaus.«

»Wir kommen mit.« Robin fasste haltsuchend Blakes Hand und erhob sich. »Melanie«, rief sie am Fuß der Treppe. »Melanie, komm runter. Es geht um Dad! Er ist aufgewacht!«

Sie folgten dem Sheriff zur Haustür.

Nur Cassidy zögerte. »Wartet!«, rief sie, als Prescott nach dem Türknauf griff. »Ihr dürft nicht gehen.«

Alle erstarrten.

»Ihr dürft nicht gehen«, wiederholte sie und blickte vom Sheriff zu Blake, Robin und Melanie, die auf dem oberen Treppenabsatz aufgetaucht war, und wieder zu Robin.

»Das verstehe ich nicht«, sagte Robin.

»Bitte«, sagte Cassidy. »Ihr dürft nicht gehen.«

»Warum nicht?«

»Weil ich euch etwas sagen muss.«

Der Sheriff schloss die Haustür.

»Wir hören«, sagte Robin.

»Ich habe gelogen.« Cassidy schlug den Blick nieder.

»Du hast gelogen«, wiederholte Prescott.

*Gütiger Gott.*

»Ja. Vorher. Und in meiner Aussage eben auch.«

»Inwiefern?«, fragte Prescott.

»Über die Ereignisse in jener Nacht.«

»Okay«, sagte der Sheriff. »Bevor du ein weiteres Wort sagst, muss ich dir deine Rechte vorlesen.«

»Ich kenne meine Rechte. Ich verzichte darauf. Ich brauche keinen Anwalt. Ich muss Ihnen die Wahrheit sagen, bevor Sie mit Daddy sprechen.«

»Also gut«, sagte der Sheriff.

»Was Kenny gesagt hat, stimmt«, begann Cassidy.

Robin ließ sich gegen Blake sinken, während Melanie langsam die Treppe herunterkam.

»Willst du damit sagen, dass du deine Mutter getötet hast?«

»Es ist nicht so, wie Sie denken.«

»Du hast sie nicht erschossen?«

»Doch, schon. Ich habe sie erschossen.« Sie sah Robin direkt an. »Aber aus einem Grund.«

»Und der Grund war, dass sie dein kleines Luxusleben ruinieren wollte, indem sie mit meinem Bruder durchbrannte?«, warf Melanie ein.

»Nein. Nicht deswegen.«

»Warum dann?«, fragte Robin.

»Weil …«

»Weil?«

Cassidys Blick wanderte zu Blake, und sie senkte die Stimme zu einem Flüstern. »Weil … weil sie das von Daddy wusste.«

»Du meinst, sie wusste von Daddys Affären?«, fragte Robin.

»Nein. Ich meine … ich meine, sie wusste das von Daddy und mir … was er mir antut, was er mir angetan hat, seit ich sechs war.«

*Was?*

»Willst du damit sagen, dass dein Vater dich belästigt hat?«, fragte der Sheriff.

»Du verlogenes kleines Miststück«, sagte Melanie.

»Ich lüge nicht. Es ist die Wahrheit. Er hat mich missbraucht, seit er Mommy geheiratet hat. Und sie wusste es und hat nichts dagegen unternommen.«

*Wieso klingt das so vertraut?*, fragte Robin sich.

»Er hat mich missbraucht«, sagte Cassidy. »Und Mommy wusste es und hat es geschehen lassen. Es war ihr egal.«

»*Das ist meine Lieblingsserie,* Blutende Herzen«, hörte Robin Cassidy sagen. »*Das ist Penny. Sie hat ihrer Zwillingsschwester Emily gerade erzählt, dass ihr Vater sie schon seit Jahren missbraucht, und nun weiß die arme Emily nicht, was sie glauben soll.*«

Sie erinnerte sich, dass Cassidy das Ende ihres Gesprächs mit Melanie über die zahlreichen Affären ihres Vaters am Grab ihrer Mutter mitbekommen hatte. »Sie wusste es die ganze Zeit«, hatte Robin ihrer Schwester erklärt. Cassidy hatte nur ein paar Meter entfernt gestanden.

*Das Kind klaubte sich seine Versatzstücke wahllos zusammen*, begriff Robin. Ein bisschen hiervon, ein bisschen davon, alles, was ihrem Instinkt nach funktionierte. *Sie hat mich die ganze Zeit manipuliert.*

»Sie wollte mit Alec abhauen und mich mit ihm allein lassen. Also habe ich Kenny angerufen und ihm alles erzählt. Und dann haben wir entschieden zu tun, was getan werden musste.«

»Ihr habt beschlossen, deine Mutter und deinen Stiefvater zu töten«, stellte der Sheriff fest.

»Ich musste es tun. Verstehen Sie das nicht?«

»Erzähl uns, was passiert ist.«

Cassidy zuckte die Schultern. »Es war ungefähr so, wie Kenny es erzählt hat. Meine Mom und ich hatten den ganzen Abend gestritten. Ich habe Kenny angerufen. Er ist gekommen. Wir haben getan, was getan werden musste.«

»Genauso wie du Alec und Landon die Tat anhängen *musstest*?«

»Nein. Das haben wir nicht geplant. Jedenfalls nicht von Anfang an. Es sollte aussehen wie ein bewaffneter Raubüberfall. Aber der Sheriff hat immer neue Fragen gestellt. Und da ist mir eingefallen, dass ich in Alecs Wohnung eine Skimaske gesehen hatte, und ich dachte, das wäre ein cooles Detail, also hab ich gesagt, die Männer, die auf mich geschossen haben, hätten Skimasken getragen, und sie wären groß und muskulös gewesen, damit niemand Kenny verdächtigte. Aber dann hat der Sheriff herausgefunden, dass Alec an jenem Abend in der Stadt war, und alles hat, ich weiß nicht, einfach irgendwie gepasst.«

*Es war ein cooles Detail? Alles hat einfach irgendwie gepasst?*

»Und Landon?«, fragte Melanie.

»Ich mag Landon«, sagte Cassidy. »Aber na ja, irgendwie war es seine eigene Schuld.«

»Seine eigene Schuld«, wiederholte Robin.

»Er hat Verdacht geschöpft und die ganze Zeit an mir geklebt. Kenny hat gesagt, ich soll mir keine Sorgen machen, selbst wenn er es herausgefunden hätte und etwas sagen würde, würde keiner einem geistig Zurückgebliebenen glauben. Aber zur Sicherheit haben wir den Schmuck in seinem Zimmer versteckt.« Sie zuckte die Achseln. »Es war nicht persönlich gemeint, es …«

»… musste eben sein«, sagten Robin und Melanie unisono.

»War es auch Teil des Plans, dass du fast getötet worden wärst?«, fragte der Sheriff.

»Nein. Kenny sollte mir bloß in die Schulter schießen, aber der Idiot hat danebengeschossen. Und jetzt versucht er, mich als eine Art Psycho hinzustellen, obwohl ich nur versucht habe, Daddy daran zu hindern, mich weiter zu missbrauchen.« Sie schlug die Hände vor den Mund, als würde sie beten. »Bitte, Robin. Du musst mir glauben. Ich habe Daddy Greg geliebt. Ich habe ihn trotz allem geliebt. Ich liebe ihn immer noch. Ich habe dir nicht die Wahrheit gesagt, weil ich nicht wollte, dass du das über ihn erfährst.«

»Du hast das für mich getan?«

»Ich habe gelogen, um dich zu schützen.«

»Du hast meinen Vater niedergeschossen.«

»Wegen dem, was er mir angetan hat.«

»Du hast deine Mutter getötet.«

»Weil sie es wusste und ihn nicht aufgehalten hat.«

»Tara hätte niemals zugelassen, dass dir jemand wehtut. Sie hat dich mehr geliebt als alles auf der Welt.«

»Sie hatte keine Ahnung von Liebe. Die hatten sie alle beide nicht. Sie haben sich dauernd gestritten. Sie hat ihn betrogen. Er hat sie betrogen.«

*Er hatte Tara mit einer Großmutter betrogen, Herrgott noch mal. Klingt das wie ein Mann, der ein Kind sexuell missbraucht?*

»Es gibt viele Worte, um meinen Vater zu beschreiben«, sagte Robin – *Wichser, Schurke, Arschloch, Dreckskerl, Lump oder Hurensohn* –, »aber Kinderschänder ist keines davon.«

Tränen strömten über Cassidys Wangen. »Du glaubst mir nicht?«

»Ich sag dir, was ich glaube«, sagte Robin. »Ich glaube, ihr habt deine Mutter und meinen Vater erschossen, weil sie euch im Weg waren. Und weil ihr gedacht habt, ihr würdet damit davonkommen. Vielleicht hast du es getan, weil sie dir verboten hat, Kenny zu sehen. Vielleicht auch, weil sie meinen Vater verlassen wollte, was womöglich dein Luxusleben beeinträchtigt hätte. Vielleicht wolltest du das Geld, damit du nach L. A. abhauen konntest, um ein berühmtes Model zu werden. Vielleicht war es eine Kombination von allem. Ich weiß es nicht, und es kümmert mich eigentlich auch nicht. Genauso wenig wie Kenny dich noch gekümmert hat, sobald du eine bessere Chance gewittert hast. Genauso wenig wie dich irgendjemand kümmert – Landon oder Melanie oder ich oder wer auch immer – außer dir selbst.«

Cassidys Tränenfluss versiegte schlagartig, und die Tränen

gefroren wie Eiszapfen auf ihren Wangen. »Nun, dann steht wohl das Wort deines Vaters gegen meins.«

»Oh, ich denke, dein Wort ist völlig ausreichend«, sagte Robin.

»Was soll das heißen?«

»Das soll heißen, dass mein Vater nach wie vor im Koma liegt. Er spricht mit niemandem.«

»Das verstehe ich nicht.« Cassidys Blick zuckte zum Sheriff. »Sie haben gesagt, das Krankenhaus hätte angerufen …«

Melanie hob die Hand. »Ja, das war dann wohl ich. Der Sheriff war so freundlich mitzuspielen.«

»Cassidy Campbell«, sagte der Sheriff, und Deputy Richards trat näher. »Ich verhafte dich wegen Mordes an Tara Davis und …«

»Warte! Robin, bitte …«

»Was wendest du dich an sie?«, fragte Melanie. »Die ganze Scharade war ihre Idee.«

Deputy Reinhardt legte Cassidy hinter dem Rücken Handschellen an und ließ sie zuschnappen.

»Ich will meinen Vater«, sagte Cassidy. »Meinen *echten* Vater.«

»Natürlich«, sagte Robin. »Ihr zwei habt euch gegenseitig verdient.«

Der Sheriff fasste Cassidys Ellbogen und schob sie zur Tür.

»Du hältst dich wohl für superschlau, was?«, sagte Cassidy und fuhr noch einmal herum. »Sag mir, tolle Therapeutin aus L. A., glaubst du wirklich, irgendeine Jury im Land würde ein zwölfjähriges Mädchen dafür schuldig befinden, ohne Grund die eigene Mutter zu erschießen? Wenn ich mit meiner Aussage fertig bin, hab ich den Namen deines Vaters in den Dreck gezogen, und kein einziges Auge vor Gericht ist noch tränenleer.«

Robin verzog die Mundwinkel zu einem trägen Lächeln und griff Cassidys Abschiedsworte für Dylan Campbell auf. »Na, dann streng dich an und gib dein Bestes.«

# KAPITEL 44

Kurz nach Mitternacht erlag Greg Davis seinen Verletzungen.

Am folgenden Morgen stand Robin am Krankenhausbett ihres Vaters und starrte auf sein früher so attraktives Gesicht, doch der Mann, den sie sowohl geliebt als auch gehasst hatte, war nicht mehr anwesend. Zurückgeblieben war eine wächserne Hülle mit schlaffem Kinn und bar jeder Menschlichkeit.

»Nun denn«, brummte Alec irgendwo neben ihr. Als ob damit alles gesagt wäre. Und vielleicht war es das auch.

Robin blickte ihren Bruder an, bemüht, nicht das Gesicht zu verziehen, als sie sah, wie dünn er während der kurzen Zeit hinter Gittern geworden war. Er und Landon waren gleich am Morgen freigelassen worden, und der Sheriff hatte sie persönlich vom Gefängnis ins Krankenhaus gefahren. Landon hatte still genickt, und Tränen waren ihm in die Augen gestiegen, als er von Cassidys Tat erfuhr. Jetzt stand er neben Blake in einer Ecke des Raumes, starrte auf den Boden und wiegte den Oberkörper sanft vor und zurück.

»Weißt du«, sagte Alec, »im Laufe der Jahre muss ich dem Mann mindestens hundertmal den Tod gewünscht haben.«

»Und jetzt?«, fragte Robin.

»Und jetzt?«, wiederholte Alec. »Ich hatte erwartet, auf seinen toten Körper zu starren und ihm zu erklären, dass er in der Hölle verrotten soll. Aber ich kann nicht. Ich dachte, ich würde sagen, er hat bekommen, was er verdient hat. Aber das kann ich auch nicht. So was hat niemand verdient. Nicht mal er. Es bereitet mir keine Befriedigung, ihn so zu sehen. Es gibt keine Erleichterung, keine Erlösung, keinen Abschluss. Die traurige Wahrheit ist, dass ich gar nichts empfinde. Überhaupt nichts.«

Robin berührte den Arm ihres Bruders, während sie das Gesicht ihres Vaters betrachtete. »Ich fürchte, du warst kein besonders netter Mensch, Daddy«, sagte sie. »Du warst egoistisch und selbstbezogen. Es ging immer nur nach deinem Willen oder gar nicht. Du hast eine Menge Schaden angerichtet. Du hast vielen Menschen wehgetan. Vor allem den Menschen, die du eigentlich lieben solltest, den Menschen, die verzweifelt versucht haben, dich zu lieben. Es tut mir leid, dass du kein besserer Vater warst. Es tut mir leid, dass du kein besserer Mensch warst. Nicht nur um unseretwillen. Sondern auch um deinetwillen.«

»Dem pflichte ich bei«, sagte Melanie.

»Und was passiert jetzt?«, fragte Alec.

»Offenbar muss eine Autopsie durchgeführt werden«, sagte Robin, »obwohl wir wissen, was ihn getötet hat.«

»So schreibt das Gesetz es vor«, erklärte Blake. »Für die Verhandlung des Falles vor Gericht muss die offizielle Todesursache festgestellt werden.«

»Ein zwölfjähriges Mädchen, das wegen Mordes vor Gericht steht.« Alec schüttelte ungläubig den Kopf.

»Sheriff Prescott hat gesagt, dass man alles versuchen wird, damit gegen Cassidy wie gegen eine Erwachsene verhandelt wird«, sagte Robin.

»Zu denken, dass ich die Kleine tatsächlich mal gemocht habe…«, sagte Alec.

»Besteht die Möglichkeit, dass sie ungeschoren davonkommt?«, fragte Melanie.

»Möglich ist es«, musste Blake einräumen. »Cassidy braucht nur einen mitfühlenden Geschworenen, der ihr ihre Geschichte abkauft.«

*Gott hilf uns.*

»Also lautet die Antwort auf die Frage, was jetzt passiert, wohl: ›Wer weiß das verdammt noch mal schon?‹«, sagte Melanie in Bezug auf Alecs vorherige Frage. »Wir müssen wohl mit Dads Anwalt sprechen, uns Klarheit über das Testament verschaffen, überlegen, was wir mit der Firma machen und so weiter.« Sie sah Robin an. »Ich nehme an, wenn der Verband gewechselt ist, macht ihr euch auf den Weg.«

»Ihr fahrt schon?«, fragte Alec.

»Na ja, Blake muss zurück nach L.A.«, sagte Robin und sah Melanie an. »Aber ich habe gedacht, ich bleibe noch eine Woche, wenn das okay ist.«

Als Landon das hörte, stürzte er auf sie zu, schlang die Arme um sie und drückte sie so fest, dass sie kaum atmen konnte.

*Das ist okay*, dachte sie und erwiderte die Umarmung. *Atmen kann ich später.*

»Nun, ich finde, ich könnte auch noch ein paar Tage abhängen«, sagte Alec. »Vielleicht können Landon und ich heute Nachmittag reiten gehen. Ich glaube, ein bisschen endlose Weite würde uns beiden guttun. Was meinst du, Großer?«

Landon löste sich langsam aus Robins Armen. Auch wenn er den Blick fest auf den Boden gerichtet hielt, konnte Robin sehen, dass er lächelte.

»Wir sollten wahrscheinlich lieber hier verschwinden und die Krankenschwestern ihren Job machen lassen«, meinte Melanie. Sie sah Robin an. »Falls du unserem Vater nicht noch etwas sagen willst.«

Robin schüttelte den Kopf. Sie hatte alles gesagt.

Es war später Nachmittag, und sie war allein im Haus.

Dr. Arla Simpson hatte ihren Verband gewechselt und erklärt, dass die Wunde gut verheile. Blake war nach L. A. aufgebrochen und hatte versprochen anzurufen, sobald er angekommen war. Melanie war vor einer halben Stunde losgefahren, um Landon und Alec auf Donny Warrens Ranch abzuholen. Nun ertappte Robin sich dabei, wie sie rastlos von Zimmer zu Zimmer lief, die Spülmaschine ausräumte, den Tisch für das Abendbrot deckte, sich auf die Wohnzimmercouch legte, wieder aufstand, nach oben ging, sich aufs Bett legte, wieder aufstand, zum Fenster ging und zum Haus ihres Vaters blickte, während ihr tausend verschiedene Gedanken durch den Kopf wirbelten.

*Was übersehe ich?*, fragte sie sich. *Was stimmt nicht an diesem Bild?*

Die Antwort auf beide Fragen hatte ihr die ganze Zeit vor Augen gestanden: Cassidy.

All die Jahre des Studiums, die Seminare über abweichendes Verhalten, die zahlreichen Aufsätze, die sie zu dem Thema gelesen hatte, nur um von einem pubertierenden Mädchen zum Narren gehalten zu werden. Einem Kind ohne Gewissen. *Einer zwölfjährigen Soziopathin.*

War Cassidy ein schlechter Samen oder das Produkt ihrer Umwelt? Vielleicht eine Mischung aus beidem. Veranlagung oder Erziehung, die ewige Debatte.

»Sei nicht so streng mit dir selbst«, sagte Robin laut. Andere Menschen zu täuschen war schließlich das, was Soziopathen am besten konnten.

Sie zog ihr Handy aus der Tasche, rief ihre Praxis in L. A. an, nahm eine neue Ansage auf, in der sie Anrufer darüber informierte, dass sie eine weitere Woche abwesend sein würde, und fragte sich, ob das überhaupt jemanden interessierte. Dann rief sie ihre Nachrichten ab. Sie hatte nur eine, vier Tage alt.

»Hi«, begann eine Frauenstimme, »hier ist Adeline Sullivan, die Klientin, die neulich mitten in der Sitzung abgehauen ist. Ich glaube, ich habe danach gesagt, dass wir meiner Meinung nach nicht gut zueinanderpassen, und vielleicht stimmt das ja auch. Aber ich habe den Rat befolgt, den Sie mir gegeben haben. Nach einem besonders unangenehmen Abend habe ich meinem Mann erklärt, dass ich seine Mutter nicht mehr zum Essen einladen würde, und wenn er sie sehen wolle, könne er mit ihr einkaufen oder Mittag essen gehen. Er war nicht gerade glücklich, aber ich muss sagen – ich schon! Meine Tochter behandelt mich natürlich nach wie vor wie Dreck, deshalb dachte ich, dass wir vielleicht daran arbeiten können. Das heißt, wenn Sie einverstanden sind, mich wiederzusehen. Jedenfalls können Sie mir ja Bescheid sagen. Ich hätte vollstes Verständnis dafür, wenn Sie es lieber nicht machen würden, aber ich hoffe wirklich, dass Sie mir eine zweite Chance geben. Ich freue mich darauf, von Ihnen zu hören. Auf Wiedersehen.«

Robin spielte die Nachricht ein zweites Mal ab, um sicherzugehen, dass sie richtig gehört hatte. Dann steckte sie das Telefon wieder ein und verließ den Raum, ohne zu wissen, wohin sie wollte, bis sie sich in Cassidys Zimmer wiederfand. Die Schneekugel stand noch auf dem Nachttisch, und Robin nahm sie, wendete sie in der Hand und betrachtete die Flocken, die anmutig durch die klare Flüssigkeit um die Ballerina wirbelten.

Ein paar Sekunden lang stand sie absolut still, dann stellte sie die Schneekugel wieder auf den Nachttisch, streckte behutsam die Arme und spürte die Schmerzen an ihrer Naht, als sie die Hände in einem eleganten Bogen über dem Kopf zusammenführte, bis sich ihre Finger berührten. Sie schloss die Augen, verlagerte ihr Gewicht auf die Zehen, hob die Fersen vom Boden und wiegte sich hin und her, bevor sie langsam im Kreis durchs Zimmer zu tanzen begann, während um sie herum sanft unsichtbare Schneeflocken rieselten. Den Kopf in den Nacken gelegt und das Kinn erhoben wirbelte sie durch den Raum, atmete durch die Nase ein und den Mund wieder aus. Die positive Energie herein, die negative hinaus.

Ihr Handy klingelte.

Robin wartete, bis das Zimmer aufgehört hatte, sich zu drehen, bevor sie das Telefon aus der Tasche zog. »Hallo?«

»Ich bin's«, sagte ihre Schwester. »Du musst einen zusätzlichen Teller fürs Abendessen decken.«

»Für Donny?«

»Nein, für Brad Pitt.«

Robin lächelte. »Ich decke noch einen Platz ein.«

»Gut. Ist alles in Ordnung? Du klingst außer Atem. Du hast doch nicht eine von deinen Panikattacken, oder?«

»Nein, mir geht es gut.«

»Bist du sicher?«

»Ja«, sagte Robin. »Ich bin sicher.«

# Danksagung

Mein Dank gilt meinem Mann Warren, der es nach all den Jahren endlich gelernt hat, wie er meine Manuskripte kritisieren kann, ohne dass ich sie ihm (buchstäblich) an den Kopf werfen möchte. Vielen Dank auch an meine Tochter Shannon (bitte schauen Sie sich ihre Website an: shannonmicol.com) für ihre verständnisvollen redaktionellen Kommentare und ihre allgemeine Unterstützung. Und natürlich mein tief empfundener Dank an Larry Mirkin, dessen Vorschläge und Unterstützung unschätzbar waren wie immer.

Normalerweise würde ich auch Bev Slopen für ihre Hilfe beim Schreiben meines Romanes danken, aber dieses Jahr haben unsere Terminpläne nicht ineinandergegriffen. Aber nachdem ich das gesagt habe, danke ich ihr trotzdem – weil ich von ihr immer eine Reaktion bekomme, wenn ich ihr eine Idee vortrage, und weil sie eine gute Freundin ist.

Dank und ein herzliches »Willkommen an Bord« an meine neue Lektorin Anne Speyer. Ich hatte im Laufe meiner Karriere schon etliche Lektorinnen und Lektoren, und manchmal fällt es schwer, einer neuen Stimme zu vertrauen. Aber Anne war wirklich absolut erstaunlich. Sie »kapiert« mich und das, was ich zu tun versuche, und ich bin sehr dankbar, dass sie in meinem Team ist.

Apropos Teams, ich möchte allen bei Ballantine in New

York und bei Doubleday Canada (beides Verlage von Random House) für ihre harte Arbeit und ihre Anstrengungen für mich danken, genauso wie all meinen Verlegern und Übersetzern auf der ganzen Welt. In diesen Tagen schrumpfender Leserschaften und weniger werdender Verlage schätze ich mich in der Tat sehr glücklich. (Ich vermisse dich, Helga! Gib gut auf dich acht.)

Umarmungen und Küsse für meine Tochter Annie, ihren Mann Courtney und ihre hinreißenden fantastischen Kinder Hayden und Skylar. Eine weitere Umarmung für meine Schwester Renee (die, wie ich verspreche, kein bisschen so ist wie Melanie), und für Aurora, die sich weiterhin so gut um mich kümmert.

Und wie immer, vielen Dank an Sie, meine Leserinnen und Leser. Ich freue mich darauf, jede Einzelne und jeden Einzelnen von Ihnen kennenzulernen – entweder persönlich oder per E-Mail. Seien Sie nicht schüchtern. Schicken Sie mir ein paar Zeilen.

**Autorin**

Joy Fielding im Goldmann Verlag:

Die Schwester · Sag, dass du mich liebst · Das Herz des Bösen · Am seidenen Faden · Im Koma · Herzstoß · Das Verhängnis · Die Katze · Sag Mami Goodbye · Nur der Tod kann dich retten · Träume süß, mein Mädchen · Tanz, Püppchen, tanz · Schlaf nicht, wenn es dunkel wird · Nur wenn du mich liebst · Bevor der Abend kommt · Zähl nicht die Stunden · Flieh wenn du kannst · Ein mörderischer Sommer · Lebenslang ist nicht genug · Schau dich nicht um · Lauf, Jane, lauf!

(alle auch als E-Book erhältlich)

GOLDMANN
Lesen erleben